Dilema Mortal

J. D. ROBB

SÉRIE MORTAL

Nudez Mortal

Glória Mortal

Eternidade Mortal

Êxtase Mortal

Cerimônia Mortal

Vingança Mortal

Natal Mortal

Conspiração Mortal

Lealdade Mortal

Testemunha Mortal

Julgamento Mortal

Traição Mortal

Sedução Mortal

Reencontro Mortal

Pureza Mortal

Retrato Mortal

Imitação Mortal

Dilema Mortal

Nora Roberts
escrevendo como
J. D. ROBB

Dilema Mortal

Tradução
Renato Motta

Rio de Janeiro | 2012

Copyright © 2004 *by* Nora Roberts

Título original: *Divided in Death*

Capa: Leonardo Carvalho

Editoração: FA Editoração Eletrônica

Texto revisado segundo o novo
Acordo Ortográfico da Língua Portuguesa

2012
Impresso no Brasil
Printed in Brazil

Cip-Brasil. Catalogação na fonte
Sindicato Nacional dos Editores de Livros, RJ

R545d	Robb, J. D., 1950-
	    Dilema mortal/Nora Roberts escrevendo como J. D. Robb;
	tradução Renato Motta. - Rio de Janeiro: Bertrand Brasil, 2012.
	490p.
	
	    Tradução de: Divided in death
	    ISBN 978-85-286-1545-6
	
	    1. Ficção americana. I. Motta, Renato. II. Título. III. Série.

12-0061.	CDD: 813 CDU: 821.111(73)-3

Todos os direitos reservados pela:
EDITORA BERTRAND BRASIL LTDA.
Rua Argentina, 171 — 2º andar — São Cristóvão
20921-380 — Rio de Janeiro — RJ
Tel.: (0XX21) 2585-2070 — Fax: (0XX21) 2585-2087

Não é permitida a reprodução total ou parcial desta obra, por
quaisquer meios, sem a prévia autorização por escrito da Editora.

Atendimento e venda direta ao leitor:
mdireto@record.com.br ou (0XX21) 2585-2002

Não suspireis mais, caras damas, não suspireis,
Os homens sempre foram traidores.
— WILLIAM SHAKESPEARE

O casamento é um desespero.
— JOHN SELDEN

PRÓLOGO

Assassinato era uma opção boa demais para ele.

A morte era o fim, até mesmo uma libertação. Ele iria para o inferno, disso ela não tinha dúvidas, e lá sofreria um tormento eterno. Desejava isso para ele... um dia. Por enquanto, porém, queria vê-lo sofrer de um modo que ela pudesse apreciar.

Mentiroso, traidor, *filho da mãe*! Ela queria vê-lo lamentar, implorar, se humilhar e se arrastar pelo chão como o rato de esgoto que era. Queria vê-lo sangrar pelas orelhas, guinchar como uma mulher assustada. Queria dar um nó no seu pinto adúltero enquanto ele gritava pedindo a misericórdia que ela jamais concederia.

Queria socar impiedosamente o seu rosto lindo de mentiroso sem-vergonha, até transformá-lo num purê vermelho, uma massa disforme de sangue e ossos, cheia de pústulas.

Só então o canalha capado e sem rosto reconhecível poderia morrer. E seria uma morte lenta, sofrida e agonizante.

Ninguém, *ninguém* colocava chifres em Reva Ewing.

Ela precisou parar o carro no acostamento da ponte Queensboro por alguns minutos, até se acalmar o bastante para continuar a dirigir sem perigo. Porque alguém *tinha* colocado chifres em Reva Ewing. O homem que ela amava, o homem com quem se casara, o homem em quem acreditava piamente e que estava, naquele exato momento, transando com outra mulher.

Tocando outra mulher, saboreando-a, usando aquela boca hábil e sensual de traidor, empregando as mãos ágeis e ousadas para levar outra mulher à loucura.

E não era qualquer mulher, não. Era uma amiga. Alguém de quem Reva gostava, uma mulher em quem ela acreditava e com quem podia contar em todas as horas.

Aquilo não era simplesmente algo enfurecedor. Não era apenas doloroso ver seu marido e sua amiga tendo um caso bem debaixo do seu nariz de esposa desatenta. Era *embaraçoso* se sentir um clichê. A esposa traída, a idiota inocente que aceitava e acreditava no marido traidor todas as vezes em que ele dizia que tinha precisado trabalhar até mais tarde, ou tinha um jantar de negócios com um cliente, ou precisava viajar para fora da cidade às pressas para garantir um contrato ou entregar uma comissão em mãos.

O pior, refletia Reva, enquanto o tráfego ficava mais pesado ao redor do seu carro, era ela, *logo ela*, ter sido enganada com tanta facilidade. Afinal, era uma especialista em segurança. Tinha trabalhado cinco anos no Serviço Secreto norte-americano e servira de guarda-costas para uma presidente dos Estados Unidos antes de se transferir para o setor privado. Onde estavam seus instintos, seus olhos, seus ouvidos?

Como Blair havia tido coragem de voltar para casa, para ela, noite após noite, recém-saído da cama de outra mulher, sem ela ter *percebido*?

Porque ela o amava, Reva admitiu para si mesma. Porque ela havia sido feliz, delirantemente feliz, a ponto de acreditar cegamente que um homem como Blair — com sua sofisticação e beleza estonteante — pudesse amá-la e desejá-la.

Ele era tão bonito, tão talentoso, tão inteligente. Um boêmio elegante com cabelos pretos sedosos e olhos verdes da cor de esmeraldas. Reva tinha caído de quatro por ele no instante em que Blair colocara os olhos nela, lembrava agora. Ela se apaixonara no momento em que ele lhe exibira aquele sorriso de arrasar qualquer mulher. E seis meses depois eles haviam se casado e se mudado para uma casa grande e isolada no Queens.

Durante dois anos, refletiu ela, *dois anos*, ela lhe ofereceu tudo o que tinha, compartilhou cada pedaço de si mesma com ele, e o amara com cada célula do seu corpo. E durante todo esse tempo ele a fazia de idiota.

Pois bem, agora ele pagaria caro por isso. Enxugou as lágrimas que teimavam em lhe escorrer pelo rosto e se concentrou no ódio que sentia. Agora Blair Bissel descobriria de que material ela era feita.

Voltou a focar a rua, enfrentou o tráfego e acelerou o carro, seguindo na direção do Upper East Side de Manhattan.

Uma vadia ladra de maridos. Era assim que Reva enxergava, agora, sua ex-amiga Felicity Kade, que morava numa linda casa reformada, revestida de tijolinhos e muito bem-localizada, perto da entrada norte do Central Park. Em vez de se lembrar de todas as vezes em que havia estado naquela casa em festas e encontros casuais, ou nos famosos *brunches* de domingo que Felicity oferecia, Reva se concentrou na segurança da residência.

Um sistema excelente, por sinal. Felicity era uma colecionadora de arte e guardava sua coleção como um cão protege um osso suculento. Reva a conhecera três anos antes, quando fora ajudar Felicity a instalar um fabuloso sistema de segurança em sua casa.

Era preciso ser um superespecialista para conseguir invadir aquela casa. E, mesmo que um ladrão competente tentasse desligar os aparatos de segurança, havia backups de sistema e mecanismos infalíveis que derrubariam até a *crème de la crème* dos arrombadores profissionais.

Mas, quando uma mulher ganhava a vida, e muito bem por sinal, descobrindo falhas em sistemas de segurança, era sempre possível ultrapassar qualquer barreira desse tipo. Reva fora para o local bem-preparada, com dois misturadores de sinais, um computador de mão de última geração, um cartão mestre ilegal da polícia e uma pistola de atordoar, que planejava descarregar no saco de Blair, o traidor safado.

Reva não sabia exatamente o que faria depois disso, mas resolveu que improvisaria algo interessante na hora H.

Pegou sua sacola de ferramentas, guardou a pistola de atordoar no bolso de trás da calça e seguiu pela agradável noite de setembro rumo à entrada principal da casa.

Digitou alguns dados no primeiro misturador de sinais enquanto caminhava, sabendo que teria não mais de trinta segundos depois que o aparelho se conectasse ao painel do sistema. Números começaram a aparecer em rápida sucessão no visor em sua mão, e seu coração disparou enquanto o timer piscava, mostrando os segundos em ordem decrescente.

Três segundos antes de o alarme disparar, o primeiro dígito se fixou no painel do misturador. Ela soltou o ar preso nos pulmões e olhou para as janelas apagadas da casa.

— Continuem em ação aí em cima, seus dois nojentos — murmurou consigo mesma enquanto fazia a segunda varredura com o misturador. — Só preciso de mais uns minutinhos aqui, e então vamos curtir uma festa *de verdade*.

Ouviu o som de um carro que passava pela rua e xingou baixinho ao ouvi-lo frear. Olhou para trás e viu um táxi parado junto ao meio-fio, de onde saltou um casal com roupas de gala, rindo muito. Reva se encostou no portão, protegendo-se nas sombras. Com uma minifuradeira, removeu a placa lateral do painel e reparou que o androide de limpeza de Felicity mantinha até os parafusos do painel impecavelmente limpos.

Criando uma interface com o computador de mão, ajudada por um cabo com espessura pouco maior que um fio de cabelo, digitou um código genérico e esperou alguns segundos suando frio, até que o sistema o aceitou. Meticulosamente, recolocou o painel no lugar e usou o segundo misturador no sistema de comando de voz.

Esse foi mais difícil de clonar, o que lhe custou quase dois minutos de espera, mas sentiu o frisson de empolgação se sobressair em meio à fúria interior no instante em que ouviu a última entrada de voz ser reproduzida pelo aparelho.

August Rembrandt.

Os lábios de Reva formaram um esgar de desprezo ao ouvir a voz da falsa amiga murmurando a palavra-senha. Agora, ela precisava apenas digitar os números de segurança clonados e usar as ferramentas para passar pela última trava, que era manual.

Entrou silenciosamente, fechou a porta e, por força do hábito, religou o sistema.

Preparou-se para encontrar o androide doméstico, que certamente lhe perguntaria o motivo da visita, e manteve a pistola de atordoar na mão. O robô a reconheceria, é claro, e isso lhe daria os segundos suficientes para destruir seus circuitos e limpar o caminho.

Mas a casa continuou silenciosa, e nenhum androide apareceu no saguão. Provavelmente Felicity desligava os criados eletrônicos durante a noite, refletiu com um gosto amargo na boca. Assim, os pombinhos teriam ainda mais privacidade.

Sentiu o aroma das flores que Felicity sempre mantinha na mesa do saguão. Rosas cor-de-rosa substituídas regularmente.

Havia um ponto de luz fraco sob o vaso, mas Reva não precisava dele. Conhecia bem o caminho e se dirigiu sem mais demora para a escadaria que levava ao segundo andar, onde ficava a suíte principal.

Ao pisar no andar de cima, viu o que precisava para trazer seu ódio de volta ao nível máximo: atirada de forma displicente por cima do corrimão estava a jaqueta leve de Blair. A mesma que ela lhe dera como presente de aniversário na primavera anterior. A mesma que ele segurara sobre o ombro, de forma casual, naquela manhã mesmo, ao se despedir da amorosa esposa com um beijo e lhe dizer o quanto sentiria sua falta. Depois, esfregara o nariz de leve em seu pescoço e reafirmara o quanto odiava ter de sair da cidade para uma curta viagem de negócios.

Reva pegou a jaqueta e a aproximou do rosto. Sentiu o cheiro do marido, e aquele aroma tão conhecido quase fez a mágoa superar a raiva.

Para se proteger disso, pegou uma das ferramentas da sacola e, com toda a calma do mundo, transformou a jaqueta de couro em tiras. Em seguida, jogou-a no chão com desprezo e pisou nela com o calcanhar antes de prosseguir.

Com o rosto afogueado de fúria, pousou a sacola no chão e pegou a pistola de atordoar no bolso. Ao se aproximar do quarto, percebeu uma luz leve e bruxuleante. Dava para sentir o cheiro de velas aromáticas com um perfume forte, feminino, no corredor. Também dava para ouvir as notas suaves de uma música, uma peça tão clássica como as rosas e o aroma das velas.

Aquilo era a cara de Felicity, pensou Reva, com ódio. Toda frágil, feminina e perfeita. Reva teria preferido o som de algo *moderno*, agitado e vigoroso como fundo musical para o barraco que aconteceria em poucos segundos.

Uma música de Mavis Freestone, botando pra quebrar, teria sido a trilha ideal para aquele momento empolgante.

Dilema Mortal

De qualquer modo, foi fácil afastar da mente a música suave, graças ao zumbido da raiva e a campainha insuportável que a ideia de ser traída fazia soar em sua cabeça. Ela empurrou a porta entreaberta com a ponta do pé e entrou no quarto.

Dava para ver as silhuetas de duas pessoas abraçadas sob a colcha de seda rendada. Eles haviam caído no sono, pensou, sentindo novamente um gosto amargo. Aconchegados, quentinhos e relaxados depois do sexo.

Suas roupas estavam jogadas sobre uma cadeira de forma caótica, como se eles estivessem com pressa de partir para a ação. Ver os dois agarradinhos e o monte de roupas misturadas fez seu coração se partir em mil pedaços.

Segurando-se com força na raiva que sentia, caminhou devagar até a cama e pegou a pistola de atordoar.

— Hora de acordar, seus montes de merda! — disse em voz alta, puxando a coberta rendada com força.

Sangue! Meu Deus, quanto sangue! A visão de todo aquele sangue espalhado sobre a pele deles e tingindo o lençol a deixou atordoada. O cheiro forte de sangue e morte misturado com o aroma das velas e das flores a fez engasgar e recuar um passo.

— Blair? *Blair?!*

Ela gritou uma vez e, chocada, sentiu-se imóvel. Sugando o ar para dar mais um grito, lançou-se para a frente.

Algo ou alguém surgiu das sombras. Ela percebeu o movimento de um vulto e sentiu outro cheiro — penetrante, medicinal — encher sua garganta e seus pulmões.

Virou-se com força, para fugir ou para se defender, e tentou se mover em meio ao ar que se transformara num gel denso à sua volta. Mas a força desaparecera dos seus braços, tornando-os entorpecidos segundos antes de seus olhos girarem para cima.

E caiu no chão como uma marionete sem cordões ao lado do homem e da mulher mortos que a haviam traído.

Capítulo Um

A tenente Eve Dallas, uma das policiais mais famosas de Nova York, estava esparramada sobre a cama, completamente nua. Sentia o sangue latejar nos ouvidos e o coração descompassado bater no peito como um bate-estaca. Tentou recuperar o fôlego, mas desistiu.

Quem precisava de ar quando tinha o corpo agitado e energizado depois de uma rodada realmente espetacular de sexo?

Debaixo dela o seu marido descansava, quente, duro e imóvel. O único movimento era o martelar do coração dele contra o dela. Até que ele ergueu uma de suas mãos surpreendentes e lhe acariciou as costas, descendo ao longo da espinha, da nuca às nádegas.

— Se você quer que eu me mexa, está sem sorte, meu chapa — murmurou ela.

— Pois eu diria que minha sorte está melhor do que nunca.

Ela sorriu na escuridão. Adorava ouvir a voz dele e o sotaque irlandês que aparecia em momentos como aquele.

— Foi uma boa recepção de boas-vindas, não acha? — perguntou ela —, se considerarmos que você viajou por menos de quarenta e oito horas.

— Isso encerrou minha curta viagem a Florença com chave de ouro.

— Eu não perguntei na hora em que você chegou, mas... Por acaso você fez uma escala na Irlanda para visitar... — Ela hesitou por um segundo. Ainda era estranho pensar em Roarke tendo uma família. — ... para visitar os seus parentes?

— Passei por lá, sim. Consegui poucas horas livres, mas foi muito agradável. — Ele continuava a lhe acariciar as costas para cima e para baixo, sem parar, até sentir que o coração dela desacelerou e seus olhos começaram a se fechar de cansaço. — Isso é muito esquisito, não é?

— E vai continuar sendo, por algum tempo.

— Como vai a nova detetive da nossa polícia?

Eve se aninhou nos braços dele e pensou na sua antiga auxiliar, e em como ela estava lidando com a recente promoção.

— Peabody está ótima, ainda tentando pegar o ritmo certo. Acaba de resolver um caso de disputa familiar que acabou mal. Dois irmãos brigaram por causa de objetos de herança. Saíram na porrada com vontade, até que um dos idiotas despencou de uma escada e quebrou o pescoço. O outro tentou acobertar o caso e disse que o tombo do irmão fora resultado da perseguição malsucedida a um ladrão que tinha entrado na casa. Pegou os objetos da disputa, enrolou tudo num cobertor e jogou no fundo da mala do carro. Achou que a polícia não procuraria nada lá.

O escárnio estampado na voz dela o fez rir com vontade. Eve rolou de lado e esticou o corpo.

— Era tão fácil unir os pontinhos coloridos que eu coloquei Peabody como investigadora principal do caso. Depois que ela se recobrou do susto de pegar um caso logo de cara, se saiu muito bem. Os peritos ainda estavam recolhendo as provas quando ela levou o imbecil para a cozinha, cheia de solidariedade e simpatia, e usou as armas de um bom relacionamento familiar, que ela

Dilema Mortal

conhece tão bem. Em dez minutos ele abriu o bico e confessou tudo. Peabody conseguiu fichá-lo por homicídio culposo.

— Bom para ela.

— Sim, isso vai ajudá-la a adquirir confiança no novo cargo.

— Eve tornou a se esticar. — Bem que podiam pintar outros casos tranquilos como esse, depois do verão cheio de crimes pesados que enfrentamos.*

— Você bem que merecia tirar uma semana de folga. Poderíamos curtir alguns dias tranquilos de verdade.

— Quero só mais algumas semanas com Peabody, para lhe dar força e confiança. Quero que ela se firme mais antes de deixá-la fazer um voo solo.

— Vou marcar na minha agenda, então. Ah, as suas boas-vindas entusiasmadas, apesar de muito apreciadas, me fizeram esquecer uma coisa importante. — Ele saiu da cama e mandou que as luzes se acendessem a dez por cento.

Sob a iluminação sutil, ela o viu descer da plataforma onde ficava a cama e se dirigir à pasta que trouxera com ele. Observá-lo movendo-se pelo quarto como um gato magro e elegante sempre a enchia de prazer.

Será que aquilo era uma graça inata, perguntou a si mesma, ou algo que ele aprendera enquanto fugia de policiais depois de bater carteiras, quando menino, nas ruas de Dublin? De qualquer modo, o jeito ágil de se mover caía como uma luva tanto para o menino esperto que ele fora quanto para o homem sagaz no qual se transformara. Um homem que havia construído um império com base em muita coragem, trapaças, astúcia e uma espécie de gênio em estado puro.

---

* Ver *Pureza Mortal, Retrato Mortal* e *Imitação Mortal*. (N. T.)

Quando ele se virou e ela percebeu as feições do seu rosto à meia-luz, uma sensação lhe fez estremecer o peito: o amor arrebatador que sentia por ele, a falta de ar de saber que ele pertencia a ela, o espanto profundo de que algo tão lindo pudesse ser todo dela.

Roarke parecia uma obra de arte, uma estátua esculpida por algum mago brilhante. Os ossos salientes do seu rosto e a boca generosa eram cheios de magia e sensualidade. Seus olhos celtas, de um azul selvagem, lhe faziam a garganta arder quando se fixavam nela. E essa pintura miraculosa era emoldurada por cabelos pretos e sedosos que lhe escorriam quase até os ombros e faziam as mãos de Eve terem um anseio permanente por tocá-los.

Estavam casados havia mais de um ano e existiam momentos, muitas vezes inesperados, em que só de olhar para ele Eve sentia que seu coração falhava uma batida.

Ele voltou para se sentar na cama, ao lado dela, segurou-lhe o rosto com a mão e passou o polegar de leve sobre a pequena covinha em seu queixo.

— Minha querida Eve, tão calada e imóvel na penumbra. — Ele tocou as sobrancelhas dela com os lábios. — Eu lhe trouxe um presente.

Ela piscou uma vez e, na mesma hora, recuou. Essa reação habitual aos presentes que ele costumava lhe trazer o fez sorrir. O ar de desconforto que ela lançou para o estojo comprido e estreito que ele lhe entregou fez com que o sorriso se ampliasse.

— Pode abrir, que isso não morde — garantiu ele.

— Você não esteve fora nem por dois dias. Deve haver um período mínimo de afastamento conjugal para justificar um presente.

— Senti sua falta depois de dois minutos.

— Você diz essas coisas só para me amolecer.

— Nem por isso deixa de ser verdade. Abra o estojo e diga: "Obrigada, querido Roarke."

Ela girou os olhos de impaciência, mas abriu o estojo.

Era um bracelete, uma peça sólida coberta de minúsculos diamantes incrustados no ouro que a fazia cintilar. No centro vinha incrustada uma pedra vermelho-sangue, provavelmente um rubi. Era tão grande quanto a unha do polegar de Eve e muito lisa ao toque.

A joia parecia tradicional, importante, alguma antiguidade de preço incalculável que fez seu estômago se retorcer.

— Roarke...

— Você esqueceu o "obrigada".

— Roarke... — insistiu ela. — Você vai me dizer que isso pertenceu, no passado, a alguma condessa italiana, e eu...

— Errou. Era uma princesa — informou ele, pegando o bracelete das mãos dela para colocá-lo em seu pulso. — Uma princesa do século dezesseis. Agora, pertence a uma rainha.

— Ah, para com isso...

— Tudo bem, ele é meio pesado, mas ficou bem em você.

— Uma peça dessas ficaria bem até num galho de árvore. — Eve não curtia joias chamativas e brilhantes, apesar de o seu marido as despejar sobre ela a cada oportunidade que aparecia. Mas aquela peça magnífica tinha alguma coisa... especial, decidiu ela, enquanto erguia o braço e girava o pulso de um jeito que a pedra e os diamantes absorveram e multiplicaram a pouca luz, espargindo-a em todas as direções. — E se eu perder esse bracelete ou quebrar essa pedra?

— Seria uma pena. Mas, enquanto isso não acontecer, vou curtir muito ver você usando essa joia. Talvez ajude se eu lhe informar que minha tia Sinead ficou igualmente sem graça e envergonhada pela gargantilha de brilhantes que eu lhe dei de presente.

— Ela me pareceu uma mulher sensível.

Ele pegou uma das pontas curtas do cabelo de Eve entre dois dedos.

— Sim, as mulheres da minha vida são tão sensíveis que me comovem, e isso me faz sentir um prazer especial ao presenteá-las.

— Você está saindo pela tangente, mas tudo bem. O presente é maravilhoso. — Eve teve de reconhecer, pelo menos para si mesma, que gostava do jeito fluido como a joia escorregava pela sua pele. — Mas não posso usá-la para trabalhar.

— É, acho que não. De qualquer modo, adoro o jeito como ela sobressai na sua pele. Ainda mais por você não estar usando mais nada sobre o corpo neste instante.

— Não me venha com ideias eróticas, garotão. Vou estar de serviço daqui a, deixe-me ver... seis horas — calculou ela após uma olhada no relógio.

Como reconhecia o brilho de desejo nos olhos dele, estreitou os dela. Mas o fraco protesto que pretendia fazer foi impedido pelo *tele-link* da cabeceira, que tocou.

— É pra você. — Ela apontou com a cabeça para o aparelho e rolou para fora da cama. — O consolo é que, quando alguém liga para acordar *você* às duas da manhã, ninguém morreu.

Ela seguiu languidamente até o banheiro da suíte enquanto ele bloqueava o sinal de vídeo com um comando de voz e atendia a ligação.

Eve não teve pressa e, ao voltar para o quarto, se lembrou de pegar o robe atrás da porta. Vestiu-o de forma displicente, para o caso de Roarke ter ligado o sinal de vídeo do *tele-link*.

Amarrava a fita de seda em torno da cintura, ao voltar para o quarto, quando viu que Roarke se levantara e já estava no closet.

— Quem era?

— Caro.

— Você tem de sair agora? Às duas da manhã? — O tom que ele usou para pronunciar o nome da sua assistente pessoal provocou um arrepio de medo na nuca de Eve. — Aconteceu alguma coisa com Caro?

— Eve. — Ele pegou uma camisa que combinava com a calça que vestira às pressas. — Preciso de um favor seu. Um favor imenso.

Não era um favor da esposa, percebeu Eve, mas sim um favor da tira que ela era.

— Diga.

— Uma das minhas funcionárias. — Ele ajeitou a camisa, mas seus olhos se mantiveram fixos nos de Eve. — Ela está encrencada. Em grandes apuros. Alguém morreu, afinal.

— Uma das suas funcionárias matou alguém, Roarke?

— Não. — Como ela continuava parada onde estava, ele foi até o closet dela e pegou algumas roupas. — Ela está confusa, em pânico. Caro me disse que ela está falando coisas incoerentes. Nada disso é comum em Reva. Ela trabalha na minha divisão de segurança. Projetos e instalações de sistemas de vigilância, basicamente. É firme como uma rocha. Trabalhou no Serviço Secreto americano durante alguns anos, e não é mulher de se abalar com facilidade.

— Até agora você não me contou o que aconteceu.

— Ela encontrou o marido e uma amiga dela na cama, na casa dessa amiga. Ambos estão mortos. Já estavam mortos quando ela chegou, Eve.

— E diante de dois corpos ela procurou sua assistente pessoal, em vez de ligar para a polícia?

— Não. — Ele colocou as roupas que tinha escolhido para Eve nas mãos dela. — Ela procurou a *mãe* dela.

Eve olhou para ele, praguejou baixinho e começou a se vestir.

— Preciso dar alarme do ocorrido, Roarke.

— Estou pedindo para você esperar um pouco antes de ligar para a emergência, até ver o local e conversar com Reva. — Ele colocou as mãos sobre as dela e as manteve lá, com firmeza, até que ela olhou para ele novamente. — Eve, estou pedindo, por favor, que você espere pelo menos isso. Não é preciso dar alarme sobre algo que você não viu com os próprios olhos. Eu conheço essa mulher. Conheço a mãe dela também, há mais de doze anos, e tenho confiança total nelas, uma confiança que dedico a pouca gente. Elas precisam da sua ajuda. Eu também.

Eve pegou o coldre, prendeu-o no tórax, debaixo do braço, e concordou.

— Vamos até lá então — disse ela. — Depressa.

Era uma noite clara, abafada, que vinha desde o verão de 2059, mas que parecia se tornar mais suave à medida que o outono se aproximava. As ruas estavam quase desertas e o caminho curto até o local do incidente exigiu pouca concentração de Roarke ao volante. Ele percebeu, pelo silêncio de sua mulher, que ela se fechara aos detalhes. Não tinha perguntado mais nada, não queria informações adicionais, nada que pudesse influenciar sua primeira impressão da cena. Nada que pudesse distraí-la do que ia ver, ouvir e *sentir*.

Seu rosto fino e anguloso estava sério. Seus olhos castanho-dourados de tira pareciam sem expressão, impossíveis de decifrar até para ele. A boca que fora ardente e suave ao roçar contra a dele, menos de uma hora antes, se mantinha fechada agora, com determinação e foco.

Ele estacionou junto à calçada, numa vaga proibida, e ligou o sinal luminoso do carro dela que dizia VIATURA EM SERVIÇO. Fez isso antes mesmo de Eve ter a chance de fazê-lo.

Ela não disse nada, simplesmente saltou e ficou parada na calçada, alta e esbelta, os cabelos castanhos ainda em desalinho, depois de fazer amor.

Ele chegou junto dela e passou os dedos com carinho por entre os fios desordenados do cabelo da sua tira, tentando arrumá-los do melhor jeito que conseguiu.

Dilema Mortal

— Obrigado por isso — disse ele baixinho.

— É melhor não me agradecer por enquanto. Casa superestilosa, hein? — comentou, apontando com a cabeça para a residência revestida de tijolinhos. Antes mesmo de subir os degraus que levavam à porta de entrada, ela se abriu.

Ali estava Caro, a assistente pessoal de Roarke, com seus cabelos brancos sempre brilhantes, como um halo prateado em torno da cabeça. Sem isso, Eve talvez não tivesse reconhecido a eficiente administradora de ar digno debaixo de uma jaqueta vermelho vivo, calça de pijama azul e o rosto preocupantemente pálido.

— Graças a Deus! Graças a Deus! Obrigada por vocês virem tão rápido. — Ela estendeu a mão visivelmente trêmula e cumprimentou Roarke. — Eu simplesmente não sabia o que fazer.

— Fez a coisa certa, Caro — disse Roarke, entrando ao lado dela.

Eve a ouviu abafar um soluço e soltar um suspiro longo.

— Reva não me parece bem, nem um pouco. Estou com ela na sala de estar. Não cheguei a subir ao segundo andar.

Caro se afastou um pouco de Roarke e endireitou os ombros.

— Achei que não devia fazer isso — continuou ela. — Não toquei em nada, tenente, a não ser no copo de água que peguei na cozinha. Trouxe a água para Reva, mas só toquei no copo e na garrafa. Oh, e na porta da geladeira, imagino. Eu...

— Tudo bem — tranquilizou-a Eve. — Por que não volta a se sentar com sua filha? Roarke, fique aqui com elas.

— Você vai ficar bem com Reva por mais alguns minutos, Caro? — perguntou Roarke à assistente. — Vou subir com a tenente. — Ignorando a expressão de irritação no rosto de Eve, ele deu um aperto carinhoso no ombro de Caro. — Voltamos logo.

— Ela disse... Reva disse que a cena é horrível. Agora está sentada lá na sala, muda. Não falou mais nada.

— Vá tranquilizá-la, então — aconselhou Eve. — Mantenha-a aqui, no andar de baixo. — Ela se dirigiu às escadas. Olhou para a jaqueta de couro destruída, que fora atirada longe e formara um montinho no chão. — Ela disse em que quarto eles estão?

— Não. Apenas que Reva os encontrou na cama.

Eve olhou para o quarto à direita e depois para o outro, à esquerda. Foi então que sentiu o cheiro de sangue. Continuou pelo corredor e parou antes de entrar no aposento.

Os dois corpos estavam deitados de lado, um de frente para o outro. Como se confidenciassem segredos. Os lençóis, os travesseiros e a colcha rendada jogada no chão estavam manchados de sangue.

O mesmo sangue manchava o cabo e a lâmina de uma faca enfiada com violência no colchão.

Eve reparou em uma sacola preta junto da porta, viu uma pistola de atordoar de última geração jogada no chão, ao lado da cama, e um monte desordenado de roupas empilhadas em uma cadeira. Velas ainda estavam acesas e exalavam uma fragrância agradável. Uma melodia suave e sexy ainda enchia o ar.

— Isso não vai ser moleza — murmurou. — Duplo homicídio. Vou ter de dar o alarme.

— E vai ser designada investigadora principal?

— Vou — confirmou. — Mas, se sua amiga fez isso, o fato de eu estar à frente das investigações não vai ajudá-la em nada.

— Ela não fez.

Ele recuou um passo enquanto Eve pegava o comunicador.

— Preciso que você leve Caro para outro aposento — disse Eve, quando acabou de ligar para a emergência. — Não a cozinha — acrescentou, dando mais uma olhada na faca. — Deve haver uma biblioteca ou um escritório lá embaixo. Tente não tocar em nada. Preciso interrogar a filha. Como é mesmo o nome dela? Reva?

— Sim. Reva Ewing.

— Preciso interrogá-la, e não quero a mãe dela por perto quando o fizer. Pretendo ajudá-la, Roarke — afirmou, antes de ele dizer alguma coisa. — Mas vamos manter tudo dentro das regras, o máximo possível, a partir desse ponto. Você me disse que ela trabalha na área de segurança em uma das suas empresas.

— Isso mesmo.

— Como é sua funcionária, nem preciso perguntar se é boa no que faz.

— Ela é boa, sim. Excelente.

— E o morto era marido dela?

Roarke olhou para a cama.

— Sim. Blair Bissel, um escultor de talento questionável. Trabalha, isto é, trabalhava com metal. Aquela ali é uma das suas obras, me parece. — Ele apontou para uma peça alta, aparentemente um conjunto de canos e blocos de metal retorcidos que fora instalado em um dos cantos do quarto.

— As pessoas pagam por isso? — Eve balançou a cabeça. — Tem gente de todo tipo no mundo. Mais tarde vou querer que você me conte mais coisas sobre a esposa do morto, mas quero conversar com ela antes disso. Depois volto e dou uma olhada mais cuidadosa na cena do crime. Desde quando eles tinham problemas conjugais? — quis saber enquanto voltavam para o saguão.

— Eu nem sabia que tinham.

— Pois eu garanto que todos eles acabaram agora. Mantenha Caro longe da filha — ordenou e seguiu para a sala de estar a fim de dar a primeira olhada em Reva Ewing.

Caro estava com o braço em torno dos ombros de uma mulher com trinta e poucos anos. Reva tinha cabelos pretos cortados bem curtos, num estilo quase tão descuidado quanto o de Eve. Seu corpo era pequeno e compacto, o tipo de compleição atlética que combinava bem com o jeans e a camiseta pretos que vestia.

Sua pele era branca como neve, e os olhos num tom de cinza suave pareciam mais escuros, quase pretos, devido ao choque. Seus lábios muito finos estavam sem cor. Quando Eve se aproximou, os olhos de Reva piscaram rapidamente e se fixaram nela, sem expressão. Estavam vermelhos, muito inchados e não exibiam o ar astuto e inteligente que Eve imaginou que possuíssem.

— Sra. Ewing, sou a tenente Dallas.

Ela continuou a fitá-la sem ação, mas houve um leve movimento da cabeça que parecia ser um aceno.

— Preciso lhe fazer algumas perguntas. Sua mãe vai ficar alguns instantes com Roarke enquanto conversamos.

— Oh, eu não poderia ficar aqui com ela, tenente? — O braço de Caro apertou ainda mais os ombros de Reva. — Prometo não atrapalhar e...

— Caro. — Roarke se pôs ao lado dela, inclinou-se para a frente e a tomou pela mão. — É melhor assim. — Com muita gentileza, ergueu sua assistente e ajudou-a a se pôr de pé. — Vai ser melhor para Reva. Pode confiar em Eve.

— Sim, eu sei. É que... — Ela olhou para trás enquanto Roarke a levava para fora da sala. — Estou bem aqui, Reva — disse para tranquilizar a filha. — Estou aqui perto.

— Sra. Ewing. — Eve se sentou diante dela, colocou o gravador sobre a mesinha de centro e viu os olhos de Reva se fixarem nele. — Vou gravar nossa conversa. Vou ler seus direitos e deveres, e depois vou lhe fazer algumas perguntas. Compreendeu tudo?

— Blair está morto. Eu vi. Eles estão mortos. Blair e Felicity.

— Reva, você tem o direito de permanecer calada. — Eve acabou de recitar a lista de direitos e deveres legais da mulher que estava à sua frente, e ela fechou os olhos.

— Ó Deus, meu Deus! Isso é real. Não é um pesadelo. Está acontecendo de verdade.

Dilema Mortal

— Conte-me o que aconteceu aqui esta noite.

— Não sei. — Uma lágrima escorreu lentamente pelo seu rosto. — Não sei dizer o que aconteceu.

— Seu marido estava sexualmente envolvido com Felicity?

— Não entendo isso, realmente não entendo. Achei que ele me amava. — Os olhos dela se fixaram nos de Eve. — Não acreditei na história, a princípio. Como poderia acreditar? Blair e Felicity? Meu marido e minha amiga? Mas então eu reparei... Comecei a perceber todos os sinais que deixara passar, todas as pistas, os pequenos enganos. Os erros que os dois cometeram.

— Há quanto tempo você sabia do caso?

— Só soube agora, isto é, só descobri agora mesmo, à noite. — Sua respiração ficou ofegante e trêmula. Sugou o ar com força enquanto usava o punho cerrado para limpar as lágrimas que lhe escorriam pelas bochechas. — Blair ficaria fora da cidade até amanhã. Foi se encontrar com um cliente, recebeu uma nova encomenda ou algo assim. Mas estava aqui com ela. Eu vim e os vi juntos...

— Você veio até aqui para confrontá-los?

— Estava tão furiosa! Eles me fizeram de tola, eu estava com muita raiva. Partiram meu coração, eu estava muito triste. Mas eles já estavam mortos. Todo aquele sangue... tanto sangue!

— Foi você quem os matou, Reva?

— Não! — Seu corpo pulou diante da pergunta. — Não, não, não! Queria machucá-los, claro. Queria que *pagassem* pelo que fizeram. Mas eu não... Jamais faria uma coisa dessas. Não sei o que aconteceu.

— Conte-me o que sabe.

— Vim até aqui de carro. Moramos numa casa no Queens. Blair sempre sonhou com uma casa. Não queria morar em Manhattan, onde nós dois trabalhávamos. Preferia um local privativo, longe do centro, era o que sempre dizia. Um lugarzinho só para nós.

Sua voz falhou ao dizer isso, e ela cobriu o rosto com as mãos por um instante.

— Desculpe... — continuou. — Tudo isso parece tão absurdo. Sinto como se fosse acordar a qualquer momento e nada disso terá acontecido.

Havia um pouco de sangue em sua blusa. Nada nas mãos, nem nos braços, nem no rosto. Eve anotou essas observações mentalmente e esperou Reva se recompor para continuar.

— Eu estava furiosa e sabia exatamente o que fazer. Projetei o sistema de segurança daqui, então sabia perfeitamente como invadir a casa. E foi o que eu fiz.

Ela enxugou uma lágrima que teimava em escorrer pelo rosto.

— Não queria que eles tivessem tempo de se preparar, então invadi o lugar em silêncio, subi as escadas direto e fui até o quarto.

— Você portava uma arma?

— Não... Isto é, trouxe uma pistola de atordoar. Era a arma que eu usava no Serviço Secreto, devidamente reconfigurada. Ela só dispara no modo de força mínima, e tenho uma licença de porte de arma para civis. Eu pretendia... — Ela soltou o ar com força. — Pretendia fazer um disparo curto contra ele. Bem no saco.

— E fez isso?

— Não. — Ela tornou a cobrir o rosto com as mãos. — Não me lembro dos detalhes com clareza, estou com a mente entorpecida.

— Foi você quem retalhou a jaqueta de couro?

— Foi. — Ela suspirou mais uma vez. — Eu a vi pendurada no corrimão da escada. Dei aquela maldita jaqueta de presente para ele e vê-la aqui me deixou louca. Peguei minha minisserra e acabei com a peça. É mesquinho, sei disso, mas eu estava furiosa demais.

— Não me parece mesquinho — disse Eve, mantendo a voz suave, em tom solidário. — Seu marido a traiu com uma amiga, é normal que quisesse vingança.

— Foi isso que senti. Então eu os vi na cama, juntos. E vi que eles estavam... mortos. Tanto sangue! Nunca tinha visto tanto sangue na vida. Ela gritou... não, não, *fui eu* que gritei. Devo ter gritado.

Levou a mão à garganta, como se ainda sentisse a aspereza do grito passando por ali.

— Depois disso, desmaiei... eu acho. Senti o cheiro forte de alguma coisa. Sangue, talvez... uma coisa estranha. Algo diferente, e apaguei. Não sei por quanto tempo.

Ela pegou o copo de água e bebeu tudo.

— Quando voltei a mim, senti a cabeça *confusa*, estranha, e fiquei muito enjoada. Então eu os vi na cama. Eu os vi mais uma vez e me arrastei para fora dali. Não consegui me levantar por causa da tonteira, então engatinhei para fora do quarto, fui até o banheiro e vomitei. Depois, liguei para minha mãe. Não sei por que exatamente. Sei que deveria ter ligado para a polícia, mas liguei para minha mãe. Acho que não estava raciocinando direito.

— Você veio até aqui esta noite com a intenção de matar seu marido e sua amiga?

— Não. Vim aqui com a intenção de armar um barraco federal. Tenente, estou enjoada novamente, acho que vou...

Ela apertou a barriga, se levantou num pulo e correu. Eve foi atrás e já a alcançava quando Reva abriu uma porta e entrou num lavabo. Ajoelhando-se ao lado do vaso, vomitou violentamente.

— Isso queima! — conseguiu exclamar e agradeceu do fundo do coração pela toalha úmida que Eve lhe ofereceu. — Minha garganta está pegando fogo.

— Você ingeriu alguma droga ilegal esta noite, Reva?

— Não uso drogas. — Ela passou a toalha no rosto. — Pode acreditar, tenente. Quando uma pessoa é criada por Caro, faz parte de Serviço Secreto e depois é escolhida para trabalhar com Roarke, ela não pisa na bola. — Com exaustão estampada em todo o corpo, recostou-se na parede do lavabo. — Tenente, eu nunca matei ninguém. Portava uma arma a laser quando trabalhava como segurança pessoal da presidente norte-americana e uma vez fui atingida ao protegê-la. Tenho gênio forte, e, quando saio do sério, a coisa fica violenta. Mas quem fez isso com Blair e com Felicity não foi apenas violento. A pessoa tem de ser louca para agir assim. Tem de ter a mente completamente perturbada. Eu não poderia ter feito isso. Não conseguiria.

Eve se agachou e elas ficaram com os olhos no mesmo nível.

— Por que será que me parece que você está tentando se convencer disso tanto quanto a mim, Reva?

Os lábios dela tremeram e seus olhos brilharam pela ação de novas lágrimas.

— Porque eu não consigo me lembrar do que aconteceu. Simplesmente não consigo! — Ela cobriu o rosto com as mãos e chorou mais.

Eve a deixou sozinha por alguns instantes e foi chamar Caro.

— Quero que você fique sentada um pouco, fazendo companhia a ela — instruiu Eve. — Vou deixar um guarda com vocês por enquanto. Esse é o procedimento padrão.

— A senhora vai prendê-la?

—Ainda não determinei isso. Ela está cooperando muito, e isso é ótimo. O melhor será trazê-la e mantê-la aqui até eu voltar.

— Tudo bem. Obrigada.

— Preciso pegar meu kit de serviço no carro.

— Deixe que eu pego. — Roarke saiu com Eve. — O que acha de tudo isso?

— Não acho nada até proteger, isolar e examinar a cena do crime.

— Ora, tenente, você sempre acha alguma coisa.

— Deixe que eu faça meu trabalho. Quer ajudar? Indique o quarto à minha parceira e aos peritos, que devem estar chegando. Enquanto isso, fique longe para não atrapalhar a investigação.

Dilema Mortal

— Pelo menos me diga uma coisa: devo aconselhar Reva a chamar um advogado?

— Assim você me coloca numa saia justa. — Ela pegou o kit de serviço da mão dele. — Sou uma tira, deixe-me fazer o meu trabalho. Você vai sacar o que fazer. Já esteve no inferno e voltou.

Ela subiu as escadas com determinação. Assim que abriu o kit, pegou uma lata de Seal-It, o spray selante, e cobriu as mãos e as botas com uma camada abundante do líquido para impedir que as superfícies recebessem novas marcas e impressões digitais. Depois, prendeu uma filmadora minúscula na lapela, entrou novamente na cena do crime e se pôs a trabalhar.

Eve já estava chegando aos corpos propriamente quando ouviu um pequeno estalo no chão de tábuas corridas. Girou o corpo, pronta para enxotar o intruso, e mordeu o lábio inferior, impedindo-se de praguejar ao avistar Peabody.

Ela ia ter de se acostumar à ausência do barulho que sua antiga auxiliar fazia ao caminhar. A nova detetive não usava mais sapatos pesados de solado duro, típicos de tiras comuns. Nem farda. Em vez disso, calçava tênis com amortecimento a ar, absolutamente silenciosos. Para Eve isso era muito perturbador.

Peabody, pelo visto, tinha tênis daquele tipo em todas as cores do arco-íris e suas variações, incluindo o amarelo-mostarda que usava naquele momento, um tom que combinava com sua jaqueta. Apesar deles, das calças pretas largas de corte reto e do top sem gola, ela parecia bem-vestida, arrumada e com um respeitável ar de tira.

Seu rosto quadrado estava sério, com feições preocupadas, emolduradas, como sempre, pelo seu penteado padrão: corte em forma de tigela, com franjas retas, que combinavam muito bem com os cabelos quase pretos.

— É doloroso um casal ser pego no flagra completamente pelado — disse Peabody, olhando para as vítimas.

— Mais embaraçoso ainda é uma mulher ser pega pelada ao lado de um homem que era marido de outra, ou, no caso dele, de uma mulher que não era sua esposa.

— É disso que se trata? A emergência não deu muitos detalhes.

— Fui eu que não repassei detalhes para eles. O morto é genro da assistente pessoal de Roarke, e, no momento, a filha dela é a principal suspeita do crime.

Peabody olhou para a cama.

— Estou vendo que uma situação já complicada está se complicando ainda mais.

— Analise a cena do crime antes de qualquer coisa, depois eu lhe dou detalhes sobre os participantes do drama. Aqui temos uma pistola de atordoar. — Eve levantou um saco plástico lacrado. — A suspeita afirma que...

— Caraca! — exclamou Peabody.

— Que foi? Qual é o problema? — A mão livre de Eve voou para o coldre.

— Isso aí! — Estendendo o braço, Peabody fez os dedos dançarem de forma delicada sobre o bracelete no pulso de Eve. — *Supermag!* Puxa, tá mais para *megamag*, Dallas.

Morrendo de vergonha, Eve cobriu o pulso com o punho da jaqueta. Ela esqueceu que estava usando o bracelete.

— É aconselhável mantermos o foco na cena do crime em vez de comentarmos meus acessórios, detetive.

— Tudo bem, só que isso não é um acessório, é o evento principal da noite. Essa pedra gorda imensa é um rubi?

— Peabody...

— Tá, tá, já sei... — Mas decidiu que iria analisar a joia com muita atenção quando Eve não estivesse olhando. — O que você estava fazendo, Dallas?

— Ah, circulava um pouco aqui pela cena do crime, entre as provas e os cadáveres, só para me divertir.

Peabody rolou os olhos de impaciência.

— Sei, a pergunta foi idiota, mensagem recebida. Puxa, era melhor me dar logo uma porretada em vez de me zoar.

— Na primeira oportunidade — concordou Eve. — Continuando... A suspeita afirma que trouxe uma pistola de atordoar do governo com ela, uma arma reconfigurada para se adequar às leis que regem o porte de armas por civis. Só que o que encontramos aqui não foi uma arma reconfigurada para civis, mas sim uma pistola de uso militar com plena capacidade de ação.

— Uh-huh — concordou Peabody.

— Sucinta como sempre?

— Estou usando expressões incompreensíveis típicas de detetives, Dallas.

— A citada arma, devidamente analisada, exibiu impressões digitais da suspeita, e apenas dela, em todo a extensão, o cano e a coronha. O mesmo aconteceu com a faca, que foi a arma do crime. — Eve apontou para outro saco lacrado no qual se via uma faca ensanguentada. — Aquela sacola ali está cheia de misturadores de sinais eletrônicos, ferramentas de arrombador e também digitais de Reva Ewing.

— Ela é especialista em eletrônica?

— Desempenha essa função para as Indústrias Roarke, mas é uma ex-agente do Serviço Secreto americano.

— Pela cena, parece que a suspeita invadiu a casa, encontrou o marido de sacanagens com uma estranha e retalhou os amantes.

Ela chegou mais perto da cama e dos corpos e continuou:

— Ausência de ferimentos defensivos nas vítimas, sem sinais de luta. Quando alguém começa a retalhar uma pessoa, a tendência é ela reagir, pelo menos um pouco.

— Difícil fazer isso depois de ser atingida por uma rajada de atordoar.

Com a ponta do dedo, Eve indicou os pequenos pontos vermelhos entre as clavículas de Blair e as duas marcas idênticas entre os seios de Felicity.

— Ele foi atingido pelas costas; e ela, de frente — reparou Peabody.

— Isso mesmo. Eu diria que o morto estava em plena sessão de sacanagem com a suposta estranha. O assassino veio por trás, atirou nele, depois o rolou de lado e deu uma rajada na estranha antes de ela sacar o que acontecia. Os dois estavam inconscientes ou, pelo menos, incapacitados de reagir quando a retalhação começou.

— Um sério caso de exagero, muita vontade de matar — comentou Peabody. — Cada um levou mais de uma dúzia de facadas.

— Dezoito nele, quatorze nela.

— Aaai!

— Nem fale! Mas não temos nenhuma facada no coração, o que é interessante. Sai mais sangue do corpo quando o coração não é atingido.

Eve estudou a forma como o sangue se espalhara pelos lençóis e também os respingos que tinham atingido a cúpula do abajur ao lado da cama. Trabalho desagradável, pensou. Desagradável e bagunçado.

— Outro ponto interessante é que nenhum dos buracos foi feito nos locais onde a pistola de atordoar deixou as marcas vermelhas. A suspeita estava com sangue nas roupas. Poucas manchas, diante da extensão do estrago, mas havia algumas. As mãos e os braços estavam limpos.

— Ela deve ter ido se lavar depois de uma lambança sangrenta dessas.

— É de imaginar que sim. Mas veja só... Se ela fez isso, certamente teria despido a blusa também, para se limpar melhor.

É claro que as pessoas, às vezes, se esquecem de detalhes tolos como esse depois de retalhar duas pessoas até a morte.

— A mãe dela está aqui — assinalou Peabody.

— Sim. Pode ser que a mãe a tenha limpado melhor, mas Caro é esperta demais para dar uma mancada dessas. A hora exata da morte foi uma e doze da manhã. Vamos pedir à Divisão de Detecção Eletrônica para verificar a segurança a fim de tentar determinar a que horas a suspeita burlou o sistema e entrou. Preciso que você faça uma inspeção na cozinha para sabermos se a arma do crime pertence a esta casa ou se foi trazida para o local.

Eve parou um instante e prosseguiu:

— Você viu o que sobrou da jaqueta de couro que está largada no chão, ali no corredor?

— Vi. Material de boa qualidade.

— Quero que ela seja ensacada e etiquetada como prova. Reva afirma que retalhou a jaqueta com uma minisserra. Vamos ver se os exames confirmam a versão dela.

— Hum... Por que ela usaria uma minisserra para destruir a jaqueta se tinha uma faca na mão? Cortar tudo com uma faca seria muito mais fácil, mais gratificante e mais eficiente.

— Sim, essa é a questão. Vamos investigar as duas vítimas para saber se havia mais alguém interessado em vê-las mortas, além da esposa traída.

Soltando um silvo por entre os dentes, Peabody olhou novamente para os corpos.

— Se é o que parece, ela vai conseguir alegar capacidade de raciocínio diminuída sem problemas.

— Vamos descobrir o que aconteceu, e não o que parece ter acontecido.

Capítulo Dois

— Não, não... Eu não lavei as mãos nem o rosto dela — garantiu Caro. Ela estava sentada, com os olhos firmes e o rosto sério. Suas mãos, porém, pareciam fortemente enganchadas uma na outra, formando um nó em seu colo, como se ela as usasse para ancorar o próprio corpo à cadeira.

— Tentei tocar o mínimo possível nos objetos e me limitei a tentar acalmá-la até vocês chegarem.

— Caro... — Eve manteve o olhar fixo no dela e tentou ignorar a pequena fisgada de ressentimento na barriga por Roarke continuar na sala, a pedido da própria Caro. — Há um banheiro na suíte lá em cima. Temos indícios, embora a pia tenha sido limpa, de que alguém lavou o sangue do corpo ali.

— Não fui ao segundo andar. Eu lhe dou minha palavra.

Caro pareceu sincera. Por Eve acreditar nela, percebeu que a assistente de Roarke não tinha compreendido as implicações da sua declaração. Pela leve mudança em Roarke, porém, que se pôs em posição de alerta, Eve percebeu que ele compreendera.

Dilema Mortal

Como ele permaneceu calado, a fisgada diminuiu um pouco.

— Há sangue nas roupas de Reva — disse Eve.

— Sim, eu sei, eu vi... — Subitamente, a compreensão surgiu em seus olhos, seguida por uma sensação malcontrolada de pânico. — Tenente, se Reva usou o banheiro, deve ter sido nos instantes em que se encontrava em estado de choque, e não para tentar acobertar algo. A senhora precisa acreditar nisso. Ela estava em choque.

Enjoada certamente ela ficou, pensou Eve. As digitais dela estavam na pia e na borda da privada. Exatamente como deveriam estar se ela tivesse se apoiado com força para vomitar. Mas as impressões não estavam no banheiro da suíte. As provas de sua crise de enjoo estavam no banheiro que ficava no corredor de cima.

Enquanto que os traços de sangue estavam no banheiro da suíte.

— Como foi que você entrou na casa, Caro?

— Como eu entrei? Oh... — Ela passou as mãos pelos cabelos como se tirasse uma teia de aranha do rosto, com ar distraído. — A porta da frente estava destrancada. Na verdade, entreaberta.

— Entreaberta?

— Sim. A luz de segurança estava verde, e foi por isso que eu reparei que ela não estava completamente fechada. Empurrei de leve e entrei.

— Qual era a situação no instante em que você entrou?

— Reva estava sentada no chão do saguão. Encurvara o corpo em posição fetal e tremia muito. Não dizia coisa com coisa.

— Mas estava consciente o bastante algum tempo antes, quando ligou para você para lhe informar que Brian e Felicity tinham sido mortos, e ela, sua filha, estava em apuros.

— Sim. Isto é, eu entendi que ela precisava de mim e que Blair e Felicity estavam mortos. Ela disse: "Mãe, eles morreram. Alguém os matou!" Ela estava chorando muito. E sua voz estava fraca e esquisita. Ela me disse que não sabia o que fazer nem como proceder. Perguntei onde ela estava e ela me disse. Não sei exatamente o que ela disse na hora nem o que eu respondi. Mas está tudo gravado no *tele-link* da minha casa. A senhora poderá ouvir por si mesma. — A voz dela se tornou mais dura.

— Sim, é o que faremos.

— Sei que Reva e depois eu deveríamos ter entrado em contato com a polícia imediatamente.

Caro passou a mão de leve sobre o joelho, alisando a calça de pijama que usava quando saiu de casa. Então olhou para a roupa com mais atenção, como se só naquele momento percebesse o que estava vestindo.

Suas bochechas coraram de leve, e então ela suspirou.

— Só posso lhe dizer que nós duas, tanto eu quanto Reva, não estávamos pensando direito na hora, e isso me fez entrar em contato com a pessoa em quem mais confiávamos.

— A senhora tinha conhecimento de que seu genro era infiel?

— Não, não tinha. — As palavras saíram depressa, quase com raiva. — Antes que a senhora pergunte, eu conhecia Felicity muito bem... ou pensei conhecê-la — emendou Caro. — Eu a considerava uma das melhores amigas de Reva, quase uma irmã. Ela estava sempre na minha casa, e eu aqui na dela.

— Sabe informar se ela estava envolvida com outros homens?

— Felicity tinha uma vida social muito ativa e geralmente procurava a companhia de artistas. — Sua boca ficou rígida quando seus pensamentos vagaram, obviamente, para a figura do genro. — Ela costumava brincar dizendo que ainda não estava pronta para se acomodar com nenhum estilo ou nenhuma época, tanto em se tratando de homens quanto da sua coleção de arte. Eu a achava uma mulher inteligente, muito estilosa e com grande senso de humor. Reva geralmente e muito fechada e centrada no trabalho. Eu achava... acreditava, mesmo, que Felicity fosse uma boa amiga para minha filha, alguém que a fazia entrar em contato com o lado mais frívolo e leve da vida.

— Com quem Felicity andava saindo, ultimamente?

— Não sei afirmar com certeza. Tinha um homem em sua vida havia algumas semanas. Às vezes nos encontrávamos aqui, nos *brunches* que ela oferecia aos domingos. Ele era pintor, me parece. — Ela fechou os olhos, para tentar focar melhor as ideias. — Sim, era pintor. Seu nome era Fredo. Felicity o apresentou como Fredo, e ele me pareceu muito dramático, marcante e intenso, talvez de origem estrangeira. Poucas semanas antes dele, porém, ela estava saindo com outro. Um rapaz pálido e taciturno. E antes disso...

Ela encolheu os ombros.

— Ela apreciava os homens, tenente — continuou. — Aparentemente, no entanto, não se aprofundava muito em nenhum dos relacionamentos.

— Você conhece mais alguém que pudesse ter acesso às senhas de segurança desta casa?

— Não sei de ninguém. Felicity era muito rigorosa com relação à segurança. Nunca contratou empregados humanos e mantinha apenas androides para o trabalho doméstico. Costumava dizer que as pessoas não eram confiáveis porque sempre acreditavam nas figuras erradas. Eu me lembro de ter dito a ela, certa ocasião, que achava muito triste esse seu modo de ver as coisas. Ela riu e me disse que se isso não fosse verdade a minha filha não teria um bom emprego na área de segurança.

Eve viu quando Peabody entrou na sala e se levantou.

— Obrigada, Caro. Vou precisar conversar com você novamente, e preciso de sua permissão para levar os *tele-links* de sua casa para averiguação.

— É claro que eu permito, tenente, e também qualquer coisa que seja necessária para esclarecer tudo. Quero que a senhora saiba o quanto aprecio vê-la à frente da investigação. Sei que a senhora encontrará a verdade. Posso ficar um pouco com Reva, agora?

— É melhor esperar um pouco aqui, pelo menos por enquanto. — Ela lançou um olhar para Roarke, insinuando que aquilo também valia para ele.

No corredor, ela fez que sim com a cabeça para Peabody.

— Os técnicos retiraram amostras de sangue do ralo da pia do banheiro da suíte e pegaram uma digital de Reva Ewing nas bordas do vaso, embora as outras tenham sido limpas com muito cuidado. A arma do crime não combina com os talheres desta casa. Há um belo conjunto de facas na cozinha, mas nenhuma peça está faltando.

Ela consultou as anotações e continuou:

— O androide foi reativado. Seu sistema foi desligado às nove horas e vinte e um minutos da noite de ontem. Antes disso, ele gravou Felicity em casa, e ela estava acompanhada. Programou o androide para ele não informar nomes nem detalhes. Vamos precisar levá-lo para a Central a fim de investigar sua memória interna.

— Providencie isso, então. Há algum vestígio de sangue no banheiro do corredor lá de cima?

— Nada. Só as digitais de Reva Ewing nas bordas da privada.

— Certo. Vamos repassar tudo com Reva, mais uma vez.

Elas seguiram juntas até a sala de estar, onde um guarda tomava conta de Reva. No instante em que Eve entrou, ela se levantou.

— Tenente, eu gostaria de conversar com a senhora. É particular.

Eve fez um gesto para que o guarda saísse da sala e falou sem olhar para Peabody.

— Esta é a minha parceira, a detetive Peabody. O que gostaria de falar conosco, sra. Ewing?

Reva hesitou, mas, quando viu Eve se sentar, soltou um suspiro de resignação.

— É que minha cabeça está começando a desanuviar, e eu percebi o quanto estou enrascada até o pescoço. Sem falar nos apuros em que coloquei minha mãe também. Ela só veio até aqui porque eu estava histérica. Não quero que nada do que me atingiu respingue nela.

— Não se preocupe com sua mãe. Ninguém aqui vai magoá-la nem pressioná-la.

— Certo. — Reva fez um aceno curto com a cabeça. — Que bom, então.

— Você me contou que quando puxou as cobertas viu os corpos e o sangue.

— Sim. Vi que eles estavam mortos. *Sabia* que estavam mortos. Só poderiam estar.

— Onde estava a faca?

— Faca?

— A arma do crime. Onde ela estava?

— Não sei. Não vi nenhuma faca. Apenas Blair e Felicity.

— Peabody, poderia mostrar à sra. Ewing a arma que recolhemos como prova do crime?

Peabody pegou a faca em um saco plástico lacrado e deu alguns passos à frente, para exibi-la a Reva.

— Reconhece esta faca, sra. Ewing?

Reva olhou para a lâmina manchada, o cabo ensanguentado e ergueu os olhos atônitos e confusos na direção de Eve.

— Essa faca é de Blair. Faz parte do conjunto que ele comprou no ano passado, quando decidimos aprender culinária. No fim, eu disse para ele ir em frente sozinho, porque eu ia continuar com o AutoChef e pratos comprados prontos. Ele chegou a assistir a algumas aulas e cozinhava de vez em quando. Essa aí parece uma das facas do conjunto dele.

— Você a trouxe quando veio aqui esta noite, Reva? Estava com tanto ódio que a colocou na sacola, talvez para ameaçá-los ou assustá-los?

— Não. — Ela recuou um passo. — Não, eu não a trouxe para cá.

Dessa vez foi Eve que mostrou um saco plástico para provas.

— Esta é a sua arma de atordoar?

— Não. — Os dedos de Reva se curvaram com força e suas unhas se enterraram na palma das mãos. — Essa é um modelo novo, de uso militar. Minha arma tem mais de seis anos de uso, uma pistola do Serviço Secreto reconfigurada para ser usada por civis. Essa aí não me pertence. Eu nunca a vi antes.

— Tanto ela quanto a faca foram usadas para abater as vítimas. Ambas estão com as suas digitais

— Isso é loucura.

— A violência dos esfaqueamentos resultaria em muito sangue derramado. Isso mancharia suas mãos, braços, rosto e roupas.

Como um autômato, Reva olhou para as mãos e as esfregou devagar uma contra a outra.

— Sei que há sangue na minha blusa. Não entendo... Talvez eu tenha tocado em alguma coisa lá em cima. Não lembro. Mas sei que não os matei. Nunca toquei nessa faca nem nessa pistola. Não estou com sangue nas mãos.

— Mas há sangue no ralo da pia e suas digitais estão nas bordas da privada.

— A senhora acha que eu lavei as mãos? Acha que eu tentei limpar tudo, acobertar o que aconteceu e só então liguei para minha mãe?

Eve percebeu que Reva estava raciocinando melhor, e a irritação chegava junto com a coerência. Seus olhos escuros estavam com raiva, e seus dentes se cerraram com força enquanto a cor lhe retornava ao rosto.

— Quem, diabos, a senhora pensa que eu sou? Acha que eu seria capaz de retalhar em pedaços o meu marido e a minha amiga só porque eles me fizeram de idiota? E, se fizesse isso, acha que eu seria burra a ponto de não me livrar da arma do crime nem correr para montar um álibi forte? Pelo amor de Deus, tenente, eles estavam *mortos*. Já tinham morrido quando eu cheguei aqui.

Reva se levantou da cadeira revoltada enquanto despejava as palavras, e a raiva era tão intensa em seu rosto que ela começou a andar pela sala de um lado para o outro.

— O que está acontecendo? Que diabo é *isso*? — desabafou.

— Por que você veio aqui esta noite, Reva?

— Para me confrontar com eles, gritar, sair do sério e talvez dar uma boa joelhada no saco de Brian. Depois, dar umas porradas bem-dadas no rostinho lindo e glamoroso de Felicity. Quebrar alguma antiguidade e armar o maior barraco.

— Por que hoje?

— Porque eu só *descobri* a traição esta noite, droga!

— Como? Como foi que você descobriu?

Reva parou e olhou para Eve, como se tentasse compreender uma frase pronunciada em uma língua estranha.

— O pacote. Meu Deus, as fotos e as notas fiscais. Entregaram um pacote na porta da minha casa agora à noite. Eu já estava na cama. Foi cedo, logo depois das onze, mas eu estava entediada e fui para a cama. Ouvi a campainha tocar no portão, e isso me irritou. Não imaginei quem pudesse estar me visitando às onze da noite, mas fui atender. Havia um pacote junto da grade. Abri o portão e o peguei.

— Você viu alguém?

— Não, só o pacote. Como era algo suspeito, passei o scanner nele. Não esperava nenhuma bomba, nem nada desse tipo — garantiu ela, com um sorriso torto —, mas fui pelo hábito e segui o instinto. Vi que não havia perigo e trouxe o pacote para dentro. Achei que tinha sido enviado por Blair. Um presente do tipo "já estou com saudades". Ele costumava fazer esse tipo de coisa tola e romântica...

Ela parou de falar e lutou contra as lágrimas que faziam seus olhos brilharem muito.

— Eu simplesmente achei que era dele e abri a caixa. Havia muitas fotos, um monte de instantâneos de Blair e Felicity juntos. Cenas íntimas, fotos que eram deles, sem dúvida, acompanhadas de notas fiscais de hotéis e restaurantes. Merda!

Ela pressionou os dedos sobre os lábios.

— Notas de joias e peças de roupa íntima que ele havia comprado, mas nenhuma era para mim. Todas elas foram lançadas numa conta que eu nem sabia que ele tinha. Havia também dois discos, um deles com gravações feitas por *tele-link*. O outro tinha textos, bilhetes e vários e-mails que eles haviam trocado um com o outro. Ligações de amor, cartas apaixonadas. Tudo muito íntimo e descrito com detalhes.

— E não havia nada que indicasse quem tinha enviado o material para você?

— Não. Para falar a verdade, nem especulei a respeito, na hora. Fiquei chocada, furiosa e magoada. A última ligação era deles conversando sobre os dois dias que iriam curtir juntos, bem aqui nesta casa, enquanto eu imaginava que ele estaria fora da cidade. Os dois riram de mim — murmurou ela. — Deram boas gargalhadas com a idiota sem noção, que não sacava o que rolava debaixo do próprio nariz. Uma especialista em segurança que não conseguia rastrear nem as puladas de cerca do marido.

Ela se largou no sofá novamente.

— Isso não faz sentido. É loucura. Quem seria capaz de matá-los e armar essa cilada para eu levar a culpa?

— Onde está o pacote? — perguntou Eve.

— No meu carro. Trouxe tudo comigo, para o caso de amarelar na hora, embora isso fosse difícil de acontecer. Deixei no banco do carona, onde eu podia vê-lo a caminho daqui.

— Peabody.

Dilema Mortal

Reva esperou Peabody ir até a calçada para pegar o pacote.

— Sei que isso não vai me fazer parecer menos culpada. Recebi provas de que meu marido trepava com minha melhor amiga. Soube que haveria um *rendez-vous* hoje à noite e vim para cá, armada e pronta. Eu mesma me coloquei nesse buraco. Não sei como nem por que armaram isso para cima de mim. Também não sei por que a polícia acreditaria que eu caí numa cilada, mas foi exatamente o que aconteceu.

— Vou ter de levá-la para a Central. Vou ter de fichá-la e depois preencher uma acusação contra você. A acusação vai ser homicídio duplo em primeiro grau, qualificado. — Eve notou o sangue desaparecer por completo do rosto de Reva. — Não conheço você — continuou ela —, mas conheço sua mãe e conheço Roarke. Nenhum dos dois é ingênuo. Ambos acreditam em você, e é por isso que eu vou lhe aconselhar uma coisa, extraoficialmente: contrate um advogado. Arrume um bando de bons advogados e não minta para mim. Não minta sobre nada, absolutamente nada que eu venha a perguntar. Se esses advogados forem bons de verdade, vão conseguir liberar você sob fiança amanhã bem cedinho. Permaneça calma, aja de forma correta e fique disponível para mim. Se você me esconder alguma coisa, eu vou descobrir e pode ter certeza de que isso vai me deixar muito revoltada.

— Não tenho nada a esconder.

— Pode ser que você se lembre de algo que queira manter oculto. Quando isso acontecer, *se acontecer*, pense duas vezes. Quero que você se ofereça como voluntária para um teste no detector de mentiras, nível três. É um inferno, trata-se de um exame invasivo, pode ser doloroso, mas, se você não tiver nada a esconder e for correta comigo, vai passar. Um teste desses, ainda mais de nível três, pode fazer a balança pender para o seu lado.

Ela fechou os olhos e respirou fundo.

— Eu aguento o nível três.

Eve sorriu de leve.

— Nem o comece se estiver se sentindo para baixo. Eu já passei por esse teste e sei que é de arrasar. Posso conseguir um mandado para fazer buscas na sua casa, no seu escritório, nos seus veículos, em toda parte. Só que, se você me der permissão para fazer essas buscas, por gravação, isso vai pesar a seu favor também.

— Estou colocando muita coisa em suas mãos, tenente.

— De qualquer modo, tudo já está na minha mão.

Eve levou Reva para a Central e a fichou. Pelo avançado da hora, ela poderia optar, sem sair do regulamento, continuar o interrogatório depois que amanhecesse. Mas ela ainda tinha trabalho pela frente. E tinha Roarke.

Caminhou pela sala de ocorrências, onde alguns detetives da Divisão de Homicídios, espalhados pelo turno da madrugada, bocejavam sem parar à espera de mais duas horas até o fim do seu horário. Como imaginava, encontrou Roarke à espera em sua sala.

— Preciso falar com você — começou ele.

— Já deu para eu perceber, mas não converso nada sem antes tomar um café. — Foi direto para o AutoChef e programou duas canecas de café puro, bem forte.

Ele permaneceu onde estava. Só se inclinou de leve para olhar para fora da janela minúscula da sala de Eve e observou o tráfego intermitente dos momentos que antecediam o amanhecer. Enquanto ela bebia, percebeu a impaciência e a indignação que pareciam brotar da pele dele com a força de raios e relâmpagos.

— Providenciei para que Caro possa ter quinze minutos a sós com a filha. Isso é o melhor que posso fazer. Depois, quero que você tire sua assistente daqui. Leve-a para casa, tranquilize-a, você sabe como fazer isso.

— Ela está desesperada de preocupação.

— Espero que esteja mesmo.

— Você espera? — Ele se virou lentamente. Tão devagar, na verdade, que Eve percebeu que um ataque de fúria avassalador estava sendo contido a muito custo. — Você acaba de acusar a filha única dela de dois assassinatos em primeiro grau e de colocá-la em uma cela.

— E você pensou que, por gostar deles, e eu de você, eu a deixaria simplesmente sair de cena dançando livre, leve e solta mesmo com impressões digitais dela na arma? As vítimas são o marido e uma grande amiga, ambos encontrados nus em cima de uma cama. E ela mesma admitiu que invadiu a casa depois de descobrir que o maridão estava trepando com a boa amiga Felicity.

Ela tomou um gole imenso de café e apontou para ele segurando a caneca.

— Pois é. Talvez tivesse sido mais adequado eu seguir a rotina religiosa para essas ocasiões, acompanhando-a até a porta com o conselho "Vá e não peques mais".

— Ela não matou ninguém! — exasperou-se Roarke. — É óbvio que Reva caiu numa cilada, e quem os matou a escolheu para levar a culpa, planejou tudo com cuidado e a deixou com o pepino na mão.

— Por acaso, eu concordo plenamente com você.

— Trancafiá-la só vai dar a quem armou tudo isso uma oportunidade para... O que foi que você disse?

— Que concordo com você sobre a armação para cima dela. Mas não concordo com a frase que você acabou não completando. — Ela tomou outro café, o mais devagar que conseguiu, deixando o líquido quente deslizar deliciosamente pela garganta. — Não estou dando a quem preparou tudo a oportunidade de fugir nem nada desse tipo. Estou lhe dando a chance de simplesmente *pensar* que vai escapar impune, ao mesmo tempo que mantenho Reva num lugar seguro. Tudo isso seguindo a lei ao pé da letra, como é aconselhável. Estou fazendo o meu trabalho, então saia da minha cola, Roarke!

Ele se sentou porque se sentiu subitamente exausto e também porque estava extremamente preocupado com a mãe e com a filha. Considerava ambas como responsabilidade sua.

— Você acreditou nela, então? — perguntou.

— Sim, acreditei. E acreditei nos meus olhos.

— Como assim? Estou meio embotado agora de manhã. O que foi que seus olhos lhe contaram?

— Que foi tudo armado demais. O ambiente parecia o cenário de uma peça. Um casal despido sobre uma cama, cruelmente assassinado. A faca, toda ensanguentada, pertencente à cozinha da suspeita principal, cravada no colchão de forma dramática. Sangue no ralo do banheiro da suíte. Impressões digitais da suspeita na borda da pia — uma única impressão, solitária, como se tivesse sido negligenciada na hora de limpar as outras. Apesar disso, *muitas* impressões estavam espalhadas em toda parte, nas armas do crime, como se a investigadora principal do caso precisasse ser levada pela mão, como uma criança, até encontrar as provas irrefutáveis.

— O que certamente não aconteceu. Devo pedir desculpas por duvidar da sua capacidade?

— Deixo esse insulto passar, mas só porque são cinco horas da manhã e a noite foi longa. — Eve se sentiu tão generosa que lhe ofereceu outro café e programou mais uma caneca para si mesma. — Apesar disso, a armação foi bem-planejada e executada no todo. Quem fez isso conhecia bem a sua amiga, o que ela fazia para ganhar a vida e como reagiria à situação. Tinha de estar completamente certo de que ela iria correndo até a casa da amiga com ódio mortal nos olhos. Tinha de saber que ela burlaria a segurança. Imaginou que talvez ela batesse à porta antes, mas que não daria as costas e iria embora quando ninguém atendesse. Só que a pessoa que planejou tudo deixou passar alguns detalhes importantes.

— Quais?

— Se ela tivesse invadido a residência com um facão na mão, não teria remexido na sua sacola de ferramentas para pegar uma minisserra a fim de destruir a jaqueta de couro. Se lavou as mãos de sangue na pia do banheiro da suíte, por que escolheu o outro banheiro, do corredor, para vomitar? Por que deixou as digitais lá e limpou as do primeiro banheiro? Como é que ficou sem respingos de sangue nos cabelos? O sangue espirrou no abajur e na parede. Para fazer o que fez, ela teria de estar bem em cima das vítimas, mas não tem nem um respingozinho sequer de sangue nos cabelos. Será que ela os lavou também? Se fez isso, por que os peritos não acharam um único fio de cabelo dela no ralo?

— Você é muito meticulosa.

— É por isso que eles me pagam um salário milionário — brincou. — Quem fez isso *conhecia* Reva Ewing. Queria ver uma das vítimas morta, talvez ambas. Ou talvez queira apenas que Reva passe o resto da vida na prisão. Isso é um enigma.

Eve se sentou na beira da mesa, tomando café.

— Vou revirar a vida dela de cabeça para baixo e repetir o mesmo com as vítimas. Um dos três é a chave do mistério. Quem armou isso seguiu e vigiou as vítimas, tirou fotos, instalou grampos, tudo com competência. Entrou na casa de forma tão sorrateira quanto Reva, o que prova que sistemas de segurança não são problema para ele, ou eles. Tinha uma pistola a laser de uso militar Preciso analisá-la com calma, mas aposto que não é nenhuma imitação barata conseguida no mercado negro. Quem armou tudo isso achou que um policial qualquer iria chegar a cena do crime, engolir toda a xaropada sem questionar nada e sair dali mastigando donuts.

— Não a minha policial.

— Nem nenhum tira da Divisão de Homicídios, senão já teria levado um chute na bunda — afirmou Eve, com firmeza. — Quando uma cena parece perfeita demais na superfície, é claro que é falsa. Quem armou tudo resolveu abusar da criatividade. Talvez tenha imaginado que Reva fosse sair correndo do local. Que quando acordasse iria entrar em pânico e fugir. Mas ela não fez isso. Vou mandar que os médicos a examinem para ver se ela foi derrubada ou recebeu alguma droga que a apagou. Reva não me parece o tipo de mocinha frágil que desmaia à toa.

— Não, eu também não diria isso.

Sem parar de tomar o café, Eve olhou para Roarke por sobre a borda da caneca.

— Você vai continuar pegando no meu pé?

— Vou, sim. — Ele tocou o braço dela e deixou a mão correr para cima e para baixo, acariciando-o. — Tanto Caro quanto Reva são pessoas muito importantes para mim. Quero que você me deixe ajudá-las nesse caso. Se recusar, vou investigar tudo por fora, por minha conta. Sinto muito, mas é o que vou fazer. Caro é mais que uma funcionária para mim, Eve. Ela me pediu socorro e nunca tinha me pedido nada pessoal até hoje. Nem uma vez sequer, nos muitos anos em que trabalha para mim. Não posso ficar fora disso, nem mesmo por você.

Ela deu mais um gole lento, sem tirar os olhos dele.

— Se você aceitasse ficar fora disso, mesmo por mim, não seria o homem por quem eu me apaixonei, para início de conversa, certo?

Ele colocou o café de lado, deu um passo à frente e emoldurou o rosto dela com as mãos.

— Lembre-se desse momento da próxima vez em que ficar furiosa comigo, combinado? Prometo fazer o mesmo. — Baixou os lábios, pressionou-os contra a testa dela. — Vou lhe repassar todas as informações que eu tenho sobre Caro e Reva. Você terá

Dilema Mortal

em mãos uma quantidade considerável de dados pessoais. Depois eu lhe consigo mais material.

— É um bom começo.

— Caro me pediu para fazer isso. — Ele se afastou devagar.

— De qualquer modo, eu o teria feito, mas o pedido dela facilita as coisas. Você vai descobrir, ao lidar com minha assistente, que ela é uma pessoa muito escrupulosa.

— Como conseguiu ter escrúpulos trabalhando para você?

— Um paradoxo, não é? — perguntou ele, rindo. — Você vai convocar Feeney para trabalhar no caso?

— Sim, vou precisar de gente de gabarito da DDE, então é claro que chamarei Feeney, e ele certamente trará McNab.

— Eu poderia ajudar com a parte de eletrônica.

— Se Feeney quiser você, poderá solicitar sua participação na equipe, mas antes eu preciso liberar isso com o comandante. O problema é que sua ligação com a principal suspeita vai criar uma situação delicada para a polícia. Se eu não conseguir convencer o comandante Whitney de que foi tudo uma armação, ele não vai aceitar sua ajuda nem mesmo extraoficialmente.

— Deposito minhas fichas em você.

— Vamos dar um passo de cada vez. Leve Caro para casa.

— Farei isso. E vou liberar minha agenda o máximo possível, até esse caso ser solucionado.

— Você vai bancar os advogados para Reva?

— Ela não aceitará isso. — Uma sombra de irritação surgiu em seu rosto. — Nenhuma das duas vai ceder com relação a isso.

— Mais uma coisinha: você e Reva alguma vez dançaram tango juntos?

— Você quer saber se já fomos amantes? Não.

— Ótimo. Assim a coisa fica menos estranha. Agora, caia fora da minha sala — ordenou. — Preciso pegar minha parceira para ir até o Queens.

— Posso fazer só uma pergunta, antes?

— Desde que seja rápido.

— Se você tivesse entrado na cena do crime essa madrugada e não houvesse nenhuma ligação da suspeita comigo, teria agido da mesma forma?

— Não havia ligação alguma no instante em que coloquei os pés naquela casa — assegurou Eve. — Por isso é que eu consegui enxergar o que havia para ser enxergado. Não poderia ter levado você na mente, lá para dentro. Portanto, respondendo à pergunta: sim, eu teria agido do mesmo jeito.

— É bom saber.

— Você também faria isso. Sabe ser frio quando é preciso. Estou falando isso no bom sentido.

— Sei que sim — garantiu ele, dando uma risada.

— Só deixei você entrar na minha cabeça por um único instante, depois que entrei naquela casa.

— Ah, é? Em que momento?

— Quando eu pensei: "Se Roarke tivesse armado isso aqui, ninguém perceberia que era uma cilada. Quem fez isso precisa tomar algumas aulas com ele."

Dessa vez ele riu com vontade, e Eve percebeu, com satisfação, que um pouco do ar preocupado havia desaparecido dos olhos dele.

— Puxa, querida, isso é um baita elogio!

— Só estou sendo justa, e essa é outra razão de eu aceitar sua ajuda. Já que estou lidando com uma armação feita com classe e estilo, é melhor trabalhar direto com quem sabe os "comos" e "porquês" de uma cilada desse tipo. Comece questionando em que projeto Reva está trabalhando para você no momento, pesquise os sistemas que ela criou recentemente e o que vai fazer em seguida.

— Já estou colocando os miolos para funcionar.

— Mais uma coisa: é melhor designar um guarda-costas para Caro, só por garantia. Ela vai preferir um agente particular em vez de um tira.

— Já providenciei isso.

— Os motivos vão começar a aparecer. Caia fora!

— Já que você pediu com tanto jeitinho... — Ele a beijou antes de sair, um toque suave entre os lábios. — Não se esqueça de comer algo decente durante o dia — disse ele ao passar pela porta.

Ela olhou para uma placa do teto, sob a qual estava escondida uma barra de chocolate, embora soubesse que não era exatamente isso que ele queria dizer.

Capítulo Três

Eve esperava uma casa típica de classe média em um bairro residencial. Mas a mansão do casal Ewing-Bissel estava muito acima da classe média. Era uma estrutura branca em forma de cubo, projetada em estilo contemporâneo, protegida por um muro de pedras recicladas. Havia muitos ângulos e vidros espelhados em um dos lados.

O piso da área de entrada era revestido das mesmas pedras recicladas do muro, num tom forte de vermelho. Havia árvores e arbustos ornamentais crescendo em vasos imensos, em meio a várias esculturas estranhas, metálicas, que Eve imaginou terem sido criadas por Blair Bissel.

Ela achou que as obras eram mais frias e pretensiosas do que belas ou artísticas.

— Reva Ewing entende mesmo de segurança — comentou Peabody depois de elas enfrentarem uma série de obstáculos e senhas para alcançar o lado de dentro do muro. — A casa é boa, para quem gosta desse tipo de arquitetura.

— Você não gosta?

— Não. — Peabody fez uma careta ao caminhar pela trilha de pedras vermelhas que atravessava o gramado. — Esse tipo de design me faz pensar numa prisão, e eu nunca consigo decidir se o objetivo é manter as pessoas fora ou impedir a saída de quem está dentro. Sem falar na arte, que acho de gosto duvidoso.

Ela parou para analisar uma forma achatada em metal que exibia uma imensa cabeça triangular com dentes cintilantes, de onde saíam oito pernas finas e compridas.

— Tem um monte de artistas na minha família — continuou ela. — Temos um casal que esculpe basicamente com metais e coisas estranhas desse tipo. O resultado é intrigante, mas geralmente divertido ou pungente.

— Metal pungente.

— Pois é, fica esquisito. Veja só isso: um cruzamento de cão de guarda com aranha. É assustador e rude. Que diabo é aquilo?

Ela apontou para outra escultura. Aquela, percebeu Eve ao chegar mais perto, representava duas figuras aparentemente abraçadas. Um homem e uma mulher, o que ficava óbvio diante do comprimento exagerado de um pênis pintado de vermelho arroxeado. O órgão tinha forma pontuda e estava a ponto de penetrar a figura feminina.

A mulher, notou Eve, estava curvada para trás, em sinal de paixão ou terror, e seus longos cabelos, que mais pareciam tentáculos, esvoaçavam para trás.

As figuras não tinham rosto, apenas forma e sentimento. Depois de um momento, ela decidiu que a sensação não era de romance, nem mesmo de sexo ou erotismo. Era pura violência.

— Eu diria que ele tem talento, mas até o talento pode ser doentio.

Como aquela imagem a deixava desconfortável, Eve deu as costas para a escultura e se dirigiu para a porta de entrada. Mesmo com os códigos e senhas que Reva informara, levou tempo e foi preciso muito trabalho para elas conseguirem entrar na casa.

A porta se abriu e elas se viram diante de uma espécie de átrio coberto por claraboias em vidro fumê instaladas a uma altura de três andares, com um piso extenso e escorregadio em porcelanato azul.

Havia uma fonte borbulhante no centro do espaço, com figuras metade homem, metade peixe que expeliam água violentamente no lago.

As paredes eram todas espelhadas, multiplicando os reflexos um número incontável de vezes. Vários aposentos saíam a partir desse ponto central, através de espaços retangulares sem portas.

— Esse ambiente não combina com ela — declarou Eve. — Diria que foi ele quem escolheu o bairro e a decoração. Ela simplesmente o acompanhou.

Peabody olhou para cima e analisou esculturas de pássaros que mais pareciam saídos de um pesadelo, pendurados no ar. Pareciam sobrevoar uma refeição, voando em círculos.

— Você acha isso, Dallas?

— Acho. Eu também não combino com o lugar onde moro.

— Isso não é verdade.

Eve deu de ombros e circulou a fonte, com desconfiança.

— Pelo menos eu não combinava quando me mudei para lá. Tudo bem, sei que a situação é diferente. Minha casa é linda, com ambientes plausíveis, confortáveis e, sei lá... aconchegantes. Mas aquela já era a casa de Roarke antes do casamento, continua sendo mais dele do que minha, mas eu não me importo com isso.

— Ela realmente o amava muito. — Aquele lugar dava calafrios em Peabody, e ela não tentou esconder isso. — Se aguentou vir morar aqui porque ele queria, só podia amá-lo muito.

— É o que eu imagino também — concordou Eve.

— Vou procurar a cozinha e verificar se a arma do crime veio daqui.

Dilema Mortal

Eve concordou com a cabeça e, usando uma planta que Reva desenhara, subiu uma escadaria.

Ela estava dormindo, pensou Eve. Ouviu a campainha, se levantou, verificou o monitor de segurança e viu o pacote.

Eve parou diante de uma janela ampla do segundo andar, debruçada sobre um jardim de pedra e metal. Nada estava vivo ali, refletiu. Nada parecia real.

Ela se levantou, foi em frente, desceu e saiu para pegar o pacote. Passou o scanner nele para ver se não havia explosivos. É uma mulher cuidadosa e muito cautelosa.

Depois de liberado, entrou em casa com o pacote.

Eve notou os primeiros sinais de vida na mansão quando entrou na suíte principal. Havia outros espelhos ali, além de painéis prateados em uma das paredes e mais dois espelhos formando uma porta dupla. A cama, grande como uma campina, estava desfeita, e uma camisola jazia embolada em um canto. A porta de um dos closets estava aberta. Era o closet de Reva, notou Eve de imediato.

Ela havia aberto o pacote e se sentou na cama quando as pernas não aguentaram segurar o corpo, imaginou Eve. Deve ter analisado as fotos várias vezes, enquanto o cérebro tentava entender o significado de tudo aquilo. Depois, observou com atenção as notas fiscais. Foi até um centro de dados do outro lado da suíte e colocou os discos para rodar.

Deve ter andado pelo quarto, Eve tinha certeza disso. Pelo menos era isso que ela teria feito. Reva deve ter caminhado de um lado para outro, xingado muito, e certamente chegou a derramar lágrimas de raiva. Talvez tenha atirado algo frágil na parede.

Notou, com alguma satisfação, cacos de vidro no outro canto do quarto.

Muito bem, agora é hora de ação. Ela se vestiu e pegou as ferramentas. Bolou um plano rapidamente, entre acessos de raiva e mais xingamentos.

Levou... quanto tempo? Uma hora, no máximo, do momento em que abriu o pacote até sair de casa.

Eve se virou para o *tele-link* do quarto e reproduziu as transmissões recebidas nas últimas vinte e quatro horas.

Uma delas era de Felicity. Tinha sido feita às duas da tarde.

Oi, Reev. Sei que você está no trabalho a essa hora, mas não gosto de incomodá-la ligando para lá. Vim só contar que marquei um encontro quente para hoje à noite. Tomara que a gente se encontre na sexta ou no sábado, para eu contar os detalhes picantes. Quanto a você, comporte-se enquanto Blair estiver viajando. De qualquer modo, se resolver agitar por aí, quero saber de tudo depois. Ciao!

Eve congelou a imagem e olhou com muita atenção para Felicity Kade. Seu tipo era o de loura boazuda, cheia de saúde e muito estilosa, refletiu Eve. Rosto rosado, maçãs do rosto salientes e boca sedutora, com lábios cheios. Olhos tão azuis que eram quase violeta, e uma pinta preta ao lado do olho esquerdo.

Eve seria capaz de apostar que ela pagara uma boa grana para esculpir um rosto como aquele.

Estava cobrindo sua retaguarda com aquela ligação. A mensagem era: *Não ligue para mim hoje à noite, vou estar acompanhada. Por acaso o gato é o seu marido, mas o que você não sabe não pode machucá-la.*

Pelo menos isso era o que ela acreditava quando fez a empolgada ligação.

Havia um brilho diferente em seus olhos, uma espécie de energia exacerbada que fez Eve desconfiar que Blair Bissel provavelmente já estava em sua companhia naquele momento, só que fora do alcance da câmera do *tele-link*.

E quando Blair ligou para casa, às cinco e vinte da tarde, conforme Eve reparou, teve o cuidado de deixar apenas o rosto aparecer na tela. Seus olhos de gato, muito verdes, eram intensos. O sorriso descontraído em uma boca belíssima parecia entediado, como a voz.

Dava para perceber o porquê de Reva ter se apaixonado por ele. Era mais fácil entender isso pela transmissão do que pela foto da sua carteira de identidade, que Eve já analisara. Quando a um rosto lindo um homem acrescenta um jeito preguiçosamente alegre e um tom de voz sexy com ritmo lento, o resultado é poderoso.

Oi, gata. Imaginei que você já estivesse em casa a essa hora. Devia ter ligado para seu tele-link *pessoal. Estou meio lerdo ainda, com a viagem e o jet lag da diferença de fuso horário. Vou apagar agora e você não vai conseguir falar comigo. Preciso puxar um ronco o mais rápido possível, para me restabelecer. Tento achar você de novo assim que acordar.*

Tenha saudades de mim, gata. Quanto a mim, pode crer que já estou morrendo de saudades de você.

Ele cobriu sua retaguarda também e ainda ficou com a noite livre para se divertir com sua amiguinha de cama.

Mesmo assim, aquilo tinha sido um ato impensado, descuidado. Pelo menos seria se a mulher não confiasse nele cegamente. E se ela resolvesse rastrear a ligação, como Eve ia fazer naquele momento? E se tivesse um impulso maluco de ir para onde ele estava a fim de lhe fazer uma surpresa?

E se... Um monte de possibilidades banais muitas vezes acontecia, deixando o marido safado ou a mulher traidora na marca do pênalti.

Em vez de encarar o vexame de ser descoberto, ele acabou morto. Porque outra pessoa o estava rastreando. Alguém o estava vigiando e esperando a hora e o lugar certos para o ataque.

Mas por quê?

— O conjunto de facas combina — relatou Peabody, voltando da cozinha. — Mas está faltando a faca serrilhada para pão.

— Por acaso é a mesma que temos no saco de provas?

— Sim, a própria. Também verifiquei as atividades do AutoChef. Reva Ewing comeu uma porção individual de *piccata* de frango e uma salada verde às nove e meia da noite de ontem. Antes disso, o único registro foi waffles com café, duas porções, bem cedo, ontem de manhã.

— Então tomaram o café da manhã juntos, antes de ele sair para sua falsa viagem de negócios e ela ir para o trabalho.

O sistema de segurança mostra que Reva entrou em casa sozinha às dezoito horas e doze minutos. A campainha do portão tocou, conforme ela afirmou, pouco depois das onze da noite. Sua saída para abrir o portão, recolher o pacote e passá-lo pelo scanner de segurança, antes de trazê-lo para dentro de casa, também bate com as informações que deu.

— Você fez um serviço completo mesmo, hein?

Peabody sorriu e explicou:

— Nós, detetives, conhecemos bem as rotinas.

— Aproveitando para tirar onda com a promoção, né?

— Mereço no mínimo um mês para curtir e mencionar meu novo status de detetive pelo menos três vezes por dia. Depois disso, acho que nem eu vou me aguentar.

— Tudo bem, já vou me preparando. Quero que você leve os discos de segurança e os *tele-links* da casa para a DDE. Se Reva caiu numa cilada, quem fez isso manja tanto de sistemas de segurança quanto ela.

— Você disse "se". Tem alguma dúvida?

— Há sempre lugar para dúvidas nesse tipo de caso.

— Pois é, eu também andei matutando... Não me convenci muito, mas pode ter rolado... E se ela armou para tudo parecer uma cilada para si mesma? Isso demonstraria frieza, sem falar nos riscos. Mas também seria um lance esperto.

— Sim, seria. — Eve começou a revistar as gavetas de forma metódica.

— Você já havia pensado nessa possibilidade?

— Peabody... Nós, tenentes, sempre pensamos em todas as possibilidades.

— Mas já descartou a hipótese?

— Vamos analisar do seguinte modo: se ela agiu assim, é burra, e o caso caiu direto no nosso colo. Não precisamos fazer nada, só encaminhar a papelada e esperar pelo julgamento. Mas, se ela contou a verdade, aí, sim, temos um belo mistério, um enigma de verdade nas mãos. E acontece que eu adoro um bom mistério.

Ela confiscou todos os discos da casa para assisti-los na Central, pegou também memocubos, um tablet e o que parecia ser uma agenda eletrônica quebrada.

— Pode escolher uma cômoda — convidou Eve.

Elas vasculharam o quarto todo, das gavetas dos armários ao conteúdo do closet. Não acharam nada de interessante, a não ser alguns artigos que Peabody batizou de "roupas íntimas para sacanagem".

Elas se dividiram para averiguar os escritórios pessoais de ambos, e Eve ficou com o do marido.

Ele levava vantagem no quesito espaço. Seu escritório era duas vezes maior do que o da mulher, com vista para o jardim com pedras — o mesmo que Eve imaginou ser o preferido dele. Havia um sofá de couro muito comprido, cor de café com leite, com uma parede espelhada por trás e um centro de entretenimento composto de brinquedos eletrônicos muito modernos.

Aquilo mais parecia, pensou Eve, o playground de um menino grande do que um espaço de trabalho. Quando ela ordenou que o computador ligasse, ele não acendeu.

Ela deu um tapa no aparelho com a base da mão, seu jeito de lidar com máquinas rebeldes, e tentou mais uma vez.

— Eu disse "Ligar computador" — repetiu e declarou em voz alta seu nome, patente e número do distintivo a fim de neutralizar as senhas do sistema.

A tela permaneceu apagada, a máquina em silêncio total.

Interessante, pensou, circundando o equipamento como se ele fosse um animal adormecido. O que será que ele tem aqui que não quer que a esposa veja?

Olhando fixamente para a unidade, pegou o comunicador e ligou para o capitão Feeney, na DDE.

Seu rosto de cão cansado estava bronzeadíssimo, graças a suas recentes férias em Bimini. Ele voltara havia dois dias, e Eve torceu para aquela cor saudável desaparecer o mais depressa possível. Era... desconcertante ver Feeney bronzeado daquele jeito.

Ela torceu para seus cabelos crescerem depressa também. Antes de viajar, ele cortara muito curtos os seus fios, tradicionalmente embaraçados, em tom de gengibre e grisalho. Agora, parecia estar usando um elmo compacto de pelos curtos espetados.

Somando tudo isso ao brilho típico do pós-férias em seus olhos castanhos sempre com ar exausto, seu rosto exibia sinais misturados e contrastantes que fizeram a cabeça de Eve doer.

— Oi, garota.

— Oi. Você recebeu meu requerimento?

— Logo cedo. Já montei uma equipe com tempo dedicado só ao novo caso.

— Consegui mais material. O computador doméstico do morto. Ele deve ter colocado um monte de senhas e de contrassenhas. Não consigo entrar no sistema.

— Dallas, tem dias que você não consegue ligar nem seu AutoChef.

— Isso é mentira! — Ela cutucou o computador com um dedo, diante de Feeney. — Preciso que alguém venha pegar esse troço e também todos os *tele-links* e centros de dados da casa. E mais uma cacetada de discos de segurança que eu preciso que sejam estudados e analisados.

— Vou mandar alguém passar aí e pegar tudo.

Eve esperou um segundo e perguntou:

— Assim, numa boa? Não vou ter de aturar suas reclamações de costume?

— Estou com um astral bom demais para reclamar da vida. Minha mulher preparou minhas panquecas favoritas e está me tratando como um rei. Virei o grande herói da minha família. Foi você quem me conseguiu essas férias em Bimini, Dallas, e vou recolher os louros disso aqui em casa por, pelo menos, seis meses. Estou te devendo esse favor.*

— Feeney, você fica assustador quando exibe um ar felizão assim. Corta essa!

O sorriso dele se abriu ainda mais.

— Não consigo evitar. Sou um homem realmente feliz.

— Tenho tanto trabalho aqui que você e sua equipe da DDE vão ficar atolados durante dias.

— Parece empolgante. — Ele quase cantarolou. — Estou pronto para um desafio de verdade, porque qualquer um fica meio molenga depois de passar uma temporada sentado numa praia e tomando água de coco o dia todo.

Aquele comportamento estranho de Feeney precisava ter um fim, foi tudo o que Eve conseguiu pensar. *Vou acabar com a festa agora.*

— Feeney, esse caso é uma pedreira — anunciou ela, exibindo os dentes. — Eu já fichei a principal suspeita por dois homicídios

---

* Ver *Imitação Mortal*. (N. T.)

em primeiro grau, mas vou usar muito tempo e dinheiro da Divisão de Homicídios para revirar tudo do avesso e desmontar o caso de dentro para fora.

— Vai ser divertido — disse ele, com um tom alegre. — Fico feliz por você ter me convidado para a festa.

— Assim eu vou acabar detestando você, Feeney. — Ela informou o endereço em poucos segundos e desligou depressa, antes de ele ter a chance de entoar uma musiquinha feliz.

— Isso é que dá fazer favor a um amigo — resmungou Eve, baixinho. — Ele volta diferente e assusta a gente com tanta alegria. Peabody! — berrou ela, a plenos pulmões. — Etiquete todos os eletrônicos da casa, porque uma galera da Divisão de Detecção Eletrônica está vindo buscá-los. Convoque dois androides para ficar de guarda na casa, e lacre tudo depois que a DDE for embora. Vamos logo, agite-se! Precisamos investigar a galeria de arte e o estúdio de Blair Bissel.

— Se eu virei sua parceira, por que continua sobrando pra mim esse trabalho sacal de etiquetar coisas? — gritou Peabody, de volta. — E quando é que a gente vai comer alguma coisa? Já estou ralando há mais de seis horas, o nível de açúcar no meu sangue deve estar despencando, dá até pra sentir.

— Mexa essa bunda e caia dentro! — reagiu Eve, mas sorriu de leve. Pelo menos havia sobrado alguém junto dela que sabia espernear e reclamar da vida.

Como Eve se sentia grata por Peabody ser assim, e se lembrou de que também não tinha comido nada desde a véspera, estacionou em fila dupla diante de uma lanchonete vinte e quatro horas e mandou Peabody entrar correndo para comprar alguma comida para viagem.

Ela e sua parceira precisariam sair do ar por umas duas horas para dormir um pouco, depois de uma noite em claro. Só que,

Dilema Mortal 65

antes disso, Eve queria dar uma olhada no espaço de trabalho de Blair, para confiscar todos os eletrônicos e discos de segurança de lá também.

Porque o único motivo que ela conseguia enxergar para o crime tinha a ver com segurança. Essa era a única possibilidade de Reva ter virado alvo de uma cilada. Aquelas mortes tinham sido uma séria puxada de tapete para ela, tudo tinha sido preparado de forma deliberada. A não ser que houvesse alguma razão pessoal que ainda não aparecera, e Eve certamente avaliaria essa possibilidade, o motivo do crime era profissional.

E qualquer motivo profissional contra Reva estaria associado, de forma desconfortável, com Roarke. Eve pretendia agir depressa e levar o máximo de material que conseguisse confiscar para a Central, antes de seguir em frente com a investigação.

Peabody saiu da lanchonete trazendo um saco pardo enorme.

— Eu trouxe dois sanduíches gigantes com recheios duplos.

— Com um grunhido, ela se sentou no banco do carona.

— Pretende alimentar o esquadrão todo?

— Temos algumas provisões importantes também.

— Vamos participar de algum safári?

Com gestos estudados e dignos, Peabody abriu um dos gigantescos sanduíches cuidadosamente embalados e o passou para Eve, informando:

— Trouxe bebidas, um saquinho de salgadinhos de soja, um pacote de damascos secos...

— Claro, damascos secos serão muito úteis, caso os rumores sobre o fim do mundo iminente sejam verdadeiros.

— Trouxe biscoitinhos também. — O rosto de Peabody ensaiou uma careta, mas acabou formando um bico. — Tô com fome, e quando você se empolga com o trabalho desse jeito eu fico sem ver comida até me sentir um saco vazio de ossos chacoalhantes. Você não é obrigada a comer nada disso, sabia? — Ela abriu o próprio sanduíche gigante com gestos largos. — Ninguém está encostando uma pistola na sua cabeça para obrigá-la a se alimentar.

Eve abriu de leve o seu sanduíche e deu uma olhada no recheio. Percebeu uma pasta processada que poderia, remotamente, ter vindo de um porco, e aprovou o que viu.

— Caso o fim do mundo realmente aconteça, eu espero, pelo menos, que esses biscoitos tenham chocolate na composição.

— Pode ser que tenham. — Sentindo-se levemente tranquilizada ao ver Eve dirigindo com uma só mão enquanto mordia o sanduíche com vontade, Peabody abriu uma lata de Pepsi e a colocou no porta-copos do painel.

Quando Eve chegou perto do famoso edifício Flatiron, Peabody já tinha devorado seu sanduíche inteiro e atacava uma bela porção de batatas fritas. Como resultado disso, seu astral e sua energia estavam novamente em alta.

— Esse é meu prédio favorito aqui em Nova York — informou ela. — Assim que eu me mudei para cá, vinda do interior, passei um dia inteiro tirando fotos dos lugares sobre os quais costumava ler. O edifício Flatiron foi um dos primeiros da lista. É tão *nostálgico*, entende? Apesar de ter sido construído em 1902, continua intacto, firme e forte. É o mais antigo arranha-céu de Nova York ainda em pé.

Eve não sabia disso. O fato é que não colecionava fatos curiosos na cabeça. É claro que admirava o formato característico do prédio, com o famoso ângulo agudo devido à planta triangular, mas sempre o via de passagem, de um jeito ausente e distraído.

Para ela, os edifícios simplesmente existiam; pessoas moravam e trabalhavam neles; eram estruturas que ocupavam espaço e moldavam a silhueta da cidade.

Decidiu desistir de estacionar na Broadway, pois aquela área era sempre um circo movimentado demais. Em vez disso, virou na rua 23, com a qual o prédio fazia esquina, e se espremeu em uma vaga para carga e descarga.

O próximo caminhão que chegasse trazendo mercadorias reclamaria muito, mas ela deu de ombros, ligou o luminoso do teto que dizia VIATURA EM SERVIÇO e saltou.

— Bissel alugou um espaço na cobertura.

— Uau, isso deve custar uma nota!

Eve concordou com a cabeça enquanto caminhava rumo à entrada.

— Dei uma pesquisada básica na sua vida financeira e vi que ele podia bancar uma despesa alta dessas. Pelo visto, aqueles cocôs gigantescos que ele criava em metal valem uma bolada. Além disso, tinha uma galeria de arte e era marchand.

— Será essa a sua ligação com Felicity Kade?

— Pelo visto, sim. Sabemos que Felicity era cliente de Reva, pois ela nos informou isso. Podemos dizer que Felicity era cliente tanto de Blair quanto de Reva, e foi Felicity quem convenceu Reva a ir a uma exposição de arte, onde Reva conheceu Blair.

— Conveniente.

Com um jeito de quem gostou do comentário, Eve olhou para Peabody enquanto caminhavam pelo saguão e concordou com a cabeça.

— Isso mesmo. Conveniente demais na minha opinião. O que nos leva à pergunta seguinte: por que será que Felicity juntou o amante e a amiga?

— Talvez eles ainda não fossem amantes na época. Ou talvez Felicity não imaginasse que a relação deles iria virar algo mais sério.

— Pode ser. — Eve passou pelo painel de segurança e usou a senha que Reva lhe informara para acessar o elevador que subia direto até a cobertura. Em vez de as portas se abrirem, o computador zumbiu e uma voz informou:

Você não está autorizada a usar esta cabine. Por favor, dirija-se ao balcão da segurança para receber instruções de como acessar a entrada pública da Galeria Bissel. Este elevador é de uso privativo.

— Vai ver que Reva informou a senha errada — sugeriu Peabody.

— Acho que não.

Eve foi até o balcão da recepção e perguntou:

— Quem foi a última pessoa a usar aquele elevador?

— Por que deseja essa informação, senhora? — perguntou uma mulher de preto, muito bem-vestida, exibindo um sorriso leve.

— Não se preocupe com o motivo — disse Eve, colocando o distintivo sobre o balcão —, simplesmente responda à minha pergunta.

— Preciso confirmar sua identificação, tenente. — Com o nariz para cima, a atendente escaneou o distintivo e fez surgir uma placa de reconhecimento palmar. Quando a identidade de Eve foi confirmada, ela guardou a placa. — Isso tem a ver com o que aconteceu com o sr. Bissel?

— Por que deseja essa informação, senhora? — devolveu Eve, sorrindo.

A mulher fungou com ar de desdém e se virou para o arquivo de registros.

— O próprio sr. Bissel foi o último a usar essa cabine. O elevador vai direto até o seu estúdio pessoal. Os empregados e clientes da firma usam o elevador da direita, que vai só até a galeria.

— Mas você tem a senha para o elevador privativo.

— Claro. É exigência do prédio que todos os inquilinos abram seus sistemas de segurança e informem suas senhas para nós.

— E qual é a senha?

— Não tenho autorização para lhe informar um dado desses, tenente, a não ser diante de uma autorização especial.

Dilema Mortal

Eve perguntou a si mesma se esfregar o distintivo no nariz empinado da recepcionista valeria como "autorização especial". Em vez disso, porém, virou sua agenda eletrônica para ela e tocou na tela.

— Por acaso a senha é essa?

Mais uma vez, a mulher se virou para o computador e digitou uma sequência complicada de números. Olhou para a tela e para a agenda de Eve.

— Se a senhora já sabia a senha, por que se deu ao trabalho de vir me perguntar?

— Porque ela não está funcionando.

— É *claro* que está! A senhora não deve ter digitado os números corretamente.

— E você poderia me demonstrar como digitar tudo direitinho, então?

Soltando um suspiro longo, a mulher acenou para um colega.

— Tome conta do balcão! — ordenou, com rispidez, e seguiu para o hall dos elevadores pipocando o piso com seus sapatos de salto agulha.

Ela digitou a senha e, ao obter o mesmo resultado de Eve, tornou a digitar.

— Não entendo. Essa é a senha correta. Está *registrada* no sistema. Os agentes da segurança confirmam as senhas duas vezes por semana.

— Quando ocorreu a última verificação?

— Há dois dias.

— Quanto tempo vai levar para vocês resolverem isso?

— Não faço ideia.

— Há acesso ao estúdio a partir da galeria?

Obviamente contrariada, ela marchou de volta ao balcão e puxou para a tela a planta da cobertura.

— Sim, existe um acesso. Uma porta de segurança entre os dois locais. Eu tenho a senha dessa porta.

— A qual, eu suponho, será tão inútil quanto a do elevador. Mesmo assim me informe, por favor.

Eve pegou o *tele-link* de bolso enquanto caminhava rumo ao elevador que servia à galeria.

— Preciso de você no edifício Flatiron — disse ela no instante em que Roarke atendeu. — Estou na Galeria Bissel, último andar. A senha de acesso ao elevador expresso foi trocada e eu não consigo entrar lá. Vou tentar a passagem entre a galeria e o estúdio, mas desconfio que essa porta também vai estar bloqueada.

— Não tente nada — disse ele. — Se alguém mexeu no sistema, usar a senha original vai acrescentar outro nível de bloqueio. Estou indo para aí.

— O que Bissel poderia ter no estúdio que não queria que sua mulher descobrisse? — especulou Peabody.

— Não faz sentido. — Eve balançou a cabeça. — Não há nada em seu histórico que o descreva como especialista em segurança. É preciso ser superfera para alterar senhas de acesso sem a segurança do prédio detectar nada. Além disso, temos um cara que se arrisca a ter um caso com a amiga da esposa bem debaixo do nariz dela. Por que faria isso? Pelo sexo, tudo bem, mas também pela emoção de transgredir, talvez. "Vejam só como eu me saio bem dessa." E por que um homem que curte emoções fortes toma tantas precauções com o computador doméstico e o estúdio onde trabalha? O que uma coisa tem a ver com a outra?

Eve saltou do elevador e se viu num espaço cheio de esculturas, além de pinturas estáticas e animadas. No meio da sala fracamente iluminada, uma mulher sentada no chão chorava desesperadamente.

— Droga — disse Eve baixinho. — Detesto quando isso acontece. Você cuida dela.

Satisfeita por ter uma missão importante, Peabody se aproximou e se agachou diante da mulher.

Dilema Mortal 71

— Senhorita? — tentou.

— Estamos fechados — murmurou ela, com as mãos no rosto.

— Por motivo de *mo-mo-morte*.

— Sou a detetive Peabody. — Diante das circunstâncias, tentou não demonstrar toda a empolgação que sentia por poder se apresentar dessa forma. — Esta é minha parceira, tenente Dallas. Estamos investigando as mortes de Blair Bissel e Felicity Kade.

— Blair! — Ela só faltou gritar e se lançou com o rosto no chão. — Não, não, não! Ele não pode estar morto. Não consigo *aguentar* esse golpe.

— Sinto muito por esse ser um momento difícil para a senhorita.

— Não sei como prosseguir com a minha vida! Toda a luz e todo o ar do mundo foram sugados.

— Ai, caraca! — Como a ladainha já passava dos limites, Eve deu um passo à frente, agarrou a mulher caída pelo braço e a pôs sentada. — Quero seu nome, sua ligação com Blair Bissel e o motivo de você estar aqui.

— Ch-ch-ch...

— Respire fundo — orientou Eve. — E solte a língua!

— Chloe McCoy. Eu dirijo a galeria. Estou aqui porque... porque... — Ela colocou as mãos cruzadas sobre o coração, como se tentasse impedir que ele explodisse. — Nós dois nos *amávamos*!

A jovem mal tinha idade para ingerir bebidas alcoólicas, avaliou Eve. Seu rosto estava arrasado, inchado e vermelho. Seus imensos olhos castanhos não paravam de bombear lágrimas. Seus cabelos eram pretos e lhe caíam sobre os ombros, descendo até um par de seios jovens e fartos, exibidos por uma blusa preta agarrada no corpo.

— Havia um relacionamento íntimo entre você e Blair?

— Estávamos apaixonados! — Ela abriu os braços e depois apertou-os com força contra o peito. — Éramos almas gêmeas. Predestinados um ao outro desde nosso primeiro sopro de vida. Éramos...

— Você trepava com ele, Chloe?

A grosseria da pergunta teve o efeito que Eve esperava, e as lágrimas secaram como mágica.

— Como *ousa*?! Como se atreve a degradar algo tão lindo? — Ela ergueu o queixo e, embora ele tremesse, o manteve tão erguido que parecia apontar para o teto.

— Sim, éramos amantes. Agora que ele morreu, minha alma também está morta. Como é que ela pôde fazer uma coisa dessas? Aquela mulher horrível, absolutamente horrível? Como pôde apagar a luz de uma pessoa tão boa, verdadeira e perfeita?

— Ele era tão bom e perfeito que dormia com a amiga da mulher e também com uma das suas funcionárias? — perguntou Eve, com um gostinho de satisfação.

— O casamento dele estava acabado. — Chloe desviou a cabeça e olhou para a parede. — Era só uma questão de tempo até ser legalmente desfeito. Então nós poderíamos nos encontrar abertamente, olhando de frente para todos, em vez de ficarmos nas sombras.

— Qual a sua idade?

— Vinte e um, mas isso não significa nada. — Ela fechou a mão sobre um pingente em forma de coração, uma espécie de medalhão que usava em torno da garganta. — Sou tão velha quanto o tempo, tão velha quanto a dor.

— Quando foi que você viu Blair pela última vez?

— Ontem de manhã. Nos encontramos aqui. — Ela passou a mão esquerda sobre a testa, enquanto acariciava o pequeno pingente de ouro com a direita. — Tivemos uma doce despedida, antes de ele fazer uma viagem necessária.

Dilema Mortal

— Isso mesmo, uma viagem durante a qual ele se aninharia nos braços de Felicity Kade por alguns dias.

— Isso não é verdade. — Seus olhos inchados assumiram um ar de amotinação. — Não sei o que aconteceu nem o que aquela mulher horrível possa ter feito parecer, mas Blair certamente não tinha nenhum envolvimento desse tipo com a srta. Kade. Ela era uma cliente apenas, nada mais.

— Uh-huh, sei... — Foi a resposta mais gentil que Eve conseguiu emitir. — Há quanto tempo você trabalha aqui?

— Oito meses. Foram os oito meses mais intensos que eu já vivenciei, desde que nasci. Só comecei a viver de verdade quando...

— A mulher dele vinha aqui?

— Raramente. — Chloe apertou os lábios. — Ela fingia ter interesse no trabalho dele, mas apenas em público. Na vida privada, era muito crítica, e isso drenava as energias dele. Obviamente ela não tinha escrúpulo algum em gastar o dinheiro que ele ganhava com o suor da sua alma.

— Ah, era assim? Ele lhe contou isso?

— Ele me contava tudo. — Ela bateu no peito, a mão ainda fechada em torno do pingente. Um coração batendo contra o outro. — Não havia segredos entre nós.

— Então você sabe a senha para entrar no estúdio dele — concluiu Eve.

Ela abriu a boca de espanto, mas tornou a fechá-la com firmeza antes de falar novamente.

— Não. Um artista como Blair precisa manter a privacidade. Eu jamais me intrometeria em seu trabalho. Naturalmente ele abria a porta para mim quando desejava compartilhar alguma inspiração.

— Entendi. Então você não saberia dizer se ele recebeu visitas lá dentro alguma vez.

— Ele trabalhava sozinho. Isso era necessário para a sua criatividade.

Sua otária, pensou Eve. Tola, ingênua, provavelmente nada além de um brinquedo para Bissel. Eve se virou quando as portas do elevador se abriram novamente e Chloe, ainda no chão, se agarrou às pernas dela.

— Por favor, por favor! — suplicou. — A senhora precisa me deixar vê-lo. Permita que eu me despeça do meu amor. Deixe que eu *vá* até ele. Deixe-me tocar seu rosto uma última vez! A senhora precisa deixar. Precisa me dar pelo menos isso.

Eve viu Roarke sair do elevador e apertar as sobrancelhas numa espécie de horror fingido. Curvando-se, Eve despregou os braços de Chloe de suas canelas.

— Peabody, lide com isso.

— Claro. Venha comigo, Chloe. — Inclinando-se na direção dela, Peabody ergueu a jovem chorosa. — Precisa jogar um pouco de água no seu rosto. Blair gostaria de ver você forte num instante como esse. Tenho algumas perguntas para lhe fazer. Ele certamente apreciaria que você nos ajudasse, a fim de que a justiça seja feita.

— Tudo bem, farei isso! Serei forte. Por Blair, não importa o quanto isso seja duro.

— Sei que você vai aguentar — replicou Peabody e levou Chloe dali através de uma porta em arco.

— Um petisco extra bem mais jovem que Felicity — explicou Eve, antes de Roarke ter chance de perguntar.

— Ah.

— Isso mesmo... Ah! Não creio que saiba informar alguma coisa, mas Peabody vai conseguir arrancar o que ela souber.

— Suponho que talvez Reva encare melhor tudo isso se souber o canalha completo que o marido era. O advogado dela

Dilema Mortal

já conseguiu libertá-la sob fiança. Vai ter de usar um bracelete de localização, mas está na rua. Ficará com Caro até tudo ser esclarecido.

Ele avaliou a porta larga, dupla, que dominava quase toda a parede. Foi até ela e deu uma pancadinha com o dedo.

— Aço reforçado, eu diria. Esquisito se dar a todo esse trabalho e despesa para proteger um estúdio de arte.

— Também acho.

— Humm... — Ele foi até o painel de segurança junto da porta. — Feeney entrou em contato comigo pouco antes de você. Na verdade, eu estava de saída para a Central quando você me ofereceu essa missão interessante.

Pegando no bolso uma caixinha de ferramentas pequenas e finas, Roarke escolheu uma e removeu a placa.

— Feeney parece ter se divertido muito com a família em Bimini — continuou Roarke.

— Está muito bronzeado e sorri o tempo todo. Estou desconfiada de que o verdadeiro Feeney foi substituído por um androide.

Roarke fez alguns ruídos pouco solidários com a boca antes de pegar um aparelho em outro bolso.

— O que é isso?

— Apenas um novo brinquedinho que estou usando. Esse é um bom momento para testá-lo. Um trabalho prático, por assim dizer. — Ele fez uma interface com o painel, esperou vários bipes e empurrou Eve para trás, com muita gentileza no instante em que ela tentou ver o que acontecia por cima do ombro dele.

— Não me atrapalhe, tenente.

— O que essa maquininha está fazendo?

— Um monte de coisas que você não compreenderia e eu ficaria de mau humor tentando explicar. O modo mais simples de descrever é que eles estão tentando se entrelaçar, como as máquinas costumam fazer. Meu aparelho está tentando seduzir a máquina de Bissel para que ela revele todo tipo de segredos. Isso não é interessante?

— Eu, hein...? Droga, você vai conseguir abrir essa porta ou não?

— Não sei por que eu tolero seus insultos. — Ele virou a cabeça por sobre o ombro e olhou para o semblante irritado dela. — Talvez seja pelo sexo de boa qualidade. É claro que isso seria algo degradante. Por outro lado, reconheço que sou tão fraco e vulnerável quanto qualquer homem.

— Você está tentando me deixar puta, é isso?

— Querida, isso não exige esforço algum. O que eu acabo de descobrir aqui, já que está tão interessada, é o momento exato em que a senha foi trocada. Aliás, você vai achar essa informação tão interessante quanto eu: a ação aconteceu quase no mesmo instante em que alguém enfiava uma faca de cozinha nas costelas de Blair Bissel.

— Tem certeza? — Os olhos dela brilharam um pouco e se estreitaram em seguida.

— Absoluta. Portanto, não creio que tenha sido Blair.

— Concordo com você.

— Também não foram a amante assassinada no mesmo instante nem a esposa dele. Nem mesmo, por falar nisso, o assassino.

— Mas aposto que quem trocou a senha sabia que ele estava morto, ou morrendo. E sabia que a esposa dele tinha caído numa cilada. Estamos chegando a outro nível dessa confusão intrigante. Ponha-me lá dentro.

Capítulo Quatro

Ele não levou muito tempo para chegar lá. Sistemas de segurança, mesmo os complicados, raramente o impediam. Roarke tinha mãos de ladrão: rápidas, ágeis e habilidosas. Como colocava muitas vezes essas mãos capazes em ação por causa de Eve, e nela, com satisfatória regularidade, era difícil reclamar da situação.

Quando acabou, as pesadas portas se abriram para os lados, recolhendo-se para dentro das paredes quase sem ruído e revelando o estúdio de Blair Bissel.

Ele desfrutava de muito espaço ali também. E parecia precisar. Havia metal em toda parte, em vigas compridas, pilhas baixas, cubos e bolas. O piso e as paredes eram revestidos de um tipo de material à prova de fogo e refletivo, que funcionava como isolante e espelhava, de forma distorcida, vagas imagens fantasmagóricas dos equipamentos e das obras e das esculturas em andamento.

Instrumentos que fizeram Eve se lembrar de aparelhos de tortura da Idade Média estavam espalhados sobre uma comprida mesa de metal. Eram ferramentas para cortar, retalhar e entortar, ela supôs. Três tanques imensos, com rodinhas, estavam em várias posições dentro do estúdio. Pelas mangueiras e apêndices que saíam de cada um deles, ela deduziu que se tratavam de tanques com algum tipo de gás inflamável, que certamente produziam calor para soldar, derreter ou sabe-se lá o que os artistas que construíam coisas estranhas com metal e fogo faziam para produzir suas obras.

Uma das paredes estava coberta com esboços. Alguns tinham sido feitos a mão, e outros gerados por computador. Como um deles retratava os estranhos ferrões e garras da peça sendo construída no centro do salão, ela decidiu que tudo aquilo eram ideias ou projetos para sua arte.

Ele podia passar o tempo livre correndo atrás de qualquer rabo de saia, mas aparentemente levava a vocação a sério.

Eve rodeou a escultura e só então percebeu que o objeto tinha forma de mão, com os dedos divergentes se espalhando em leque, como se tentassem desesperadamente se afastar do metal retorcido no centro.

Ela olhou para o esboço e leu a anotação no pé da página.

FUGA DO INFERNO

— Quem será que compra essa merda? — especulou em voz alta.

— Colecionadores — respondeu Roarke, observando com atenção uma forma obviamente feminina que, aparentemente, dava à luz um bebê não completamente humano —, além de corporações e empresas que gostam de ser vistas como protetoras das artes.

— Não me diga que você tem obras dele!

— Na verdade, não tenho. As obras de Blair Bissel não me atraem.

Dilema Mortal

— Pelo menos isso! — Dando as costas para a escultura, Eve foi até o centro de dados instalado nos fundos do salão.

Olhou mais uma vez para as vigas empilhadas.

— Como é que ele consegue entrar e sair do prédio com tanta tralha? Nada disso cabe no elevador.

— Existe um elevador especial, de carga, instalado no terraço. Bem ali. — Ele apontou para a parede leste. Ele mesmo pagou pela máquina. — Tem o triplo do tamanho de um elevador de carga normal. Há também um heliporto na cobertura. Ele recebe o material e leva as peças prontas pelo ar.

Eve olhou para Roarke por um instante e perguntou:

— Não me diga que você é dono deste prédio?

— Apenas de uma parte dele. — Disse isso num tom distraído, enquanto vagava pelo lugar estudando as formas em metal. — Os donos formam uma espécie de conglomerado.

— Quer saber? Depois de algum tempo isso se torna embaraçoso.

— Sério? — Ele ergueu as sobrancelhas com ar de inocente. — Não consigo imaginar por quê.

— Suponho que não. Aliás, isso me faz lembrar uma coisa. — Ela ergueu a manga da jaqueta e estendeu o braço. O bracelete cintilou. — Leve isso com você. Pode ser? Eu esqueci que estava com ele hoje de manhã, quando fomos para a cena do crime. Peabody não tira o olho dele o tempo todo e faz gestos e caretas de espanto; depois finge que não estava reparando. Isso me faz sentir esquisita, mas, se eu tirar a joia do braço e, ao guardar em algum bolso ou colocar na bolsa, vou acabar perdendo o troço.

— Tenho uma novidade para lhe contar — começou ele, enquanto abria o fecho. — As pessoas costumam usar joias *exatamente* para as outras pessoas repararem nelas, admirarem ou cobiçarem as peças.

— Esse é o motivo de pessoas que cobrem o corpo com badulaques caros acabarem sendo assaltadas — argumentou Eve.

— É, tem esse lado negativo — concordou ele, e deixou o bracelete escorregar para dentro do bolso do paletó. — Mas a vida é assim mesmo, cheia de riscos. Vou considerar esse pequeno serviço de guardar a joia e levá-la para casa como uma contribuição singela, um jeito de salvar um ladrãozinho qualquer de rua, que acabaria no chão com a bota de uma tira esmagando sua pobre garganta.

— Você me entende como ninguém — murmurou Eve, e ele sorriu.

Ela resolveu mexer no centro de dados, mas não conseguiu nem ligá-lo, tal como acontecera com o computador doméstico de Bissel.

— Por que um artista teria tanta paranoia e cuidados excessivos com suas informações?

— Deixe-me dar uma boa olhada nisso para descobrirmos.

Ela recuou e deu uma volta pelo estúdio, tentando obter uma percepção melhor do estilo de Bissel, e também para dar às mãos mágicas de Roarke algum tempo para trabalhar.

Havia um banheiro decorado em branco e vermelho no andar principal do estúdio. Era completo, com banheira de hidromassagem, tubo para secagem de corpo e o mesmo tipo de toalhas sofisticadas que Roarke curtia. Um quarto de dormir fora montado ao lado. Pequeno, notou ela, mas com muito conforto. Bissel adorava mordomias.

O colchão de gel era espesso e aconchegante. A colcha preta parecia estilosa e sexy. Uma das paredes era espelhada do chão ao teto, e Eve se lembrou da entrada da residência de Bissel e também da suíte principal e do banheiro.

Ele gostava de olhar para si mesmo e apreciar o próprio desempenho com as mulheres. Sinais de egoísmo e narcisismo. Gostava de ser paparicado e tinha muita autoconfiança. Havia um minicentro de dados e comunicações junto da cama, também com acesso bloqueado.

Refletindo sobre tudo aquilo, foi até uma cômoda estreita com três gavetas e começou a remexer nelas. Viu cuecas e roupas extras para trabalho.

E, ahh!... A gaveta de baixo estava trancada. Roarke não era o único que sabia lidar com essas coisas, pensou, pegando um canivete.

Ela atacou com vontade o fecho antigo, tentando arrombá-lo com ar satisfeito, e abriu um sorriso de vitória quando o trinco cedeu. Abriu a gaveta com avidez, e mesmo seus olhos habituados a ver de tudo e mais um pouco se abriram, arregalados.

— Meu santo Cristo assustado!

Pegou algemas revestidas de cetim, chicotes de veludo, acessórios de couro e uma variada coleção de camisinhas. Havia também frascos de uma substância ilegal para estímulo sexual conhecida como coelho louco, um saquinho dentro do qual ela identificou doses de zeus e outro com erotica. Havia ainda bolas de gel, consolos, vendas para os olhos, muitos brinquedinhos e aparelhos movidos a bateria, piercings e anéis de todos os tipos, próprios para pênis.

E havia mais. Muitas daquelas coisas ela não conseguiu identificar.

Pelo jeito, Bissel não levava apenas seu trabalho a sério, mas seus jogos eróticos também.

— O computador não está bloqueado, tenente, está simplesmente... — Roarke parou de falar ao entrar no quarto e ver um dos objetos que Eve examinava. — Ora, ora, ora... O que temos aqui?

— A maravilha das maravilhas. Este consolo não apenas lateja como também vibra, se expande e vem equipado com sensores de movimento, para ser usado sem o auxílio das mãos. E ainda toca cinco músicas famosas, à escolha do usuário.

Ele se agachou ao lado dela.

— Não é possível que você o tenha experimentado tão depressa.

— Tarado! Eu só liguei para ver o que acontecia. Temos um monte de drogas ilegais espalhadas por aqui também.

— Estou vendo. Olha ali, que divertido e romântico! Óculos de realidade virtual para ele e para ela. Quem sabe nós não poderíamos... — Ele esticou o braço para pegar os óculos especiais, mas levou um tapa na mão.

— Nem pensar!

— Puxa, você é muito rígida. — Ele acariciou o joelho dela com seus dedos ágeis. — Pode bancar a durona comigo mais tarde então, querida. — Balançando as sobrancelhas para cima e para baixo enquanto sorria, ele exibiu um par de algemas. — Isso aqui nós já temos em casa.

Uma rápida verificação mostrou a Eve que as algemas que ele balançava na ponta do dedo eram as dela mesma, recém-tiradas do cinto sem que ela percebesse. Eve as pegou de volta com um gesto rápido.

— Corta *essa*! E não toque em nada aqui. Tô falando sério! Tenho de registrar esse lixo todo. Mesmo uma gaveta cheia de maravilhas para tarados sexuais não justifica um cara estender a paranoia aos computadores e trancar a gaveta a chave, já que eles estão num ambiente seguro. Afinal...

— Eu já disse que aquele computador não está bloqueado. — Ele deu um tapinha no joelho dela e resistiu à tentação, embora fosse difícil, de tocar em algumas daquelas mercadorias interessantíssimas, só por diversão. — Ele foi destruído.

— Como assim, destruído?

— Queimado, tostado, arrasado, pifado, morto.

— Eu sei o que significa destruído, mas... Puxa! — Ela se ergueu e chutou a gaveta com força para fechá-la. — Quando isso aconteceu? Dá para você descobrir a hora em que aconteceu e como foi feito?

— Acho que sim, desde que eu tenha as ferramentas certas e algum tempo, mas uma coisa já posso lhe informar de cara: foi destruído por um profissional, um especialista.

— Como assim?

— Simples: a placa-mãe foi afetada de tal modo que todos os dados ficaram corrompidos. Meu primeiro palpite é um vírus poderoso e traiçoeiro, criado especificamente para essa finalidade. Provavelmente estava entre os arquivos de um disco comum que foi inserido no drive e usado para infectar a máquina, sendo removido depois de a sua missão ser cumprida.

— Dá para descobrir se os dados da máquina foram copiados antes?

— É complicado, mas posso tentar.

— É possível recuperar o que foi copiado? Dá para descobrir os dados que estavam no disco rígido antes de ele ser destruído?

— Isso é mais complicado ainda.

— Mas os dados estão lá. Sempre fica alguma coisa, não importa o que alguém faça. Aprendi isso com Feeney.

— Pois é, mas nem sempre isso é verdade. Eve, existe um grupo de tecnoterroristas solto por aí. Eles se autodenominam Juízo Final.

— Sei quem são. Não passam de hackers sofisticados e arrogantes. Gostam de invadir sistemas, pegar os dados que lhes interessam e destruir as máquinas. Seus membros têm o cérebro distorcido e muito apoio financeiro de alguém poderoso.

— Eles são mais que sofisticados — corrigiu Roarke. — Têm sido responsáveis por derrubar aviões e jatos particulares, invadindo sistemas de controle de tráfego aéreo. Eles roubaram muitas obras de arte importantes e destruíram outras no Louvre ao derrubar o sistema de segurança do museu. Também mataram vinte e seis funcionários de um laboratório de pesquisas em Praga, depois de sabotar o sistema, cortar o suprimento de ar e lacrar as portas.

— Por isso é que eu disse que eles têm o cérebro distorcido, e sei que são perigosos. Mas o que isso tem a ver com um computador destruído no estúdio de um escultor morto?

— Eles vêm trabalhando num vírus como esse nos últimos anos. Uma arma poderosa e portátil. Projetada não só para corromper dados e copiá-los, mas também para eliminá-los maciçamente. E também para invadir redes e se espalharem por elas.

— Em que escala?

— Teoricamente, um disco pode ser colocado em um drive de um computador em rede, se aproveitando de falhas que existem até em sistemas com alta segurança, provocar vazamentos de dados, falsos bloqueios, tornar inoperantes os detectores de vírus e os rastreadores de spams. Com isso eles podem baixar dados de toda uma rede e corromper as máquinas. Isso pode derrubar uma empresa, um prédio, uma corporação. Ou um país.

— Impossível. Até sistemas de segurança de padrão médio detectam vírus invasores e desligam a máquina antes de ela ser infectada. E ninguém consegue baixar um vírus desses sem ser descoberto pelo CompuGuard. Computadores domésticos como esse eu até aceito que possam ser atacados e derrubados antes de o sistema protegê-los. Pode ser o caso, também, de pequenas redes de operação, mesmo com os escudos do CompuGuard em modo operacional completo. Mas nada consegue ultrapassar essas barreiras.

—Teoricamente — repetiu Roarke. —A facção sobre a qual estamos falando, segundo dizem, convocou mentes particularmente brilhantes para participar do projeto. Os serviços de inteligência do governo indicam que o vírus está praticamente em nível operacional, e já poderia até estar em pleno funcionamento.

— Como é que você sabe de tudo isso?

— Tenho ligações. — Ele deu de ombros, com naturalidade. — Acontece que as Indústrias Roarke andam estruturando para o governo, sob um belo contrato, um projeto de proteção. No nível de Código Vermelho, diga-se de passagem. Nossa missão é desenvolver e criar um programa exterminador acoplado a um sistema de escudos contra uma potencial ameaça desse tipo.

Eve se sentou na beira da cama.

— Você está trabalhando para o governo. O nosso?

— Bem, se com esse "nosso" você se refere aos Estados Unidos, a resposta é sim. Na verdade, é um conglomerado internacional composto pelos Estados Unidos, a União Europeia, a Rússia e alguns outros países preocupados. A Securecomp, divisão de segurança das Indústrias Roarke, conseguiu um belo contrato, e nosso setor de pesquisas e desenvolvimento de sistemas está se dedicando com afinco a esse tema.

— E Reva Ewing trabalha no setor de pesquisas e desenvolvimento da Securecomp, que é ligada às Indústrias Roarke, certo?

— Isso mesmo. Mas, Eve, eu disse Código Vermelho, e esse é o maior nível de sigilo e segurança que existe. Não é um assunto sobre o qual ela conversaria com o marido durante o jantar, isso eu lhe garanto.

— Você diz isso porque não conversa comigo sobre esses assuntos durante o jantar?

Uma centelha de irritação surgiu entre eles, mas logo desapareceu.

— Não, querida. Digo isso porque Reva é uma grande profissional. Não estaria no cargo que ocupa se houvesse alguma dúvida a respeito disso. Ela não é pessoa de deixar vazar informações.

— Talvez não. — Coincidência, para Eve, era apenas uma ligação entre dois pontos. Mas certamente é possível que outra pessoa não compartilhe com você a mesma confiança nela. Isso nos fornece um ângulo interessante.

Ela se levantou da cama e começou a circular pelo quarto.

— Você poderia confirmar isso? — pediu, apontando de forma distraída para o minicentro de dados no canto do quarto. — Tecnoterroristas. O que existe em comum entre um escultor que trabalha com metais e gosta de pular a cerca e um bando de tecnoterroristas, a não ser a profissão da esposa? Por que, se eles encontraram um jeito de usá-lo, acabaram por matá-lo, e à amante, como cilada para tirar a esposa da jogada? É claro que com a esposa presa, acusada de dois assassinatos em primeiro grau, isso pode atrasar as pesquisas e o desenvolvimento dos programas de exterminação de vírus e criação de escudos.

Ela olhou para Roarke em busca de confirmação.

— De certo modo, sim. Mas isso não é um obstáculo incontornável. Reva está à frente desse e de outros projetos importantes, mas trabalha com uma equipe muito competente. Todos os dados do projeto permanecem lacrados no laboratório. Nada é levado para fora.

— Tem certeza disso? Certeza absoluta?

— A princípio, sim. Isso aqui está destruído também pelo mesmo método. — Como Roarke tinha a mesma visão cética de Eve em relação a coincidências, sentiu a raiva começar a brotar em meio à preocupação. — Você acha que Bissel, de algum modo, conseguiu dados relacionados com os programas e foi morto por isso?

— É um bom lugar para começar. Ele ou Felicity visitou Reva no trabalho alguma vez?

— Não que eu saiba, mas vou descobrir. De qualquer modo, eles jamais conseguiriam acesso a um laboratório do centro de

Dilema Mortal

pesquisas, muito menos esse. Mesmo assim, existem áreas abertas à visitação, e vou verificar isso. Também vou investigar pessoalmente a segurança de todo o projeto, bem como o pessoal associado a ele.

Eve conhecia aquele tom de voz controlado e frio.

— Não adianta se estressar até ter certeza de que ocorreu um vazamento.

— Estou só me preparando. Você vai interrogar Reva novamente. Pressione-a sobre como o seu marido poderia ter conhecimento de algo ligado ao projeto.

— Como eu disse, esse é um bom lugar para começar.

— Talvez ela se sinta mais à vontade conversando comigo.

— O patrão dela? O homem que a contratou, que paga seu salário e confiou a ela a responsabilidade de tocar um projeto sob Código Vermelho? Por que faria isso?

— Porque eu a conheço desde que não passava de uma universitária talentosa — explicou ele com uma dose de impaciência. — E porque se ela mentir para mim eu vou perceber na mesma hora.

— Você está trabalhando sob as ordens da DDE nesse caso — lembrou a ele. — Pediu para atuar no caso como consultor e conseguiu. Parece que vamos ter alguma utilidade para você nessa área, afinal. Vou mandar que os técnicos venham até aqui para confiscar todos os equipamentos eletrônicos. Quero a galeria e o estúdio periciados, e tudo isso vai levar um tempinho. Vou lhe dar dez minutos a sós com a suspeita, mas depois disso ela é minha.

— Fico-lhe grato.

— Não fica, não. Continua pau da vida.

— Pelo menos estou sendo educado.

— Se ela vazou as informações... — Ela ergueu a mão para impedir a negação automática dele. — Se ela deu com a língua nos dentes, quanto dessa merda vai respingar sobre você?

Roarke queria um cigarro, mas negou a si mesmo essa fraqueza por princípios.

— Ela é minha funcionária e, portanto, de minha responsabilidade. Vamos sofrer um baque no projeto. Muito forte, por sinal. Existem vários contratos dessa área ainda pendentes. Se esse vazamento explodir na minha cara, setenta por cento deles serão cancelados, numa estimativa otimista.

Eve não conseguia avaliar o valor total de setenta por cento de contratos em uma área de segurança industrial. Milhões? Bilhões? O dano maior, sabia Eve, seria o do orgulho de Roarke e de sua reputação. Foi por isso que manteve o rosto impassível ao perguntar:

— Isso significa que não vamos mais poder manter um empregado de carne e osso dentro de casa?

Olhando para ela com ar divertido, ele virou a cabeça meio de lado e cutucou-lhe a barriga com determinação.

— Vai dar para enfrentar o período de vacas magras. Tenho uma pequena poupança para épocas difíceis.

— Sei... Alguns continentes, imagino. Do mesmo modo que suponho que sua reputação vai aguentar o tranco, se isso acontecer. E se segure firme, porque provavelmente vai acontecer mesmo — garantiu ela, ao vê-lo calado. — Mas aposto que você vai usar sua lábia para assegurar o cumprimento da maioria desses contratos pendentes.

A primeira onda de raiva dele começou a ceder.

— Você coloca muita fé no meu taco, tenente.

— Minha fé vai toda para sua astúcia irlandesa, garotão.

Ela pegou o comunicador e ordenou que o pessoal da DDE fosse buscar os equipamentos. Saía do quarto e voltava ao estúdio no instante em que Peabody chegava da galeria.

— Terminei o longo, incoerente, dramático e desgastante interrogatório de Chloe McCoy. Devido a ele, tomei um dos analgésicos aprovados pelo departamento para casos de dor de cabeça lancinante.

— Onde ela está?

— Já a dispensei. Ela planeja ir para casa a fim de se jogar na cama e se permitir ser inundada por um tsunami de dor. Essas foram as palavras exatas dela. Fiz uma pesquisa completa nos seus dados enquanto ela se lastimava — acrescentou e se mostrou muito mais animada ao ver Roarke saindo do quarto. — Tem vinte e um anos, como já sabíamos. Estuda arte e teatro, nenhuma surpresa nisso. Está nesse emprego há oito meses, não tem ficha criminal e nasceu em Topeka, onde Judas perdeu as meias, ou seja: mais longe do que onde ele perdeu as botas. — Peabody tentou, mas não conseguiu disfarçar um bocejo. — Desculpe, estou cansada. Foi Rainha do Rodeio no primeiro ano do ensino médio, outro fato marcante em sua vida. Veio para Nova York aos dezoito anos para estudar na Universidade de Colúmbia, com bolsa de estudos parcial. É tão inocente e imatura quanto um campo de trigo brotando no interior do Kansas.

— Faça uma pesquisa mais aprofundada, mesmo assim.

— Nela?

— Eu lhe conto o que está rolando a caminho da Central. Você veio com seu carro? — perguntou a Roarke.

— Vim. Eu sigo vocês.

— Ótimo. Já que você é o civil contratado como consultor da DDE, ligue para Feeney e coloque-o a par de tudo.

— Sim, senhora tenente. — Lançou uma piscadela para Peabody ao entrar no elevador. — Você está com ar cansado, detetive.

— Estou mais quebrada que biscoito de camelô. Já são, deixe-me ver... duas da tarde, estou há doze horas de serviço e não preguei o olho a noite toda. Não sei como Dallas consegue ficar ligada.

— Mantenha-se focada — ordenou Eve. — Vou lhe dar uma hora livre para você cair no berço em algum canto da Central, quando acabarmos a próxima etapa.

— Puxa, uma hora inteira? — Peabody desistiu de disfarçar e soltou um bocejo imenso. — Acho que vai dar para um cochilo, pelo menos.

No instante em que Eve parou em fila dupla diante do prédio de Caro, os olhos cansados de Peabody se colocaram novamente em estado de alerta.

— Tecnoterroristas, Códigos Vermelhos, alianças com o governo... Puxa, Dallas, isso é muito irado! Parece mais história de espião.

— Parece mais história de assassinatos, já que temos dois corpos no necrotério.

Assim que Eve saltou do carro, um porteiro bem-vestido, trajando uniforme com dragonas nos ombros, se dirigiu a ela.

— Minha senhora, eu sinto informá-la de que é expressamente proibido parar neste local. Um estacionamento público está disponível a dois quarteirões a oeste daqui, na rua...

Ele parou de falar e se pôs em estado de alerta total, como um recruta diante de um general de cinco estrelas, ao ver que Roarke veio andando e se juntou a Eve.

— Senhor! Não me avisaram que o senhor era esperado. Estou informando a essa mulher que seu veículo está violando o esquema de segurança do prédio.

— Ela é a minha esposa, Jerry.

— Oh!... Sinto imensamente, senhora...

— Tenente — falou ela, entre os dentes. — Tenente Dallas. Essa é uma viatura policial e vai ficar onde eu a deixei.

— É claro, tenente. Vou me assegurar de que ninguém chegue perto do veículo.

Ele correu para a porta do prédio e a abriu com um floreio.

Dilema Mortal

— Pode me chamar para qualquer coisa que precisar, senhor — ofereceu. — Estarei de serviço na portaria até as quatro.

— Não se preocupe, estamos bem. Foi bom revê-lo, Jerry.

— O prazer foi todo meu, senhor.

Roarke seguiu diretamente até o painel automático de segurança, que era ladeado por dois vasos imensos cheios de flores típicas do outono.

— Por que não me deixa fazer isso, para ganharmos tempo? — Sem esperar pelo sinal dela, Roarke pôs a palma da mão na placa e recebeu liberação imediata para entrar nas dependências.

Bom-dia, senhor!

A saudação mecânica do sistema tinha o mesmo tom entusiasmado do porteiro Jerry.

Seja bem-vindo de volta. Em que posso ajudá-lo?

— Informe à sra. Ewing que eu estou aqui, em companhia da tenente Dallas e da detetive Peabody. E libere o elevador.

Imediatamente, senhor. Aproveite sua visita.

— Viu só? Isso não é muito melhor do que se engajar em discussões desgastantes com uma máquina? — perguntou Roarke, levando-as até um saguão com três elevadores de portas prateadas.

— Não. Eu curto discussões desgastantes com máquinas. Isso aumenta meu fluxo sanguíneo.

Ele deu um tapinha no ombro dela e a empurrou, delicadamente, para a cabine que se abriu.

— Quem sabe da próxima vez, querida. Décimo oitavo andar! — ordenou por comando de voz.

— Imagino que este seja um dos prédios que pertencem a você — comentou Peabody.

— Acertou. É, sim. — Ele sorriu, olhando por sobre o ombro.

— Que beleza! Se um dia eu tiver algum dinheiro para investir, você bem que poderia me dar umas dicas.

— Adoraria fazer isso.

— Vai sonhando! Até parece que tiras têm grana para investir. — Eve balançou a cabeça.

— Ora, basta economizar um pouquinho a cada mês assim que chega o salário — explicou Peabody. — Depois, desde que seja investido no lugar certo, o potinho vai enchendo. Certo?

— Certíssimo — concordou Roarke. — É só me dizer quando você tiver algum dinheiro que eu encontro um belo arco-íris para você enterrar o potinho embaixo dele.

Ele fez um gesto amplo com o braço quando as portas se abriram no décimo oitavo andar.

— Caras damas...

— Estamos aqui a serviço. Isso faz de nós tiras, e não "damas". — Mas Eve saiu e foi direto para o apartamento do lado direito.

A porta se abriu antes de ela ter a chance de tocar a campainha.

— Há alguma novidade? A investigação avançou? — Caro se conteve e respirou fundo. — Desculpem, sinto muito. Por favor, entrem. Que tal nos sentarmos na sala de estar?

Ela recuou um passo para recebê-los no espaçoso apartamento com vista para o rio. Dois sofás estofados em azul forte estavam colocados em uma área social decorada por lindas luminárias com cúpulas em mosaico de pedras coloridas e mesas com superfícies brilhantes.

Caro espalhara almofadões fofos e coloridos sobre os sofás, o que Eve considerou um traço de feminilidade.

Havia flores novas nos vasos, bibelôs atraentes, pequenos enfeites e livros em estilo antigo, do tipo que têm páginas, agrupados em prateleiras.

A dona do apartamento havia trocado de roupa. Vestia algo que Eve imaginou que Caro considerava vestimenta caseira: blusa e calças em cor de bronze, ambas com corte e caimento fantásticos.

— Querem beber alguma coisa? — ofereceu ela.

— Um pouco de café seria excelente — respondeu Roarke, antes de Eve rejeitar a cortesia. — Se não for muito trabalho.

— Claro que não! Vou levar só um minutinho. Por favor, sentem-se e fiquem à vontade.

Eve esperou até Caro sair por uma porta e avisou:

— Essa não é uma visita social, Roarke.

— Ela precisa se ocupar com algo, qualquer coisa que lhe pareça normal. Precisa de um momento para recompor as ideias.

— Esse apartamento é lindo — comentou Peabody para quebrar o silêncio. — Simples, mas decorado com classe e elegância. Tudo certinho e adequado, entendem? Como a própria dona.

— Caro é uma mulher com gosto discreto e impecável. Construiu uma vida que reflete estilo e desejos próprios, e fez tudo sozinha. Algo a ser respeitado — disse ele a Eve.

— Eu a respeito. Gosto dela. — *E também me sinto intimidada por ela*, pensou. — Você sabe que eu não posso permitir que meus sentimentos interfiram na investigação, Roarke.

— Não. Mas pode acrescentar esses dados à equação.

— Se você começar a se mostrar superprotetor demais e se colocar na defensiva, isso não vai dar certo.

— Só estou pedindo para você ser gentil com ela.

— Pois é, como se eu estivesse planejando dar algumas porradas nela por toda parte.

— Eve...

— Por favor, não discutam por minha causa — pediu Caro, voltando à sala com uma bandeja nas mãos. — Todos nós estamos em uma situação difícil, mas eu não preciso de tratamento especial, nem espero isso.

— Deixe-me ajudá-la. — Roarke pegou a bandeja das mãos dela. — Vá se sentar, Caro. Você está com péssimo aspecto.

— Nada elogioso, mas certamente verdadeiro. Confesso que estou arrasada, com os nervos à flor da pele — ela se obrigou a exibir um sorriso ao sentar —, mas sou perfeitamente capaz de lidar com momentos duros, tenente. Não sou uma mulher frágil.

— Não, nunca pensei em você como frágil, Caro. Seu aspecto está mais para... temível.

— Temível? — O sorriso se acentuou. — Acho que isso também não é elogioso. Sei que você gosta de café puro e forte, como Roarke. E você, detetive.

— Aceito o meu com um pinguinho de leite, obrigada.

— Preciso conversar com sua filha — pediu Dallas.

— Reva está repousando. Eu a obriguei a tomar um calmante leve há duas horas. — Enquanto servia café, os lábios de Caro se apertaram. — Ela está sofrendo muito pela morte dele. Estou um pouco indignada por ela se sentir assim, ainda mais diante das circunstâncias. Mas ela também não é frágil. Não criei uma filha de porcelana. A verdade, porém, é que ela está abalada por isso... pela história toda. E também está com medo. Ambas estamos.

Ela distribuiu café a todos, acompanhado por um prato de finos biscoitos dourados.

— A senhora deve ter perguntas para mim também, tenente. Por que não me interroga antes para darmos à minha filha mais alguns minutos de repouso?

— Conte-me o que achava de Blair Bissel.

— O que eu achava dele até essa madrugada? — Caro ergueu sua xícara, enfeitada com um lindo padrão floral. — Gostava dele, porque minha filha o amava. E também porque, por todos os sinais que observava nele, Blair também a amava. Nunca senti empolgação com relação a ele, como imaginei que fosse sentir pelo homem que minha filha, um dia, escolheria como marido. Isso parece cômodo de dizer agora, diante das circunstâncias, mas não deixa de ser verdade.

— Por quê? Isto é, por que você não gostava dele tanto quanto era de esperar?

— Boa pergunta, tenente, e muito difícil de responder com fatos específicos. Eu sempre imaginei que, quando minha filha se casasse, eu adoraria o marido dela, mais ou menos como se ele fosse um filho. Isso não aconteceu. Achava Blair agradável, educado e divertido, tinha muita consideração por mim e era um homem inteligente. Mas também era... frio. De algum modo, no fundo, ele me parecia frio e distante.

Ela pousou a xícara no colo sem beber e continuou:

— Torcia secretamente para que eles tivessem filhos logo, assim que se sentissem prontos. E minha esperança ainda mais secreta, que nunca compartilhei com Reva, era a de que meus netos me fizessem gostar mais de Blair.

— E do trabalho dele?

— É importante ser completamente sincera, eu sei. — Por um instante brevíssimo, seus olhos cintilaram. — Nunca pude ser honesta sobre isso, até agora. Na verdade, suas obras me pareciam absurdas, de vez em quando ofensivas e, muitas vezes, inadequadas. Sei que a arte deve ser surpreendente, e aceito que seja inadequada de vez em quando. Mas meu gosto é muito tradicional nessa área. Mesmo assim, reconheço que, como artista, Blair estava indo muito bem em sua carreira.

— Reva me parece uma mulher fortemente urbana. O que fazia numa casa afastada, no Queens?

— Foi ele quem quis comprar aquela casa. Uma residência grande, bem no seu estilo. Reconheço que me partiu o coração, na época, ver minha filha se mudar para tão longe de mim. Sempre moramos muito perto uma da outra. O pai dela não faz parte das nossas vidas desde que Reva tinha doze anos.

— Por quê?

— Ele preferia outras mulheres. — Caro disse isso com muita naturalidade e nem uma gota de amargura. Aliás, percebeu Eve, sem emoção de espécie alguma. — Pelo visto, minha filha se sentia atraída pelo mesmo tipo de homem.

— Ela morou ainda mais longe de você por algum tempo, quando trabalhou para o Serviço Secreto americano.

— Sim. Precisava abrir suas asas. Eu tinha muito orgulho dela, mas fiquei extremamente aliviada quando ela se desligou do governo, voltou para Nova York e entrou na área de pesquisas e desenvolvimento de projetos. Era mais seguro, eu achava. — Os lábios de Caro estremeceram de leve. — Pensei que seria mais seguro para a minha filhinha.

— Reva costumava conversar sobre trabalho com você?

— Humm... só de vez em quando. De certo modo, nós estávamos envolvidas, ainda que de formas diferentes, nos mesmos projetos.

— Alguma vez ela falou sobre o projeto no qual está trabalhando agora?

Caro pegou a xícara novamente, e Eve notou que suas pupilas se dilataram.

— Suponho que Reva esteja envolvida em vários projetos ao mesmo tempo.

Dessa vez ela franziu as sobrancelhas de forma quase imperceptível e lançou um olhar breve para Roarke.

— Não tenho autorização para fazer comentários sobre nenhum dos projetos desenvolvidos pelas Indústrias Roarke. Nem mesmo com a senhora, tenente.

Dilema Mortal 97

— Está tudo bem, Caro — acudiu Roarke. — A tenente já sabe do Código Vermelho.

— Imagino que sim. — Mas Eve percebeu que ela não sabia disso. — Tenho acesso a certos detalhes de muitos projetos com diferentes níveis de sigilo. Como assistente pessoal de Roarke, acompanho reuniões, revejo contratos, avalio pessoas e currículos. Tudo isso faz parte das minhas obrigações. Portanto, tenente, sim, estou a par do projeto no qual Reva está trabalhando.

— E vocês duas conversavam a respeito?

— Reva e eu? Não. Jamais falaríamos do assunto, nem de detalhes específicos. Em casos de Código Vermelho, todos os dados orais, eletrônicos e holográficos, bem como todos os arquivos, pastas, notas e informações, permanecem em sigilo total. Não conversei sobre esse assunto com ninguém até agora, a não ser com Roarke. No trabalho. Trata-se de um caso de segurança global, tenente — afirmou ela, com um leve tom de desaprovação na voz. — Não é tema para discutir enquanto tomamos café.

— Não toquei no assunto só para acompanhar os biscoitinhos, Caro.

— Que por sinal estão deliciosos — interpôs Peabody, o que lhe valeu um olhar furioso de Eve. — Aposto que a senhora os comprou em uma boa confeitaria.

— Sim, realmente comprei. — Caro sorriu de leve.

— Sempre tínhamos biscoitos frescos em casa quando eu era menina. Mesmo agora que sou adulta, encontro sempre biscoitos caseiros na casa da minha mãe. Força do hábito — explicou Peabody, dando mais uma mordida. — A senhora provavelmente também tinha sempre biscoitinhos caseiros quando Reva era menina.

— Tinha mesmo.

— Quando uma mãe cria um filho ou uma filha sem o marido, tende a ganhar mais intimidade e, no caso de minha mãe, por exemplo, se torna superprotetora demais.

— Talvez eu seja assim. — A rigidez na voz e no corpo de Caro cedeu ligeiramente. — Embora eu sempre tenha tentado dar espaço para minha filha crescer e se tornar independente.

— Mas continuou preocupada, pelo que contou — insistiu Peabody. — Como quando ela foi trabalhar no Serviço Secreto. Provavelmente também ficou morrendo de preocupação, como geralmente acontece com as mães, quando Reva engatou um relacionamento sério com Blair.

— Sim, um pouco, confesso. De qualquer modo, ela já era uma mulher adulta.

— Minha mãe sempre disse que, não importa o quanto os filhos cresçam, ela vai sempre ser uma mãezona. A senhora investigou a vida de Blair Bissel, sra. Ewing?

Caro teve um impulso de falar, mas ficou ruborizada e olhou com firmeza para a janela.

— Eu... Ela é minha única filha. Sim, eu fiz isso. Tenho vergonha de reconhecer. Sei que eu lhe pedi especificamente para não investigá-lo — disse, olhando para Roarke. — Fiz questão disso, chegamos a discutir.

— Mesmo assim, eu o investiguei superficialmente — confessou Roarke.

— Sim, é claro. É claro que você o investigou para mim. — A mão dela estremeceu um pouco e foi ao rosto, antes de tombar novamente no colo. — Afinal, minha filha era sua funcionária num setor sigiloso. — Ela suspirou. — Eu sabia que você o investigaria. Precisa proteger seu trabalho, suas indústrias.

— Eu não estava pensando só em mim mesmo, Caro, nem nas minhas indústrias.

Ela estendeu o braço, tocou a mão dele e concordou.

— Não, eu sei disso. Como também sei que, por eu ter pedido... na verdade, exigido... você não o investigou por completo. E jurei para mim mesma não fazê-lo. Não aceitaria, em absoluto,

Dilema Mortal

interferir de forma clandestina na vida da minha filha. Por fim, acabei fazendo exatamente isso. Procurei mais fundo no passado dele. E usei os recursos da empresa para fazer isso. Sinto muito, terrivelmente.

— Caro... — Ele tomou a mão dela e beijou-lhe os dedos de leve. — Sei perfeitamente o que você fez. Soube na época, e não me incomodei com isso.

— Oh, claro. — Ela deu uma risada trêmula. — Como eu sou idiota. Uma tola completa.

— Como teve coragem de fazer isso, mamãe? — perguntou Reva, entrando na sala. Seus olhos estavam desolados, e seus cabelos em desalinho, pois acabara de se levantar. — Como pôde agir desse jeito pelas minhas costas?

Capítulo Cinco

Roarke se levantou, caminhou pela sala com suavidade e, sutilmente, se postou entre a mãe e a filha. Eve perguntou a si mesma se mais alguém no ambiente percebeu que ele, na verdade, havia se posicionado como escudo de Caro.

— Com relação a isso, Reva, eu me declaro culpado. Também agi pelas suas costas, como você disse.

— Mas você não é minha mãe. — Ela pareceu morder as palavras e deu um passo à frente. Roarke pareceu movimentar o corpo de leve, sem realmente fazê-lo.

— De qualquer modo, e apesar das circunstâncias, eu não tinha o direito de agir escondido — alegou ele com naturalidade, pegando a cigarreira do bolso. O gesto, notou Eve, distraiu Reva, embora apenas por um instante.

— Você se incomoda de eu fumar aqui, Caro? — perguntou ele, com muita educação.

— Não. — Parecendo aturdida, ela olhou em volta e se levantou. — Vou pegar um cinzeiro.

— Obrigado. É claro que você deve ter imaginado que eu fiz uma pesquisa rápida sobre Blair, na qualidade de seu patrão.

Dilema Mortal **101**

E fiz mesmo. — Ele acendeu o cigarro. — Isso é verdade, mas não é a história completa. Considero você uma amiga minha, como sua mãe também o é. Esse foi um fator determinante para o meu interesse.

Um forte rubor de indignação invadiu as bochechas de Reva, e ela parecia uma chaleira prestes a explodir. O fato de estar enrolada em um robe cor-de-rosa de tecido leve e usar espessos chinelos cinza não a tornava menos ameaçadora.

— Se você não pode confiar em mim para...

— Em *você* eu confio, Reva, sempre confiei. Quanto a ele, eu não o conhecia, por que deveria ter confiança nele? Mesmo assim, fiz apenas uma pesquisa superficial por respeito ao pedido de sua mãe.

— Mas não por mim, não por respeito a mim. Nenhum dos dois, aliás — disse ela, lançando um olhar furioso para a mãe no instante em que Caro voltou para a sala trazendo um pequeno cinzeiro de cristal. — Você o espionou, vasculhou a vida dele, mamãe, ao mesmo tempo que me ajudava a planejar o casamento e fingia estar feliz por mim.

— Reva, eu *estava* feliz por você — replicou Caro.

— Você não gostava dele, mamãe, *nunca* gostou — reagiu Reva. — Se acha que eu não a conheço tão bem a ponto de...

— Desculpem um instantinho! — interrompeu Eve. — Se vocês querem armar um barraco em família, isso vai ter de ficar para depois. — Eve pegou o gravador com um gesto suntuoso quando Reva se virou para ela, com raiva. — Investigações de homicídio são mais importantes do que picuinhas de família. Eu já li os seus direitos e deveres na Central. Agora vamos continuar a...

— Você concordou em me deixar dez minutos a sós com ela — lembrou-lhe Roarke. — Quero usá-los agora.

Eve encolheu os ombros, concordando.

— Tudo bem. Trato é trato.

— Caro, há algum aposento sossegado por aqui onde eu e Reva possamos conversar por alguns momentos?

— Claro. Usem o meu escritório particular. Vou lhe mostrar onde fica...

— Eu sei onde é — disse Reva, dando as costas para a mãe e saindo na frente de Roarke. O silêncio que se fez em seguida foi quebrado por um violento bater de porta.

— Sinto muitíssimo. — Caro tornou a se sentar e cruzou as mãos no colo. — Minha filha está transtornada. Creio que isso é compreensível.

— Claro. — Eve olhou para o relógio de pulso. Dez minutos era tudo que Roarke conseguiria.

No escritório de Caro, ao lado de uma linda mesa antiga em pau-rosa entalhado, sobre a qual estava instalado um moderno sistema de comunicações e dados, Reva estava rígida como um prisioneiro de olhos vendados à espera da execução.

— Estou muito furiosa com ela, com você e com essa merda toda! — desabafou.

— Obrigado pelo boletim. Por que não se senta, Reva?

— Não quero me sentar. *Não vou* me sentar. Quero socar alguém, chutar alguma coisa. Ou *quebrar* algo valioso, de vidro.

— Faça o que achar necessário. — O tom de voz de Roarke era levemente entediado, como um dar de ombros verbal. Isso fez com que um pouco mais de cor aparecesse no rosto de Reva, já afogueado pela raiva. — O que fizer aqui é da sua conta e da conta de Caro, os móveis e enfeites são dela. Quando acabar o seu chilique, você pode se sentar e conversaremos como dois adultos razoáveis.

— Eu sempre odiei isso em você, sabia?

— Isso o quê, exatamente? — perguntou ele, dando uma longa tragada no cigarro.

Dilema Mortal

— Esse seu controle irritante. O gelo que você tem nas veias, no lugar do sangue.

— Ah, isso... A tenente poderia lhe contar que existem momentos em que até meu controle admirável e meu temperamento maravilhosamente equilibrado falham. Ninguém consegue desmontar nossa compostura tão bem quanto alguém que amamos.

— Eu não disse que você tinha temperamento equilibrado nem controle admirável — disse ela com frieza. — Não conheço ninguém mais assustador, mais cruel. Ou mais gentil. — Sua respiração falhou, forçando-a a respirar depressa e fundo para não soluçar. — Sei que você vai ter de me despedir e obviamente tentará fazê-lo com delicadeza. Não estou com raiva disso e certamente não posso culpá-lo. Se isso tornar as coisas mais fáceis para você, ou menos complicadas, eu peço demissão.

Ele deu mais uma tragada e bateu com o cigarro, de leve, sobre a borda do lindo cinzeiro de cristal que levara consigo para o escritório.

— Por que acha que eu teria de demitir você?

— Por Deus! Porque fui acusada de assassinato! Estou aqui liberada sob fiança, o tipo de fiança tão elevado que serei obrigada a vender minha casa para pagar e também tudo o que possuo. Além do mais, estou usando isso.

Ela estendeu o braço e seus dedos formaram um punho, logo abaixo do bracelete de localização preso em seu pulso.

— Sim, imagino que seria demais querer que eles projetassem aparelhos desse tipo com um mínimo de beleza ou estilo — disse ele.

Diante do comentário, ela simplesmente o fitou.

— Eles vão saber se eu for até a delicatéssen da esquina. Vão descobrir que estou chateada porque podem acompanhar minha pulsação. É como estar numa prisão sem grades.

— Eu sei, Reva, e sinto muito por isso. Mas a cadeia poderia ser pior, muito pior. Você não precisa vender sua casa nem as coisas que possui. Eu vou lhe emprestar o dinheiro da fiança. Cale a boca — ordenou ele antes mesmo de ela abrir a boca. — Você vai aceitar a oferta porque eu estou mandando. Para mim, trata-se de um investimento. Quando tudo isso for esclarecido e você for inocentada, vai me pagar tudo com trabalho. E deverá continuar trabalhando para mim até que eu considere a dívida paga.

Ela se sentou, por fim, deixando-se cair sobre um pequeno sofá de dois lugares ao lado dele.

— Você tem de me colocar no olho da rua.

— Quer me ensinar como gerenciar meus negócios agora? — Seu tom de voz era deliberadamente frio. — Por mais que eu valorize uma funcionária como você, não aceito receber ordens suas.

Ela se inclinou para a frente, pousou os cotovelos sobre os joelhos e cobriu o rosto com as mãos.

— Roarke, se você está fazendo isso em nome da amizade...

— Em parte estou, sim, é claro. A amizade que sinto por você e por Caro. Mas também há outra coisa em jogo aqui: você é uma peça muito importante para a Securecomp. Além disso, acredito que você seja inocente e sei que minha mulher vai provar isso.

— Ela é quase tão assustadora quanto você.

— E pode ser mais ainda em certos aspectos.

— Como é que eu pude ser tão *burra*? — Sua voz estremeceu novamente, e lágrimas não vertidas fizeram seus olhos brilharem. — Como é que eu pude ser tão idiota?

— Você não foi burra. Simplesmente o amava. O amor costuma deixar as pessoas burras, senão de que valeria ele? Recomponha-se agora. Não temos muito tempo, porque, pode acreditar... quando minha tira diz dez minutos, ela não quer dizer onze nem dez e meio. Reva... Como está o programa de extermínio e escudo contra hackers, o projeto com Código Vermelho?

— Sim. — Ela fungou, passou as mãos no rosto para enxugá-lo. — Estamos perto, quase lá. Todos os dados sobre o sistema de segurança estão na minha sala, bloqueados com senhas duplas. Há cópias de tudo no cofre, mas o material está codificado. A última parte foi entregue em mãos no seu escritório ontem. Também está codificada. Tokimoto pode assumir o projeto. Ele é a melhor escolha. Posso atualizá-lo nas áreas que ele não dominar ou você mesmo pode fazer isso. Seria melhor deslocar LaSalle e colocá-la como segundo em comando no projeto. Ela é tão boa quanto Tokimoto, embora não seja tão criativa.

— Alguma vez você mencionou esse projeto para seu marido? Ela esfregou os olhos e piscou duas vezes.

— Por que eu faria isso?

— Pense com muito cuidado, Reva. Você nunca mencionou nada para ele, nem mesmo de passagem?

— Não. Talvez tenha comentado que estava trabalhando em algo importante. Talvez tenha explicado que era por isso que estava ficando tantas horas a mais depois do expediente. Mas não citei nada específico. Afinal, trata-se de Código Vermelho.

— E ele fez alguma pergunta sobre o projeto?

— Não poderia me perguntar sobre coisas que desconhecia — respondeu ela com um tom de impaciência malcontrolada. — Ele era um artista, Roarke. A única vez em que demonstrou interesse pelo meu trabalho foi quando me pediu para projetar um bom sistema de segurança para nossa casa e para seu trabalho.

— Minha esposa é tira e não poderia se interessar menos pelo meu trabalho. Mesmo assim, de vez em quando pergunta coisas genéricas... Como foi seu dia, em que você está trabalhando agora, esse tipo de coisa.

— Sim, claro, mas não entendo aonde você quer chegar.

— Ele, ou alguma outra pessoa, lhe perguntou qualquer coisa sobre esse projeto, Reva?

Ela se recostou no sofá. Seu rosto estava novamente pálido e a voz ficou fraca e cansada.

— Talvez ele tenha perguntado. O que havia de tão importante nesse trabalho, algo assim. Eu disse que não podia falar do assunto. Ele brincou comigo, às vezes fazia isso... Segredo de Estado, sigilo total... Minha esposa, a agente secreta, ou algo desse tipo.

Seu lábio inferior tremeu tanto que ela enterrou os dentes nele, tentando readquirir o controle.

— Ele curtia espionagem. Adorava filmes com espiões e video-games sobre o assunto. Mas, se comentou algo específico, foi só de brincadeira, você sabe como é... Amigos podem pegar no seu pé por causa do seu trabalho de vez em quando, mas não estão realmente interessados.

— Felicity, por exemplo?

— Sim. — Seus olhos se abriram mais e exibiram fúria. — Ela só se ligava em arte, moda, eventos sociais. Piranha dissimulada! Costumava dizer que não entendia como é que eu aguentava ficar enfurnada dentro de um laboratório o dia todo, lidando com códigos, senhas e máquinas. Não entendia o que havia de tão interessante nisso, mas eu nunca lhe contei nada, nunca entrei em detalhes, nem mesmo sobre os projetos menores. Isso seria violar o contrato de sigilo do meu trabalho.

— Tudo bem.

— Você acha que Blair está morto e eu caí numa cilada por causa do projeto de Código Vermelho? Isso é simplesmente impossível. Ele não sabia de nada, e ninguém sem autorização poderia adivinhar que eu trabalhava nisso.

— Mas pode ser possível sim, Reva.

Ela olhou em torno, aturdida. Antes de conseguir responder a isso, ouviu uma batida forte na porta.

Dilema Mortal 107

— O tempo de vocês acabou! — gritou Eve do lado de fora.

Ela abriu a porta no instante em que Reva se colocava lentamente em pé. Notando a expressão de espanto no rosto dela, Eve assentiu com a cabeça para Roarke e disse:

— Já vi que você contou a ela sobre as possibilidades.

— Blair sabia que Reva trabalhava num projeto ultrassecreto, mas ela não lhe contou nenhum detalhe.

— Isso não pode ter relação com o que aconteceu com Blair — insistiu Reva. — Se foi um ataque com motivações terroristas, por que eles não vieram atrás de mim ou de você, Roarke?

— Vamos tentar descobrir isso — sugeriu Eve. — Volte para a sala que eu explico a situação de uma vez só para todo mundo.

— Mas o que eles ganhariam com a morte de Blair? — perguntou Reva, correndo para alcançar Eve. — Isso não afetaria o projeto em nada.

— Você acabou de ser acusada de duplo homicídio, certo? Sente-se aí. Quando foi a última vez que você ou sua mãe estiveram no estúdio de Bissel?

— No meu caso, faz alguns meses — respondeu Caro. — Estive lá na primavera. Em abril, creio. Sim, tenho certeza de que foi em abril. Ele queria me mostrar a fonte que preparava para o aniversário de Reva.

— Eu estive no mês passado — afirmou Reva. — Início de agosto. Passei um dia lá depois do trabalho para me encontrar com ele. Íamos a um jantar na casa de Felicity. Ele liberou minha entrada, eu subi e esperei alguns minutos enquanto ele acabava de trocar de roupa.

— Ele liberou sua entrada? — quis saber Eve.

— Isso mesmo. Blair era neurótico quando o assunto era a segurança do seu estúdio. Ninguém, absolutamente ninguém conhecia a senha para entrar lá.

— Mas você me informou a senha.

Reva ficou vermelha e pigarreou.

Eu acessei o sistema dele nesse mesmo dia. Não consegui resistir. Aquele me pareceu um momento perfeito para fazer um teste de campo em um novo scanner que estávamos projetando. Descobri a senha, testei o sistema de segurança do estúdio e consegui entrar. Depois, reativei o programa e liguei para Blair avisando que havia chegado. Não lhe contei o que acabara de fazer, pois sabia que ele ficaria irritado com a invasão.

— Alguma vez você esteve lá sem ele estar presente?

— Para quê?

— Para espiar, ver em que ele estava trabalhando.

— Não, nunca o espionei. — Ela lançou um olhar longo e duro para Caro. — Nunca espionei a vida dele. Talvez devesse tê-lo feito, pois teria descoberto sobre ele e Felicity há muito mais tempo. Mas respeitava seu espaço e sua privacidade, e esperava a mesma coisa dele.

— Você sabia a respeito dele e de Chloe McCoy?

— Quem?

— Chloe McCoy, Reva. A mocinha linda que trabalha na galeria.

— Ah, sei, a rainha do drama? — Ela riu. — Ora, por favor, tenente. Blair certamente não se envolveria com uma... — Ela parou de falar ao ver o olhar fixo e frio de Eve, um olhar que lhe deu fisgadas na barriga. — Não! Ela não passa de uma criança! Ainda está na *faculdade*, pelo amor de Deus! — Inclinando-se, formou uma bola com o corpo e começou a se balançar para a frente e para trás. — Meu Deus, meu bom Deus!

— Filhinha... Reva. — Caro se moveu depressa, sentou-se ao lado da filha e a abraçou com carinho. — Não chore. Não derrame lágrimas por causa dele.

— Não sei se estou chorando por ele ou por mim mesma. Primeiro Felicity, agora essa... essa pirralha imbecil. Quantas outras mais deve haver?

— Só precisa haver uma, minha filha.

Reva apoiou o rosto no ombro de Caro e balbuciou:

— Tal mãe, tal filha. Se o que está contando é verdade, tenente, pode ser que o namorado ciumento de uma de suas mulheres os tenha matado. Alguém que descobriu que estava sendo traído.

— Isso não explica o fato de você ter sido atraída para lá exatamente naquele momento. Não explica que as senhas do elevador e da porta do estúdio tenham sido trocadas exatamente no mesmo instante em que Blair Bissel e Felicity Kade estavam sendo assassinados. Não explica por que os computadores da sua casa, os da galeria, os do estúdio e os da casa de Felicity Kade, conforme Feeney verificou e acabou de me contar — acrescentou, olhando para Roarke —, tenham sido infectados por um vírus ainda não identificado que corrompeu e destruiu todos os dados dos sistemas.

— Um vírus? — Reva afastou-se de Caro. — Todos esses computadores, em todos esses locais? Dados corrompidos? A senhora tem certeza?

— Examinei pessoalmente dois deles — garantiu Roarke.

— Existem indicações de que eles foram infectados com o vírus Juízo Final. Ainda vamos testar tudo para ter certeza, mas eu sei o que vi.

— Um vírus desse tipo não pode ser acionado remotamente. Sabemos que ele só pode ser ativado no local. — Reva se levantou e começou a caminhar de um lado para o outro. — O vírus se aproveita de uma falha no sistema. Deve ser baixado diretamente a partir de uma das unidades de uma rede, para poder infectar todo o sistema. Isso exige um especialista.

— Exato.

— Se os computadores foram infectados pelo vírus que chamamos de Juízo Final, isso significa que alguém passou pelos sistemas de segurança desses locais, tanto na minha casa quanto na galeria, no estúdio e na casa de Felicity. Eu posso verificar todos esses locais. Afinal, fui eu quem projetou e instalou todos eles.

Posso fazer uma varredura para ver se eles foram realmente comprometidos ou infectados, e quando foi que isso aconteceu.

— Se você mesma executar essas varreduras, o resultado não poderá ser aceito em juízo — avisou Eve.

— Eu farei isso, então. — Roarke esperou até Reva parar de andar e olhar para ele. — Você certamente confia em mim para isso.

— Claro que sim. Tenente... — Reva voltou a se sentar na ponta do sofá. — Se tudo isso... se o que aconteceu tem alguma coisa a ver com o projeto, isso significa que Blair também caiu numa cilada, tenente. Foi tudo encenado, tudo preparado para eu ir até lá. Tudo foi feito para parecer, para mim e para qualquer um, que Blair e Felicity eram amantes. Ele está morto por ter sido casado comigo. Os dois estão mortos por minha causa.

— Pode acreditar nisso se quiser — disse Eve. — Eu prefiro lidar com a verdade.

— Mas nem temos provas de que ele foi infiel a mim. Tudo pode ter sido forjado. As fotos, os recibos, os discos. Pode ser que ele tenha sido raptado e levado até a casa de Felicity. Pode ser que ele tenha sido...

Ela tentava se lembrar dos fatos, dos horários, mas sua fantasia começou a perder peso.

— Sei que nada disso faz sentido — reconheceu, por fim. — Mas qualquer outra explicação também não faz sentido.

— Tudo poderia se encaixar se Blair fosse infiel a você com Felicity Kade, com Chloe McCoy e, além disso, se os terroristas acreditassem que ele fosse um espião. Tudo faria sentido se eles achassem isso.

— Por pensarem que eu contava algo secreto a ele? Mas...

— Não. Porque Blair falou com eles sobre você.

Ela ergueu a cabeça com força, como se Eve a tivesse esbofeteado.

— Isso é impossível. — As palavras saíram roucas. — A senhora está me dizendo que talvez Blair conhecesse ou tivesse contato com esse grupo terrorista? Que passava informações para eles? Isso é um absurdo.

— Estou dizendo que essa é uma possibilidade que pretendo explorar. Estou dizendo que uma pessoa, ou talvez várias pessoas desconhecidas, teve muito trabalho para matar Blair e Felicity e jogar a culpa em você. Se o que aconteceu fosse encarado pela polícia como o clássico crime passional que parecia à primeira vista, ninguém daria muita atenção aos computadores infectados.

Ela esperou um pouco, apenas alguns segundos, e percebeu o instante em que as possibilidades pareceram fazer sentido para Reva.

— Todos achariam que você, com seu temperamento estourado e conhecimento de computadores, teria destruído tudo num ataque de cólera — continuou Eve. — E considerariam as mudanças nas senhas da galeria como um defeito do sistema.

— Não posso... não consigo acreditar que Blair tivesse parte nisso.

— As coisas em que deseja ou não acreditar dependem apenas de você, Reva. Mas, se procurar mais fundo, se analisar as pontas soltas, verá que existe mais nessa história do que dois assassinatos e uma suspeita entregue numa bandeja de prata para a polícia.

Reva se levantou e foi até a janela ampla que dava para o rio.

— Não posso... Você quer que eu acredite nas suas ideias e as aceite, mas, se eu o fizer, isso significa que tudo não passou de uma mentira. Desde o início foi tudo uma mentira. Ele nunca me amou. Ou me amava tão pouco que foi seduzido pela primeira oferta que essas pessoas lhe fizeram. Dinheiro, poder ou a simples emoção de brincar de espião tecnológico em vez de curtir games em realidade virtual. Você quer que eu acredite que ele me usou, explorou tudo pelo qual eu trabalhei tanto, se aproveitou da confiança e do respeito que eu adquiri em minha área de atuação.

— Se tentar enxergar as coisas de forma objetiva, isso tudo terá a ver com ele. Não se trata de você.

Reva continuou olhando pela janela.

— Eu o amava, tenente. Talvez, de seu ponto de vista, isso tenha sido fraqueza minha ou burrice, mas eu o amava como nunca amei homem algum. Se eu aceitar tudo o que você diz, terei de abrir mão desse amor e do que ele significava para mim. Não creio que ir para a prisão possa ser pior.

— Você não precisa acreditar em mim nem aceitar nada, Reva. A escolha é sua. No entanto, a não ser que queira descobrir se a prisão é pior, você deverá cooperar conosco. Vai se submeter ao detector de mentiras, nível três, amanhã, às oito da manhã; vai concordar em passar por uma avaliação psiquiátrica completa feita pela psiquiatra da polícia; vai instruir seus advogados para que eles liberem seus registros, todos eles, incluindo os do seu marido. Se existe algum registro lacrado, seja seu, seja dele, você deverá nos dar autorização para quebrar o lacre.

— Não tenho registros lacrados — replicou Reva com a voz fraca.

— Você trabalhou no Serviço Secreto americano, é claro que tem informações lacradas.

Ela se virou e seus olhos pareciam enevoados e distantes como os de uma mulher vivendo em um sonho.

— Tem razão, desculpe. Vou autorizar tudo.

— Vou precisar dos seus registros também, Caro — avisou Eve.

— Por que os dela? — reagiu Reva. O ressentimento demonstrado pela mãe há pouco ficou de lado e ela pulou em defesa de Caro. — Ela não tem nada a ver com isso.

— Ela tem ligações com você, com uma das vítimas e com o projeto.

Dilema Mortal 113

— Tenente, se a senhora acha que minha mãe corre perigo, ela deveria receber proteção.

— Já providenciei isso, Reva — declarou Roarke, o que lhe valeu um rápido olhar de surpresa lançado por Caro.

— Você devia ter me avisado — murmurou e, em seguida, deu um suspiro. — Mas tudo bem, não quero discutir. Darei todas as informações e autorizações necessárias agora mesmo.

— Ótimo. Enquanto isso, quero que vocês duas tentem se lembrar de toda e qualquer conversa que tenham tido com uma das vítimas e também com qualquer pessoa de suas relações a respeito de trabalho. Especialmente do projeto com Código Vermelho. Manterei contato com ambas.

Eve se dirigiu para a porta, pronta para ir embora, mas Roarke ainda ficou na sala por mais alguns segundos.

— Descansem um pouco, vocês duas — aconselhou ele. — Tirem o dia de amanhã de folga caso precisem. Estarei à espera de vocês, de volta ao trabalho, depois de amanhã. — Ele olhou para Eve. — Há algum problema nisso, tenente?

— Por mim, não. A empresa é sua.

— Obrigada, tenente. Obrigada, detetive. — Caro abriu a porta. — Espero que vocês também descansem um pouco.

— Vamos ver se conseguimos.

Eve esperou até os três estarem dentro do elevador, descendo, para se dirigir a Peabody.

— Foi uma boa sacada aquela sua, sobre Caro ter investigado Bissel. Como lhe surgiu a ideia de perguntar isso?

— Ela me pareceu uma mulher eficiente *e também* uma mãe meticulosa. E não gostava muito de Bissel.

— Isso eu também saquei de cara.

— Então... se ela não gosta dele, mas ama a filha, quer que ela tenha o que escolheu na vida. Mesmo assim, precisa ter certeza de que Bissel era o que alegava ser. Tinha de investigar.

— E investigou o suficiente para descobrir que ele era um sujeito decente — concordou Eve. — Bela atuação, detetive, apesar de você ter conseguido isso elogiando os biscoitos só para puxar o saco dela.

— Ei, os biscoitos estavam gostosos de verdade.

— Você merece tirar o resto do dia de folga. Vá para casa e durma bastante.

— Tá falando sério?

— E amanhã se apresente em minha casa, no meu escritório, às sete da manhã. Em ponto.

— Chegarei lá com guizos e bandeirinhas.

Eve olhou para os coloridos tênis com amortecimento a ar que Peabody usava e disse:

— Isso não me surpreenderia.

— Posso trabalhar mais algumas horas se você quiser forçar um pouco mais a barra.

— Investigar dados quando se está dormindo em pé é tempo perdido. Vamos retomar tudo com a cabeça fresca de manhã.

— Leve meu carro — ofereceu Roarke. Os olhos de Peabody pareceram saltar das órbitas e cair no chão.

— Tá falando sério? Que papo é esse? Hoje é dia da campanha "Vamos ser bonzinhos com a Peabody"?

— Se não é, deveria ser. — Roarke riu. — Na verdade, você vai me poupar de voltar aqui ou ter de mandar alguém só para pegar o carro. Quero ir para casa dirigindo a viatura da tenente.

— Puxa, Roarke, sempre que você precisar de favores assim, basta pedir.

Ele lhe informou a senha para ligar o veículo e observou com satisfação o jeito como ela caminhou pela calçada, empolgada. Ao chegar ao meio-fio, deu uma rebolada de alegria diante do carrão esporte vermelho vivo.

Dilema Mortal

— Você sabe que ela não vai voltar para casa agora, não sabe? — Observando a dancinha feliz de Peabody, Eve pôs as mãos nos quadris. — Ela vai pegar a autoestrada ou vai para a rodovia, acelerar ao máximo aquela máquina ridiculamente poderosa, e vai acabar em algum lugar em Nova Jersey, explicando a algum androide de controle de tráfego que é uma policial em horário de serviço atendendo a um chamado de urgência ou qualquer desculpa dessas. Depois, vai *varrum* de volta para a cidade, onde será parada novamente e repetirá a mesma cascata.

— Ela vai... *varrum?*

— É o som que aquele brinquedo faz: *VARRUM!!...* Depois ela vai pegar McNab na saída do turno dele. Obviamente ele vai convencê-la a deixar que *ele* dirija o *varrum*, vão ser parados mais uma vez por dois androides numa patrulhinha e exibirão seus distintivos. Se algum deles resolver consultar o sistema, você será procurado para explicar por que um veículo registrado em seu nome está sendo usado por toda a cidade por dois idiotas usando distintivo.

— Puxa, vai ser divertido pra todo mundo. Entre no carro, tenente, que eu dirijo.

Ela não reclamou. A falta de sono acabara com seus reflexos, e o tráfego estava mais pesado àquela hora.

— Você foi dura com Reva — comentou ele ao sair da vaga.

— Se não gostou da minha técnica, registre uma queixa.

— Não é preciso. Ela precisava de alguém com pulso firme. Quando a ficha cair, respeitará isso. Mas vai querer uma desforra.

— Isso não me preocupa. — Eve se esticou no banco o máximo que pôde e fechou os olhos.

— Eu sei. Acho que você vai gostar de Reva quando ela começar a exibir seu jeito estourado.

— Eu não disse que não gostava dela.

— Não, mas acha que ela é uma mulher fraca, e isso não é verdade. — Ele acariciou lentamente os cabelos de Eve. — Também a acha tola, e ela não é. Reva simplesmente está muito abalada, em todos os níveis, e lamenta a perda do marido que ela sabe, no fundo do coração, que não merece todo esse pesar. Então sofre pela perda da ilusão. Isso, na minha opinião, pode ser ainda mais devastador.

— Se você aparecesse pelado e morto ao lado de outra mulher, eu ia dançar uma rumba em cima do seu cadáver.

— Você não sabe dançar rumba.

— Aprenderia só para fazer isso.

Ele riu e passou a mão sobre a coxa dela.

— Pode aprender, mas não vai ter a chance de dançar. Sei que você sofreria muito a minha ausência, como ela.

— Não pense que eu lhe daria esse gostinho — resmungou quase dormindo. — Só me referiria a você como "traidor desprezível e safado".

— Você choraria no escuro, chamando o meu nome baixinho.

— Chamar por você, pode ser, mas seria para perguntar: "Como vão as coisas aí no inferno, seu canalha capado?" E eu riria muito, riria sem parar. Só para isso eu pronunciaria seu nome.

— Meu santo Cristo, Eve, eu amo você.

— Sei, sei... — Ela abriu um sorriso, quase dormindo. — Depois, eu pegaria todos os seus preciosos sapatos de grife e os jogaria no reciclador de lixo. Tiraria do closet todos os seus ternos metidos a besta e faria uma fogueira gigantesca para celebrar. Chamaria Summerset e lhe daria um espetacular chute na bunda magra antes de colocá-lo para fora da *minha* casa. Depois disso, promoveria uma festa e beberia todos os seus vinhos caríssimos e uísques de reserva especial. Para *encerrar* a noite, contrataria dois...

não, *três* dos mais gostosos e sarados acompanhantes licenciados do planeta para vir em casa e me fazer mergulhar no prazer.

Ao perceber que o carro parou, ela abriu os olhos, piscou duas vezes, viu que ele olhava fixamente para ela e perguntou:

— O que foi?

— Acaba de me ocorrer que você anda pensando muito no assunto, com todos esses planos.

— Na verdade, nem tanto. — Ela flexionou os ombros para dissolver um pouco da tensão que havia ali e deu um imenso bocejo. — Tudo me veio à cabeça agora, num lampejo de inspiração. Onde é que eu estava mesmo?

— Mergulhando em prazer na companhia de três michês sarados. Suponho que você realmente precisaria de três deles para alcançar prazer no nível ao qual se acostumou nos últimos dois anos.

— É, você deve achar isso mesmo. Continuando... depois da orgia, eu curtiria seus brinquedos. Primeiro, pegaria o... — Ela parou de falar e estreitou os olhos ao olhar para fora do carro. — Engraçado, essa escadaria não parece a da Central.

— Você pode trabalhar de casa e também pode planejar daqui as festas do meu funeral, mas só depois de dormirmos um pouco.

Ele saltou do carro, deu a volta e abriu a porta do lado do carona. Eve permaneceu imóvel.

— Eu ainda não atualizei meu relatório nem falei com o comandante.

— Tudo isso também pode ser feito daqui. — Ele simplesmente estendeu os braços, pegou-a no ar e a colocou sobre o ombro, como um saco de batatas.

— Você deve se achar mesmo muito macho e supersexy, né?

— Eu me acho prático e objetivo.

Ela decidiu deixar ser carregada e fingiu que dormia quando Roarke entrou em casa. Assim, pelo menos, não precisaria falar com Summerset. No entanto, logo que ouviu o som irritante da voz dele, desejou poder fechar os ouvidos com tanta facilidade quanto fechara os olhos.

— Ela está ferida? — perguntou o mordomo.

— Não. — Roarke afastou as pernas para recuperar o equilíbrio, antes de subir as escadas. — Apenas cansada.

— Você também me parece esgotado.

— Estou mesmo. Resolva todas as ligações que não forem emergências nas próximas cinco horas, sim? E me dê mais uma hora além disso para tudo o que não seja prioritário.

— Entendido.

— Preciso conversar com você sobre vários assuntos, mas isso fica para depois. Ligue o sistema de proteção e segurança da propriedade no nível máximo e não saia de casa enquanto eu não autorizar.

— Está certo.

Ao abrir de leve um dos olhos, Eve notou uma expressão preocupada no rosto de Summerset antes de Roarke se virar para subir as escadas.

— Ele sabe desse lance de Código Vermelho?

— Ele sabe muito a respeito de muitas coisas. Qualquer pessoa que queira me atingir certamente pensará nele. — Entrou no quarto. Fechou a porta com o pé, atrás deles, e seguiu até a cama, onde a despejou sobre o colchão como uma carga.

— Acho que você realmente está com cara de cansado, Roarke. — Ela virou o rosto de lado para analisá-lo melhor. — É difícil ver você abatido desse jeito.

— Foi um longo dia, sob todos os aspectos. Vamos tirar as botas.

— Ei, eu sei tirar minhas botas sem ajuda. — Ela afastou as mãos dele. — Vá cuidar dos seus sapatos.

— Ah, claro, um dos meus preciosos sapatos de grife condenados ao reciclador de lixo.

Eve reconheceu que ele sabia fazer um lindo sorriso de deboche.

— Isso só vai acontecer se você não tomar cuidado, meu chapa.

Ela descalçou as botas, tirou a jaqueta, soltou o coldre com a arma e rastejou de volta para a cama.

— Você conseguiria descansar melhor sem toda essa roupa.

— Não. Você arruma ideias quando eu estou nua.

— Querida Eve, eu arrumo ideias mesmo se você estiver usando armadura e elmo. Tudo o que eu quero agora é dormir um pouco, pode acreditar.

Ela despiu a calça jeans, a blusa, e fez uma careta de alerta quando ele deslizou e se deitou ao lado, puxando-a para junto de si.

— Nem pense em realizar manobras de acoplamento! — exclamou ela.

— Calada! — Ele beijou-lhe o alto da cabeça e se aconchegou ainda mais junto dela. — Vá dormir.

Como se sentiu quentinha, confortável, e sua cabeça estava perfeitamente aninhada no ombro dele, ela caiu no sono. Um momento depois de perceber que ela havia apagado, ele a seguiu.

Como é que as coisas poderiam ter dado tão errado? Como é que tudo havia se despedaçado depois de ter sido planejado de forma tão meticulosa e perfeita? E bem-executado também, ele lembrou a si mesmo, agachado no escuro.

Ele havia feito tudo certo. Tudinho! E agora se escondia atrás de portas trancadas, com as telas de privacidade das janelas fechadas, temendo pela própria vida.

A *sua* vida.

Deve ter havido um erro. Só podia ser. Algo tinha dado errado em algum momento. Mas isso não fazia sentido.

Tentou se acalmar tomando goles lentos de uísque.

Ele não cometera erro nenhum. Fora até a casa de tijolinhos na hora marcada. Sua pele estava protegida pelo spray selante, suas roupas cobertas pelo jaleco de laboratório, e seus cabelos completamente cobertos pela touca de contaminação zero. Não havia traços dele na casa.

Verificara o androide doméstico para se certificar de que ele havia sido desligado para a noite. Só então havia subido as escadas. Por Deus, como seu coração bateu rápido no peito naquele momento. Ele chegou a sentir medo... *Quase sentiu*, corrigiu a si mesmo. Medo de que eles pudessem ouvir o martelar descompassado do seu coração soar mais alto que a música e acima dos próprios gemidos enquanto trepavam.

Ele estava com a pistola de atordoar na mão e a faca na bainha, junto do cinto. Curtiu o modo como a bainha da faca batia em sua coxa quando ele se movia. E curtiu a expectativa.

Ele se movimentou depressa, conforme planejado. Conforme havia treinado. Uma rajada entre as omoplatas e o primeiro alvo foi abatido. Analisando agora, talvez tivesse hesitado uma fração de segundo ao mirar no segundo alvo. Pode ser que tenha percebido algo nos olhos assustados de Felicity. Talvez tenha notado o choque neles, um instante antes de atingi-la com a pistola no espaço entre seus seios maravilhosos.

Mas, depois disso, ele não hesitou. *Nem por um segundo.*

Era a hora de usar o facão, agarrar o cabo e sentir o som suave e sexy do aço deslizando pela bainha de couro.

Então as mortes. Seus primeiros assassinatos.

Admitiu para si mesmo que gostou do ato. Gostou mais, muito mais do que imaginava. A sensação da faca entrando na carne, o jorro quente e lento do sangue.

Tão primitivo. Tão *básico*.

Tão... fácil e tranquilo, refletiu naquele momento. Tão natural, depois que a coisa começava, saboreando o uísque para acalmar os nervos. Tão natural, depois que a ação tinha início de verdade.

Depois, preparara a cena e tinha sido muito, muito cuidadoso nessa hora. Tão cuidadoso e tão preciso que mal acabara de preparar o cenário no instante em que Reva chegou, no momento em que seu alarme apitou baixinho, sinalizando que ela começava a desativar o sistema de segurança lá embaixo.

Mas ele continuou calmo, se manteve frio. Silencioso como uma sombra, avaliou com orgulho, enquanto esperava o momento em que ela entraria no quarto.

Será que ele sorriu ao vê-la marchar com determinação em direção à cama, exalando raiva por todos os poros? Sim, talvez tenha sorrido, mas isso não afetou seu desempenho.

Um leve borrifo do anestésico e ela apagou.

Depois ele completou a cena com alguns toques de classe. Coisa de gênio, a ideia de arrastá-la até o banheiro, colocar uma única impressão digital na borda da pia e espalhar um pouco de sangue em sua blusa. E o toque final, a faca deixada espetada no colchão, falava por si mesmo.

Aquele era um gesto típico de Reva.

Ele deixou o portão da rua apenas encostado ao sair, conforme o planejado. Reva devia ter ficado desmaiada tempo suficiente para o pessoal da ronda encontrar o portão aberto em uma passagem de rotina diante da casa. Tudo bem, tudo bem, talvez ele tenha calculado mal o tempo. Ou não borrifou spray suficiente para deixá-la apagada por mais tempo. Ou perdera minutos preciosos com os toques finais.

Mas nada disso importava. Ela foi acusada de homicídio. Blair Bissel e Felicity Kade estavam mortos. E Reva era a única suspeita.

Ele já devia estar longe a essa altura. Afinal, sua conta bancária estava explodindo de dinheiro. Em vez disso, era um homem marcado.

Precisava fugir. Tinha de se proteger.

Ali onde estava, ele nem mesmo estava seguro. Pelo menos não completamente. Mas poderia consertar isso, percebeu e se sentou enquanto a névoa provocada pelo medo e pela frustração começava a se dissipar. Ele resolveria uma parte do seu aperto financeiro ao mesmo tempo que escapava.

Depois lidaria com o resto.

Precisava apenas de um pouco mais de tempo para pensar e lidaria com tudo o que ainda estava pendente.

Mais calmo, ele se levantou, se serviu de mais uma dose de uísque e se pôs a planejar os próximos passos.

Capítulo Seis

Eve estava sozinha quando acordou, e uma rápida olhada no relógio lhe mostrou que ela havia dormido meia hora mais do que pretendia.

Atordoada demais para xingar, ela se arrastou para fora da cama, quase esbarrou no AutoChef e programou uma caneca de café no aparelho. Levou a bebida para debaixo do chuveiro, ordenou água em força total, a uma temperatura de trinta e oito graus, e tomou goles revigorantes de cafeína enquanto a água quente batia com força em seus músculos.

Já estava na metade da caneca generosa quando percebeu que vestia camiseta e calcinha debaixo da ducha.

Dessa vez ela xingou. Depois de engolir o resto do café, despiu a camiseta, tirou a calcinha com cuidado e jogou tudo no chão, formando uma pilha ensopada no canto do boxe.

Um marido que chifra a mulher foi assassinado em companhia da amante, refletiu. Ambos eram ligados ao mundo das artes. Possível conexão com tecnoterroristas. Supervírus para redes e sistemas de computação. Segurança comprometida em várias áreas.

Cilada preparada previamente para uma especialista em segurança encarregada do desenvolvimento de um poderoso sistema de escudos e proteção antivírus.

Qual era a finalidade da cilada? Outra pessoa assumiria a pesquisa que ela desenvolvia. Ninguém era indispensável.

Eve se preocupou, fez malabarismos mentais com várias possibilidades, analisou vários ângulos e não gostou de nenhum dos padrões que apareceram. Por que alguém tão cuidadoso e sofisticado se mostra tão desleixado quanto ao resultado da ação?

Mesmo que o caso fosse tratado como um simples crime passional, e mesmo que Reva Ewing fosse acusada, julgada, condenada e passasse o resto da vida atrás das grades, em que isso beneficiaria o verdadeiro autor do crime?

Ela já estava na segunda caneca de café e fazia mais uma recapitulação dos fatos quando Roarke entrou no quarto.

— Por que alguém teria tanta vontade de matar duas pessoas e armar tudo para incriminar uma simples funcionária de empresa? — perguntou ela, assim que o viu.

— Existe gente de todo tipo no mundo.

— Pois é. Talvez isso é que esteja errado no planeta: há pessoas nele. Mas existem maneiras mais fáceis de acabar com uma pessoa do que cometer duplo homicídio. Nem você mereceria isso.

— Querida, agora fiquei devastado. Tinha certeza de que você seria capaz de um ato desses por mim.

— Mas isso pode ter a ver com você, sim, em algum nível. Ou pelo menos com as Indústrias Roarke, ou, mais especificamente, a Securecomp. Vamos ter de brincar um pouco com essas possibilidades. Mas, antes, eu quero dar uma olhada no histórico das vítimas.

— Já comecei as pesquisas para você. É que eu acordei cedo — completou, ao ver o ar de estranheza dela. — Agora que ambos estamos acordados, estou pensando seriamente em comer alguma coisa.

— O café da manhã tem de ser no meu escritório.

— Claro.

— Você está muito cordato hoje.

— Na verdade, não. Apenas faminto.

Como realmente estava, ele pediu dois bifes para serem entregues pelo AutoChef da sala de trabalho de Eve.

— Você pode dar uma olhada na vida e na obra de Blair Bissel enquanto se alimenta. Computador, colocar dados no telão um!

— Havia algum arquivo lacrado?

— Não. Pelo menos aparentemente.

— Como assim, aparentemente?

— Tudo está certinho demais na minha opinião. Veja você mesma.

Ela cortou o primeiro pedaço do bife enquanto lia os dados na tela.

Blair Bissel. Sexo masculino, branco. Altura: um metro e oitenta e cinco. Peso: oitenta e oito quilos. Cabelos castanhos. Olhos verdes. Data de nascimento: 3 de março de 2023, em Cleveland, Ohio. Pais: Marcus Bissel e Rita Hass, divorciados em 2030. Um único irmão: Carter Bissel. Data de nascimento: 12 de dezembro de 2025.

Profissão: escultor.

Residência: Alameda da Serenidade, 21.981, Queens, Nova York.

— Alameda da Serenidade. — Eve balançou a cabeça enquanto mastigava. — Quem é o idiota que escolhe nomes ridículos para as ruas?

— Aposto que você gostaria mais se fosse "Avenida do Agito".

— Claro, quem não preferiria?

Como Roarke pesquisara a fundo, Eve aprendeu tudo sobre o histórico escolar de Bissel, desde a creche e a pré-escola, aos três anos, até os dois anos que passou no exterior, estudando arte em uma famosa instituição em Paris.

Depois, analisou seus dados médicos. Fratura de tíbia aos doze anos, visitas regulares ao oftalmologista, com ajustes para melhorar a visão aos quinze, depois aos vinte, vinte e cinco, e assim por diante. Ele também fizera alguns ajustes estéticos no rosto e no corpo: nádegas, queixo e nariz.

Era filiado ao Partido Republicano e sua renda anual chegava a um milhão e oitocentos mil dólares e alguns trocados.

Nenhum registro criminal, nem sequer uma pisada de bola durante a adolescência. Pagava os impostos rigorosamente em dia, mantinha um padrão de vida elevado, mas dentro de suas posses.

Reva foi sua única esposa.

Seus pais ainda estavam vivos. Seu pai continuava morando em Cleveland, com a esposa número dois, e sua mãe se mudara para Boca Raton, na Flórida, com o marido número três. Seu irmão, ainda solteiro e sem filhos, exercia a profissão de *empresário autônomo*, uma forma mais suave para dizer *sem ocupação fixa*. Seu histórico profissional era variado, já que ele pulava de uma cidade para outra, em diversos empregos, o tempo todo. Atualmente residia na Jamaica e era sócio de um bar temático.

Seus registros criminais também eram variados. Delitos leves, notou Eve. Um suborno aqui, uma trapaça ali, pequenos roubos. Tinha cumprido dezoito meses de cadeia em uma penitenciária estadual de Ohio por vender terrenos inexistentes a idosos.

Sua renda anual declarada era pouco mais de doze mil dólares, incluindo sua parte no bar.

Dilema Mortal

— Estou imaginando se o irmão mais novo tem problemas com o irmão mais velho, que fatura uma grana considerável e é famoso. Não vi registro de crimes violentos, mas, quando a rivalidade é de família, a coisa muda. E, quando entra dinheiro na história, o caldo engrossa.

— O irmão caçula vem da Jamaica, mata o irmão bem-sucedido e prepara uma cilada para a culpa cair na cunhada?

— Sim, estou forçando a barra — admitiu Eve, apertando os lábios. — Mas não tanto, se você considerar que esse irmão caçula talvez conhecesse o projeto da cunhada. Talvez tenha sido abordado por alguém, que lhe ofereceu uma grana preta em troca de informações que pudesse obter. Talvez tenha conseguido algumas dicas preciosas, talvez não. Mas é esperto o bastante para sacar que o irmão mais velho chifrava a mulher. Talvez tenha rolado uma chantagem básica, uma briga de família, algumas ameaças. — Ela encolheu os ombros.

— Sim, estou começando a entender o quadro. — Enquanto comia, Roarke refletia sobre o caso. — Carter, o caçula, pode ter sido apenas o canal de acesso, um contato. A rivalidade entre os irmãos se tornou mortal e ele, ou quem o recrutou, decidiu eliminar as pontas soltas.

— É o que faz mais sentido até agora. Precisamos conversar com Carter, o irmãozinho caçula.

— Isso viria a calhar, já que quase nunca visitamos bares temáticos em praias jamaicanas.

Como o cálice de cabernet estava diante dela, Eve o provou e o deixou escorrer pela garganta lentamente, enquanto analisava a expressão do marido.

— Você está pensando em outra possibilidade — arriscou ela.

— Não, apenas refletindo. Dê uma olhada no histórico da mulher morta. Computador, exibir dados de Felicity Kade no telão dois!

Eve analisou o passado da filha única de pais ricos. Educação de alta qualidade, muitas viagens. Casas em Nova York, nos Hamptons e na Toscana, região da Itália. Era uma socialite que faturava alguns trocados no mercado de artes atuando como marchand. Não que ela precisasse desses trocados, é claro, pensou Eve, ao ver sua renda bruta — a maior parte vinda de herança e fundos fiduciários — no valor de mais de cinco milhões por ano.

Nunca se casou, embora tenha morado algum tempo com um namorado aos vinte e poucos anos. Agora, aos trinta, morava sozinha e tinha um alto padrão de vida. Até que morreu.

Submeteu-se a muitas intervenções estéticas com um escultor de corpo, mas parecia satisfeita com o rosto que Deus lhe dera. Não havia nenhum dado médico suspeito ou incomum. Não tinha ficha criminal e nenhum registro lacrado.

— Ela gastava muita grana — comentou Eve. — Roupas, salões de beleza, obras de arte, viagens. Muitas viagens. Você não acha interessante ela ter viajado quatro vezes para a Jamaica nos últimos dezoito meses?

— Sim, é interessantíssimo.

— Talvez estivesse chifrando o seu amante, marido da amiga, com o irmão dele, o caçula perdedor.

— Assim a festa ficava toda em família — disse Roarke.

— Ou talvez ela tenha ido à Jamaica para pesquisá-lo, em busca de um bode expiatório, caso a situação exigisse.

Roarke espetou um coração de alcachofra.

— Mas o bode expiatório aqui foi Reva — lembrou ele.

— Eu sei, mas deixe-me brincar um pouco com essa ideia. — Ela pegou o vinho novamente e tomou alguns goles enquanto caminhava de um lado para o outro. — A primeira viagem dela à Jamaica aconteceu há um ano e meio. Foi sentir o terreno, talvez. Carter poderia ser usado como arma contra Reva ou Blair. Quem sabe ambos. Ela gosta de dinheiro. Também gosta de correr riscos.

Dilema Mortal

Ninguém dorme com o marido da amiga sem gostar de riscos, a não ser que não tenha problemas de consciência. Brincar com tecnoterroristas globais teria um bom apelo para ela. Ela curte viajar. Se considerarmos o bando de gente que conhece nas viagens, nos eventos sociais que frequenta e no mundo das artes... é, pode ser que ela tenha sido procurada pelos terroristas.

— Se foi isso, como foi que acabou morta?

— Estou chegando lá. Talvez o irmão caçula seja ciumento. Defesa da honra é um motivo antigo para fazer picadinho da pessoa que você ama.

— Ou dançar rumba em cima dela.

— Rá-rá... Talvez ele quisesse uma porcentagem maior do acordo, ou talvez ela o tenha passado para trás. E pode ser que todas essas hipóteses estejam furadas, mas é algo para explorar.

Ela apontou para o telão, ainda segurando o cálice, e completou:

— Vou lhe dizer mais uma coisa que eu estou percebendo: o histórico dessa gente está certinho demais.

— Ah, agora, sim! Eu estava torcendo para você também achar isso. — Ele se recostou na cadeira, com o vinho na mão. — São pessoas sem máculas, esse nosso amigo sr. Bissel e a srta. Kade. Estão completamente dentro dos padrões que alguém esperaria deles. Bom nível de instrução, cumpridores das leis, vida financeira confortável. Nem uma manchinha no passado. Tudo se encaixa tão certinho...

— ... que acaba não convencendo — completou Eve. — São mentirosos e traidores. Gente que trai e mente sempre tem manchas no passado.

Ele tomou mais um gole de vinho e sorriu para ela por sobre a borda do cálice de cristal.

— Quem tem muita grana e boas habilidades consegue apagar todo tipo de mancha dos registros oficiais.

— Você que o diga! Precisamos mergulhar mais fundo porque essa perfeição toda não está me convencendo. Enquanto isso, quero dar uma olhada nas informações de Reva.

— Telão três! — ordenou Roarke.

Os dados apareceram e o *tele-link* do escritório de Roarke, ao lado, tocou.

— Preciso atender essa ligação, querida.

Ela concordou com a cabeça, distraída, e começou a ler o que apareceu no telão quando ele foi para o outro aposento.

Reva Ewing. Sexo feminino. Cor branca. Cabelos castanhos. Olhos cinza. Altura: um metro e sessenta e cinco. Peso: cinquenta e três quilos. Data de nascimento: 15 de maio de 2027. Pais: Bryce Gruber e Caroline Ewing, divorciados em 2040. Residência: Alameda da Serenidade, 21.981, Queens, Nova York. Profissão: especialista em segurança eletrônica. Empresa onde trabalha: Securecomp, divisão das Indústrias Roarke. Casamento em 12 de outubro de 2057. Marido: Blair Bissel. Não há registro de filhos.

Dados de educação: ensino fundamental: Escola Kennedy, Nova York. Ensino médio: Escola Lincoln — curso intensivo — Nova York. Universidade: Georgetown University, East Washington, graduada em ciência da computação, criminologia eletrônica e direito.

Entrou para o Serviço Secreto dos Estados Unidos da América em janeiro de 2051. Trabalhou na guarda pessoal da presidente Anne B. Foster de 2053 a 2055. A lista completa de serviços prestados está no arquivo anexo, incluindo as pastas lacradas, liberadas por autorização da própria sra. Reva Ewing.

Então ela era uma mulher de palavra, decidiu Eve, optando por ler a lista de serviços prestados mais tarde.

Deu baixa do Serviço Secreto em janeiro de 2056 e transferiu-se para a cidade de Nova York. Empregou-se nesse mesmo mês na Securecomp, divisão das Indústrias Roarke, onde trabalha até hoje.

Não possui ficha criminal. Registro de pequenas contravenções: sair da escola sem autorização e consumo de álcool antes da maioridade. Em ambos os casos o registro não foi completado por orientação judicial, e a acusada prestou serviços à comunidade.

Os dados médicos incluíam uma fratura no dedo indicador aos oito anos, uma fratura incompleta do tornozelo esquerdo aos doze, fratura de clavícula aos treze. Os relatórios médicos e dos assistentes sociais afirmam que as fraturas e luxações na infância e adolescência foram resultado de vários esportes e atividades recreativas, incluindo hóquei no gelo, softball, artes marciais, voo de parapente, basquete e esqui.

Seu mais sério ferimento aconteceu na idade adulta, quando trabalhava para o governo. Reva fizera o que todos os agentes do serviço secreto juravam fazer: recebera uma rajada, originalmente dirigida à presidente norte-americana.

O golpe a atingira em cheio e a afastou do serviço por quase três meses. A recuperação exigiu tratamento especializado nas clínicas mais conceituadas do mundo. Reva ficou paralisada da cintura para baixo durante seis semanas.

Eve se lembrou do quanto fora terrível o que aconteceu a McNab, que recebera uma rajada semelhante no início do verão. As chances de os nervos do detetive da sua equipe não conseguirem se regenerar por conta própria era imenso, e o susto tinha sido grande.* Por causa disso, Eve fazia uma ideia aproximada da dor, do medo e do trabalho de fisioterapia que Reva devia ter enfrentado para se recuperar por completo.

---

* Ver *Pureza Mortal.* (N. T.)

Eve também se lembrou do atentado. Um fanático suicida havia atacado a presidente norte-americana com rajadas a laser, e tirara a vida de três civis e dois agentes antes de ser morto. Eve se lembrava das fotos de Reva no noticiário, mas ela parecia muito diferente na época.

Tinha os cabelos mais compridos, recordou, em um tom louro-escuro. Seu rosto era mais cheio, com traços mais suaves.

Eve olhou por cima do ombro ao perceber que Roarke voltava.

— Eu me lembrei dela agora, e das notícias sobre ela ter levado aquela rajada. Houve muita agitação na mídia. Mas ela derrubou o cara, não foi? Ela se colocou na frente da presidente Foster, recebeu a carga em cheio, mas conseguiu derrubar o agressor.

— Eles achavam que Reva não sobreviveria — completou Roarke. — Depois disseram que, mesmo que sobrevivesse, não conseguiria mais andar. Ela provou que todos estavam errados.

— Deixaram de dar notícias sobre ela depois dos primeiros dias.

— Porque ela pediu. — Roarke olhou para a foto de Reva ainda na tela. — Não queria chamar muita atenção para si mesma. E vai atrair muito interesse novamente dessa vez. Os repórteres vão fazer a ligação entre os eventos e a agitação vai começar de novo. Mulher heroica acusada de duplo homicídio, e assim por diante.

— Vai superar isso.

— Vai sim, certamente. Vai mergulhar de cabeça no trabalho, como uma pessoa que eu conheço.

— Em quanto tempo o projeto vai atrasar por causa do que aconteceu?

— Menos de um dia. Era Tokimoto no *tele-link*. Reva já passou quase tudo para ele, embora planeje voltar a trabalhar normalmente amanhã, assim que acabar o teste no detector de mentiras. Se duas pessoas tiveram de ser mortas com o intuito de atrasar esse projeto, o objetivo foi muito maldimensionado.

— Alguém esperto o suficiente para armar a cilada também seria inteligente o bastante para saber que o plano não daria certo. Será que foi um movimento desesperado? — especulou ela.

— Problemas com os membros mais baixos na hierarquia? Carter Bissel. Eu queria muito conversar com ele.

— Vamos à Jamaica?

— Não corra para pegar a toalha de praia, pelo menos por enquanto. Vou começar batendo um papo com as autoridades locais. Preciso montar meu relatório e enviar uma cópia para o comandante Whitney. E tenho de seguir a rotina padrão das investigações. Verificar alguns dados com os legistas, o laboratório, os peritos e a DDE. A mídia vai começar a se agitar amanhã logo cedo. Você provavelmente terá de apresentar um comunicado à imprensa, como empregador dela.

— Já estou trabalhando nisso.

— Eu a quero bem protegida, Roarke. Nada de declarações vindas dela. Se ela quer voltar ao trabalho, tudo bem, mas quero que permaneça isolada do bochicho.

— Eu lhe garanto que ela sabe como escapar da mídia.

— Mesmo assim, fique de olho. Se você não tem mais nada para fazer agora, podia começar a cavar mais fundo nas informações de Bissel e de Kade.

— Já limpei a minha agenda para poder me dedicar a isso. — Ele pegou o cálice. — Vou pegar minha pá.

— Até que você é competente, sabia? — Ela chegou junto dele e lhe mordeu de leve o lábio inferior. — Apesar de ser apenas um civil com dedos leves e bom de lábia.

— Sim, você também é competente... apesar de ser apenas uma tira estourada e cabeça-dura.

— Formamos uma dupla interessante, certo? Pode gritar para me chamar se encontrar algo que valha a pena.

Ela se sentou à sua mesa para rever anotações, declarações e descobertas preliminares. Depois começou a redigir o relatório para o comandante, com cópias para as suas pastas.

Em meio ao trabalho, pegou as fotos tiradas na cena do crime e as analisou novamente, com atenção. Será que eles estavam conscientes quando foram esfaqueados?

Pouco provável, decidiu, considerando a janela de tempo. Quem os matou os queria mortos e não se preocupou em lhes causar dor. Isso deixava a raiva fora da equação, refletiu. Foi um ato cometido a sangue-frio, premeditado demais para ser baseado em raiva.

Tudo foi feito apenas para *simular* raiva.

O portão da frente estava aberto. Eve franziu o cenho e confirmou as anotações. A declaração de Caro ressaltou este ponto: a porta da rua estava aberta quando ela chegou. No entanto, segundo as declarações de Reva, ela *garantiu* que trancara a porta e religara o sistema de segurança. Eve acreditava nela. Era força do hábito, rotina, treinamento, o tipo de coisa que ela faria automaticamente, mesmo em um momento de raiva.

Quem matou o casal e deixou Reva apagada por algum tempo foi até a porta da rua e a deixou encostada ao sair. Por que não a fechou? Qual é a diferença?

Pensando bem...

Ela se levantou e foi até a porta que dividia os dois escritórios.

— Um sistema de segurança sofisticado como o da residência de Felicity Kade... — começou ela — ... se ele for desligado e uma das saídas da casa for deixada aberta, quanto tempo leva para a empresa de segurança mandar uma equipe checar as instalações?

— Isso depende das exigências do cliente. O sistema é personalizado. — Ele ergueu os olhos do trabalho que fazia. — Já vi que você quer que eu verifique.

— Você consegue descobrir a resposta mais depressa, já que é o dono do mundo.

— Eu possuo apenas partes específicas do mundo — explicou ele. — Abrir arquivos da Securecomp! — ordenou ao computador. — Autorização dada por Roarke!

Processando... Os arquivos da Securecomp serão abertos por autorização pessoal de Roarke.

— Acessar conta residencial da cliente Felicity Kade, cidade de Nova York.

Processando... Conta de Felicity Kade acessada. Os dados devem ser apresentados no telão ou apenas em áudio?

— Telão. Quero saber os detalhes do temporizador de alarme.

Perfil em tela...

— Vamos ver, então... Sessenta minutos para as portas e janelas que dão para a rua. As instruções são para monitorar movimentos através dos sensores e relatar possíveis problemas para o androide doméstico depois de sessenta minutos.

— Esse é o padrão?

— Na verdade é um intervalo de tempo longo demais. Imagino que ela confiava muito no sistema e não queria ser perturbada em casos de falhas banais.

— Sessenta minutos? Tudo bem, obrigada. — Ela voltou para a sua sala e deixou a informação assentar na mente.

Será que eles imaginaram que Reva ficaria apagada por pelo menos uma hora e, se acordasse antes, estaria desorientada? A empresa de segurança ativa o androide da casa, que relata que o sistema de tranca está comprometido. A empresa automaticamente aciona a polícia e envia uma equipe para o local.

Mas Reva é dura na queda. Volta a si antes do planejado e, embora se sinta enjoada, apavorada e confusa, liga para a mãe. Essa parte do plano — no caso de ser realmente um plano — não dá certo porque Caro, correndo pela rua com um casaco sobre o pijama no meio da noite, entra na casa para acudir a filha e fecha o portão antes dos sessenta minutos.

Eve acrescentou esse detalhe ao relatório.

O que foi deixado na cena do crime?

A faca de cozinha da casa de Blair Bissel e Reva Ewing. Havia quanto tempo ela não estava no lugar? Era pouco provável que eles conseguissem determinar.

Uma pistola de atordoar de uso militar. Restrita às Forças Armadas, em grupos especiais, em equipes que lidam com crises específicas ou... quem mais?

— Computador, informe o modelo da arma de atordoar usada pelos membros do Serviço Secreto norte-americano, especificamente os que trabalham na equipe da segurança presidencial.

Processando... Todos os agentes recebem uma arma M3, pistola de atordoar. Eles podem escolher entre o modelo 4000 e o 5200, dependendo da preferência pessoal.

— Uma M3 — murmurou Eve. — Eu tinha a impressão de que os agentes portavam pistolas de atordoar A-1.

Até 5 de dezembro de 2055 as pistolas de atordoar A-1 eram o padrão dos agentes do Serviço Secreto. A mudança para o modelo M3, mais poderoso, ocorreu nessa data. O atentado à presidente Anne B. Foster, perpetrado no dia 8 de agosto de 2055, que resultou na perda de dois agentes e ferimentos em diversos civis, levou à adoção do novo modelo.

— Sério?

Os dados informados estão atualizados.

— Tudo bem. — Eve se recostou na cadeira. Quem plantou a M3 na cena do crime imaginou que Reva tivesse uma arma desse modelo. Ela só se desligou do Serviço Secreto em janeiro de 2056. Só que nunca mais voltou à ativa. Bastava verificar se ela alguma vez havia tido acesso a esse modelo.

Mais um detalhe para o relatório. Quando acabou de levantar todos os dados de que precisaria, guardou tudo em um arquivo e salvou a pasta.

— Computador, analisar todas as informações do caso HE-45209-2. A partir dos dados conhecidos, qual a probabilidade de Reva Ewing ter sido a autora do crime?

Processando...

— Leve o tempo que precisar — murmurou Eve e se levantou para pegar mais café.

Circulou pela sala e voltou à mesa. Sentou-se, saboreou a bebida quente e brincou, distraída, com um gato de pelúcia que Roarke lhe dera, já que Galahad, pelo visto, passaria a noite com Summerset.

O que era prova cabal, pensou, da falta de critério do seu gato para julgar as pessoas.

Cálculo completado. A probabilidade de Eva Rewing ter cometido os assassinatos de Blair Bissel e Felicity Kade é de 77,6%.

— Interessante. Muito interessante mesmo, para um caso que, à primeira vista, parecia estar praticamente resolvido. Se Reva passar no teste do detector de mentiras em nível três, amanhã, essa porcentagem certamente cairá mais vinte pontos pelo menos. E os advogados dela vão começar a encher meu saco.

— Você não me parece muito desesperada com isso.

Ela virou a cabeça e viu Roarke, encostado no portal que dividia seus dois escritórios.

— Consigo aguentar a pressão — afirmou ela.

— Estou em débito com você. Estou, sim — confirmou ele, ao ver a reação de espanto dela. — Sei que está fazendo o seu trabalho, tal e coisa, coisa e tal. Mas você vai aguentar essa pressão toda para ajudar uma amiga minha. Então eu devo isso a você, sim. A mídia adora cair de pau em qualquer pessoa que execute bem suas funções, como é o seu caso.

— Puxa vida... — Eve pegou o gato de pelúcia e falou olhando para ele. — Saiba que a mídia me preocupa quase tanto quanto um bando de advogados afeminados.

— Desculpe, minha senhora, mas meus advogados não são afeminados — rebateu Roarke.

Eve deixou o gato falso de lado, olhou para Roarke com frieza e disse:

— Eu imaginei que ela faria isto: contratar um dos seus advogados bambambãs. Se eles valem pelo menos metade da fortuna que ganham, vão conseguir livrá-la de todas as acusações em menos de vinte e quatro horas. Seria melhor se não o fizessem.

— Por quê?

— Enquanto o sujeito ou o grupo que está por trás desse circo achar que Reva está numa fria, ela continuará segura e ele vai tirar o time de campo. Se ele ainda está na área e Reva sair pela rua livre, leve e solta, será novamente atacada por eles.

— Eles?

— Isso é trabalho de equipe. Um mata, outro arma a cilada, um terceiro acaba com os computadores da galeria de arte e do estúdio. E aposto que tem alguém regendo toda essa orquestra.

— Curto muito quando concordamos com alguma coisa logo de cara. Preciso pesquisar mais a fundo usando o equipamento sem registro.

Dilema Mortal

— Por quê?

— Venha comigo e eu vou lhe mostrar.

— Estou trabalhando.

— Garanto que você vai gostar de ver uma coisa, tenente.

— Pois então é bom que valha a pena.

O equipamento sem registro indetectável pelo CompuGuard, o poderoso sistema de monitoramento do governo, ficava em uma sala secreta.

Uma parede de janelões ficava protegida de olhos externos por potentes telas de privacidade, mas a magnífica vista de Nova York podia ser apreciada do lado de dentro, com seus pináculos e prédios finos que pareciam flechas rasgando a noite.

O console, totalmente preto, em forma de U, era sofisticado e exibia dezenas de controles. Eve não conseguia olhar para aquilo sem pensar no painel de uma nave espacial. Ela nem se espantaria se a sala inteira começasse a flutuar suavemente, zarpasse para algum lugar a toda a velocidade e entrasse em uma dobra de tempo, como nos filmes.

Roarke pegou uma dose de brandy no bar completo embutido na parede e, como queria que Eve dormisse cedo, lhe ofereceu um cálice de vinho.

— Estou tomando só café hoje.

— Então dilua um pouco essa cafeína toda — insistiu ele. — E veja o que mais eu tenho aqui... — Ele pegou uma barra de chocolate.

Uma expressão de cobiça apareceu nos olhos de Eve antes de ela conseguir disfarçar.

— Você tem chocolate aqui? — perguntou ela. — Nunca tinha visto chocolate nesta sala.

— Sou uma caixinha de surpresas. — Observando-a, ele acenou com a barra no ar de um lado para o outro. — Mas você só poderá ganhar o doce se sentar no meu colo.

— Velhos tarados dizem isso para garotinhas ingênuas.

— Não sou velho, e você não é ingênua — rebateu ele, dando palmadinhas no joelho. — É chocolate belga.

— Só porque vou sentar aí e comer seu chocolate não significa que vou me vender barato — avisou ela, se aconchegando no colo dele.

— Tenho a esperança de fazê-la mudar de ideia. O que talvez aconteça quando você souber o que eu descobri.

— Abra o jogo ou feche a matraca.

— Essa frase é minha. — Ele mordiscou a orelha dela, entregou-lhe o chocolate e colocou um disco na unidade. Estendendo o braço, pôs a palma da mão sobre o sensor do console, comandando: — Aqui é Roarke. Iniciar operações!

O sistema ronronou, mais parecendo um animal poderoso do que uma máquina sendo ligada. Luzes se acenderam.

— Carregar dados do disco.

— Se você tem esses dados num disco comum, por que precisa usar o equipamento secreto? — perguntou ela, dando uma mordida no chocolate.

— Não são os dados que eu tenho, mas sim o que eu pretendo descobrir a partir deles. Ao pesquisar no sistema do meu escritório, encontrei algumas barreiras de segurança. Nada de especial, a princípio. Bloqueios padronizados para proteção de privacidade, tudo normal e dentro da lei. Mas, quando escavei mais fundo, dei de cara com isto... Computador, reprocessar a última tarefa executada no disco e colocá-la no telão um!

Telão um. Solicitação atendida.

Eve franziu o cenho ao ver a tela toda branca, com exceção de algumas letras pretas fora de foco.

Dilema Mortal

DADOS RESTRITOS
ACESSO NEGADO

— Só isso e acabou? Acesso negado? Você dá de cara numa parede eletrônica e eu tenho de vir aqui sentar no seu colo?

— Claro que não! Você está sentada no meu colo por causa do chocolate.

Em vez de assumir que isso era verdade, ela deu mais uma mordida no doce e perguntou:

— Por que as letras estão fora de foco?

— Porque, felizmente, usei filtros e antivírus antes de mergulhar mais fundo. Se não tivesse tomado essa precaução, o sistema teria feito disparar um alarme remoto e minha singela pesquisa teria resultado num monte de sinais de alerta no computador do vilão. Então fazemos tudo aqui, escondidinhos. Computador, reprocessar a última tarefa sob proteção.

Entendido.

A tela apagou e tornou a acender, com cor normal.

Tarefa executada.

— E agora? Não apareceu nada!

— Você é uma mulher de pouca fé. Só por causa disso, vá para aquele canto e fique calada.

Ela deu de ombros, saiu do colo dele e foi para a cadeira ao lado. Acabou de comer a barra de chocolate com toda a calma do mundo, enquanto curtia o vinho lentamente.

Não era exatamente um sofrimento ver Roarke trabalhando. Eve gostava de apreciar o modo como ele arregaçava as mangas da camisa até os cotovelos e prendia os cabelos compridos, como um homem que se prepara para algum trabalho físico pesado.

Roarke emitia comandos verbais, mas também usava muito o teclado. Eve reparou nos seus dedos velozes voando sobre as teclas e prestou atenção à sua voz, cujo leve sotaque irlandês se acentuou.

— Acesso negado? — rugiu ele. — Vou te mostrar quem manda aqui, sua imbecil.

Sorrindo de leve, Eve fechou os olhos, convencendo a si mesma a lhes dar um curto descanso enquanto repassava, mentalmente, os últimos achados da investigação.

Quando deu por si, se sentiu sendo sacudida levemente pelos ombros.

— Eve!

— Que foi? — Os olhos dela se arregalaram. — Eu não estava dormindo. Estava só pensando.

— Tá legal. Deu para ouvir o barulho de você pensando.

— Se esse é o seu jeito sutil de insinuar que eu estava roncando, vá enxugar gelo ou lamber sabão.

— Vou adorar lamber você todinha mais tarde. Mas agora acho que você vai querer ver isso.

Ela esfregou os olhos e os focou no rosto dele.

— Já que você está com essa cara de "sou apenas o máximo", deve ter descoberto o que queria.

— Dê uma olhada — convidou ele, apontando para o telão.

Enquanto lia, Eve se ergueu lentamente.

ORGANIZAÇÃO PARA SEGURANÇA DA PÁTRIA
ACESSO APENAS EM NÍVEL REDSTAR!

— Por Deus, Roarke, você invadiu o site da OSP?

— Acertou. — Ele fez um brinde a si mesmo e tomou um gole do brandy. — Pode apostar que sim, e tive uma trabalheira insana! Enquanto isso, você ficou aí mais de uma hora *pensando*.

Dilema Mortal

Eve sabia que estava com os olhos ainda mais arregalados, mas não conseguia evitar.

— Você não pode invadir o site da OSP!

— Detesto contrariar você, mas, como pode ver, posso, sim.

— Não estou dizendo que não consegue. Estou dizendo que não *devia*.

— Relaxe, tenente, estamos sob escudos poderosos. — Ele se inclinou e beijou-lhe a ponta do nariz. — Impenetráveis.

— Roarke...

— Shh... Você ainda não viu nada. Computador, entrar usando a senha. Você vai reparar agora, querida, que o arquivo que eu desencavei está fortemente codificado, por motivos óbvios. Puxa, era de esperar que agentes supertreinados como os caras da OSP usassem um sistema de criptografia mais elaborado. Por outro lado, eles nunca imaginaram que alguém conseguisse passar desse ponto. Foi uma batalha dura.

— Acho que você pirou na batatinha. Talvez consiga escapar da prisão perpétua alegando insanidade. É claro que sofrerá torturas, lavagem cerebral, e eles vão trancar você numa cela pelo resto da vida do mesmo jeito, mas talvez não seja espancado até a morte se considerarem você maluco. Esse é o site da OSP, a organização antiterrorismo que emprega métodos e pessoas tão sujos quanto os próprios terroristas que caça e destrói. Roarke...

— Sei, sei... — Ele afastou as preocupações dela acenando com a mão. — Ah, aqui estamos nós! Dê uma boa olhada.

Ela expulsou o ar dos pulmões com força, olhou para o telão e se viu diante da foto e da pasta pessoal de Blair Bissel, agente ativo de nível dois.

— Uau! Duplo uau! — Ela ria agora, de forma tão descontraída quanto Roarke. — Estamos lidando com um tremendo espião!

Capítulo Sete

— Na verdade, ele *era* um espião, já que está mortinho da silva — lembrou Roarke.

— Faz sentido, não faz? — Ela deu um tapa de leve no ombro dele. — Quem seria capaz de invadir um sistema de segurança com mais habilidade que um espião?

— Bem, deixando a modéstia de lado, conheço uma pessoa que...

— Você não tem nenhuma modéstia para deixar de lado. Blair Bissel era agente da OSP! Isso explica o fato de ter tantos bloqueios e barreiras eletrônicas no estúdio, se casar com uma especialista em segurança eletrônica e acabar morto.

— Isso mesmo. Talvez assassinado por outro espião, nacional ou estrangeiro.

— Exato. Eles sabiam que Blair Bissel tinha um caso com Felicity Kade. No momento certo, deixaram a informação vazar para Reva e armaram uma cilada para ela levar a culpa pelo crime.

— Por quê? Por qual motivo fazer uma mulher inocente ser acusada?

Dilema Mortal

Franzindo o cenho, Eve analisou a tela. Ele parecia um homem comum, decidiu. Era bonito, sem dúvida, para quem gosta de homens com feições comuns, tipo anúncio de barbeador. Mas isso era parte do pacote, pensou ela. Espiões precisam passar por pessoas comuns, para ninguém sacar que são espiões.

— Não precisa haver um motivo específico. Talvez eles não queiram alguém xeretando a vida de Bissel e armaram um circo básico: um marido traíra assassinado pela mulher chifrada num acesso de fúria. A polícia chega, dá uma olhada na bagunça, prende Reva e fim de papo.

— Sim, é bem simples, mas teria sido mais fácil simular um arrombamento que deu errado e deixar Reva fora do rolo.

— É. — Eve olhou para Roarke. — Isso me diz que talvez ela já estivesse enrolada.

— O Código Vermelho.

— Sim, o Código Vermelho e outras coisas nas quais vem trabalhando nos últimos dois anos. — Enfiando as mãos nos bolsos, Eve começou a circular pela sala. — Esse projeto atual dela não devia ser o único secreto ou ligado ao governo.

— Não, não era. — Roarke analisou a foto da identidade de Bissel. — Ele se casou com Reva por causa da profissão dela. Escolheu *o que* ela é, e não quem é.

— Ou talvez o que *você* é. Eles devem ter uma pasta completa sobre você.

— Sim, aposto que têm. — Ele pretendia dar uma olhada nisso antes de sair do site.

— O que significa agente ativo de nível dois?

— Não faço a menor ideia.

— Vamos dar uma olhada no dossiê dele. Descubra quem o recrutou. — Com os polegares presos nos bolsos, Eve leu os dados que apareceram na tela. — Ele trabalhava para a OSP fazia nove anos, então não era novato. Estabeleceu-se em Roma por dois anos, depois em Paris e Bonn. Circulou bastante. Acho que sua profissão servia como um bom disfarce. Falava quatro idiomas, um bônus. Eles sabiam que ele era bom para lidar com mulheres, e isso também era uma vantagem.

— Querida, repare no nome da pessoa que o recrutou.

— Onde?

Apertando uma tecla, ele destacou um nome no meio do dossiê.

— Felicity Kade? Filha da mãe! Foi ela que o levou para a OSP. — Eve ergueu a mão, fez Roarke permanecer calado e circulou pela sala por mais alguns instantes. — Ela parece ter sido uma espécie de instrutora dele. Vários recrutas e as pessoas que os treinam acabam desenvolvendo um relacionamento íntimo. Trabalhavam juntos e ficavam um com o outro. Provavelmente foram amantes ocasionais durante todo esse tempo. Conheço esse tipo de gente.

— Que tipo? — quis saber ele.

— Gente fina, sofisticada, que frequenta as altas rodas. Animais sociais, vaidosos...

— Por que vaidosos?

— Um monte de espelhos pela casa, roupas estilosas, fortunas torradas em salões de beleza, plásticas de rosto e corpo.

Com ar divertido, ele analisou as próprias unhas.

— Tem gente que acha esses elementos naturais em pessoas que desfrutam um estilo de vida confortável.

— Sim, faz sentido no seu caso. Você é um poço de vaidade, mas não no nível desse casal assassinado. Você não instala espelhos em todas as paredes da casa para se admirar a cada passo, como Bissel.

Com ar pensativo, Eve olhou para Roarke e decidiu que, se ela fosse tão bonita quanto ele, provavelmente passaria metade do dia olhando para o próprio reflexo.

Que esquisito!

— Um monte de espelhos e superfícies refletoras — continuou ela, ao ver que ele simplesmente sorria. — Tem gente que acha isso tanto falta de autoconfiança quanto vaidade.

— Seria minha opção, mas deixemos isso para a dra. Mira analisar.

— É. — Mas Eve não pretendia consultar a psiquiatra da polícia tão cedo. — De qualquer modo, eles formam um casal típico. Curtem o mundo das artes e se exibem por aí. Mesmo que seja um disfarce, eles curtem tudo e são convincentes. Por outro lado, é preciso ser um tipo específico de pessoa para embarcar nessa de disfarce a longo prazo. Você tem de viver a mentira, assumir a identidade, montar uma *persona* que é metade realidade, metade fantasia. Não existe outro jeito de a coisa funcionar.

— Concordo que Blair Bissel e Felicity Kade parecem combinar mais um com o outro do que Blair e Reva, pelo menos à primeira vista.

— Também acho, mas eles precisavam de Reva — afirmou Eve. — Precisavam, queriam ou já tinham decidido se infiltrar na Securecomp. Felicity se aproxima de Reva antes, tornam-se amigas. Talvez teste o terreno para recrutá-la. Por algum motivo, porém, Reva não se mostra uma boa candidata para trabalhar na OSP.

— Ela já havia trabalhado para o governo — lembrou Roarke.

— E quase foi morta em ação. É leal, e a agência governamental na qual trabalhava não nutria muita simpatia pela OSP, pelo que me lembro.

— Política. — Eve expirou com força. — Isso é uma coisa que me deixa indisposta só de pensar. Mas, se o problema é não ser uma boa candidata para trabalhar sob disfarce, isso não quer dizer que ela não seja uma boa fonte de recursos para a OSP. Então eles colocam Bissel na jogada. Romance, sexo. Mas o casamento mostra que a OSP esperava usá-la, indiretamente, por um bom tempo.

— Para depois dispensá-la.

Eve olhou para Roarke e o consolou.

— Sei que é duro ver uma pessoa amiga usada e maltratada desse jeito. Sinto muito.

— Eu me pergunto se seria mais fácil ou mais difícil, para ela, saber como tudo rolou.

— De um jeito ou de outro, ela vai ter de enfrentar o problema, não tem muitas opções. — Eve acenou com a cabeça na direção dos telões. — Tanto a amiga quanto o marido a usavam como fonte de informações, e é possível que tenham instalado vários grampos na casa dela, em seu computador, em seus carros e talvez até em suas roupas. Ela era o campo de trabalho deles, uma espiã involuntária, provavelmente monitorada o tempo todo. Qual a razão de manter as farsas do casamento e da amizade com Felicity Kade se a coisa não desse retorno?

— Concordo. — E o fato de ter dado retorno, pensou Roarke, lhe traria muitos aborrecimentos. — Mas qual seria a finalidade de eliminar dois agentes ativos? Se os assassinatos foram provocados por problemas internos, me parece um desperdício. Se o motivo foi externo, a carnificina era desnecessária. Uma lambança completa, Eve, de um jeito ou de outro.

— Lambança, mas com potencial de tirar três jogadores importantes de campo. — Ela tamborilou no quadril com os dedos. — E tem mais coisa por baixo de tudo. Tem de haver mais. Talvez Bissel e Kade tenham pisado na bola. Talvez estivessem fazendo jogo duplo. Talvez sua farsa tenha desmoronado. Precisamos vascular a vida deles. Preciso de todas as informações que você puder me conseguir sobre ambos. E, já que estamos lidando com espiões, danem-se as regras.

— Podia repetir essa última frase? A parte de jogar as regras para o espaço. Isso é música para meus ouvidos.

— Você vai curtir esse caso, não vai?

— Acho que vou. — Mas ele não parecia satisfeito ao dizer isso. Parecia perigoso. — Alguém vai pagar pelo que armaram para Reva. Vou curtir ainda mais ser parte dessa cobrança.

— Até que existem vantagens em se ter um amigo assustador como você.

— Venha se sentar no meu colo novamente e repita isso.

— Levante os dados, meu chapa. Preciso ir à luta, conversar com os policiais que estão vigiando a casa de Reva. Não quero ninguém se infiltrando lá antes de fazermos uma varredura em busca de grampos na casa toda, pela manhã.

— Se havia grampos por lá, eles já devem ter retirado tudo a essa altura.

— Tiveram pouco tempo para agir entre a hora que Reva recebeu o pacote entregando a traição do marido, a cilada e a sua volta para casa. — Eve passou a mão pelos cabelos enquanto montava uma linha do tempo na cabeça. — Se eles agiram assim que ela saiu, talvez tenham desinstalado tudo. Mas também havia alguém no edifício Flatiron. Uma operação como essa, com duplo assassinato, exigiria uma equipe pequena e entrosada. Não dá para espalhar isso para muita gente.

— Não necessariamente. Foi trabalho interno — lembrou Roarke. — Ordens para invadir e matar pessoas em uma casa não precisam ser explicadas aos exterminadores.

— Estavam apenas seguindo ordens? — murmurou Eve, pensativa, e reviveu mentalmente o caos sanguinolento na cama de Felicity Kade. Que tipo de gente ordenava esse tipo de brutalidade? Não foi um simples assassinato, refletiu. Isso não justificaria tanto sangue, ódio e violência.

— É, talvez você tenha razão — refletiu Roarke. — De qualquer modo, se as ordens vieram de cima, algo pode ter sido negligenciado.

* * *

Eles trabalharam juntos mais duas horas, antes de ele convencê-la de que não havia mais como avançar naquela noite. Roarke a persuadiu a ir para a cama e, quando viu que ela pegou no sono, se levantou da cama para voltar ao trabalho. E resolveu ir mais fundo.

Não foi difícil acessar sua pasta, pois ele já estava dentro do site codificado. Havia menos dados sobre o seu passado do que Roarke imaginara. Pouco mais do que era de conhecimento público — ou, pelo menos, o que ele ajustara para que fosse divulgado assim.

Viu várias expressões do tipo "há suspeitas de que foi Roarke", "talvez Roarke tenha executado esse golpe", "é possível que Roarke esteja envolvido", tudo muito inconsistente e vago em uma carreira que parecia inconstante. Muito do que havia ali era verdade, mas havia alguns pecados atribuídos a ele que não faziam parte do seu passado.

Isso pouco importava.

Roarke divertiu-se ao descobrir que, em duas ocasiões, se envolvera amorosamente com agentes designadas para lhe extrair informações.

Acendeu um cigarro e se recostou na cadeira ao se recordar das mulheres com ternura. Não podia reclamar delas. Curtiu sua presença e tinha certeza de que, apesar de a missão principal de ambas ter falhado, elas também haviam curtido sua companhia.

Eles não sabiam da sua mãe, e isso foi um tremendo alívio. Oficialmente Meg Roarke aparecia em sua pasta como sua mãe, e isso era bom. Não era da conta da OSP o nome da sua mãe verdadeira. Uma jovem ingênua e tola a ponto de amar e acreditar em um homem como Patrick Roarke, seu pai, não era do interesse de ninguém.

Ainda mais por ter sido morta há tanto tempo.

Como eles não se deram o trabalho de vasculhar tão longe em seu passado, nem de cavar tão fundo, ninguém sabia sobre

Siobhan Brody, sua mãe verdadeira, nem sobre sua tia e o restante da família que ele recentemente descobrira no oeste da Irlanda. Esses novos parentes certamente não seriam investigados ou abordados nem teriam a privacidade invadida pela OSP.

Mas havia um arquivo completo sobre o seu pai. Patrick Roarke teria sido alvo de muito interesse da OSP e também da Interpol, do Conselho Global de Inteligência, além de outras organizações de fachada às quais a OSP se coligara em busca de informações. Roarke descobriu que em determinado momento, no passado, eles chegaram a pensar em recrutar seu pai, mas desistiram por considerá-lo muito volúvel.

Volúvel, refletiu Roarke, com uma risada sombria. Bem, isso era inquestionável.

Eles haviam ligado seu pai a Max Ricker, e isso não surpreendeu Roarke. Ricker era um homem inteligente, com uma extensa rede, como tentáculos, que se espalhava por todo o planeta e fora dele. Venda de armas e distribuição de drogas ilegais eram parte de seus empreendimentos, e ele era vaidoso demais para cobrir todas as pegadas que deixava.

Patrick Roarke, segundo os arquivos da OSP, era um dos braços ocasionais de Max Ricker, apesar de ser pouco ardiloso. Bebia demais, usava drogas e nunca se mostrou discreto o bastante para alcançar uma posição hierárquica elevada, ou sequer permanente, na folha de pagamentos de Max Ricker.

Ver confirmada a ligação entre o criminoso e seu pai tornou o fato de Eve ter colocado Ricker atrás das grades havia alguns meses, por outros crimes, ainda mais gratificante.*

Ele já ia fechar o arquivo quando viu uma nota sobre uma viagem de seu pai à cidade de Dallas. O dia e o local fizeram seu sangue gelar.

---

* Ver *Julgamento Mortal*. (N. T.)

Patrick Roarke foi de Dublin para Dallas, no Texas, em viagem de negócios, sob o nome de Roarke O'Hara. Chegou a Dallas no dia 12 de maio de 2036, às dezessete e trinta. Foi recebido no aeroporto por um homem chamado Richard Troy, também conhecido pelas alcunhas de Richie Williams, William Bounty e Rick Marco. Ambos foram de carro do aeroporto até o Casa Diablo Hotel, onde Troy se registrou como Rick Marco. Roarke ocupou um quarto sob o nome O'Hara.

Às vinte horas e quinze minutos, os suspeitos saíram do hotel e foram a pé até o bar Black Saddle, onde permaneceram até as duas da manhã. A transcrição de sua conversa está anexada à pasta.

Havia mais material — relatórios feitos por gente que os vigiara, com descrições dos três dias em que os dois homens entraram e saíram de bares, e participaram de encontros com outros do seu tipo em boates e espeluncas.

A maior parte dos papos mostrava muita pose e atitude dos participantes, em meio a citações e discussões sobre movimentação de armas a partir de uma base em Atlanta.

Max Ricker. Roarke não precisava de transcrições para confirmar que tanto seu pai quanto o de Eve tinham alguma participação na rede de crimes de Ricker. E descobria agora que os dois chegaram a se encontrar em Dallas.

Poucos dias, reparou ele, antes de Eve ser achada pela polícia em um beco, surrada e com o braço quebrado.

Ricker sabia de tudo isso, refletiu, e a OSP também.

O suspeito Roarke saiu do hotel às dez e trinta e cinco na manhã seguinte. Foi levado ao aeroporto por Richard Troy, onde embarcou em um voo para Atlanta.

Troy, logo em seguida, voltou para o hotel, onde compartilhava o quarto com uma menor de idade. A vigilância sobre Roarke O'Hara passou a ser feita pelo agente Clark.

Dilema Mortal

— Menor de idade ⁓ repetiu Roarke. — Seus canalhas! Canalhas filhos da puta, vocês sabiam da criança!

Com a raiva lhe provocando enjoo, saiu em busca dos dados da OSP sobre Richard Troy, o pai de Eve.

Ainda não havia amanhecido quando ela se remexeu na cama e sentiu os braços dele envolvendo-a com carinho e suavidade. Ainda meio dormindo, ela se virou para ele, se aconchegou mais, sentiu o calor do seu corpo e, logo depois, o bálsamo dos seus lábios sobre os dela.

O beijo foi lento e suave, quase frágil, fazendo-a se largar enquanto flutuava no sono leve em meio à manhã que nascia.

Na penumbra, onde ela sabia que poderia sempre contar com ele, onde sabia que ele estaria para tranquilizá-la ou excitá-la. Ou perguntar coisas que a comoviam.

Ela acariciou os cabelos dele com os dedos e emoldurou sua cabeça com ternura, enquanto o incitava a aprofundar o beijo. Cada vez mais fundo, um acasalamento de lábios com línguas, e mesmo assim suave como o sonho do qual ela saía em esquecimento e emoção.

Porque agora havia apenas Roarke, o deslizar suave de sua pele sobre a dela, as formas dele, seu cheiro e seu sabor. Ela já estava imersa na presença dele quando murmurou seu nome.

Os lábios dele vagaram sobre os dela como uma bênção. Desceram pelo seu rosto, garganta, ombros, para depois pressionarem de leve o declive suave do seu seio, até, finalmente, se aninharem no ponto onde o coração lhe martelava o peito.

— Eu amo você — sussurraram os lábios dele, ainda junto do coração dela. — Estou perdido de amor por você.

Não perdido, refletiu ela, sorrindo no escuro e sentindo o pulso acelerar. *Achado. Nós dois achamos um ao outro.*

Ele a embalou um pouco mais, com o rosto ainda sobre o seio, sentindo-lhe o coração acelerando, e fechou os olhos até ter certeza de que suas próprias emoções conflitantes estavam sob controle. Até ter certeza de que manteria as mãos firmes e suaves sobre a pele dela.

Sentiu uma necessidade dolorosa de ser gentil.

Ela suspirou, com um ar suave e sonolento. Ficava contente quando era acordada daquele jeito. Não importava o que haviam feito com ela no passado, seu coração sempre estaria aberto para ele, e esse coração escancarado o levava mais alto do que ele jamais imaginou subir.

Por isso ele era gentil ao tocá-la e, quando a excitou ainda mais, fez isso de forma doce e amável.

Quando deslizou suavemente para dentro dela, os dois formaram apenas uma silhueta cavalgando na penumbra.

Ela o manteve dentro de si, na cama imensa sob a claraboia por onde a luz assumia o tom cinza-perolado do alvorecer. Ela poderia ficar daquele jeito por uma hora, pensou. Imóvel, plena e feliz, antes de sair para enfrentar o mundo, o trabalho e o sangue.

— Eve... — Ele pressionou os lábios mais uma vez contra o ombro dela. — Precisamos conversar.

— Humm... Não quero conversar. Tô dormindo.

— É importante. — Ele se afastou um pouco, e ela grunhiu alguma coisa em protesto. — Desculpe. Ligar luzes a vinte por cento!

— *Puxa vida!* — Ela tapou os olhos com a mão. — Que horas são? Cinco? Ninguém *precisa* conversar às cinco da manhã.

— São quase cinco e meia, e sua equipe vai chegar para trabalhar aqui em casa às sete. Precisamos de alguns momentos para conversar, sim.

— Por quê? — Ela abriu um pouco os dedos e olhou para Roarke através deles.

Dilema Mortal 155

— Voltei a trabalhar ontem à noite depois que você dormiu, e acessei mais arquivos.

Em meio aos dedos entreabertos dela, ele notou um ar de contrariedade.

— Pensei ter ouvido que você fez tudo o que havia para fazer — reclamou ela.

— Para você, sim. A pesquisa foi para mim. Queria dar uma olhada no meu próprio dossiê, para o caso de... Você sabe, só por segurança.

— Você está em apuros? — Ela se sentou rapidamente na cama, com o corpo empertigado. — Por Deus, você está em apuros com os agentes safados da OSP?

— Não. — Ele colocou as mãos nos ombros dela e lhe acariciou os braços, para cima e para baixo. E sofreu, pois sabia que ela sofreria. — Não se trata disso. Já que eu estava lá, aproveitei para dar uma olhada nos arquivos do meu pai.

— Descobriu algo mais sobre a sua mãe? — Ela pegou a mão dele e a apertou.

— Não. Ela nem apareceu no radar de crimes deles. Eles não dedicavam tanta atenção ao meu pai na época em que eu era recém-nascido, e minha mãe não era importante para eles, não era útil, nem interessante. Isso é bom, é claro. Patrick Roarke, porém, passou a ser do interesse deles a partir de certa altura, e eles se dedicavam a rastrear suas atividades, de vez em quando. Na maior parte das vezes, pelo que eu percebi, numa tentativa de conseguir algo sólido a partir dele para usar contra Max Ricker.

— Eu diria que não conseguiram nada, porque Ricker continuou em ação até o ano passado, lembra?

— Meu pai não lhes deu muito material, mas eu encontrei arquivos imensos e intrincados, muitas referências cruzadas, uma quantidade absurda de horas de trabalho cumpridas por muitos homens, mas que não resultaram em nada que pudesse ser usado nos tribunais.

— Mas Ricker está atrás das grades agora. O que tudo isso tem a ver com o caso que estou investigando?

— Eles colocaram meu pai sob vigilância, acreditando que ele trabalhava como intermediário para Ricker. Eles o vigiaram durante uma viagem a Dallas, no mês de maio do ano em que você completou oito anos.

Ela balançou a cabeça, concordando com ele, mas engoliu em seco.

— Nós já sabíamos que ele estivera em Dallas mais ou menos nessa época, ajudando a montar o esquema de Atlanta, o golpe onde a operação de Skinner deu errado. Isso não é importante. Escute, já que eu acordei mais cedo, vou aproveitar para tomar logo a minha ducha.

— Eve. — Roarke apertou as mãos dela com força e sentiu que ela tentava se desvencilhar. — Ele foi recebido no aeroporto por um homem chamado Richard Troy.

Os olhos dela se arregalaram de medo, o tipo de medo que sentia quando tinha pesadelos sobre a sua infância, e ela disse:

— Isso não tem nada a ver com o caso. O caso é a minha prioridade agora. Preciso...

— Eu nunca vasculhei a sua infância porque você não queria isso. — As mãos dela ficaram geladas entre as dele, mas ele continuou segurando-as com força. E lamentou não poder acabar com os canalhas do passado dela. — Eu não pretendia olhar nada, mas dei uma espiada só para me certificar de que a minha família na Irlanda não está sendo vigiada. A ligação... — Ele levou as mãos rígidas dela aos lábios. — Minha querida Eve, encontrei uma ligação entre o seu pai e o meu. Não podemos mais fingir que ela não existiu, mas não quero que você sofra. Não suportaria magoar você.

— Você tem de me deixar ir cuidar de algumas coisas.

Dilema Mortal

— Não posso. Desculpe. Tentei me convencer a não lhe contar nada. Disse a mim mesmo: "Ela não precisa saber, ela não quer saber." Mas não posso esconder isso de você. Acho que machucaria muito e seria um insulto a mais se eu tratasse você como uma pessoa que não conseguiria aguentar o tranco.

— Isso é complicado. — Sua voz estava rouca e seus olhos ardiam. — Isso é tremendamente complicado.

— Talvez, mas é a pura verdade. Tenho de lhe contar o que eu descobri, e depois você decide quanto mais quer ouvir.

— Eu preciso *pensar*! — Ela desvencilhou as mãos das dele. — Preciso pensar. Por favor, me deixe sozinha para eu pensar um pouco. — Ela se levantou da cama, correu para o banheiro da suíte e bateu a porta.

Ele quase foi atrás dela, mas, quando se perguntou se pensou em fazer isso por ela ou por si mesmo, não soube responder. Diante disso, resolveu esperá-la do lado de fora.

Eve tomou um banho escaldante. Depois de algum tempo debaixo da ducha fumegante, sua pulsação desacelerou e voltou ao compasso normal. Ela ficou no tubo secador de corpo por muito tempo e depois sentiu o coração um pouco mais leve. Precisava de café, apenas isso. Algumas doses de cafeína, era tudo o que ela precisava para arrancar toda aquela *bosta* da *cabeça*.

Havia uma missão a cumprir. Não importava nem um pouco, não importava merda nenhuma saber mais sobre Patrick Roarke, ou seu pai, ou o que aconteceu em Dallas. Não tinha nada a ver com o caso. Ela não podia se dar ao luxo de encher a cabeça com esse tipo de *bobagens* quando tinha tanto trabalho pela frente.

Olhou para seu reflexo no espelho sobre a pia e viu um rosto pálido e aterrorizado. Sentiu vontade de socar a si mesma. Quase fez isso.

Em vez disso, porém, ela se virou, vestiu um robe e voltou ao quarto.

Ele se levantou e colocou um robe também. Não disse nada, simplesmente foi na direção dela e lhe entregou uma caneca de café.

— Não quero saber de nada a respeito desse assunto. Você consegue compreender isso? Não quero saber.

— Tudo bem, então. — Ele tocou o rosto dela. — Vamos deixar isso de lado.

Ele não a consideraria covarde, e ela percebeu. Nem sequer pensaria nisso. Ele simplesmente a amaria do mesmo jeito.

— Não quero saber nada sobre isso — repetiu ela —, mas você precisa me contar. — Ela caminhou até a saleta de estar que havia na suíte e se sentou em uma das poltronas porque receou que seus joelhos fossem fraquejar. — O sobrenome do meu pai era Troy?

Ele se sentou diante dela, mantendo a mesinha entre eles porque pressentiu que ela queria se manter afastada.

— Ele tinha um monte de nomes falsos, mas o verdadeiro, aparentemente, era este: Richard Troy. Existe um arquivo sobre ele. Não li tudo, só a parte... a parte dos seus negócios em Dallas. De qualquer modo, eu fiz cópia de tudo, caso você queira ver.

Ela não sabia mais o que queria.

— Eles se encontraram em Dallas.

— Sim. Seu pai pegou o meu no aeroporto e o levou até o hotel onde você... onde *vocês* estavam hospedados. Meu pai também se registrou lá. Eles saíram juntos à noite e encheram a cara. Por falar nisso, existe uma transcrição das conversas que tiveram e de tudo o que conversaram nos três dias em que estiveram juntos. Os dois muito marrentos, mostrando atitude, se vangloriando e especulando sobre a operação marcada para Atlanta.

— A operação de Ricker para a venda de armas.

— Isso mesmo. Meu pai iria para Atlanta, o que fez no último dia. Existem especulações de que ele recebeu propina dos tiras que o estavam usando como contato interno na organização de Ricker.

Ele pegou essa grana e também o dinheiro de Ricker. Traiu os dois lados e voltou para Dublin.

— Isso confirma nossa teoria, quando lidamos com Skinner. Foi mancada dos espiões eles não terem sacado o que seu pai planejava, para avisarem a polícia local. Deviam colocar a OSP no banco dos réus pelos treze tiras que morreram naquela batida fracassada, porque eles têm tanta culpa disso quanto Ricker ou qualquer dos acusados.

— Eu diria que a OSP está pouco se lixando para os tiras.

— Certo. — Ela poderia manter o foco nisso, concentrar um pouco da sua raiva nesse ponto. — Eles considerariam Ricker sua diretriz. A operação em Atlanta era de grande porte, mas não era a bolada toda. Talvez eles estivessem muito interessados em pegar Ricker, desmantelar sua rede e cantar vitória, e não perceberam que um peixe pequeno como Patrick Roarke tinha chance de ferrar todo mundo. Mas é inaceitável que tenham deixado tantos tiras morrerem.

— Eles sabiam a respeito de você.

— O quê?

— Sabiam que havia uma criança em companhia do seu pai naquele maldito quarto de hotel. Está na ficha dele: acompanhado de uma menor de idade. Os canalhas sabiam.

Quando os olhos dela ficaram vidrados e sem expressão, ele praguejou. Empurrando a mesa de lado, pôs a cabeça dela entre os joelhos.

— Respire fundo e bem devagar, querida. Por Deus, sinto muito.

Agora a voz de Roarke não passava de um zumbido para ela. Em tom melodioso, ele murmurava coisas em idioma celta, à medida que perdia o equilíbrio emocional. Ela percebeu o instante em que ele se descontrolou de vez e sentiu sua mão trêmula massageando-lhe a nuca. Ele estava de joelhos ao lado dela, dava para perceber. Sofrendo tanto quanto ela. Talvez mais.

Isso não era estranho? Isso não era maravilhoso?

— Eu estou bem.

— Espere só mais um minuto, você ainda está tremendo. Quero todos eles mortos... Os homens que sabiam que você estava presa com ele e não fizeram nada. Quero o sangue deles em minha garganta.

Ela virou a cabeça um pouco, colocou-a para repousar sobre o joelho de Roarke e olhou para ele. Naquele momento, ele lhe pareceu um homem realmente capaz de rasgar a garganta de um inimigo.

— Eu estou bem — repetiu ela. — Isso não vai fazer diferença, Roarke. Não importa, porque eu sobrevivi e ele não. Preciso ver esse arquivo.

Ele assentiu e então, suavemente, pousou a cabeça sobre a dela.

— Se você não tivesse me contado isso — a voz dela estava rouca, mas ela não pigarreou para limpá-la —, atrasaria as coisas para mim e para nós dois. Sei que isso também não é nada fácil para você, mas o fato de me contar... o fato de acreditar que podemos superar isso juntos vai tornar tudo muito melhor. Eu preciso ver esses dados.

— Vou pegá-los para você.

— Não, eu vou junto. Vamos analisar tudo juntos.

Eles voltaram à sala secreta e leram, um ao lado do outro, o que apareceu no telão.

Eve não se sentou. Não se permitiu sentir fraqueza nas pernas novamente. Nem mesmo quando leu mais uma vez o relatório sobre a operação.

Abuso físico e sexual envolvendo menor de idade que descobrimos ser filha do suspeito. Não existem registros oficiais sobre a menina, nem o nome de sua mãe, nem a sua certidão de nascimento. Intervir não é o mais recomendável no momento. Se o suspeito descobrir

que está sendo observado, se alguma assistente social ou agente da lei for alertado, o valor do suspeito ficará comprometido.
Recomendamos inação com relação à menor de idade.

— Eles deixaram a coisa rolar — falou Roarke com a voz suave. Suave demais. — Odeio a raça dos tiras! Com exceção de você — acrescentou, depois de um momento de reflexão.

— Eles não são tiras. Estão pouco ligando para a lei, muito menos para a justiça. E, o pior de tudo, estão cagando e andando para qualquer pessoa. O que interessa a eles é o quadro maior. Sempre foi assim, desde que essa organização foi criada, no início das Guerras Urbanas. O principal era a conjuntura global, as pessoas que se danem!

Ela tentou afastar a raiva e o horror pessoal. Continuou a ler. Só quando chegou perto do fim é que estendeu a mão e se apoiou no console, para manter o equilíbrio.

— Eles sabiam de tudo o que aconteceu. Sabiam que eu o matei. Meu Deus, eles sabiam e limparam tudo depois que eu fugi.

— E o motivo não foi uma "questão de segurança", como diz aqui. Foi para encobrir a culpa deles.

— Aqui diz... diz que os grampos instalados deram defeito e foram desativados naquela noite. Qual é a probabilidade de isso ser verdade? — Ela respirou fundo de novo e leu a porção seguinte.

A vigilância voltou ao local às sete horas e dezesseis minutos da manhã. Não houve registro de som ou movimento no apartamento ao longo das seis horas anteriores. A suposição de que o suspeito pudesse ter se evadido durante a madrugada fez com que o agente de campo designado para o caso assumisse o risco de verificar o apartamento pessoalmente. Logo ao entrar, o agente percebeu a morte do suspeito. A causa da morte foi determinada:

múltiplas facadas infligidas por uma faca de cozinha pequena. A menor não se encontrava no imóvel vigiado.

No local não foi encontrado nenhum dado relacionado a Ricker ou Roarke. Por ordens superiores, a área foi completamente limpa e a equipe para descarte de corpos foi acionada.

A criança menor de idade, que era filha do suspeito, foi localizada e se encontra sob observação médica. Sofreu severos traumas físicos e emocionais. As autoridades da polícia local estão investigando o caso. A menor não tinha identificação e será encaminhada ao serviço social.

Nos dias subsequentes, as autoridades locais se mostraram incapazes de identificar quem era a menor que tinha sido encontrada em um beco. A menina não se lembrava do seu passado, não sabia informar seu nome, nem as circunstâncias em que havia desaparecido. Nenhuma ligação entre ela e Richard Troy ou esta agência poderá ser feita. A filha do suspeito foi encaminhada ao Serviço Nacional de Assistência ao Menor e recebeu o nome de Eve Dallas.

O caso Richard Troy foi encerrado.

— Existe um arquivo com o meu nome? — quis saber Eve.

— Existe.

— Alguém ligou uma coisa à outra?

— Não sei. Eu não li esse arquivo.

— Puxa, que força de vontade admirável a sua. — Como Roarke não disse nada, Eve se afastou da tela e deu um passo na direção dele.

Roarke recuou.

— Alguém vai pagar por isso. Nada vai me impedir. Não posso mais matá-lo, embora, por Deus, eu tenha sonhado muitas vezes com isso. Mas pode ter certeza de que alguém vai pagar bem caro por se abster, não intervir e deixar rolar tudo o que aconteceu com você.

Dilema Mortal **163**

— Isso não vai mudar nada.

— Ah, mas é claro que vai! — Um pouco da fúria que ele segurava bem no fundo da alma, desde que tinha lido o relatório, foi liberada subitamente. — Existe o equilíbrio, Eve, você sabe disso. Pesos e contrapesos, é isso que forma a estrutura da sua preciosa justiça. Eu farei prevalecer a *minha* justiça nesse caso.

Eve sentia o corpo frio, quase gelado, mas as palavras de Roarke e seu destempero a deixaram anestesiada.

— Não vai me ajudar em nada eu me preocupar com você saindo por aí à caça de um espião designado para acompanhar um caso há mais de vinte anos.

— Você não precisa pensar no assunto.

Eve sentiu uma fisgada de pânico lhe atingir a garganta.

— Preciso do seu foco no trabalho, Roarke. Preciso que você faça o que me prometeu fazer.

Ele deu a volta no console e foi até onde ela estava. Seus olhos estavam mais frios que gelo quando segurou o queixo dela e perguntou:

— Você acha que eu conseguiria deixar a coisa por isso mesmo?

— Não. E você acha que eu posso simplesmente recuar e deixá-lo sair por aí, pronto para colocar em prática o seu conceito pessoal de justiça?

— Não. Temos um dilema, então. Nesse meio-tempo, lhe ofereço tudo que você precisar de mim nesse caso. Não vou brigar com você por causa disso, Eve — continuou, antes de ela ter chance de falar. — Não vou pedir nem esperar que você mude seus princípios morais. Só espero que você aja do mesmo jeito com relação a mim.

— Quero que você lembre só de uma coisa — replicou ela, com a voz começando a falhar e a alma quase estremecendo.

— Quero que você pense bem antes de fazer algo que não poderá desfazer.

— Vou fazer o que tiver de ser feito — disse ele com a voz sem expressão. — E você também.

— Roarke. — Ela agarrou os braços dele com força, com receio de que ele já estivesse se afastando dela. — O que quer que tenha acontecido comigo em Dallas, no passado, eu superei. Estou aqui por causa disso. Talvez hoje eu tenha tudo o que me importa na vida, incluindo você, por causa daquilo. Se isso for verdade, eu passaria por tudo aquilo novamente. Enfrentaria cada minuto daquele inferno para poder ter você, ter o meu distintivo, ter a vida que eu levo hoje. Esse equilíbrio me basta. Quero que você pense nisso.

— Vou pensar.

— Preciso me preparar para a reunião da equipe. — *E pensar em outra coisa, qualquer coisa.* — Você precisa se preparar também. Isso deve ser deixado de lado, por agora. Se não conseguir fazer isso, você não me servirá de nada. Nem a mim, nem à sua amiga.

— Eve. — Ele disse o nome dela com o mesmo carinho e suavidade com que a amara e enxugou a lágrima que ela nem notou que lhe escorria pelo rosto.

Ela desabou quando os braços dele a envolveram. Cercada de amor, enterrou o rosto no peito dele e se permitiu chorar sem limites.

Capítulo Oito

Eve conseguiu se recompor e estava novamente em forma quando sua equipe chegou para a reunião. As lembranças do horror ao qual sobrevivera em Dallas haviam sido trancadas e só seriam revisitadas mais tarde, quando ela estivesse sozinha e pudesse enfrentá-las. E, quando isso acontecesse, ela decidiria o que podia e o que não podia ser feito.

Ele mataria todos eles. Eve não tinha ilusões quanto a isso. Se fosse deixado por conta própria, Roarke caçaria os responsáveis pela ação de *não intervenção* em Dallas. E os eliminaria.

Pesos e contrapesos.

Ele certamente agiria assim, a não ser que ela encontrasse a solução para o ódio dele, para o seu senso de justiça, para a sua necessidade de punir. E para sua determinação de permanecer ao lado dela e derramar sangue em troca de sangue, pelo bem da criança desesperada e violentada que ela fora no passado.

Por isso é que ela precisava encontrar uma solução, de algum modo. E, enquanto procurava por ela, teria de enfrentar uma das mais poderosas e autônomas organizações dentro e fora do planeta.

Seus planos iniciais de expandir a equipe e convocar um punhado de homens da DDE selecionados a dedo teriam de ser esquecidos, por enquanto. Ela estava com uma bomba complicada nas mãos. Muita agitação e movimento poderiam fazer com que ela explodisse na sua cara.

Ela manteria a equipe tão pequena e coesa quanto possível.

Feeney. Ela não poderia seguir em frente sem ele. O capitão da DDE estava, naquele momento, mastigando um dos biscoitos dinamarqueses que adorava, enquanto discutia com McNab sobre um jogador de futebol americano chamado Snooks.

McNab, o superfera da DDE, não tinha pinta de alguém capaz de brigar por causa de futebol. Por outro lado, também não tinha pinta nenhuma de tira. Usava calças roxas, de um tecido imitando couro, tão apertadas nos tornozelos que pareciam torniquetes, só para exibir seus tênis roxos de gel, com solado baixo. Sua camisa tinha listras roxas e era tão grudada no corpo que o tórax estreito e os ombros ossudos se destacavam. Ele prendera os cabelos louros muito compridos em uma trança reta que descia por entre suas omoplatas, que mais pareciam asas de anjo, e resolvera compensar a simplicidade da indumentária com um monte de argolas de prata presas ao longo da orelha esquerda.

Embora tivesse um rosto bonito, estreito, liso, com olhos verdes e ar inteligente, não parecia o tipo de homem pelo qual a robusta e estável Peabody se interessaria. Mas foi o que aconteceu, e em grande escala.

Dava para ver o que rolava entre os dois pela forma casual como a mão dele acariciou o joelho dela ou pela cotovelada que ele levou ao tentar roubar um folheado do prato dela.

Mas a prova de que o amor entre eles florescia veio logo em seguida, quando Peabody partiu ao meio o folheado que gerara a agressão e o colocou na boca dele.

Eve contava com eles, precisava de todos os três e também do homem que pertencia a ela e que saboreava seu café lentamente, à espera do início do show.

E, quando esse show começasse, ela colocaria todos eles em risco.

— Se todo mundo já terminou a pausa para o cafezinho, tenho um assunto bobinho para tratar, sobre aqueles dois homicídios, lembram?

— Eu trouxe o relatório da DDE. — Feeney apontou com a cabeça para os discos que colocara sobre a mesa dela. — Todos os computadores da casa, da galeria e do estúdio foram destruídos. Perda total. Tenho algumas ideias para recuperar e acessar os dados destruídos, mas isso não vai ser fácil, nem rápido. É mais prático e eficiente usarmos o equipamento que o nosso consultor civil tem à sua disposição.

— Meus equipamentos estão todos à sua disposição também — ofereceu Roarke, e Feeney sorriu de alegria e expectativa.

— Posso mandar vir uma equipe especializada em recuperação de dados. Chegará em menos de uma hora, com todas as unidades destruídas. Podemos montar uma rede e...

— Isso não vai ser possível — interrompeu Eve. — Por favor, Feeney, traga pessoalmente algumas das unidades para cá. As que ficarem na Central deverão contar com proteção em nível de segurança máximo. Mais uma coisa: elas precisam ser removidas da sala de ocorrências, Feeney, o mais depressa possível.

— Dallas, eletrônica não é a sua área, mas certamente você faz ideia de quanto tempo vai levar para a minha magia recuperadora funcionar em mais de uma dúzia de máquinas. Não posso trazê-las para cá aos poucos e, sem o apoio de uma equipe especializada, vou levar dias, talvez semanas, antes de conseguirmos que algum arquivo possa ser novamente acessado.

— Mas vai ter de ser desse jeito. A natureza da investigação mudou. Chegaram às minhas mãos informações que confirmam o envolvimento nos assassinatos e possível participação direta da Organização para Segurança da Pátria.

Fez-se um silêncio absoluto, e então se ouviu a reação empolgada de McNab.

— Espionagem? Uau, galera, *supermag*!

— Isso não é um filme de ação, detetive, nem um daqueles joguinhos em que você brinca de agente secreto. Duas pessoas estão mortas.

— Com todo o respeito, tenente, mas elas continuam mortas de um jeito ou de outro.

Como Eve não conseguiu achar nenhum argumento para rebater isso, ignorou o comentário e disse:

— Não posso revelar como essa informação veio parar em minhas mãos. — Ela reparou no olhar que Feeney lançou para Roarke, cheio de especulação e orgulho. — Se recebermos uma ordem judicial que exija o nome da minha fonte, como provavelmente vai acontecer, eu vou mentir. Vocês devem saber disso logo de cara. Vou cometer perjúrio sem hesitação não só para proteger a fonte mas também para manter a integridade da investigação e salvar Reva Ewing, que estou convencida de que é inocente.

— Eu gosto da velha história da dica anônima — disse Feeney com naturalidade. — Transmissão de dados não rastreável. Temos formas de programar tudo no seu *tele-link*, Dallas. Vai parecer que você realmente recebeu uma ligação não identificada, e essa armação é capaz de resistir à maioria dos testes.

— Isso é ilegal — lembrou Eve, e ele sorriu.

— Eu só estava pensando em voz alta.

— Quando cada um de vocês aceitou participar dessa investigação, acreditou que se tratava de um homicídio comum. Não é. Eu lhes dou a oportunidade de cair fora do caso antes de eu revelar os dados que tenho em mãos. Depois que eu colocar as cartas na mesa, não haverá mais volta, e vocês estarão grudados à investigação. Vou logo avisando que a coisa pode se tornar esquisita e perigosa. Não podemos colocar mais ninguém na equipe. Cada um de nós vai ser analisado diariamente para detecção de possíveis grampos, e isso vai incluir nossas casas, nosso local de trabalho, veículos e roupas. Vocês correrão muitos riscos e certamente estarão sendo vigiados.

— Tenente... — Peabody esperou até o olhar de Eve pousar sobre ela. — Se a senhora ainda não sabe que pode contar conosco, já deveria saber.

— Esse caso não é como os outros.

— Claro que não, senhora, é muito mais *supermag*! — Peabody sorriu ao dizer isso e ouviu o risinho abafado que McNab soltou.

Balançando a cabeça, Eve se sentou na quina da mesa. Sabia que podia contar com todos ali, mas precisava lhes oferecer a opção de cair fora.

— Blair Bissel era um agente ativo de nível dois. Trabalhava para a OSP. Foi recrutado e treinado por Felicity Kade.

— Então foi um crime cometido pela OSP? — quis saber McNab.

— Ainda não desvendei tudo para lhe entregar essa resposta na bandeja com um laço de fita, detetive — disse Eve, com olhar duro. — E nada de anotações — avisou ela quando o viu pegar o tablet. — Nada deve ser anotado ou gravado, a não ser em equipamentos analisados e liberados. Aqui vai o que eu sei... Bissel trabalhou na OSP durante nove anos. Era nível dois, ou seja, funcionava basicamente como contato. Levava fatos de um ponto a outro, acessava dados, acumulava informações que repassava a outro contato. Geralmente esse contato era Kade, mas ele não trabalhava só com ela. Há três anos, Kade recebeu a missão de se aproximar de Reva Ewing a fim de coletar informações por meio de amizade.

— Por que Reva Ewing especificamente? — quis saber Peabody.

— Eles a mantinham sob observação havia vários anos, desde a época em que trabalhava no Serviço Secreto. Esse interesse aumentou depois de Reva ser ferida em combate ao salvar a presidente e continuou mesmo depois de ela sair do governo. Reva foi procurada por um agente da OSP durante a sua recuperação, e ele tentou recrutá-la. Segundo os arquivos, ela recusou a oferta de forma pouco educada. Como recebeu uma generosa oferta de emprego logo em seguida, a sua recusa e a empresa que a contratou ficaram na mira da OSP.

"As Indústrias Roarke são uma pedra no sapato da OSP", continuou Eve. "Eles gastaram muito tempo e muito dinheiro tentando enquadrar a empresa em atos de espionagem, sem sucesso. Reva Ewing era considerada uma poderosa fonte de informações para a OSP, devido ao relacionamento pessoal e profissional com o dono das Indústrias Roarke, sem falar no cargo de assistente pessoal de Roarke, exercido por sua mãe. A esperança deles é que Reva falasse sobre seu trabalho, seu chefe, seus projetos e assim por diante, e a OSP seria a primeira a saber de tudo, é claro."

— Só que isso não aconteceu — afirmou Feeney, incentivando-a a continuar.

— Não. Ela não lhes ofereceu o que buscavam, mas o fato é que já haviam investido muita grana nela. Felicity entrou em campo. Trouxe Blair Bissel para o jogo, e eles colocaram em ação um plano de longo prazo.

— Ele se casou com ela para obter informações secretas? — indignou-se Peabody. — Isso é o cúmulo da sacanagem!

— Para obter informações secretas — concordou Eve —, mas também para ele ter um disfarce seguro e contatos adicionais a partir da esposa. Reva mantinha amizade com alguns antigos colegas do Serviço Secreto, e era confidente da ex-presidente Foster,

Dilema Mortal

entre outros. Nem Foster nem o atual governo mantinham relações amigáveis com a OSP, e vice-versa. Há muito ressentimento, demonstrações de superioridade de ambos os lados, muitos segredos e maledicência entre as partes.

— Estou entendendo tudo, garota — garantiu Feeney —, mas nada disso explica o porquê de Blair Bissel e Felicity Kade terem sido mortos, nem a cilada armada para Reva Ewing.

— Certamente não explica. É isso que vamos descobrir.

Ela olhou para Roarke e lhe passou a bola sem dizer uma palavra.

— O Código Vermelho deve ser o motivo desse interesse — começou ele. — As unidades foram destruídas pelo vírus do Juízo Final ou algum clone dele. É possível, embora me doa reconhecer, que eles tenham invadido o sistema de segurança da Securecomp usando Reva como canal de entrada. O contrato teve o aval do Conselho de Inteligência Global, mas isso gerou muitos protestos da OSP e agências governamentais similares.

— A OSP queria esse contrato, é claro — especulou McNab.

— A contratação de profissionais nessa área é impossível em virtude do orçamento apertado dessas agências.

— É isso aí — concordou Roarke.

— Além disso, se eles tivessem o contrato e a comissão — continuou Peabody —, também teriam na mão todas as informações pertinentes ao programa Código Vermelho. Não precisariam ser alimentados pelos canais oficiais.

— Isso mesmo — concordou Eve. — Usar Reva foi uma forma fácil para eles se fartarem.

— Há mais um detalhe: uma vez que as Indústrias Roarke são consideradas suspeitas por algumas facções... — Roarke deixou as implicações disso em suspenso por alguns instantes e curtiu o momento —, a OSP achou interessante promover a infiltração de alguém lá dentro, em busca de dados e informações, o que pintasse primeiro. A organização queria montar um caso contra a corporação, por espionagem, conflito de interesses, evasão fiscal... Esse tipo de coisa.

Ele encolheu os ombros. Afinal — pelo menos desde que conhecera Eve —, ele era um homem de negócios absolutamente legítimo. Caso não fosse, sem dúvida teria se aproximado da OSP, como sempre fizera em sua carreira.

— Vou investigar meus sistemas de segurança e identificar brechas em potencial, mas a essa altura do campeonato os ratos já entraram e estão roendo o queijo.

— Sempre dá para usar mais queijo como isca — sugeriu Feeney.

— Temos pensamentos sincronizados. — Roarke sorriu.

— E quanto ao vírus propriamente dito? — perguntou Peabody. — Se o crime foi um ataque interno da OSP e todos os computadores foram afetados e destruídos, isso quer dizer que a OSP tem o vírus fatal ou um clone. Eles não deveriam estar trabalhando em um programa de extermínio ou tentando proteger a si mesmos em vez de... Oh.

— Espionagem global não é muito diferente de espionagem industrial ou corporativa. — Roarke pegou sua caneca e a completou com mais café. — Se eles estão trabalhando nas especificações do vírus ou têm outra organização criando programas de proteção, valeria a pena descobrir o que nós estamos aprontando.

— Mesmo que fosse preciso matar. Isso não passa de um tipo diferente de crime organizado. — Peabody enrubesceu de leve. — Desculpem, estou entregando a criação que tive, no seio de uma Família Livre. Realisticamente, entendo que os governos precisem de organizações de fachada para levantar informações, ajudar a prever ataques terroristas ou desmantelar grupos de políticos fanáticos. Mas é exatamente o fato de eles não precisarem

Dilema Mortal

seguir as leis que acaba gerando corrupção. Nossa, pareço até meu pai falando!

— Tudo bem, She-Body. — McNab deu um aperto carinhoso no joelho dela. — Sempre achei excitantes as mulheres partidárias da Família Livre.

— Se a OSP ordenou os ataques contra Blair Bissel e Felicity Kade — continuou Eve —, talvez a organização não pague pelo crime. E, se armaram uma cilada para Reva Ewing e a deixaram no olho do furacão, ela pagará por eles. Só que Reva é uma cidadã da cidade de Nova York, e isso lhe assegura proteção da polícia. Vou conversar com o comandante, depois vou procurar Reva para abrir o jogo, a não ser que me ordenem o contrário. Acredito que, por meio dos contatos dela, poderemos marcar uma reunião com representantes da OSP. Vai ser uma bela partida.

Quando acabou a reunião, Eve ia sair da sala com Peabody, mas desistiu, como se tivesse lembrado alguma coisa.

— Ahn... Feeney, preciso de mais uns minutinhos com você. Peabody, vá na frente. Requisite uma hora com o comandante, em esquema de prioridade máxima.

— Vou ficar na Securecomp por umas duas horas, no máximo três — anunciou Roarke, olhando para Feeney. — Você sabe onde estão todos os equipamentos aqui em casa, capitão. Fique à vontade e arme o esquema que achar melhor. Summerset poderá resolver qualquer problema ou dúvida que você tenha. Volto o mais rápido que puder para arregaçar as mangas e cair dentro. Até logo, tenente.

Ele sabia que ela faria uma cara estranha quando se inclinou para beijá-la. Esse era um dos motivos de o beijo ser irresistível. Viu Eve fechar a porta assim que ele saiu e, depois de lançar para trás um olhar de curiosidade, foi embora.

Dentro de sua sala, Eve passou as mãos pelo rosto.

— Preciso lhe pedir uma coisa pessoal, Feeney.

— Vá em frente, garota.

— É algo meio... esquisito, para mim.

— Estou sacando. Vamos nos sentar para conversar?

— Não. Quer dizer, você pode sentar, se quiser. Eu... não posso fazer isso. Merda. — Ela andou de um lado para outro da sala e olhou pela janela. — Não sei o quanto você sabe a meu respeito, da época em que eu era criança, e não pretendo falar disso.

Feeney sabia de muita coisa e sentiu um aperto na barriga só de ouvi-la falar no assunto. Mas manteve a voz firme e afirmou:

— Tudo bem.

— Aconteceu uma operação especial da OSP em Dallas quando... durante o período em que eu... Droga!

— Eles estavam vigiando seu pai?

— Sim, estavam de olhos e ouvidos nele. A coisa é meio complicada, Feeney, e eu não vou conseguir enfrentar essa barra. O fato é que existe um relatório sobre a operação. Roarke descobriu tudo, leu partes do arquivo e...

— Espere um pouco. A OSP tinha grampeado seu pai, eles sabiam que havia uma criança envolvida e não intervieram?

— Isso não vem ao caso.

— Foda-se o caso.

— Feeney... — Eve se virou para ele e percebeu a mesma raiva que vira estampada nos olhos de Roarke. — Eu nem devia estar lhe contando nada disso. Se algo de mau acontecer, você poderá, dependendo do resultado, ser considerado um cúmplice anterior ao crime. Por outro lado, talvez eu lhe contando tudo, nós possamos alterar o resultado. Roarke quer vingança, mas não pode tê-la, pois isso arruinaria tudo. Você sabe disso. Estou pedindo que você me ajude a impedi-lo.

— Impedi-lo? E o que faz você achar que eu teria alguma influência nisso?

— Você é um tira — respondeu ela de imediato. — Entende que as coisas não podem ser levadas para o lado pessoal e sabe o

Dilema Mortal 175

que acontece quando permitimos isso. Preciso que você o deixe com trabalho até o pescoço, ocupado demais para colocar a cabeça em outra coisa. Preciso que você encontre um jeito de dissuadi-lo da ideia de vingança. Acho que ele escutaria você.

— Por quê?

— Não sei. — Ela passou as mãos pelos cabelos. — Simplesmente sei. Por Deus, Feeney, não me faça ter de pedir isso a Summerset. Já é difícil pedir a você. Preciso de algum tempo para pensar no problema com clareza.

— Mantê-lo ocupado vai ser fácil, já que seremos só três pessoas trabalhando em quatorze computadores. Quanto a conversar sobre isso com ele... — As mãos de Feeney recuaram e se enfiaram nos bolsos do paletó, enquanto ele encolhia os ombros. — Vou ver se consigo uma abertura para isso, mas não posso prometer que vai rolar.

— Obrigada. Obrigada de coração, Feeney. Valeu.

— Deixe-me lhe perguntar uma coisa, Dallas, só entre mim e você, aqui e agora. Não precisamos tocar mais no assunto, mas quero uma resposta sincera. Você não deseja vingança?

Eve olhou para o chão, mas logo se obrigou a erguer o rosto e fitá-lo nos olhos, com firmeza.

— Desejo tanto isso que dá até para sentir o gosto. Quero tanto, com tanta garra, que isso me apavora. Quero tanto, Feeney, que sei que preciso deixar esse desejo de lado. Tenho de agir assim ou farei algo que não sei se conseguirei encarar depois.

Ele concordou com a cabeça e isso bastou para ambos.

— Então, vamos mergulhar no trabalho, garota.

O comandante Whitney era um homem corpulento, acomodado atrás de uma mesa imensa. Eve sabia que sua agenda vivia tomada por questões burocráticas e políticas, muita diplomacia e diretrizes oficiais a cumprir. Mas nada disso diminuía o seu trabalho de tira.

Whitney tinha a pele da cor de carvalho polido, e os olhos que brilhavam em seu rosto largo eram escuros e inteligentes. Havia mais fios brancos em seus cabelos do que há um ano, e Eve imaginou que sua esposa o devia estar atazanando para que ele se livrasse deles.

Eve gostava dos novos cabelos brancos do comandante. Eles acrescentavam um novo aspecto à sua autoridade.

Whitney ouviu tudo com atenção, e Eve achou seu silêncio durante o relatório um pouco pesado, mas reconfortante.

Ela permaneceu em pé depois de terminar e, embora não tenha olhado em nenhum momento para Peabody, sabia que sua parceira estava prendendo a respiração.

— Sua fonte é confiável, Dallas?

— Senhor, como essas informações chegaram por vias desconhecidas, não tenho como assegurar a confiabilidade delas, mas estou convencida de que os dados, em si, são plenamente confiáveis.

Ele ergueu as sobrancelhas e assentiu.

— Palavras cuidadosas. Creio que elas conseguirão se manter se você for pressionada ou quando isso acontecer. Em que direção pretende prosseguir agora?

— Minha intenção é revelar tudo a Reva Ewing.

— Isso fará os advogados dela se levantarem de suas mesas para dançar de alegria.

— Senhor, ela não matou Blair Bissel e Felicity Kade. Não posso, em sã consciência, esconder essas informações de uma pessoa que é, essencialmente, mais uma vítima.

— Não, claro que não. É que eu simplesmente odeio ver advogados dançando de alegria.

Ouviu-se um riso curto de Peabody, que rapidamente se transformou num pigarrear disfarçado.

— O promotor não vai se mostrar nem um pouco feliz — acrescentou Whitney.

— Talvez ele acabe feliz a ponto de sair dançando também, quando conseguirmos implicar a OSP em um caso de duplo homicídio, sem falar na cilada deliberada que eles armaram contra uma civil. Isso tudo certamente vai apimentar esse caso — afirmou Eve, observando o olhar de curiosidade que surgiu nos olhos de Whitney. — Pimenta suficiente para gerar interesse da mídia. Um interesse global, devo afirmar, com o promotor na comissão de frente.

— Essa linha é interessante, e vejo um componente político em sua forma de pensar, Dallas. Você me surpreende.

— Sei empurrar o raciocínio no rumo da política, quando pressionada, e suponho que o senhor vai gostar de expandir o assunto para essa direção quando se reunir com o promotor.

— Pode estar certa que sim.

— Reva Ewing também poderá ser útil, se me oferecer contatos que me ajudem a investigar a parte dessa investigação relacionada com a OSP.

— Saiba que a OSP, assim que ficar ciente dos rumos da sua investigação, tentará, com muita garra, encerrar o caso.

Inação, pensou Eve. Esse seria o termo que empregariam. Era isso que exigiriam dela.

Podiam tirar o cavalinho da chuva, pois não conseguiriam.

— Eles não têm nenhuma autoridade sobre o Departamento de Polícia e Segurança da Cidade de Nova York em casos de assassinato. Uma mulher inocente foi deliberadamente envolvida em um duplo homicídio.

Uma criança inocente, pensou, antes de conseguir evitar, *foi deliberadamente ignorada e deixada à própria sorte para ser espancada e estuprada. Teve de matar para sobreviver.*

— Não se trata de segurança nacional ou global, comandante. É sujeira pura e simples. — Sua garganta começava a arder, mas Eve ignorou isso e se ateve aos fatos. Restringiu-se ao agora.

— Uma corporação legítima para a qual Reva Ewing trabalha — continuou Eve — tem um contrato legal com o governo em nível de Código Vermelho. O projeto consiste no desenvolvimento de um programa exterminador para bloquear possíveis ações e ataques de organizações compostas por tecnoterroristas. Se a OSP tentou atrasar as pesquisas e o desenvolvimento do projeto na Securecomp, também não se trata de segurança nacional nem global. É um caso simples de espionagem corporativa perigosa e autocomplacente.

— Pode apostar que eles vão batizar essa ação com um nome diferente.

— Eles podem rebatizar até a lei da gravidade, se quiserem, mas isso não muda o fato de que duas pessoas foram brutalmente assassinadas e uma civil inocente caiu numa cilada obviamente planejada. A mídia já está sujando o nome de Reva Ewing em todos os meios de comunicação. Ela não merece isso. Quase morreu ao se fazer de escudo para proteger a presidente Foster, pois esse era o seu trabalho. Nada mais, nada menos. Do mesmo modo, ela fez o seu trabalho, nada mais, nada menos, para a Securecomp. E será parcialmente responsável por desenvolver um novo sistema de proteção contra uma ameaça que poderá, potencialmente, derrubar o Pentágono, o Conselho de Segurança Nacional, a Agência de Proteção do Governo, o Congresso e até a porcaria da Organização para Segurança da Pátria.

O comandante ergueu a mão e comentou:

— A acusada se daria melhor com você do que com os advogados, tenente. Não vou discutir isso com você, Dallas — acrescentou, ao notar o ar de insulto que inundou o rosto de Eve. — Eu li a ficha dela. Você sabe que existe a opção de simplesmente retirar as acusações e deixar que Ewing siga a sua vida. A Polícia

Dilema Mortal

179

de Nova York e você poderão parecer, a princípio, arrogantes ou tolas, mas isso passa depressa.

— Duas pessoas assassinadas continuarão sem justiça.

— Dois mortos em ação, Dallas. Um subproduto da profissão que exerciam. — Ele tornou a erguer a mão antes de Eve ter a chance de argumentar e olhou para Peabody. — Você tem opinião formada a respeito do assunto, detetive?

— Tenho, sim, senhor. Se eu fosse derrubada em ação, isso seria um subproduto da minha profissão. Mas eu saberia que Dallas e meus colegas de farda fariam tudo para me conseguir justiça. Não devemos deixar assassinatos em branco só por serem ossos do ofício.

— Você sabe defender bem seus pontos de vista, detetive — elogiou Whitney. — Pelo que observo, estamos todos do mesmo lado. Converse com Reva Ewing, tenente. Vou levar isso ao conhecimento do secretário Tibble. Apenas o secretário saberá do caso, Dallas — acrescentou —, e só relatarei o imprescindível.

— Obrigada, senhor. Minha equipe de detetives eletrônicos trabalhará, por ora, em minha casa. Lá os sistemas têm níveis de segurança mais elaborados que os da Central.

— Isso não me surpreende. Deixe tudo devidamente documentado, Dallas. Quero apenas relatórios verbais, por enquanto. E quero ser informado no instante em que você fizer contato com algum agente ou representante da OSP. Mantenha seu traseiro protegido, porque, se ele for atingido, este departamento também será.

— Foi tudo bem — avaliou Peabody, enquanto elas seguiam na direção da garagem.

— Muito bem.

— Quando ele me perguntou se eu tinha opinião, eu viajei na chance de falar.

— Ele não teria perguntado se não tivesse interesse em ouvir.

— Pode ser, mas os chefões geralmente preferem escutar só o que eles querem. Tem mais uma coisinha que andei matutando... — Peabody alisou o paletó que usava, tentando parecer casual. — Devido à natureza dessa investigação e certas sensibilidades, talvez fosse mais seguro, sob vários aspectos, se os membros da sua equipe se transferissem em horário integral para a sua casa.

— Talvez fosse...? — replicou Eve.

— Pois é, uma vez que... — Ela parou de falar e avaliou o veículo verde-ervilha que Eve usava. — Essa viatura foi verificada e está protegida contra grampos?

— Os carinhas da manutenção garantiram que sim, mas eles são uns mentirosos, sacos de bosta safados. É melhor falar em termos genéricos.

Peabody entrou no carro e expressou o que achava.

— Em primeiro lugar, vocês têm um monte de camadas extras de segurança instaladas nos sistemas, então a gente não precisa ficar se vigiando o tempo todo sobre o que dizer ou fazer. Parte da investigação consiste em trocar ideias sobre os dados e as informações recebidas. E a DDE poderia trabalhar em turnos dobrados, se for necessário. Além do mais, como McNab e eu estamos preparando nossas tralhas para morarmos juntos; minha casa está uma zona. — Ela lançou um sorriso lindo. — Então, o que acha?

— Isso não é uma festa, sabia?

— Claro que não! — Peabody apagou o sorriso e ficou séria. — Estou pensando apenas no bem da equipe e na investigação.

— E sabe que na minha casa tem sempre sorvete no freezer.

— Pois é. Você acha que eu sou burra?

Não era incomum para Roarke aparecer sem avisar, a fim de verificar os níveis de segurança em todos os departamentos de suas indústrias. E certamente era pouco comum ele escanear os arquivos pessoalmente e realizar testes usando seus próprios equipamentos.

O laboratório com nível de segurança dez da Securecomp só podia ser acessado por funcionários com os mais elevados requisitos para liberação de dados. Mesmo assim, nenhum deles lamentou em voz alta por ter o corpo escaneado, nem reclamou da demora na verificação completa e posterior varredura em todos os sistemas.

Ninguém reclamou quando uma equipe de exterminadores vestindo macacão branco e capacete preto foi chamada para averiguar a possível atuação de hackers nos sistemas. Todos trocaram olhares e alguns encolheram os ombros, mas ninguém questionou o chefe.

O laboratório em si estava imaculado. Filtros e purificadores mantinham o ar absolutamente limpo. Pisos, paredes e tetos se mostravam impecavelmente brancos. Não havia janelas, e as paredes tinham mais de quinze centímetros de espessura. Minicâmeras estavam posicionadas para gravar todas as áreas, os funcionários, os movimentos e os sons.

Cada estação de trabalho tinha a forma de cubo com os lados abertos, formando uma série de balcões interligados, com equipamentos compactos e poderosos em cada um deles. Não havia *tele-links* externos, só interdepartamentais.

Funcionários autorizados exibiam crachás codificados e passavam por três áreas de preparo cada vez que entravam ou saíam do laboratório. O acesso exigia comandos de voz, trabalhava com reconhecimento de retina e verificação de impressão palmar.

Os scanners, alarmes e equipamento de prevenção tornavam impossível — ou pelo menos Roarke acreditava — remover dados do laboratório sem conhecimento e autorização. Para instalar um grampo ali dentro seriam necessárias técnicas de magia.

Ele seria capaz de apostar sua reputação nisso. Essencialmente foi o que fez.

Depois de verificar tudo, Roarke fez um sinal para Tokimoto, o chefe do laboratório, e ambos entraram no ambiente conhecido pelos técnicos pelo nome de "caixa-forte".

Era um escritório em estilo espartano, quase militar, com uma fileira simples de máquinas, duas cadeiras e uma parede formada por gavetas lacradas. A mesa tinha um poderoso sistema de comunicação e dados, e um *tele-link* que só podia enviar e receber mensagens internas, e isso mesmo por meio de comandos de voz e senhas enunciadas pelo próprio Roarke.

— Feche a porta — ordenou Roarke a Tokimoto, apontando para uma das cadeiras — e sente-se ali.

Tokimoto obedeceu, e em seguida cruzou suas mãos compridas e bem-tratadas sobre o colo.

— Se você me trouxe aqui para me perguntar sobre Reva, está perdendo tempo. Nós dois valorizamos o nosso tempo. Ela não matou ninguém, por mais que ele merecesse.

Roarke se recostou e ajustou sua abordagem e seus pensamentos, enquanto avaliava Tokimoto longamente.

O homem aparentava cerca de quarenta anos, era magro e tinha braços compridos. Usava o cabelo preto muito curto, num corte à escovinha. Sua pele era branquíssima, os olhos, castanho-amarelados, e as sobrancelhas, retas. O nariz era estreito, e a boca exibia uma linha fina e reta, denotando irritação.

Aquela era uma das poucas vezes, na estimativa de Roarke, que Tokimoto parecia irritado com alguma coisa, e ele já trabalhava na empresa havia seis anos.

— Isso é interessante — comentou Roarke.

— Fico feliz de minha opinião ser do seu interesse — replicou Tokimoto num tom de voz curto e preciso.

— Nunca percebi que você estava apaixonado por Reva. Obviamente não estava prestando atenção.

Tokimoto permaneceu com o rosto e o corpo impassíveis.

— Reva Ewing é... ou devo dizer *era*... uma mulher casada. Eu respeito a instituição do casamento. Éramos parceiros de projetos e colegas de trabalho, nada mais.

— Então você não contou a ela que a ama, nem insinuou nada nesse sentido. Bem, isso diz respeito apenas a você, é claro. É um assunto pessoal, e nem um pouco da minha conta, a não ser que influencie o que acontece dentro deste laboratório. Mas devo dizer que, no momento, ela precisa muito de um amigo.

— Não quero me intrometer.

— Mais uma vez, afirmo que isso é assunto seu. — Roarke pegou um disco no bolso e o inseriu no computador. — Dê uma olhada nisso. Gostaria de saber sua opinião.

Tokimoto se levantou e caminhou lentamente em volta da mesa para analisar o telão de perto. Apertou ainda mais os lábios diante de um esquema em grade cartesiana com linhas, referências e complexas caixas de texto. Coçou o queixo, pensativo.

— Poderia ampliar um pouco esta área? — Tokimoto apontou para uma seção da grade.

Sem responder, Roarke teclou alguns comandos para ampliar e aumentar a definição da área apontada.

— Estou vendo uma mancha luminosa, uma espécie de foco de luz bem aqui, no quadrante B, entre as seções cinco e dez. Havia um bug ali, mas desapareceu. Acho que... espere um pouco. A luz está se movendo?

A pergunta, sabia Roarke, não era dirigida a ele. Mesmo assim, em resposta a ela, ele ampliou ainda mais a seção suspeita e colocou o disco para rodar novamente.

— Sim, sim, ela se move. E forma um borrão indistinto, quando em movimento. O foco de energia é mais facilmente detectável quando está parado.

— Qual é a sua conclusão?

— O dispositivo é pequeno e certamente está implantado em um objeto móvel. Uma pessoa ou um androide. É altamente sofisticado. Microscópico e muito bem-protegido. Foi fabricado por nós?

— Não creio, mas vou verificar. Essa imagem é uma reprodução eletrônica do laboratório, Tokimoto. Esse pequeno foco de energia... — Roarke colocou o dedo na tela, sobre o ponto mais concentrado — é a estação de trabalho de Reva.

— Existe algum engano.

— Não há engano algum.

— Ela jamais trairia você ou os colegas de projeto. É uma mulher honrada.

— Não creio que ela tenha me traído nem a vocês. Vou lhe perguntar uma única vez, Tokimoto: em algum momento você foi procurado por alguém de fora para falar sobre o projeto do Código Vermelho?

— Nunca. — A resposta foi dada de forma simples e direta, sem insinuação de insulto, irritação ou medo. — Se isso tivesse acontecido, eu teria relatado o fato a você na mesma hora.

— Sim, eu acredito nisso. Porque você é um homem honrado, Tokimoto. Estou lhe mostrando tudo porque sei disso. E, por ser um assunto muito delicado, confio em você.

— Você tem minha lealdade incondicional, mas não acredito que Reva tenha feito isso.

— Eu também não. De que modo, na sua opinião, esse bug pode ter entrado no laboratório?

— Grudado no corpo de uma pessoa, como eu disse.

— No corpo de Reva?

O cenho de Tokimoto se franziu enquanto ele analisava a tela mais uma vez.

— Isso me parece contraditório. Ela saberia se tivesse um dispositivo desse tipo grudado na pele e jamais entraria no laboratório com ele. Portanto, Reva não poderia ser a portadora desse chip. Além disso, a segurança deste lugar é meticulosa, multifacetada, e teria detectado qualquer aparelho grudado nela. Diante de tudo isso, afirmo que nenhum dispositivo poderia ter sido trazido aqui para dentro. No entanto, reconheço que isso aconteceu.

— Raciocínio muito lógico o seu, Tokimoto, mas expanda um pouco essa linha de raciocínio. De que modo Reva poderia ter trazido um dispositivo microscópico para dentro do laboratório, sem saber?

— Ela é uma especialista, e seus scanners são os mais completos e poderosos que existem. É impossível que um dispositivo colocado em sua roupa ou grudado em sua pele tenha passado pela detecção. A não ser que...

Ele parou, empinou as costas, e Roarke percebeu o instante em que a ideia surgiu em seu cérebro.

— Seja algo implantado internamente — sugeriu Roarke para ajudá-lo.

— Tais coisas são possíveis em teoria. Aparelhos assim já foram testados. Mas os dispositivos desse tipo que temos em desenvolvimento, até mesmo aqui no laboratório, se mostraram ineficazes até hoje.

— Ele teria de ser injetado sob a pele. Um dispositivo subcutâneo.

— Em teoria.

— Tudo bem, muito obrigado. — Roarke se levantou.

— Ela está... Reva está em perigo?

— Não, está bem-protegida. Mas lhe faria bem saber que um amigo está solidário e acredita nela. Nesse ínterim, quero que o projeto Código Vermelho continue em ritmo acelerado, vinte e quatro horas por dia. Quero quatro turnos de seis horas. Se Reva desejar e se sentir bem, estará de volta ao trabalho amanhã mesmo.

— Vai ser bom tê-la de volta. Reva deveria saber das suas suspeitas, Roarke, mas eu não comentarei nada com ela, se esse for o seu desejo.

— Daqui eu vou me encontrar com ela, para lhe contar tudo pessoalmente. Caso queira discutir o assunto com ela, faça aqui dentro da caixa-forte. — Roarke seguiu até a porta, mas parou na metade do caminho e se virou. — Yoshi, a vida nunca é tão longa quanto gostaríamos que fosse, e o tempo perdido não pode ser recuperado.

— Um provérbio. — A sombra de um sorriso surgiu nos lábios de Tokimoto.

— Não. É meu jeito de dizer que você deve ir em frente e declarar seu amor por ela.

Capítulo Nove

Eve não via motivos para preocupações extremas com segurança total a essa altura da investigação, mas logo recebeu uma transmissão em código enviada por Roarke para o pequeno *tele-link* que ganhara de presente dele, naquela manhã.

O aparelhinho era para ficar preso ao pulso, e o incômodo era mínimo. O ridículo era ela ter de falar o tempo todo para a manga do casaco. Por causa disso, enfiou-o no bolso e, quando o sentiu vibrar contra o quadril, tomou um susto e deu um pulo, como se tivesse sido atingida por uma rajada de laser.

— Caraca! Tecnologia avançada é um pé no saco! — reclamou, pegando o aparelho. — Que foi?

— Isso não é um jeito muito profissional de atender a uma ligação, tenente.

— Estou presa em um engarrafamento. Essas pessoas não têm emprego, não? Não têm casa? Têm de ficar o tempo todo zanzando pela cidade?

— Pois é. E ainda têm a cara de pau de ficar circulando para cima e para baixo pelas ruas. Eu mesmo estou em trânsito, vou pegar um pacote e levá-lo para casa, querida. Estou morrendo de saudades, gostaria de me encontrar com você lá.

— O quê? Por quê? Maldito maxiônibus! — praguejou ela.

— Estou dirigindo, garotão, indo na direção do East Side. Talvez abra uma cratera na pista, só por curtição, para engolir todo o tráfego e limpar a porcaria das *ruas*!

— Eu poderia ajudá-la nisso, mas preciso que você vá para casa agora mesmo, Eve.

— Mas eu... — Ela rosnou para o *tele-link* quando a ligação caiu e atirou o aparelhinho no colo de Peabody. — Essa bosta enguiçou.

— Creio que não, senhora. Ele desligou na sua cara. Quer que sigamos para sua casa porque está levando Reva Ewing para lá.

— Como é que você sabe disso?

— Assisto a muitos filmes de espionagem. Ele deve ter descoberto alguma coisa e quer conversar sobre o assunto no lugar mais seguro possível. Esse caso é realmente *mag*, você tem de admitir.

— É... *Mag* demais, estou deslumbrada. Mas preciso falar com Morris no necrotério e dar mais uma olhada nos corpos. E ainda não importunei Dick Cabeção para ver se pintou alguma descoberta laboratorial útil. E, por mais que eu odeie isso, ainda vou ter de plantar uma história por intermédio de algum amigo da mídia, para quando eu retirar todas as acusações de Reva Ewing.

— Todas essas rotinas não se aplicam quando estamos Bondeando.

— Bundeando? Quem é que está bundeando? Não estou interessada em bundear por aí. Aliás, detesto bundear.

— Não, não... *Bondeando*. Significa atuar como Bond... James Bond. Você conhece, o carinha espião que é *ultramag*.

— Deus Santíssimo! — Eve fez uma curva abrupta e pegou uma rua lateral, mas só conseguiu avançar um quarteirão antes de o tráfego parar novamente. — Por que eu?

— Nossa, eu adoro filmes de espionagem, mesmo os antigos — continuou Peabody. — Gadgets eletrônicas, muito sexo e diálogos sofisticados. Sabe de uma coisa, Dallas? Se Roarke fosse ator, aposto que pegaria o papel de James Bond com a maior facilidade. Ele seria o 007 perfeito!

Eve seguiu lentamente quando o sinal abriu e lançou os olhos para o céu.

— Céus! — suspirou ela, e olhou para cima. — Repito a pergunta, Senhor: por que eu?

Ela entrou em casa batendo as portas e rangeu os dentes assim que avistou Summerset.

— Seus colegas já chegaram. Aposentos adequados já foram preparados para acomodá-los. Seguindo as experiências anteriores, vou providenciar para que os suprimentos alimentares da casa sejam devidamente reforçados, com ênfase em produtos de nenhum valor nutricional.

— Você está me contando tudo isso por achar que eu ligo para assuntos domésticos?

— A senhora é a dona da casa e, por conseguinte, responsável pelo conforto dos seus hóspedes.

— Eles não são hóspedes. São tiras.

Peabody ficou para trás por alguns segundos enquanto Eve subia as escadas do saguão.

— Há algum problema se eu e McNab ficarmos no mesmo quarto em que ficamos da outra vez?

O semblante de pedra de Summerset se suavizou e ele exibiu um sorriso.

— Claro que não, detetive. Providenciarei isso.

— Mag. Obrigada.

— Peabody! — O tom irritado da voz de Eve ribombou do alto da escadaria. — Venha comigo, droga!

— Pegamos um engarrafamento — cochichou Peabody. — Ela está com péssimo humor.

Ela subiu as escadas correndo e teve de voar pelo corredor para alcançar Eve.

— Peabody, se você pretende puxar o saco do cadáver doméstico, faça isso no seu tempo livre.

— Não estava puxando o saco dele. — O comentário fez Peabody torcer o nariz. — Estava simplesmente perguntando sobre minhas acomodações durante a operação. Além do mais, eu não preciso puxar o saco de Summerset. Ele gosta de mim.

— Não creio. Ele não tem capacidade para lidar com emoções humanas. — Ela entrou no escritório de Roarke e fez cara de estranheza quando o viu servindo café para Reva e Caro. — Você devia ter avisado mais cedo que iria trazê-las aqui para casa — reclamou. — Isso me livraria do engarrafamento que eu peguei indo para o Upper East Side.

— Desculpe a inconveniência, mas era para cá que tínhamos de vir.

— Esse é o *meu* caso, a *minha* investigação e a *minha* operação. Eu decido para onde temos de ir.

— Não se trata de disputa de autoridade, tenente. No dia em que seus conhecimentos de eletrônica suplantarem os meus, poderemos reavaliar seus parâmetros. — Havia um tom divertido em sua voz. — Enquanto isso... quer café?

— Não tenho tempo para tomar café.

— Sirva-se, Peabody — ofereceu Roarke, e pegou Eve pelo braço. — Poderíamos ter um instante a sós, tenente?

Ela o deixou carregá-la para fora da sala. Não gostou disso, mas permitiu. No entanto, explodiu com ele assim que a porta se fechou.

— Precisamos reavaliar alguns parâmetros aqui e agora, meu chapa. Você está trabalhando em equipe com a DDE. Não tem autoridade para transportar minha suspeita e a mãe dela para onde

Dilema Mortal

quer, na hora que bem entende. Seus sentimentos pessoais por elas devem ser deixados de lado. Se você não consegue isso, caia fora do caso.

— O que eu fiz foi necessário. Você está irritada e aborrecida — reagiu ele, vendo-a fumegar de raiva. — Pois saiba que eu também estou! Se você quiser, ficaremos aqui batendo de frente um com o outro por dez minutos ou podemos pular essa parte e seguir adiante.

Ela respirou fundo uma vez, depois outra, antes de controlar a raiva. Roarke parecia pronto para a briga. Não que ela se importasse com isso, mas estava mais interessada no porquê da reação dele.

— Vamos lá, vejo que você *também está* irritado e aborrecido. O que provocou isso?

— Se você me der alguns minutos de paz, sem encher o meu saco, eu explico.

— Tudo bem, mas, se eu não gostar da história, volto a pegar no seu pé.

Ele voltou até a porta da sua sala, mas de repente se virou para ela e disse:

— Sei que em algumas ocasiões eu já deixei de demonstrar respeito pela sua autoridade e posição. Agi de forma errada. Não garanto que isso não tornará a acontecer, mas reconheço que estava errado. Dessa vez, porém, não se trata disso.

— Pois parece a mesma coisa.

— Isso é inevitável. Por outro lado, aquelas duas mulheres são minhas funcionárias. Você me dar uma esculhambação na frente delas diminui minha autoridade e posição, Eve.

— Isso também é inevitável. Elas sabem que você tem colhões. — Exibiu um sorriso fino e sagaz. — Agora, descobriram que eu também tenho.

— Não se trata de ter... — Ele parou e fez uma prece silenciosa, pedindo paciência. — Santo Cristo, isso não vai ajudar em nada agora, Eve. Vamos deixar para pular na garganta um do outro mais tarde.

— Vou cobrar isso, viu? — avisou ela, passando ao lado dele e abrindo a porta.

Pensando em autoridade e posição, ela fez questão de entrar com passos firmes e na frente dele.

— Você tem cinco minutos — avisou, olhando para Roarke.

— Não vai levar mais que isso. Computador, lacrar esta sala e colocá-la em modo sigiloso! — ordenou.

Entendido. Dando início ao programa de modo sigiloso...

— Que diabo é isso? — Eve girou o corpo e colocou a mão na arma ao ouvir e ver escudos de titânio reforçado que zumbiam suavemente enquanto desciam do teto, ao longo das paredes do aposento. Outras placas metálicas deslizaram para os lados, lacrando as portas. As luzes assumiram um tom avermelhado e todas as máquinas da sala emitiram uma série de bipes e zunidos.

— 007 total! — exclamou Peabody, maravilhada, com um sorriso espantado que ia de orelha a orelha.

Lacres posicionados. Modo sigiloso ativado.

— Até no seu escritório pessoal! — Reva se levantou e caminhou pela sala, examinando as placas de metal. — Talvez paranoico em demasia, mas excelente. Você equipou a casa toda com escudos para modo sigiloso, Roarke? Puxa, eu adoraria estudar esse projeto para poder...

— Ei, ei, crianças! — interrompeu Eve. — Mais tarde vocês conversam sobre o brinquedinho. — Preciso saber o porquê de precisarmos desse circo.

Dilema Mortal

— Fiz alguns testes na Securecomp — informou Roarke. — Testes completos e precisos. Eles mostraram que fomos invadidos por um dispositivo espião móvel.

— Um dispositivo móvel? — Reva descartou a possibilidade com a cabeça. — Acha que alguém conseguiria passar pela segurança, por todos os scanners, com um dispositivo na pele ou na roupa? Isso é impossível, completamente impossível.

— Eu também achava isso, mas o fato é que o dispositivo é muito sofisticado. E não estava em uma pessoa qualquer, Reva, estava dentro de você.

— Dentro de mim? Um dispositivo interno? Isso é delírio. Conversa fiada.

— Então você não se oporia a passar por uma varredura completa?

Seu rosto assumiu um ar duro e suas feições se prepararam para o combate.

— Passo por isso cada vez que entro ou saio do seu maldito laboratório, Roarke — disse ela, indignada.

— Tenho um scanner mais preciso e sensível aqui, e bem mais específico.

— Pois então vá em frente. — Reva jogou os braços para o ar. — Não tenho nada a esconder.

— Computador, abrir o painel A!

Entendido.

Uma parte da parede se abriu. Dentro havia um pequeno cômodo, pouco maior que um closet, onde se via um equipamento parecido com um tubo secador de corpo, embora mais avançado. Tinha estrutura circular e uma porta sem fecho aparente. Também não havia controles visíveis.

— Isso é algo em que venho trabalhando por conta própria — explicou Roarke, quando Reva ergueu as sobrancelhas de espanto.

— Um scanner de segurança individual, muito mais sensível que os que existem atualmente no mercado. Ele também detecta e transmite os sinais vitais da pessoa analisada, o que vem a calhar quando queremos avaliar seu estado de espírito durante a operação.

— Isso é seguro? — Caro se levantou e chegou mais perto do aparelho. — Desculpem, mas, se ainda não foi aprovado para uso comercial, pode ser que exista algum risco.

— Eu já o testei em mim mesmo — afirmou Roarke, para tranquilizá-la. — É absolutamente seguro. Você vai sentir apenas uma leve sensação de calor enquanto o scanner trabalha — disse para Reva. — Não chega a ser desconfortável, mas você vai perceber a mudança de temperatura enquanto ele se movimentar de uma área para outra, ao longo do seu corpo.

— Então vamos resolver logo isso. Estou com um teste no detector de mentiras marcado para mais tarde e gostaria de um tempinho entre as sondagens e cutucadas, se vocês não se importam.

— Computador, abrir o scanner!

Entendido.

A porta do tubo se abriu com um pequeno sopro de ar. A convite de Roarke, Reva entrou no aparelho e se virou de frente para o escritório.

— Dar início ao processo! A pessoa a ser analisada se chama Reva Ewing. Efetuar varredura de corpo inteiro, com força máxima, ao meu comando! A máquina vai captar e gravar seus dados biométricos, Reva — avisou Roarke. — Peso, altura, massa muscular, gordura corporal e assim por diante.

— Tudo bem.

— Depois que a porta se fechar, o processo levará alguns minutos. Vou deixar abertos os sistemas de áudio e vídeo, se você não se importar.

— Vá em frente.

— Computador... começar!

A porta do tubo se fechou. As luzes internas assumiram uma fria tonalidade azulada. Eve ouviu enquanto os dados biométricos de Reva eram anunciados pela máquina. Um feixe horizontal de luz vermelha começou a subir do piso da máquina, seguindo lentamente ao longo de todo o corpo de Reva, para descer em seguida com a mesma velocidade. Seus vários ferimentos e cicatrizes foram enumerados, tanto os internos quanto os externos. Em seguida, foi feita uma avaliação completa de seu estado de saúde.

— Excelente! — A voz de Reva pareceu abafada e distante dentro do tubo, e ela exibiu um sorriso leve. Eve percebeu que sua raiva inicial dera lugar ao fascínio profissional pelo equipamento.

— Muito completo, mesmo. Você precisa lançar isso no mercado, Roarke.

— Ainda faltam alguns ajustes — disse ele.

Em seguida, surgiram vários raios vermelhos e azuis, que se entrecortaram e ziguezaguearam pelo seu corpo, pulsando fortemente enquanto a escaneavam, setor por setor, dos pés à cabeça.

Dispositivo eletrônico encontrado em localização subdérmica no setor dois.

— De que diabos ele está falando? — Com um tom agudo de pânico, Reva apertou as mãos com força contra as paredes do tubo circular. — Onde fica esse setor dois? Isso é mentira!

Roarke reparou que a pulsação de Reva acelerou e sua pressão arterial subiu.

— Vamos acabar o exame, Reva.

— Então termine logo. Acabe de uma vez por todas com essa porcaria. Quero sair daqui.

— Está tudo bem, Reva — disse Caro com a voz suave. — Só mais um pouquinho, já está acabando. Tudo está certo, filha.

— Não tem nada certo. Nada mais vai voltar a ficar certo.

Nenhum aparelho secundário encontrado. Há apenas um dispositivo eletrônico operante, implantado na região subdérmica do setor dois. É necessário um comando de voz para o local exato ser marcado.

— Faça isso — ordenou Roarke.

Ouviu-se um zumbido mais forte e um flash espocou. Reva deu um tapa forte na nuca, com a mão direita, como se tivesse sido picada por uma abelha.

A avaliação e a varredura foram completadas.

— Grave os dados e exiba tudo no telão. Liberar o fecho e encerrar o programa.

As luzes do tubo se apagaram e a porta se abriu.

— Dentro de mim? Debaixo da pele? — Reva manteve a mão em concha protegendo a nuca. — Como é que pôde implantar isso sem eu desconfiar? Juro que não sabia. Juro por Deus que eu não fazia ideia disso.

— Em momento algum eu imaginei que soubesse — tranquilizou-a Roarke. — Sente-se.

— Um dispositivo interno? Isso exigiria um procedimento cirúrgico. Eu não passei por nenhum procedimento desse tipo. *Não pode* haver nada aqui.

— Ele está aí, sim. — Roarke a colocou em uma cadeira e deu um passo para trás quando Caro se sentou ao lado da filha e a tomou pela mão. — Foi implantado aí sem o seu conhecimento e sem a sua concordância.

— Mas eu teria de estar inconsciente para isso. Eu *não estive* inconsciente.

— Esteve dormindo, certo? — argumentou Eve. — Quando uma pessoa está dormindo, não é difícil dar uma cutucada de leve com uma seringa de pressão e fazer a pessoa apagar por um bom tempo. Ou pode ter sido alguma coisa colocada na sua comida ou na bebida para que você ficasse desacordada durante todos os procedimentos para o implante.

— Mas eu durmo em casa, sempre na minha cama. A única pessoa que seria capaz de implantar um troço desses em mim seria... Blair — terminou ela, com a respiração falha. — Isso é loucura. Ele não conhecia nada sobre grampos internos ou dispositivos subdérmicos.

Ela percebeu o olhar que Eve e Roarke trocaram.

— O que foi? Que diabos está acontecendo?

— Eu não contei nada a ela, tenente. — Roarke inclinou a cabeça. — Não era minha função fazê-lo.

Eve se pôs diante de Reva e disse:

— É melhor se preparar, porque o que eu tenho para lhe contar vai ser o mesmo que levar um soco na cara.

Eve falou com Reva do jeito como gostaria de ouvir uma notícia desse tipo: de forma direta, clara, sem emoções. Reparou que seu rosto pareceu perder a firmeza, sua pele ficou lívida e lágrimas brilharam em seus olhos. Mas elas não caíram, e logo a cor lhe voltou ao rosto.

— Ele... eles me marcaram como uma fonte de informações. — Sua voz estava rouca. — Para espionar, através de mim, tudo o que acontecia na Securecomp e possivelmente em outras divisões das Indústrias Roarke por meio da minha mãe. Além disso... — Ela parou de falar, pigarreou com força e assumiu um tom de voz mais firme. — Faz sentido imaginar que eles também usavam minhas ligações com o Serviço Secreto, a presidente Foster e membros da sua equipe, muitos dos quais permaneceram meus amigos.

Por meio desse implante eles podem ter gravado todas as minhas conversas em nível profissional e pessoal.

Ela aceitou o copo-d'água que Peabody colocou em sua mão, sem olhar para cima.

— Por causa do meu cargo de supervisora na Securecomp — continuou —, tenho várias conversas e debates, diariamente, com técnicos e funcionários, dando ordens, recebendo relatórios e avaliações. Também tenho o hábito de gravar meus próprios relatórios ditando-os em voz alta. Isso me ajuda a visualizar o progresso dos planos ou a necessidade de tomar novas direções. Desde que implantaram essa coisa em mim, eles devem estar sabendo de tudo sobre os meus projetos e também de todos os outros aos quais eu prestei assistência. Eles deviam estar sugando informações minhas, tanto Blair quanto Felicity. Todos os dias, todos os dias!

Ela ergueu a cabeça e olhou para Roarke.

— No fim das contas, eu realmente traí você.

— Nada disso. — O tom de Caro era de rispidez e impaciência. — Você foi traída, e isso é algo difícil de encarar. Mas sentir pena de si mesma não é produtivo. Ninguém a está culpando, filha, e culpar a si mesma é uma autoindulgência que você não pode se dar ao luxo de ter.

— Mas tenho o direito de me sentir triste e abalada por ter sido tecnologicamente estuprada, pelo amor de Deus!

— Deixe a tristeza e o abalo para depois. Como é que removemos esse dispositivo? — perguntou Caro a Roarke e, em seguida, olhou para Eve. — Ou não devemos removê-lo?

— Pensei em deixá-lo implantado — afirmou Eve. — Seria uma opção interessante, mas prefiro removê-lo. Se alguém estiver ouvindo essa conversa, quero que eles saibam que descobrimos tudo. Isso vai fazê-los mostrar a cara mais depressa.

— Eles mataram Blair e Felicity e armaram uma cilada para mim. Por quê?

Dilema Mortal

— A cilada? Eu diria que foi porque você era conveniente para eles. Quanto ao ataque, ainda não sei. Talvez tenha sido a OSP ou talvez o outro lado. De qualquer modo, o fato é que eles sabiam como entrar, como corromper os dados e destruir as máquinas, e como fazer com que você estivesse onde eles queriam para levar a culpa. Isso tudo levou algum tempo e certamente muito planejamento. Bissel ou Kade, talvez os dois, estavam marcados para ser eliminados. Quando eu descobrir o motivo, vou trabalhar a partir daí.

— Podemos retirar o dispositivo da sua nuca agora mesmo. Aqui em casa nós temos uma pessoa com treinamento médico — explicou Roarke.

— Então retire. — Reva esfregou a mão no ponto atrás da cabeça. — Quero dar uma olhada no aparelho.

— Providencie isso — pediu Eve a Roarke. — Reva, você não pode contar nem comentar nada disso com ninguém de fora. Nem mesmo com seus advogados. Pelo menos ainda não. Mas quero que você entre em contato com alguém do Serviço Secreto ou da equipe da presidente Foster, quem você julgar mais adequado. Quero que você marque uma reunião para mim com alguém da OSP que tenha um cargo elevado e saiba sobre Bissel e Kade. Não tenho tempo a perder com funcionários burocráticos. Preciso de uma pessoa com poder de comando.

— Vou ligar para alguém.

— Ótimo. Vou deixar a parte da eletrônica com as pessoas que sabem como lidar com ela. — Disse isso olhando para Roarke. — Agora vou cair dentro do trabalho de rua, se você desabilitar os lacres desta sala.

— Computador, abrir os escudos e encerrar o modo silencioso.

Entendido.

— Volto em poucos minutos — avisou Roarke olhando para Reva e para Caro. Deixou-as na sala e saiu com Eve.

— Peabody, vá ver o que os meninos da DDE estão fazendo. Vou agora mesmo me encontrar com você.

— Tudo bem.

Eve entrou no seu escritório, ao lado, na frente de Roarke e enfiou as mãos nos bolsos.

— Eu achei que você tinha contado a ela sobre a OSP e as conclusões a que chegamos com relação a Bissel e Kade — disse Eve.

— Sei disso. Havia motivos para você pensar assim.

— Foi por isso que eu voei em cima do seu pescoço tão depressa.

— Eu sei, saquei tudo.

— Mesmo assim, continuo irritada e chateada.

— Você tem companhia, porque eu também me sinto assim.

— Talvez eu ainda queira voar na sua garganta mais tarde por causa disso.

— Podemos marcar na agenda.

Ela deu um passo na direção dele e, mantendo as mãos nos bolsos, plantou um beijo ardente em sua boca.

— A gente se vê por aí — disse ela, saindo devagar.

Como Eve não sabia exatamente o que a DDE estava fazendo no laboratório doméstico de Roarke, levou Peabody para a rua e lhe deu a tarefa específica de localizar e entrar em contato com Carter Bissel. Em seguida, foi implorar uma consulta rápida com a dra. Mira.

— Sua secretária está começando a me odiar — comentou Eve, assim que entrou.

— Não, ela é apenas rígida com relação às consultas marcadas. — Mira programou seu chá habitual e convidou Eve a se sentar, apontando para uma das suas confortáveis poltronas azuis.

Vestia vermelho naquele dia. Não exatamente vermelho, analisou Eve. Devia haver um nome específico para aquela cor, num tom vivo de folhas de outono. Ela usava um colar triplo, formado por bolinhas de ouro enfiadas em cordões, como se fossem pérolas; combinavam maravilhosamente bem com os minúsculos brincos de ouro.

Os sapatos de salto alto eram revestidos de algum material exatamente da mesma cor do vestido. Eve nunca conseguiu descobrir como é que as mulheres conseguiam esse tipo de sincronia ou, pensando bem, por que se importavam com isso.

Mas o fato é que a roupa ficava ótima em Mira. Tudo lhe caía bem. Seus cabelos negros com luzes, elegantes, estavam presos em um pequeno coque. Pelo visto, a doutora estava deixando o cabelo crescer novamente.

Por mais que Mira se produzisse e se arrumasse bem, Eve decidiu que ela sempre estava bem-vestida, mesmo com uma roupa casual. Não parecia em nada com a imagem que alguém esperaria de uma psiquiatra da polícia, especializada em montar perfis perfeitos de criminosos.

— Suponho que sua visita tenha a ver com o teste no detector de mentiras que Reva Ewing fará esta tarde, Eve, já que você pediu, especificamente, que fosse eu a aplicá-lo.

— Tem a ver sim, doutora. Esta nossa conversa, qualquer troca de informações com Reva Ewing e os resultados do teste são altamente confidenciais. Só eu, a senhora e o comandante poderemos ter acesso ao relatório.

Mira provou o chá e apertou os lábios de forma quase imperceptível.

— Por que esse caso recebeu uma classificação desse tipo?

— Espionagem global — respondeu Eve e relatou toda a história.

— Vejo que você acredita nela. — Mira se levantou para pegar mais uma xícara de chá. — Acha que ela foi enganada e é inocente de qualquer envolvimento deliberado nos assassinatos e nos eventos que os provocaram.

— Exato. Espero que sua avaliação confirme isso.

— E se os resultados vierem a contradizer as alegações dela e a sua opinião?

— A acusada voltará para a prisão até eu descobrir o porquê de tudo.

— Ela concordou em passar pelo teste de nível três — assentiu Mira. — Esse é um processo muito difícil e desgastante, como você já sabe por experiência própria.*

— Eu resisti a tudo, e ela também resistirá.

Mira assentiu mais uma vez e seus olhos fitaram Eve fixamente.

— Você gosta dela — afirmou a médica.

— Sim, certamente. Mas isso não vai atrapalhar a investigação, de forma alguma.

— Os assassinatos foram muito violentos, muito brutais. É de imaginar que uma organização ligada ao governo, mesmo sendo secreta, não empregaria tanta crueldade.

— Eu não coloco minha mão no fogo quando espiões estão envolvidos.

— Você *não gosta* deles. — Mira sorriu de leve.

— Não. A OSP tem uma pasta com o histórico do meu pai.

— Suponho que isso também já seria de imaginar — replicou a médica, mas seu sorriso se desvaneceu.

— Um grupo operacional da OSP monitorava os passos dele, e havia grampos no quarto de hotel em que nós ficamos em Dallas.

---

* Ver *Conspiração Mortal*. (N. T.)

Mira pousou a xícara na mesinha lateral.

— Eles sabiam da sua existência, Eve? Sabiam do que uma criança estava sendo vítima e não intervieram?

— Sabiam, está tudo nos arquivos. E também sabiam o que eu fiz para conseguir escapar dali com vida. Limparam tudo depois que eu fugi, e me deixaram ir embora. Por tudo isso, eu realmente não sou nem um pouco fã do pessoal da OSP.

— Quem deu a ordem para não intervir, mesmo sabendo que a segurança e a vida de uma criança estavam em perigo, deveria ser preso, como qualquer violador comum. Estou chocada em saber disso. Mesmo depois de tudo o que eu já vi e ouvi na vida, me sinto chocada.

— Se eles foram capazes de agir desse jeito em Dallas, podem muito bem ter feito o mesmo com Reva Ewing. Só que dessa vez não vão escapar impunes.

— Você pretende tornar público o que aconteceu com Reva Ewing?

— Pode apostar que sim.

Eve voltou para a Divisão de Homicídios usando as passarelas aéreas, em vez do elevador, para dar a si mesma mais tempo de pensar sobre os próximos passos a tomar. Ainda não se acostumara a entrar na sala de ocorrências e ver Peabody sentada a uma mesa só dela em vez de trabalhar num dos cubículos.

Como sua parceira falava no *tele-link*, Eve foi direto para a sua sala. Trancou a porta, subiu na mesa e esticou o braço na direção de um dos painéis do teto falso, atrás do qual ela escondia seu estoque pessoal de barras de chocolate.

Só que, em vez de encontrar as barras, apalpou apenas uma embalagem vazia, meio amassada.

— *Filho da mãe!* — Pensou em pegar a embalagem com a intenção de destruí-la em mil pedaços, mas se conteve. — Muito bem! Vamos descobrir quem você é, seu safado ladrão de chocolate.

Desceu da mesa e pegou seu kit de serviço extra. Passou nas mãos uma camada de Seal-It, o spray selante, removeu a embalagem do local onde estava com o auxílio de uma pinça e colocou a prova do crime sobre uma superfície protegida.

— Você quer brincar? Pois então vamos.

Segundos depois, uma batida forte na porta a fez rosnar de raiva.

— Dallas? Tenente? Sua porta está trancada.

— *Eu sei* que a porcaria da porta está trancada. Fui eu que tranquei.

— Oh. É que eu consegui informações sobre Carter Bissel.

Eve se levantou, deu um chute na mesa e destrancou a porta.

— Torne a trancá-la depois de entrar! — ordenou Eve e tornou a se sentar à mesa, junto das ferramentas de trabalho.

— Tudo bem. — Encolhendo os ombros, Peabody tornou a trancar a porta. — Entrei em contato com... O que está fazendo, tenente?

— Que diabos você acha que eu estou fazendo?

— Bem, parece que a senhora está pesquisando as impressões digitais da embalagem de uma barra de chocolate.

— Humm... Então, provavelmente é isso mesmo que eu estou fazendo. Você falou com Carter Bissel?

— Não, eu... Dallas, uma barra de chocolate entrou na lista de evidências dessa investigação?

— Isso é assunto meu. O safado selou as mãos — resmungou ela. — O canalha passou spray selante nas mãos antes de pegar o meu doce. Mas isso não vai acabar aqui. Tenho outros recursos.

— Senhora, aparentemente também passaram um feixe de detecção de digitais em um dos painéis do teto, que está sobre a sua mesa.

Dilema Mortal

— Você acha que eu não sei o que estou fazendo, detetive? Pareço alguém que sofre de amnésia?

— Não, senhora. Parece uma pessoa que está extremamente pau da vida.

— Mais uma vez os seus poderes de observação se mostram aguçados e precisos. Meus parabéns. Merda! — Ela amassou a embalagem vazia e a jogou na lata de lixo. — Vou investigar isso outra hora. Mas *vou* investigar, ah, se vou! Fale-me de Carter Bissel. Onde está o meu café?

— Ahn... Já que a senhora abriu mão dos serviços de uma auxiliar...

— Ah, vá enxugar gelo! — Eve se levantou da mesa e seguiu com passos firmes até o AutoChef.

— Eu estava louca por uma oportunidade de usar essa frase. Se bem que não me importaria de lhe servir um café. Mas você também poderia me servir um cafezinho, de vez em quando. Como agora, por exemplo, já que está diante da máquina.

Eve deu um logo suspiro e pegou uma segunda caneca.

— Obrigada. Vamos lá... Carter Bissel. Tentei ligar para a casa dele, mas ninguém atendeu. Deixei um recado no *tele-link*. Depois, tentei o bar temático do qual ele é dono, e quem atendeu foi o sócio, Diesel Moore. Assim que eu perguntei sobre Bissel ele começou a me despejar um monte de desaforos na cara, muito indignado. Disse que também está doido para encontrá-lo e o chamou de vários nomes nem um pouco lisonjeiros. Reclamou que Bissel o deixou na mão e sem grana há menos de um mês e deu no pé. Garantiu que está quase indo à falência por causa disso. Disse que ainda esperou alguns dias, imaginando que Bissel fosse aparecer com uma explicação para o sumiço, mas isso não aconteceu. Deu parte do sócio à polícia ontem.

— Você verificou isso?

— Sim. As autoridades locais estão à procura de Bissel, e não há registro de ele ter saído da ilha. Pode ser que tenha usado um barco ou um hidroavião para se escafeder do lugar. A polícia anda procurando por ele, mas sem muita vontade de achar. Ele afanou dois mil dólares, mas quase toda a grana era dele mesmo, como sócio do bar. Além do mais, descobri que ele costuma sumir do mapa de tempos em tempos, sem aviso nem explicação.

— Eles o procuraram em casa?

— Afirmativo. Parece que algumas roupas estão faltando, além de objetos de uso pessoal, mas não há sinais de luta nem de armação. Também não há indícios de que ele estivesse planejando uma longa viagem.

— No mês passado, Felicity Kade fez uma viagem à Jamaica. O que será que ela e Carter Bissel conversaram?

— Talvez ela tenha ido lá para recrutá-lo também.

— Ou talvez estivesse em busca de outro bode expiatório. Acho que devíamos dar mais uma olhada na cena do crime.

O *tele-link* da mesa tocou e Eve afastou o painel do teto para atender.

— Dallas falando.

Emergência para a tenente Eve Dallas. Favor contatar o policial que se encontra no número 24 da rua 18 Oeste. Caso de morte. A vítima é do sexo feminino, estava sozinha e foi identificada como Chloe McCoy.

— Mensagem recebida. Estou indo para o local.

CAPÍTULO DEZ

Chloe McCoy tinha morrido depois de ingerir pílulas. Vestia uma camisola de tecido leve, cor-de-rosa. Tinha aplicado maquiagem completa, depois se penteara e se deitara na cama em meio a uma montanha de lindas almofadas e um urso de pelúcia roxo.

Exalava um aroma suave, floral e juvenil; parecia adormecida, mas seus olhos estavam completamente abertos e fitavam o teto, envoltos em uma névoa típica da morte.

O bilhete estava na cama, ao lado do corpo, perto da mão direita. Era uma única linha manuscrita em estilo dramático, num papel reciclado barato, cor-de-rosa, e letras muito redondas e cheias de volteios.

Não existe luz, não existe vida sem ele.

O frasco de pílulas vazio estava sobre a mesinha de cabeceira, ao lado de um copo de água morna onde fora mergulhada a haste sem espinhos de um botão de rosa cor-de-rosa.

Eve analisou o aposento e decidiu que a rosa no copo combinava com as cortinas brancas e cor-de-rosa cheias de babadinhos, e também com pôsteres emoldurados exibindo paisagens fantasiosas e campinas surreais. O quarto estava muito arrumado, apesar de a decoração ser exageradamente feminina. O único local em desordem era o chão junto da cama, literalmente coberto por lenços de papel amassados, o resto de um potinho de sorvete de chocolate da marca Sinful e meia garrafa de vinho branco.

— O que lhe parece? — perguntou Eve, olhando para Peabody.

— Parece que ela preparou uma gigantesca festa de condolências para si mesma. Vinho e sorvete para se confortar, tudo regado a muitas lágrimas. Provavelmente usou o vinho para ajudá-la na preparação para tomar as pílulas. Era jovem, tola e teatral demais. Essa combinação a levou a cometer suicídio por causa de um sujeito desprezível.

— Isso mesmo, é exatamente o que parece. Onde ela conseguiu as pílulas?

Com a mão protegida pelo spray, Peabody pegou o frasco para examinar o rótulo, verde e sem a marca do produto.

— Isso não é remédio comprado em farmácia. É do mercado negro.

— Ela parece alguém que tem ligações com o mercado negro de medicamentos?

— Não. — A pergunta fez Peabody franzir o cenho, e ela analisou a cena e o corpo com mais cuidado. — Realmente não, mas existem sujeitos que vendem esse tipo de mercadoria em faculdades e circuitos de arte. Ela frequentava ambos.

— É verdade, você tem razão. Pode ser, sim. Ela teve de procurar um fornecedor bem depressa, mas, pelo nosso rápido encontro anterior, eu diria que era do tipo impulsivo. No entanto...

Eve circulou pelo quarto, entrou no banheiro apertado, passeou pela sala de estar pequena e pela cozinha minúscula. Viu um

Dilema Mortal

monte de bibelôs, miudezas, reproduções de obras de arte famosas e imagens românticas enfeitando as paredes. Não havia pratos na pequena pia nem roupas espalhadas. Não viu lenços de papel em nenhum outro lugar, a não ser no quarto.

Além disso, reparou, ao passar um dos dedos protegidos pelo spray sobre a mesa, que não havia uma partícula de poeira no ambiente.

— O lugar está imaculadamente limpo. Engraçado que uma mulher tão afogada no próprio pesar a ponto de se matar tenha a preocupação de limpar a casa tão bem.

— Vai ver ela sempre foi certinha.

— Pode ser, sim — concordou Eve.

— Ou talvez ela tenha arrumado a casa toda do mesmo jeito que se arrumou antes de se matar. Uma das minhas tias-avós tem obsessão por fazer a cama logo que se levanta de manhã. Ela diz que, se tropeçar ao sair do quarto, ou simplesmente apagar e morrer, não quer que ninguém pense que ela era uma dona de casa relaxada. Tem gente esquisita a esse ponto.

— Tudo bem, vamos lá... Ela pega os comprimidos e compra para si mesma um botão de rosa cor-de-rosa; volta para casa, faz uma faxina geral e se arruma toda; depois, se senta na cama chorando, come um pouco de sorvete, bebe vinho; escreve o bilhete, engole as pílulas, deita e morre. Pode ter acontecido tudo desse jeito mesmo.

Peabody estufou as bochechas e lamentou.

— Mas você não acredita que tenha sido assim, e eu acho que estou perdendo algo importante que está bem na minha cara.

— A única coisa realmente na cara é que uma jovem de vinte e um anos está morta e, à primeira vista, parece ser um caso comum de suicídio.

— Do mesmo modo que a morte de Bissel e Kade parecia, à primeira vista, um caso comum de duplo homicídio passional.

— Então vamos lá, Peabody. — Eve enfiou os polegares nos bolsos da frente da calça. — O que você acha?

— O.k., estou seguindo o raciocínio. Mas, se essa morte, como o duplo homicídio, foi provocada pela OSP ou por tecnoterroristas, qual foi o motivo?

— Ela conhecia Blair Bissel. Era amante dele.

— Tá, mas era apenas uma criança, um passatempo banal. Se ela sabia de alguma coisa relevante sobre o trabalho secreto de Bissel, sobre o Código Vermelho ou algo realmente quente, juro que vou comer meu distintivo novinho em folha.

— Eu concordo com você, mas pode ser que outra pessoa não achasse isso. Ou talvez a morte dela tenha sido só para terminar a limpeza que eles haviam começado. O fato concreto é que existe uma ligação entre ela e Blair Bissel, e, por isso, não podemos encarar como um simples suicídio. Vamos começar pelo corpo. Depois, quero que os peritos passem um pente-fino neste apartamento. Qual é mesmo o nome da mulher que a encontrou morta?

— Deena Hornbock, vizinha do outro lado do corredor.

— Pesquise sobre ela. Quero saber tudo sobre essa vizinha antes de interrogá-la. Mande o policial que está de guarda mantê-la dentro de casa, vigiada, até eu liberá-la.

— Entendido.

— Entre em contato com os técnicos da perícia e com Morris, o legista. Quero que ele cuide pessoalmente da autópsia dela. E quero que o grupo que investiga cenas de crimes vasculhe este lugar até a última molécula.

— Já vi que você realmente não acha que ela se matou — disse Peabody ao chegar à porta.

— Se ela fez isso, juro que vou comer meu distintivo de tenente não tão novinho. Vamos cair dentro!

* * *

Dilema Mortal

Não havia sinais de luta, nem marcas no corpo, nem vestígios que indicassem o uso de força. Eve não esperava sinais mesmo. Ela havia morrido pouco depois das três da manhã. Sem dor, silenciosamente. Uma vida desperdiçada à toa, refletiu Eve.

Os *tele-links* de Chloe McCoy estavam funcionando normalmente, embora ela os tivesse desligado logo depois da meia-noite. Ao reativá-los, Eve descobriu que a última ligação recebida tinha sido de Deena, a vizinha do apartamento em frente. A conversa, que acontecera às nove da noite, se limitara a muito choro e demonstrações de solidariedade.

Eu vou para a sua casa, oferecera Deena. *Você não devia ficar sozinha num momento desses.*

Mais algumas demonstrações de gratidão e a ligação se encerrou.

O computador nem sequer acendeu. Infectado, Eve apostaria todo o seu dinheiro nisso. O que será que uma estudante de arte tola poderia ter em seu computador doméstico que deixava a OSP ou os tecnoterroristas tão preocupados?

Quando terminou de examinar tudo o que podia no corpo e no quarto, Eve foi até a sala de estar, onde Peabody trabalhava junto dos técnicos.

— Eles estão lá dentro acabando de ensacá-la e vão levá-la para o rabecão. Morte suspeita. Me dê o perfil de Deena Hornbock.

— Estudante, solteira, vinte e um anos. Graduou-se em teatro, mas com um olho em cenografia. Já tem um monte de trabalhos no currículo. Mora neste prédio há um ano. Antes disso, morava em um quarto na Escola de Teatro do Soho. Quando era mais nova, morava com a mãe e o padrasto em Saint Paul. Tem um irmão mais novo. Nenhum registro criminal, exceto uma suspensão na escola, pelo uso de zoner, aos dezoito anos. Paga o aluguel em dia, eu perguntei ao senhorio.

— Muito bom.

Chloe McCoy também estava com o aluguel em dia, mas costumava pagar sempre depois do prazo e pouco antes de começarem a cobrar multa. O boleto deste mês ela pagou ontem, por transferência eletrônica, às dezesseis e trinta e três.

— Ah, é? Como era organizada! Fez questão de pagar o aluguel deste mês apesar de estar planejando se matar. Vamos ver o que sua amiga tem a dizer.

Deena Hornbock parecia muito abalada, sentada em uma cadeira estofada de pelúcia vermelha, com uma garrafa de plástico na mão, de onde bebia água sem parar. Era negra, muito magra, mas de presença marcante. Exibia na têmpora esquerda uma pequena tatuagem de duas asas vermelhas.

— Srta. Hornbock, sou a tenente Dallas, e esta é a detetive Peabody. Precisamos lhe fazer algumas perguntas.

— Eu sei. Vou tentar ajudar, de verdade. Eu não sabia o que fazer, simplesmente não sabia, então corri e comecei a berrar pedindo para chamarem a polícia. Alguém fez isso, eu acho. Fiquei sentada no corredor até o policial Nalley chegar.

— Como foi que você entrou no apartamento de Chloe?

— Eu tenho uma chave. Ela também tinha uma chave do meu apartamento. Vivíamos entrando e saindo do apartamento uma da outra. Vou ter de entregar para a polícia, não é? A chave?

— Sim, eu agradeceria. Vamos deixar para pegá-la quando formos embora. Por que não me conta o que aconteceu?

— Certo. — Ela inspirou e expirou duas vezes com força, e passou a mão no rosto. — Certo. Eu voltei da aula e pensei em dar uma passadinha lá para ver como ela estava. Chloe ficou arrasada por causa da morte de Blair. Completamente acabada, sabe como é? — Deena soltou um longo suspiro. — Eu simplesmente entrei. Quando me despedi dela ontem à noite, prometi passar lá hoje de manhã, depois da aula, então nem me preocupei em bater na porta. Simplesmente entrei e avisei que estava lá.

Dilema Mortal

— A porta estava trancada?

— Estava. Como não respondeu ao meu chamado, fui até o quarto. Ia tentar convencê-la a sair ou pelo menos ficar um pouco na minha casa. Para animá-la um pouco, entende? Meu Deus!... É difícil descrever a cena — conseguiu dizer depois de alguns segundos. — É como se eu estivesse vendo tudo novamente.

— Eu sei.

— Então, cheguei à porta do quarto e a vi deitada na cama. Não percebi nada logo de cara e disse: "Qual é, Chlo?" ou algo assim... — Sua voz começou a falhar. — "Minha nossa, vamos lá, se anime, Chlo", e já estava meio impaciente porque tudo no quarto me pareceu um cenário de drama barato. Fiquei realmente irritada com ela, cheguei mais perto da cama. E então...

— Não tem pressa — disse Eve a Deena ao vê-la tomar lentamente mais alguns goles de água.

— Os olhos de Chloe estavam abertos... arregalados, olhando para o teto, e mesmo assim eu não saquei. Por um instante fiquei ali, e a ficha demorou a cair. Foi como se uma parte do meu cérebro tivesse entrado em curto e saído do ar. Eu já tinha visto uma pessoa morta antes. Minha bisavó... — Deena enxugou uma lágrima. — Minha bisavó morou conosco algum tempo e morreu um dia, durante o sono. Eu a encontrei de manhã, então eu já tinha visto uma pessoa morta antes. Mas não é a mesma coisa quando a pessoa é jovem e a gente não está esperando.

Nunca é a mesma coisa, pensou Eve e perguntou:

— Você tocou nela ou em algo?

— Acho que eu toquei no ombro dela... ou no braço. Acho que estendi a mão porque nunca imaginei que ela pudesse estar morta. Mas ela estava fria. Ó Deus, a pele dela estava gelada, e então eu soube. Foi então que saí porta afora e comecei a gritar.

— Depois se sentou junto da porta e ficou lá até o policial Nalley aparecer.

— Sim, isso mesmo.

— Você ou outra pessoa entrou no apartamento antes de o policial chegar?

— Não. Simplesmente fiquei ali sentada, chorando. Algumas pessoas saíram dos apartamentos e me perguntaram o que estava acontecendo. Eu disse: "Ela está morta." Disse que Chloe estava morta, que tinha se matado.

— Tudo bem. Você falou com ela ontem à noite?

— Sim, liguei assim que cheguei em casa. Ando trabalhando na cenografia de uma peça que vai estrear no West Side. Sabia que ela estava enfrentando uma barra pesada. Conversamos um pouco pelo *tele-link* e eu fui até lá. Fiz companhia a ela por algum tempo. Fiquei até as onze da noite mais ou menos. Eu tinha aula cedo, e ela me disse que ia para a cama. "Minha fuga vai ser o sono", foi o que ela disse, ou algo assim. Mesmo ouvindo isso, não imaginei que ela falava em... — Deena estendeu a mão e agarrou o braço de Eve.

— Policial Dallas, eu nunca a teria deixado sozinha se tivesse desconfiado do que ela pensava em fazer. Eu não teria deixado que ela se matasse.

— Não foi culpa sua. Você foi uma boa amiga. — Ao ver com clareza a culpa que a massacrava, Eve não corrigiu Deena quanto ao seu posto na polícia. — O apartamento dela estava arrumado?

— Como assim?

— Quero saber em que estado você encontrou os cômodos ontem à noite, quando esteve lá.

— Ah. Tudo arrumadinho, eu acho. Chloe gostava de manter tudo limpo. É claro que havia lenços de papel pela casa toda. Ela estava chorando muito logo que cheguei, e jogou os lenços amassados por toda parte.

— Vocês comeram ou beberam alguma coisa?

Dilema Mortal

— Tomamos um pouco de vinho. Eu trouxe uma garrafa e nós acabamos com quase metade dela.

— Sorvete também?

— Sorvete? Não, acho que não havia sorvete. Se bem que teria sido uma boa.

— Você lavou os cálices antes de ir embora?

— Cálices? Ah, não, nem pensei nisso. Eu me sentia muito cansada, e Chloe já estava parando de chorar. Deixamos tudo na sala.

— Nada no quarto?

— Não. Ficamos sentadas no chão da sala por umas duas horas. Talvez, se eu tivesse passado a noite com ela...

— Quero que você dê uma olhada nesse bilhete. — Eve pegou o papel cor-de-rosa que estava dentro de um saco plástico. — Sabe se essa é a caligrafia de Chloe?

— É, sim. Letras redondas, grandes e cheias de curvas, a cara dela. Só que ela estava errada. Haveria vida depois dele. Sempre existe mais vida. Pelo amor de Deus, esse relacionamento não ia dar em nada. Era só uma fantasia.

— Você conheceu Blair Bissel?

— Não. — Ela pegou um lenço de papel amassado e assoou o nariz. — Ela o mantinha escondido. Eu não sabia nada dele. Quer dizer, sabia que havia *alguém* na vida dela e sabia que ele era casado, mas ela nunca me disse seu nome completo nem nada desse tipo. Tinha feito um juramento. Um juramento solene. Era típico dela falar uma coisa dessas: "Fiz um juramento solene." Isso, mais o fato de ela saber que eu não o via como o grande amor da sua vida, como ela achava, fez com que não me contasse coisas específicas a respeito dele. Eu não sabia seu nome nem que ele era o cara para quem Chloe trabalhava em meio período naquela galeria. Não sabia de nada até depois de tudo acontecer... isto é, de a esposa tê-lo assassinado. Ela só me contou tudo isso ontem à noite.

— Quer dizer que ele nunca esteve aqui?

— Ah, esteve, sim. Pelo menos eu acho que era ele. Tínhamos um sinal, Chloe e eu. Quando uma de nós estava com alguém no apartamento e não queria ver a outra, se é que a senhora me entende, pendurávamos uma fita cor-de-rosa na maçaneta, do lado de fora. Isso foi ideia dela. Pelo que sei, e eu perceberia se não fosse verdade, ela não saía com mais ninguém, a não ser esse escultor, nos últimos meses. E o laço cor-de-rosa ficava pendurado na maçaneta mais ou menos uma vez por semana.

— Geralmente ela desligava os *tele-links* quando recebia alguém?

— Sim. Isso era típico dela também. Chloe não gostava que nada do mundo exterior atrapalhasse o clima.

— Depois que você a deixou sozinha ontem à noite, ouviu ou viu alguma coisa?

— Fui direto para a cama. Tinha tomado uns dois cálices de vinho e, com todo o drama da noite, eu estava cansadíssima. Apaguei e não ouvi nada até o despertador me colocar para fora da cama às seis e meia da manhã.

— A que horas você foi para a aula?

— Sete e quinze. Mais ou menos.

— Viu alguma coisa diferente por essa hora?

— Não, nada. Pensei em dar uma passadinha para uma olhada em Chloe, mas imaginei que ela estivesse... — sua voz falhou novamente — ... imaginei que ela estivesse dormindo. Eu já estava atrasada, então saí direto e fui para a aula.

— Sei que é um momento difícil para você. Obrigada por responder às perguntas. — Eve fez menção de se levantar, mas voltou a sentar, como se tivesse acabado de se lembrar de um detalhe. — Escute... eu reparei, ao assistir às gravações do *tele-link* dela, que Chloe usava um cordão quando falou com você. Com um coração de ouro pendurado, me pareceu. Muito bonito. Ela ficou brincando com ele o tempo todo enquanto conversava.

— O medalhão? Acho que foi o escultor que o deu de presente a Chloe faz uns dois meses. Uma joia que se abria, em forma de coração. Ela nunca o tirava do pescoço. Era muito sentimental.

— Ela não estava usando nenhum medalhão — disse Peabody quando elas saíram do apartamento de Chloe.

— Não.

— E não o encontramos no apartamento.

— Negativo.

— Então, provavelmente a pessoa que a matou ou que a induziu ao suicídio foi quem levou o medalhão.

— Nossa única certeza é que ele desapareceu. As pessoas colocam coisas dentro desses medalhões que abrem, não é?

— Claro. Fotos, mechas de cabelo, amostras de DNA.

— Se foi Bissel quem o deu a ela, pode ser que ali dentro ou do lado de fora houvesse mais do que elementos românticos.

— Será que eu vou ter de comer meu distintivo novinho em folha?

— Isso não significa que ela sabia sobre o que havia no medalhão. — Eve balançou a cabeça. — Mas aposto que morreu por causa disso, e também pelo que havia em seu computador.

Peabody tentou ajustar seu raciocínio ao de Eve e olhou em torno da sala.

— Ela arrumou tudo, ou alguém fez isso. Não consigo ver por que alguém que entrou depois se daria ao trabalho de lavar o cálice de vinho usado pela vizinha ou limpar o apartamento. Se foi ela que fez tudo isso, deve ter tido uma razão. Será que esperava a chegada de alguém? Se foi assim, devia ter recebido uma mensagem, mas não há registro disso em nenhum dos seus *tele-links*.

— Pelo menos nenhuma que apareça. O computador está destruído. Pode ser que alguém tenha lhe enviado um e-mail.

— Temos de pedir aos garotos mágicos da DDE para darem uma olhada minuciosa no centro de dados e comunicações dela.

— É isso aí!

— O prédio tem um sistema de segurança básico, mas eles podem dar uma olhada nas gravações de ontem à noite e nas ligações feitas para a emergência.

— Vou mandar alguém vir pegar o material.

— Podemos fazer essas ligações ao mesmo tempo que abastecemos nosso estômago de comida. Afinal, você perdeu seu momento-chocolate.

— Nem me lembre disso. — Eve não precisou olhar para trás para saber que Peabody começava a armar um bico. — Tudo bem, você venceu, vamos comer. Preciso fazer uns malabarismos mentais com algumas ideias mesmo.

Eve não saberia dizer por que escolheu o Esquilo Azul num momento em que buscava algo minimamente parecido com comida. O fato é que não havia nada com aspecto de comida no cardápio. Talvez estivesse carente de algo ligado à sua antiga vida. Talvez quisesse se deixar levar pelas lembranças das mesas engorduradas, de se ver na penumbra tomando um zombie enquanto Mavis pulava no palco da boate e guinchava canções diante da plateia.

Ou quem sabe, pensou, analisando o hambúrguer de soja no prato sobre a mesa ensebada, estivesse com insuspeitados desejos suicidas.

— Eu não devia comer essas coisas — resmungou e deu a primeira mordida mesmo assim. — Nada do que servem aqui vem da natureza.

— Você ficou mal-acostumada. — Peabody atacava um folheado de frango acompanhado de nuggets de vegetais com aparente satisfação. — Conhece carne vinda de vacas de verdade, toma café genuíno, come ovos orgânicos e tudo o mais.

Eve franziu o cenho e deu mais uma mordida no hambúrguer. Agora ela sabia o porquê de ter escolhido o Esquilo Azul. Queria provar a si mesma que não estava mal-acostumada.

— Peabody, eu conheço uma pessoa que pega café genuíno no meu AutoChef sempre que lhe dá na telha.

— Claro, esse é o primeiro grau da regra do distanciamento — argumentou Peabody, balançando um nugget de vegetais que tinha um longínquo tom de cenoura. — Eu fiquei mal-acostumada por tabela. Na verdade, talvez seja um caso de distanciamento em segundo grau, porque o café é fornecido a você por Roarke. Portanto, você está no primeiro grau. Por outro lado, já que você é casada com o fornecedor...

— Cale a boca e coma.

É claro que eu não estou mal-acostumada coisa nenhuma, pensou Eve. A prova disso é eu estar aqui comendo uma gosma misteriosa que se apresenta como substituta de carne e vem esmagada entre dois tijolos feitos de algo que chamam pão, mesmo sem ser.

As pessoas se acostumam com o que têm todos os dias, apenas isso. Como Roarke fazia questão de consumir apenas carne bovina e outros produtos naturais em casa, ela se acostumara a eles. A comida simplesmente aparecia diante dela, como uma cadeira ou um quadro na parede no qual ela nem prestava atenção...

Porque isso era rotineiro.

Ela pegou o comunicador.

— Feeney falando! — O rosto dele encheu a tela. — É melhor que seja uma ideia boa, garota.

Eve reparou que os cabelos dele, mesmo muito curtos, estavam espalhados pela cabeça em tufos enlouquecidos. No que quer que ele estivesse trabalhando, concluiu, a coisa não devia ir bem.

— Preciso que você leve o consultor civil e os dedos mágicos dele até a casa no Queens. Desmontem todas as esculturas do lugar.

— Você quer que a gente desmonte esculturas?

— Vocês não encontraram grampos, nem câmeras, nem microfones ocultos na casa, certo?

— Mandei dois técnicos lá para mais uma varredura.

— Traga-os de volta e entre em campo em companhia de Roarke. As esculturas, Feeney. Ela não teria desconfiado das esculturas. Reva jamais teria examinado as obras porque foi o marido que as trouxe para casa. Ela nem pensaria nisso, e elas estão em toda parte, dentro e fora da casa. Investiguem e desmontem todas elas.

— Tudo bem, tá legal. Bem que eu estou precisando de uma mudança de cenário.

— Peça para Roarke perguntar a Reva se existe outro cômodo da casa onde ela possa ter trabalhado, além do escritório. Ou onde ela tenha conversado com ele ou com alguma pessoa a respeito da Securecomp. Quando descobrir esses locais, concentrem-se nas obras de arte instaladas ali, se é que se pode chamar aquilo de arte.

— Entendido. Vou passar o abacaxi que eu estava descascando para McNab. O garoto é jovem e um pouco de frustração não vai matá-lo.

Eve guardou o comunicador.

— Acabe logo de comer esse troço — disse, acenando com a cabeça para o prato de Peabody. — Vamos voltar ao edifício Flatiron para desmontar, pedaço por pedaço, a obra na qual Bissel estava trabalhando.

— Você teve essas ideias só porque eu disse que você estava mal-acostumada?

— Nunca se sabe o que vai fazer a ficha cair, não é? Tem mais uma coisa que estou pensando: Chloe não tinha nenhuma obra de Bissel em seu apartamento. Você não acha que ela teria pedido uma obra de arte a ele? Uma amostra do trabalho do seu amante? Ela estava apaixonada por ele ou pelo menos acreditava nisso. Era uma estudante de arte, trabalhava na galeria dele e não tinha uma única peça desse escultor genial?

— Você acha que essa peça era o medalhão?

— No caminho, vamos entrar em contato com Deena para descobrir.

Eve estava no estúdio de Blair Bissel, com as mãos nos quadris, analisando os volteios complicados e as uniões de metais diversos que formavam as esculturas.

— Tudo bem, confesso que calculei mal. Para desmontar esses monstrengos é preciso usar ferramentas específicas. Elas estão aqui, mas saber usá-las é outra história.

— Eu sei usar algumas delas — informou Peabody.

— Por que será que isso não me surpreende? — Eve circundou a obra mais alta. — O problema é que se a gente cortar, derreter ou jogar uma rajada de laser nelas, pode ser que o dispositivo fique estragado ou destruído. Se é que existe algum dispositivo aí dentro. Precisamos dos rapazes da DDE e de seus práticos scanners para investigar isso.

— Os técnicos já examinaram essas esculturas por dentro e por fora.

— Pois eu aposto que o aparelhinho não aparece nos scanners comuns. Nem mesmo nos mais sofisticados. Mas, se fizermos uma varredura com um scanner do tipo agente secreto, aposto que a coisa vai ser diferente. Esse cara enviava essa bosta para o mundo todo. Vendia essas obras para grandes corporações, instalava-as em residências particulares e até em prédios do governo.

— Se elas estiverem preparadas com grampos de escuta, isso é um jeito inteligente de conseguir informações secretas.

— Humm... — Eve continuou circulando a obra, enquanto a avaliava. — Aposto que eles não desperdiçaram o talento de Bissel. Isso faz sentido. É lógico. — Aposto que adorariam ter uma obra de arte dessas em uma das empresas de Roarke. O problema é que Roarke não gostava dos trabalhos dele. Apesar da sua amizade com Reva, a coisa não rolou. O que não importava muito, já que ela já estava grampeada mesmo.

— Isso vai parecer paranoia, mas você acha que tem alguém nos vigiando nesse instante?

— Talvez. — Só por garantia, Eve exibiu um sorriso largo. Dane-se a segurança, o sigilo e os modos silenciosos. Ela torceu para eles *estarem* olhando para ela naquele instante. Era hora de eles saírem para o mano a mano.

— Se estão vigiando a gente — continuou Eve —, é melhor eles saírem logo para brincar. A não ser que sejam covardes choröes, além de canalhas assassinos e voyeurs pervertidos. Vou dissecar essas esculturas. Vamos interditar todo este andar até acabarmos a tarefa. É melhor eles darem uma boa olhada em mim enquanto têm chance.

Ela chamou o elevador e entrou.

— Peabody, não gosto de saber que Carter Bissel anda por aí à solta. Quero que ele seja encontrado.

— Vou fazer pressão junto às autoridades jamaicanas.

— Faça isso. Pessoalmente.

— Como assim?

— Vá até o Departamento de Polícia da Jamaica, interrogue o sócio e todo mundo que conhecia Carter. Traga-me um perfil do irmão. Existe um motivo para Felicity Kade ter ido procurá-lo. Quero saber qual é.

— Jamaica? — A voz de Peabody ficou esganiçada. — Eu vou para a Jamaica?

— Uma de nós vai ter de ficar aqui trabalhando. Você pode agitar tudo em quarenta e oito horas no máximo. E não quero saber de você nadando pelada em nenhuma praia paradisíaca.

— Mas eu posso ir a uma praia paradisíaca usando trajes de banho apropriados pelo menos por uma horinha?

Eve fez um esforço considerável para não cair na risada e respondeu:

— Não quero saber de coisas assim. Ainda mais porque vou mandar McNab com você.

— Ai, meu Deus! Meu maior sonho vai se realizar!

Tudo bem, não dava mais para segurar o riso, decidiu Eve ao dizer:

— Vocês podem viajar assim que Feeney dispensar o ajudante. Mas não pensem que isso são férias!

— Claro que não. Mas talvez eu consiga tomar um drinque em uma casca de coco, no bar temático cujo dono vou interrogar... Será um esforço pelo bem da missão, é claro.

— Eles vão estar de olho em vocês. — O sorriso de Peabody desapareceu ao ouvir isso. — Quem está por trás dessa trama vai saber de tudo na hora em que vocês entrarem no avião e também quando saltarem lá. Vão saber em que hotel vocês vão ficar, o que vão comer no jantar e o que vão beber na casca do coco. Podem esperar por isso e preparem-se.

— Você está mandando McNab para ele me proteger?

— Nada disso, vocês vão proteger um ao outro. Não acredito que alguém vá atacar vocês, mas também não imaginei que alguém fosse atacar Chloe McCoy.

— Ninguém poderia ter adivinhado isso, Dallas.

— Sempre dá para imaginar coisas inesperadas — garantiu Eve ao sair no saguão e se virar para lacrar o elevador. — Se eu tivesse pensado nisso, ela não estaria morta.

Ela dispensou Peabody para que ela pudesse fazer as malas e foi para o necrotério. Morris estava vestindo o seu avental protetor quando ela entrou.

O legista estava com um belo bronzeado e tinha três bolinhas coloridas na ponta de uma trança que fizera junto a uma das têmporas. Isso a fez lembrar que ele tinha acabado de voltar de férias.

— Que bom ver você de volta às trincheiras, Morris — cumprimentou ela.

— Minha volta não estaria completa sem uma visita da minha investigadora de assassinatos favorita. Você me mandou três corpos em três dias. Isso é uma façanha, mesmo para você.

— Vamos conversar sobre o mais recente.

— Ainda não cheguei a ela. Até eu tenho limitações humanas. Você pediu prioridade um para ela. Como eu a conheço, Dallas, imagino que essa pobrezinha é realmente prioritária. Morte suspeita. — Ele olhou para Chloe. — Por mim, acho todas as mortes suspeitas. A causa provável da morte foi suicídio?

— Isso mesmo, mas eu não engoli essa história.

— Não houve violência. — Ele ajeitou os micro-óculos e se abaixou na direção do corpo. Eve esperou até ele passar os olhos e o calibrador por todo o corpo. Em seguida, ele analisou as leituras e imagens na tela. — Nenhum furo na pele, nenhum ferimento. O bilhete foi escrito a mão por ela?

— Foi, até onde eu sei.

— E ela estava sozinha no apartamento? Na cama?

— Sim, na cama. Os discos da câmera de segurança do prédio não mostraram ninguém de fora entrando, só moradores. Não há câmeras nos andares.

— Muito bem. Vamos abri-la e ver o que tem lá dentro. Você quer me contar o que procura exatamente?

— Quero saber o que ela tomou ou o que deram para ela tomar. A substância, a quantidade, a potência e o tempo que levou para agir. E quero os resultados o mais depressa possível.

— Isso tudo eu posso informar.

— E quanto ao exame toxicológico dos outros dois corpos, Blair Bissel e Felicity Kade?

— Um instantinho só. — Ele foi até o centro de dados e pediu os arquivos. — Acabaram de entrar no sistema. Eles curtiram muitos mililitros de champanhe francês de excelente safra. A última refeição ocorreu três horas antes da morte e foi comida de alta classe: caviar, salmão defumado, queijo brie, morangos. Na mulher não havia traços de nenhuma droga ilegal nem estimulantes químicos. Mas encontrei alguns traços de exotica no homem.

— Eles fizeram sexo?

— Com certeza. Pelo menos morreram com uma sensação de jovialidade e satisfação.

— Você confirmou a arma do crime?

— Confirmei. Faca de cozinha com lâmina serrilhada. A faca recuperada na cena do crime confere com os ferimentos produzidos.

— Foram atordoados e esfaqueados.

— Nessa ordem — concordou ele. — Não há ferimentos defensivos. Encontrei pedaços de pele sob as unhas da mulher, pele que combina com a do homem. Conclusão: alguns arranhões apaixonados, não muito profundos, durante a transa. Eles realmente fizeram sexo e, pelo posicionamento das marcas da pistola de atordoar, estavam na segunda rodada quando foram desengatados, por assim dizer. Alguém devia estar muito revoltado com eles.

— É o que parece. — Eve olhou mais uma vez para Chloe, deitada sobre a pedra de mármore, muito pálida e nua. — E creio que essa jovem aqui foi embora cedo demais.

— Também acho. Vou cuidar dela.

— Você pode me procurar em casa assim que tiver os resultados. Mais uma coisa, Morris... mude a senha de acesso aos arquivos dos três corpos, sim? E não deixe mais ninguém trabalhar neles.

Os olhos dele brilharam de interesse por trás dos microóculos.

— Isso está ficando cada vez mais interessante.

— E como! Pensando bem, eu pretendo voltar aqui para pegar os resultados, assim que você acabar. Não os envie por meios eletrônicos.

— Agora fiquei fascinado. Que tal eu entregar tudo na sua casa? Assim você terá a oportunidade de me oferecer um dos vinhos maravilhosos de Roarke enquanto eu lhe explico tudo.

— Por mim, está ótimo.

Ele conseguira mais espaço e um pouco de tempo. Isso era o mais importante. Nada estava correndo exatamente como ele planejara, mas a verdade é que mostrou que podia pensar por conta própria. Pretendia manter a calma, pensar com cuidado e por si mesmo.

Ele pensara por conta própria com Chloe McCoy, não é verdade? Tinha amarrado todas as pontas soltas.

Só que a polícia não estava acreditando no que via, não estava embarcando nos planos dele. Isso *não fazia* sentido. Não fazia sentido *algum*.

Ele não poderia ter preparado um pacote mais perfeito para a polícia, nem que tivesse colocado um laço de fita nele.

O suor lhe escorria lentamente pelas costas enquanto ele vagava pelos quartos bem-equipados que eram, por ora, sua prisão e

Dilema Mortal

seu santuário. Eles não poderiam ligar seu nome aos assassinatos, e isso era o mais importante. Essa era a sua prioridade máxima.

No resto ele daria um jeito. Precisava só de um pouco mais de tempo.

Pensando bem, por enquanto corria tudo bem, tudo certo. Ele estava a salvo. E encontraria uma saída.

Tinha algum dinheiro — não o bastante e certamente muito menos do que lhe haviam *prometido* —, mas a quantia lhe oferecia alguma margem de manobra e tempo para respirar.

Além do mais, por mais que a situação atual fosse enlouquecedora, partes da história eram muito empolgantes. Ele se tornara estrela do próprio vídeo e escrevia o roteiro enquanto a história se desenrolava. Não era o bobalhão perdedor que as pessoas achavam. Não, senhor, isso ele não era.

Ingeriu uma dose de zeus, uma pequena recompensa para si mesmo, e se sentiu o rei do mundo.

Fez o que precisava ser feito e tinha sido muito esperto. Cuidadoso e esperto.

Ninguém sabia onde ele estava nem o que era.

Ele ia manter as coisas desse jeito.

Capítulo Onze

Roarke e Feeney estavam em pé, contemplando uma figura híbrida feita de metal e instalada no jardim da casa no Queens.

— O que você acha que é isso? — perguntou Feeney depois de algum tempo.

— Acredito que seja do sexo feminino. Parece um réptil. Mas talvez seja uma aranha. Foi feita com pedaços de cobre, latão e aço. E também partes de ferro e, me parece, estanho.

— Por quê?

— Essa é uma boa pergunta, não é? Imagino que a obra seja um símbolo de o quanto uma mulher pode ser dissimulada como uma cobra, cruel como uma aranha ou alguma baboseira desse tipo. Considero isso ofensivo para as mulheres em geral e sei que esteticamente é horroroso.

— Sim, a parte do feio eu saquei logo de cara. — Feeney coçou o queixo e pegou seu inseparável pacotinho de amêndoas açucaradas. Depois de pegar uma, ofereceu a Roarke.

Os dois ficaram ali mastigando amêndoas e analisando a escultura.

Dilema Mortal

— As pessoas pagam uma grana muito alta por essas merdas? — quis saber Feeney.

— Pagam, sim. Pagam muita grana.

— Eu não entendo *isso*. Se bem que eu não manjo nada de arte.

— Humm... — Roarke circundou a peça. — Às vezes uma escultura toca o observador em nível emocional, intelectual ou algo assim. Quando isso rola, a obra encontra o ambiente certo, a casa adequada. Outras vezes, o que é o mais comum, o dinheiro simplesmente é gasto porque o comprador acha que a obra *devia* comovê-lo, mas é idiota ou orgulhoso demais para admitir que a coisa que comprou não comove ninguém porque, essencialmente, não passa de um ofensivo monte de bosta.

Feeney apertou os lábios e concordou.

— Eu gosto de quadros — afirmou ele. — Do tipo em que as coisas parecem o que são na realidade. Um prédio, uma árvore, uma tigela de frutas. Um troço desses me dá a impressão de que poderia ter sido esculpido pelo meu sobrinho.

— Por estranho que pareça, é preciso habilidade considerável, talento e visão, por mais esquisito que o resultado seja, para criar algo dessa natureza.

— Se você diz... — Feeney encolheu os ombros, longe de se convencer.

— Um jeito muito esperto de esconder dispositivos ou grampos eletrônicos se esse for o caso.

— É o que Dallas acha que ele fez.

— Geralmente ela sabe do que está falando. — Roarke ligou o scanner remoto que ele e Feeney haviam configurado. — Você quer ativar isso ou quer que eu ative?

— O aparelho é seu. — Feeney pigarreou. — Pois é, a garota geralmente sabe do que está falando. E anda muito nervosa.

— Anda?

— Ligue o misturador de sinais do scanner um instantinho.

— Por quê? — Roarke ergueu uma sobrancelha, mas obedeceu. — Vamos ter uma conversa em particular?

— Vamos. — Feeney não curtia nada daquilo. — Eu disse que Dallas anda meio nervosa. Pelo que você possa fazer.

— Com relação a quê? — Roarke continuou a programar o contador do scanner.

— Aos arquivos sobre o pai dela e sobre o que os sacos de pus da OSP deixaram acontecer com ela em Dallas.

Roarke olhou para trás e viu que o rosto de Feeney estava contraído de raiva, concluiu, e também de embaraço.

— Ela falou com você a respeito disso?

— Indiretamente, sem tocar no ponto. Ela não faz ideia do quanto eu sei sobre a história. Nem quer descobrir. Aliás, também não é assunto que eu queira abordar em nossos papos. Como ela sente o mesmo, nunca precisei dizer que você me contou tudo no ano passado.*

— Vocês dois me deixam abismado — replicou Roarke.

— Você sabe o que aconteceu com ela e, instintivamente, ela sabe que você sabe. Mas os dois não conseguem falar sobre isso um com o outro. Não conseguem se abrir, embora você seja muito mais pai dela do que aquele filho de Satã jamais foi.

Feeney encolheu os ombros e olhou para um medonho monstro de cócoras, a poucos metros deles, que talvez se parecesse com um sapo.

— Pode ser que o motivo seja exatamente esse, mas isso não vem ao caso. Ela está preocupada, *e muito*, com a possibilidade de você sair à caça de um espião babaca. Você não vai ajudar em nada se atrapalhar o raciocínio dela.

---

* Ver *Cerimônia Mortal*. (N. T.)

Roarke alimentou o scanner com dados sobre as dimensões da escultura, seu peso e os elementos químicos usados para criá-la e retrucou:

— Não ouvi você dizer que estou errado em ir atrás dele, Feeney. Nem que ele e seus superiores não merecem pagar caro por terem se omitido enquanto uma criança era espancada e estuprada.

— Não ouviu, e não vou dizer isso por dois motivos. — Feeney apertou os lábios e olhou para Roarke com firmeza. — Primeiro, porque isso seria uma tremenda mentira, daquelas que queimam a boca, já que parte de mim gostaria de lhe dar uma mãozinha nessa vingança.

Feeney enfiou o saquinho de amêndoas no bolso e chutou com força a base da escultura. Aquela reação era tão típica de Eve que Roarke sentiu um sorriso se formando nos lábios.

— Qual é o outro motivo?

— O segundo motivo é que você está pouco ligando para isso ser certo ou errado, mas você se preocupa com Dallas. Você se importa com o que ela sente a respeito e com o que ela precisa de você. — Ele ficou vermelho ao falar, e o rubor o deixou sem graça. — Não quero entrar nesse assunto porque vou me sentir um idiota. Só quero lhe dizer que você deve refletir com cuidado, Roarke, e por muito tempo, sobre o quanto isso a machucaria, antes de fazer qualquer coisa.

— Sim, vou refletir sobre isso.

— Beleza, então. Vamos em frente com o trabalho.

Embora se sentisse comovido e divertido com o papo. Roarke assentiu.

— Tudo bem, vamos lá. — Ele desconectou o scanner e analisou os resultados iniciais. — Temos os metais já esperados, solventes, substâncias para acabamento e selantes. Usei os padrões mais fortes que as empresas de segurança e grupos militares utilizam para analisar áreas e objetos de alto risco ou muito frágeis.

— Aumente o alcance. Vamos ver o que ele consegue descobrir com os aprimoramentos que fizemos no aparelho.

— É melhor você ficar de lado — avisou Roarke. — O raio pode não ser muito amigável para roupas e pele humana.

Feeney recuou um passo, mas decidiu que o melhor lugar para ficar era atrás do scanner.

Um raio vermelho muito fino saiu do aparelho, emitindo um zumbido de inseto. No instante em que atingiu o metal, a escultura inteira pareceu estremecer.

— Merda, merda! Se a força for demasiada, essa bosta vai derreter e virar uma poça de metal.

— Não está no máximo — garantiu Roarke. — Talvez ele amoleça algumas juntas, mas, fora isso... — Forçou a barra, aumentando a velocidade e a frequência, mas o raio luminoso escaneou a peça mais rápido do que ele planejara. Mesmo por trás do scanner dava para sentir o calor e um cheiro de metal derretido no ar.

Quando o aparelho apagou, Feeney assobiou de alívio e comentou:

— Que filho da mãe! Esse cara é um filho da mãe esperto. Deixe-me fazer a próxima varredura.

— É melhor usar óculos de proteção — disse Roarke, piscando. — Estou vendo um monte de pontinhos pretos na minha frente. — Mas ele sorria, e Feeney também. — Foi a maior adrenalina, não acha?

— Se foi! E olhe ali! — Feeney deu um tapa amistoso nas costas de Roarke, enquanto se inclinava para analisar os resultados da leitura. — Estou vendo chips, algumas fibras ópticas e muito silício.

— Grampos.

Feeney empinou as costas e estalou os dedos.

— Grampos eletrônicos. E a medalha de ouro vai para a garota!

Ao entrar em sua sala na Central, Eve não ficou muito surpresa ao ver a repórter Nadine Furst sentada na cadeira para visitas, enquanto retocava a tintura labial.

Ela balançou com força os cílios imensos e exibiu um sorriso lindo com os lábios recém-pintados.

— Trouxe cookies para você — anunciou Nadine, apontando para um saquinho sobre a mesa de Eve. — Consegui salvar seis antes de subornar seus homens.

Eve espiou dentro do saquinho e pegou um cookie com pedaços de chocolate.

— Um deles é de aveia, Nadine — resmungou Eve. — Não vejo razão para existir aveia no mundo, especialmente em cookies.

— Reclamação anotada. Por que você não me oferece esse intruso, para que ele não ofenda suas sensibilidades?

Eve pegou um cookie grande e redondo e o ofereceu a Nadine, antes de fechar a porta. Esse gesto fez a repórter erguer as sobrancelhas perfeitas antes de mordiscar o biscoito.

— Você fez isso para berrar comigo por eu ter invadido seu espaço ou pretende trocar confidências suculentas entre garotas?

— Não tenho confidências suculentas.

— Você é casada com Roarke. É claro que tem as confidências mais suculentas do planeta.

Eve se sentou e apoiou as botas sobre a mesa.

— Por acaso eu já lhe contei o que ele consegue fazer a um corpo feminino usando apenas a ponta de um dedo?

— Não. — Nadine se inclinou para a frente, interessada.

— Ótimo. Só queria ter certeza.

— Sua vaca! — reagiu Nadine com uma gargalhada. — Agora eu quero saber sobre esse duplo homicídio e sobre Reva Ewing.

— As acusações contra ela serão retiradas a qualquer momento.

— Retiradas? — Nadine só faltou pular da cadeira. — Deixe-me chamar minha auxiliar com a câmera. Podemos gravar uma pequena entrevista aqui mesmo. Não vai levar mais do que...

— Sente-se aí, Nadine.

— Dallas, Reva Ewing é assunto para manchetes. A ex-heroína americana que deu um mau passo e agora vai se livrar das acusações de assassinato? Sem falar no escultor lindo, na socialite glamorosa, no sexo, na paixão...

— O caso é muito maior do que Reva Ewing e não tem nada a ver com sexo ou paixão.

— O que pode ser maior do que isso? — Nadine se sentou lentamente.

— Vou lhe dizer o que você pode divulgar no ar e o que não pode.

— Ei, espere um minuto! — protestou Nadine, com expressão de fúria.

— A outra opção é não lhe contar nada.

— Quer saber, Dallas? Qualquer dia você vai confiar em mim e entender que eu sei o que posso ou não posso colocar no ar.

— Pois saiba que, se eu não confiasse em você, esses cookies não estariam sobre a minha mesa, para início de conversa. — Eve se levantou enquanto falava e pegou o scanner que a DDE lhe emprestara, devidamente turbinado por Feeney e Roarke. Em seguida, verificou todo o aposento em busca de grampos.

— O que está fazendo com esse troço?

— Sendo paranoica. Como eu dizia... — continuou Eve, depois de se certificar de que a sala estava limpa — ... o fato é que, se você não estivesse aqui brincando com seu rostinho lindo quando cheguei, eu a chamaria. Quero que algumas informações cheguem ao grande público, Nadine, e nem todos os jornalistas são confiáveis.

— Estou sabendo...

Eve balançou a cabeça e avisou:

— Preciso confirmar cada detalhe de tudo e suas consequências antes de abrir o bico e deixar você soltar a bomba. Preciso da sua palavra sobre o sigilo de tudo. Confio em você, mas quero sua palavra. Você vai ter de me garantir que vai guardar tudo até eu liberar.

Os dedos de Nadine coçaram para ligar o gravador, mas ela tornou a fechá-los com força na palma da mão.

— Puxa, isso deve ser grande. Você tem minha palavra de honra e tudo o mais etc.

— Blair Bissel e Felicity Kade trabalhavam para a OSP.

— Você tá de *sacanagem* comigo!

— Essa informação chegou às minhas mãos por meio de uma fonte desconhecida, mas que vale ouro. O casamento de Bissel com Ewing era um arranjo, parte de uma operação montada sem o conhecimento dela ou seu consentimento. Ela foi usada e caiu numa cilada para ser presa pelo assassinato de Bissel e Kade, tudo isso para acobertar a tal operação, entre outras coisas.

— E você descobriu tudo isso por uma fonte anônima, de ouro ou não? Dallas, eu preciso de fatos concretos.

— Vou fornecê-los agora. Nada de gravações — alertou ela, enquanto pegava, em uma das gavetas da mesa, um bloquinho de papel reciclado e um lápis muito velho. — Anote tudo a lápis. Mantenha o papel e os discos para os quais você vai transcrever as informações em algum local absolutamente seguro até eu liberar tudo para ir ao ar.

Nadine fez alguns rabiscos com o lápis.

— Vamos ver quanto das aulas de taquigrafia que eu recebi da minha mãe continuam na minha cabeça. Manda bala!

Elas levaram uma hora, e Nadine foi embora voando para se trancar em sua sala no Canal 75 e escrever a história.

Eve sabia que a notícia cairia como uma bomba nos meios de comunicação assim que ela liberasse os fatos iniciais. Era bom que a coisa explodisse mesmo. Vidas inocentes haviam sido tiradas ou arruinadas em nome de quê? Segurança global? O glamour da espionagem?

Nada disso importava quando os inocentes com a vida perdida olhavam de volta para ela.

Eve terminou a maior parte do trabalho burocrático que costumava deixar para Peabody. Tinha de admitir para si mesma que poder contar com uma auxiliar desde o ano anterior tinha sido muito cômodo.

Não que ela estivesse mal-acostumada, garantiu a si mesma.

Ela poderia, é claro, se valer da patente mais alta para continuar jogando o trabalho chato sobre Peabody. Na verdade, lidar com papelada era uma experiência instrutiva. A longo prazo, estaria fazendo um favor a Peabody.

Viu que horas eram e decidiu encerrar os trabalhos para aquele dia. A investigação renderia muito mais em casa. Com os cookies remanescentes salvos no bolso da jaqueta, ela saiu.

Ela se espremeu para entrar em um elevador superlotado, e isso a fez recordar o motivo de raramente sair do prédio durante trocas de turno. Antes de as portas se fecharem, um braço se enfiou na fresta, obrigando as portas a se abrirem novamente, o que gerou um coro de reclamações e xingamentos pesados dos ocupantes esmagados.

— Sempre cabe mais um! — O detetive Baxter foi abrindo caminho à base de cotoveladas. — Você nunca mais escreveu, não ligou nem apareceu — brincou ele, dirigindo-se a Eve.

Dilema Mortal

— Se você consegue sair do Comando de Operações Especiais dentro do horário, é sinal de que não lida com muita papelada.

— Tenho um estagiário. — Ele abriu um sorriso largo. — Trueheart adora serviços burocráticos, e esse estágio é bom para ele.

Como Eve acabara de ter os mesmos pensamentos com relação a Peabody, não conseguiu retrucar.

— Estamos com um caso de estrangulamento no Upper East Side — comentou ele. — A morta possuía tanto dinheiro que daria para ela comprar um bando de cavalos selvagens.

— O certo é bando ou manada?

— Não sei, acho que é manada. O fato é que a velha era famosa por ter um gênio insuportável. Era sovina, muito rabugenta e tinha um bando de herdeiros e herdeiras que estão felicíssimos porque a velha bateu as botas. Vou deixar Trueheart entrar no caso como investigador principal.

— Ele está pronto para isso?

— É um bom momento para descobrir. Vou acompanhar tudo de perto. Eu disse a ele que achava que o mordomo era o assassino. Ele assentiu com a cabeça, muito sério, e disse que ia rodar um programa de probabilidades com o nome dele. Puxa vida, o garoto é realmente uma figurinha premiada.

Os tiras espocavam do elevador como rolhas em cada andar, conforme o elevador descia. Já havia uma quantidade de ar quase respirável quando ele chegou à garagem.

— Dallas, ouvi dizer que você vai ter de retirar todas as acusações da principal suspeita de um duplo assassinato. Isso deve doer.

— Só vai doer se ela tiver cometido o crime. — Eve parou diante do carro esporte de Baxter novinho em folha. — Como é que você conseguiu comprar um carro desses com seu salário de tira?

— Não se trata de ter condições financeiras, Dallas, mas sim de fazer malabarismo com as contas. — Ele olhou além, para a vaga onde a lamentável viatura verde-ervilha de Eve estava estacionada. — Eu não entraria num carro daqueles nem morto, congelado e com uma etiqueta dependurada no dedão. Sua patente é alta, você merecia algo melhor.

— A Seção de Requisições e Manutenção de Veículos me odeia. Além do mais, esse carro me leva aonde eu quero ir.

— Mas não com estilo. — Ele entrou no carro e ligou o motor, que rugiu como um touro louco. Depois, exibindo um sorriso imenso, ele foi embora zunindo.

— Que paixão é essa entre homens e automóveis? — perguntou a si mesma em voz alta. — Não sei por que eles se interessam tanto pelos seus carros quanto pelos seus pintos.

Balançando a cabeça, seguiu em direção à sua viatura.

— Tenente Dallas! — chamou uma voz.

Por instinto, sua mão voou para dentro da jaqueta e ela empunhou a arma. Estendeu a mão armada enquanto girava o corpo e se viu diante de um homem que saiu por entre os carros, a alguns metros dela.

— Este andar é para uso exclusivo dos funcionários do Departamento de Polícia da Cidade de Nova York.

— Sou Quinn Sparrow, diretor assistente da Divisão de Recursos e Dados da OSP. — Ele estendeu a mão direita. — Se você permitir, posso pegar minha identificação com a outra mão.

— Com movimentos lentos, sr. diretor assistente Sparrow.

Ele fez isso e pegou a carteira usando apenas dois dedos. Exibiu-a para Eve, esperando a aprovação dela. Eve analisou a identidade e comparou a foto com o rosto dele.

Parecia mais jovem do que seria de esperar em alguém com poder de decisão na OSP, mas Eve não tinha ideia de quando ele tinha sido recrutado. Aparentava ter quarenta anos, pelos seus

Dilema Mortal

cálculos, mas talvez tivesse alguns a menos. Certamente não parecia novato. Seu comportamento calmo mostrou que ele era experiente.

Tinha compleição musculosa e compacta, parecendo pronto para entrar em ação, apesar de usar terno preto, típico de funcionários do governo. Poderia passar por pugilista ou jogador de futebol americano. Sua voz não tinha sotaque característico e ele esperou com calma, sem se mexer nem dizer mais nada, até Eve acabar de analisá-lo de cima a baixo.

— O que quer de mim, Sparrow?

— Ouvi dizer que você quer bater um papo conosco. Podemos fazer isso agora. Meu carro está ao lado do seu.

— Acho melhor não — reagiu Eve, olhando para o sedã preto.
— Prefiro dar uma volta a pé.

— Por mim, tudo bem. — Ele pôs a mão no bolso direito da calça, e, antes que pudesse perceber, Eve grudou a arma em sua garganta. Ela o ouviu sugar o ar, de susto, mas não afastou a pistola. Ele lhe lançou um olhar de surpresa e alarme, antes de assumir as feições calmas e passivas de antes.

— Mantenha as mãos onde eu possa vê-las — ordenou Eve.

— Tudo bem, sem problemas. — Ele ergueu as mãos vazias.
— Você é muito nervosa, tenente.

— Tenho razões para isso, sr. diretor assistente. Vamos dar uma voltinha a pé. — Em vez de recolocar a arma no coldre, ela a colocou no bolso da jaqueta, pronta para uso, enquanto eles caminhavam para a saída da garagem. — O que o leva a crer que eu quero bater um papo com vocês?

— Reva Ewing falou com um contato dela no Serviço Secreto. Diante da situação atual, fui designado para dar uma passada aqui em Nova York e procurá-la.

— Qual é sua função na OSP?

— Analista de dados, basicamente. Trabalho na área administrativa.

— Conhecia Blair Bissel?

— Pessoalmente, não.

— Suponho que esta nossa conversa esteja sendo gravada — disse Eve, virando-se ao chegar à rua e seguindo a passos largos pela calçada.

— Existe alguma coisa que você não queira que fique gravada? — perguntou ele, com um sorriso descontraído e agradável.

— Aposto que você deve ter um monte de coisas. — Eve entrou em um bar e churrascaria basicamente frequentada por tiras. Como era horário de troca de turno, o lugar estava lotado. Eve foi até uma mesa alta onde dois detetives da sua divisão tomavam cerveja e batiam papo.

— Tenho um encontro importante. — Ela pegou algumas fichas de crédito e as colocou sobre a mesa. — Façam-me um pequeno favor e liberem essa mesa para mim. A cerveja é por minha conta.

Eles reclamaram um pouco, mas as fichas de crédito foram recolhidas e ambos foram para outro lugar. Eve escolheu o banco que a deixava de costas para a parede.

— Felicity Kade foi quem recrutou Blair Bissel para trabalhar na OSP — disse Eve para dar início ao papo.

— Como foi que você conseguiu essa informação?

— Em seguida — prosseguiu ela —, ele funcionou como homem de ligação e fornecedor de dados e informações... Essas informações têm a ver com a sua área, certo? Ele levava e trazia dados de diversas fontes, usando suas atividades de escultor como cobertura. Foi Bissel que recebeu a ordem para se casar com Reva Ewing ou essa sugestão partiu dele mesmo?

O rosto de Sparrow ficou duro como uma pedra e sem expressão.

Dilema Mortal

— Tenente, não estou autorizado a discutir...

— Então me escute apenas. Blair Bissel e Felicity Kade escolheram Reva Ewing como alvo por causa dos contatos dela com funcionários de alto escalão do governo, e também pelo seu cargo no setor privado, como desenvolvedora de projetos na Securecomp. Vocês implantaram nela, sem o seu conhecimento, um dispositivo de espionagem subdérmico que...

— Ei, espere um minuto. — Ele pôs a mão sobre a mesa.

— Espere um minutinho, tenente. Seus dados são incorretos, e, se você colocar esse tipo de informação distorcida em seu relatório, isso lhe causará problemas. Quero o nome da sua fonte.

— Eu não vou entregar minha fonte, meus dados estão corretíssimos e você sabe disso. O dispositivo foi retirado da nuca de Reva Ewing hoje cedo. Vocês não poderão mais usá-la. Vocês não deviam ter armado essa jogada antes de saber quem enfrentariam, Sparrow. Se desejam fazer uma limpeza e apagar um ou dois dos seus agentes, o problema é de vocês, mas não deviam ter armado uma cilada para uma civil inocente.

— Nós não armamos cilada alguma.

— Essa é a resposta padrão da sua organização?

— Não houve nenhum assassinato promovido nem autorizado pela OSP.

— Você mentiu para mim quando disse que não conhecia Blair Bissel. Se é o diretor administrativo, *é claro* que o conhecia.

Os olhos de Sparrow nem piscaram, e Eve percebeu que estava certa ao avaliar a experiência dele.

— Eu afirmei que não conhecia Blair Bissel de forma pessoal. Não disse que não o conhecia profissionalmente.

— Sair pela tangente não vai torná-lo mais simpático para mim, Sparrow.

— Escute, tenente, estou fazendo meu trabalho. O incidente envolvendo Bissel e Kade está sendo investigado internamente.

Acreditamos que o crime foi cometido por uma célula do grupo terrorista denominado Juízo Final.

— E por que um grupo de tecnoterroristas se daria ao trabalho de armar uma cilada para Reva Ewing?

— Isso está sendo investigado. Trata-se de um assunto de segurança global, tenente. — A voz dele se tornou baixa e muito fria.

— O extermínio de dois agentes é assunto para a OSP. Você deve se manter afastada disso.

— O que eu devo é realizar o meu trabalho. Mais um dos petiscos extras de Bissel está morto. Dessa vez foi uma garota de vinte e um anos tão ingênua que ainda acreditava em amor puro e verdadeiro.

O maxilar de Sparrow se apertou visivelmente.

— Fomos informados do descarte dessa pessoa, tenente. Pretendemos...

— Descarte? Vá se foder, Sparrow!

— Não fomos nós que fizemos isso.

— E você sabe de tudo o que rola dentro da sua organização?

Ele abriu a boca, mas refletiu bastante antes de falar alguma coisa.

— Eu me inteirei de tudo o que tinha relação com esse assunto. Essa conversa que estamos tendo é uma cortesia, tenente. Ela se deve ao serviço exemplar que Reva Ewing prestou ao seu país e também à vontade da OSP de cooperar, na medida do possível, com as autoridades locais. Entretanto, isso não passa de uma cortesia. Existem detalhes sobre esse assunto que você não tem permissão para saber. Além do mais, todas as acusações contra Reva Ewing serão retiradas.

— E vocês acham que isso limpa toda a cagada? Acham que podem ouvir, espionar e se recostar nas poltronas enquanto brincam com as pessoas como se elas fossem peões em um jogo de xadrez?

Dilema Mortal 243

Eve sentiu uma pressão no peito. Sabia que precisaria de ar puro se deixasse a sensação tomar conta dela. Se deixasse entrar a lembrança daquele quarto sujo em Dallas.

Foi por isso que ela bloqueou essa sensação, trancou-a no peito e pensou apenas em uma jovem com o quarto cheio de babadinhos, um urso de pelúcia roxo e um botão de rosa.

— Se uma ou outra vítima perde a vida pelo caminho, puxa, é uma pena. É assim que você pensa, Sparrow? Chloe McCoy está morta. Você tem um jeito de mudar isso?

O tom dele não mudou.

— O caso está sendo investigado, tenente. Tudo será solucionado. A pessoa ou pessoas responsáveis serão punidas de forma adequada. Você não deve se envolver mais.

— Do mesmo jeito que vocês não se envolveram em Dallas? — O desabafo saiu antes de ela impedir. — Do mesmo jeito que vocês ficaram com a bunda na cadeira, recolhendo informações valiosas, sem se importar com o custo para alguém inocente?

— Não sei do que você está falando. A cidade de Dallas não tem nada a ver com esse caso.

— Você me parece um cara esperto, sr. diretor assistente Sparrow. Acorde e ligue os pontinhos. — Ela desceu do banco. — E saiba de uma coisa: eu nunca recuo. Reva Ewing não vai apenas ter as acusações retiradas, terá sua imagem pública devidamente recuperada, com ou sem a cooperação de vocês. E quem matou Chloe McCoy vai pagar conforme a *lei* julgar apropriado, e não vocês, uma cambada de espiões.

Ela não falou em voz alta, mas também não teve a preocupação de sussurrar. Algumas cabeças se voltaram na direção deles, e certamente muitos ouvidos tinham prestado atenção à conversa toda.

— Dessa vez vai haver vingança. Você e seus postos de escuta devem procurar nos bancos de dados. Analisem bem a situação.

Se você me procurar novamente, venha pronto para negociar, ou não precisa nem aparecer.

Ela saiu do bar com passos firmes. Sua respiração começava a acelerar. Já não pensava no que eles haviam feito com ela, mas sim no que ela faria com eles.

Haveria vingança, sim, prometeu a si mesma. Ela não conseguira justiça para a criança espancada e estuprada em Dallas, e faria tudo o que estivesse ao seu alcance para que Roarke não a vingasse por conta própria. Mas conseguiria fazer justiça para Reva Ewing e Chloe McCoy.

Ignorou a dor na base do crânio ao sair da garagem e se resignou a enfrentar a mão de ferro que sentia na nuca enquanto lutava contra o tráfego.

Dirigíveis portando anúncios luminosos emitiam uma irritante musiquinha, por meio da qual apregoavam: "LIQUIDAÇÃO, LIQUIDAÇÃO, LIQUIDAÇÃO! Grande queima em TODAS as lojas do Sky Mall." Os cem primeiros clientes que chegassem lá e fizessem compras receberiam um tablet ABSOLUTAMENTE GRÁTIS, até o fim do estoque.

O ruído ensurdecedor pareceu desabar sobre ela, pontuado pelas pás barulhentas dos helicópteros de controle de tráfego e pelas buzinas enlouquecidas que vibravam muito acima dos decibéis permitidos pelo controle de poluição sonora.

A tensão começou a se espalhar pela sua cabeça e se instalou nas têmporas. Com a cabeça quase explodindo, Eve percebeu que aquela enxaqueca seria difícil de enfrentar.

Em meio ao barulho constante de Nova York e ao latejar do coração incansável da cidade, ela ouviu novamente a voz empostada de Sparrow falando de descarte.

Não somos descartáveis, disse para si mesma, agarrando o volante com mais força. Não importa quantos corpos ela velasse, não importa quantos cadáveres ela ainda mandasse ensacar e levar para o necrotério, nenhum deles, nenhum, *absolutamente nenhum* era descartável.

Ela entrou a toda velocidade pelos portões de casa e rezou silenciosamente, pedindo dez minutos de silêncio, apenas dez minutos sem aqueles barulhos zunindo em sua cabeça.

Entrou em casa às pressas, torcendo para escapar do confronto noturno usual com Summerset, e já estava no meio da escadaria quando ouviu alguém gritar o seu nome.

Girou o corpo e viu Mavis na base da escada.

— Oi, Mavis. Eu não sabia que você estava aqui. — Com ar distraído, massageou a têmpora para aliviar a dor. — Eu entrei correndo na esperança de fugir da troca de desaforos diária com o Monstro Medonho.

— Pois é. Eu pedi a Summerset alguns minutinhos só para nós duas, mas você parece muito ocupada e cansada. Provavelmente escolhi um momento péssimo.

— Não, está tudo bem. — Uma dose de Mavis Freestone curava mais que qualquer analgésico.

Mais uma lembrança de quem ela era agora, pensou Eve.

Eve percebeu que Mavis estava em um dia de roupas conservadoras, pois não usava nada que cintilasse. Na verdade, Eve nem se lembrava de quando fora a última vez que vira Mavis com uma roupa tão simples como aquela: jeans e camiseta. Embora a camiseta acabasse quase um palmo antes da cintura e fosse arrematada por uma franja vermelha e amarela, aquilo era uma roupa superséria na escala de discrição de Mavis.

Seus cabelos tinham um tom sutil de castanho com dois tufos no alto da cabeça, um vermelho e outro amarelo, para levantar um pouco o visual.

Estava pálida, notou Eve, ao descer as escadas. Então, percebeu que Mavis estava sem tintura labial e sem sombra nos olhos.

— Você esteve na igreja ou algo assim, Mavis?

— Não.

Franzindo a testa em sinal de estranheza, Eve a analisou mais uma vez dos pés à cabeça.

— Uau, sua barriga estufou um pouco! A gente não se via há duas semanas e...

Eve parou de falar, petrificada de horror, ao ver Mavis explodir em uma crise de choro.

— Merda! Droga! — murmurou Eve. — O que eu disse de errado? Não era para comentar que sua barriga está maior? — Um pouco nervosa, deu batidinhas de consolo no ombro da amiga. — Achei que você ia se empolgar com o bebê crescendo, a barriga aumentando e tudo o mais. Puxa vida!

— Não sei o que há de errado comigo. Não sei mais o que fazer.

— Há algo errado com a... coisinha? Isto é, com o bebê?

— Não, nada errado, mas nada certo também — lamentou ela, quase chorando. — Nada. Tudo. Dallas! — Com um soluço patético, ela se atirou nos braços de Eve. — Estou tão apavorada!

— É melhor chamarmos um médico. — Eve olhou desesperada em torno do saguão, como se esperasse que um médico se materializasse ali naquele instante. Seu pânico foi tão grande que ela chegou a desejar, de coração, que Summerset aparecesse. — Precisamos de um médico ou algo parecido.

— Não, não, não, não, não. — Mavis chorava abertamente no ombro de Eve, entre soluços sentidos e entrecortados. — Não preciso de um médico.

— É melhor você se sentar. Você deve se sentar um pouco, Mavis. — *Não seria melhor se deitar?*, especulou Eve consigo mesma. *Ou tomar um calmante? Ó Deus, me ajude!* — É melhor eu ir ver se Roarke já chegou em casa.

— Não quero Roarke. Não quero um homem. Quero você.

Dilema Mortal 247

— Tudo bem, tudo bem. — Ela recostou Mavis no sofá da sala e tentou não se apavorar quando a amiga só faltou rastejar ao seu lado e deitar a cabeça no seu colo. — Você tem a mim, Mavis... Ahn... Hoje mesmo eu estava pensando em você.

— Estava...?

— Almocei no Esquilo Azul e... Ah, Mãe Santíssima! — murmurou ela quando os soluços de Mavis aumentaram de intensidade. — Puxa, Mavis, me dê uma dica do que está acontecendo, uma pista. Não sei como agir se não souber o que está rolando.

— Estou apavorada!

— Isso eu já percebi. Por quê? Apavorada com o quê? Tem alguém importunando você? Algum fã maluco ou algo desse tipo?

— Não, meus fãs são fantásticos. — Seus ombros sacolejavam, mas ela mantinha a cabeça no colo de Eve.

— Ahn... Você e Leonardo tiveram alguma briga?

— Não. — A cabeça dela negou essa ideia com veemência. — Ele é o homem mais maravilhoso do mundo. O ser humano mais perfeito do universo. Eu não o mereço.

— Ora, pare de dizer besteira.

— Não é besteira, não, eu não mereço Leonardo. — Mavis se levantou de repente e olhou para Eve com o rosto banhado em lágrimas. — Eu sou burra.

— Não, não é. Burrice é dizer que você é burra.

— Eu nem acabei o ensino médio. Fugi de casa aos quatorze anos e ninguém se deu ao trabalho de me procurar.

— Se seus pais eram burros, Mavis, isso não significa que você também seja.

Se os meus eram monstros, isso não significa que eu também seja.

— O que eu era quando você me prendeu? Eu vivia de trapaças, aplicando golpes. Era só o que eu sabia fazer... aplicar pequenos e grandes contos do vigário, bater carteiras e trabalhar para um ou outro vigarista.

— E olhe para você agora, Mavis. O ser humano mais perfeito do universo é louco por você, sua carreira de cantora decolou, você faz um sucesso *supermag* e um bebê está chegando. Por Deus, pelo amor de Jesus, pare de chorar desse jeito desesperado — implorou ao ver que Mavis desabava em lágrimas mais uma vez.

— Eu não sei fazer nada.

— Sabe, sim, senhora! Você sabe fazer... várias coisas. Música, por exemplo. — *Mais ou menos.* — Entende de moda. E conhece tudo sobre as pessoas. Talvez tenha aprendido tudo na rua, Mavis, no seu tempo de golpista, mas o fato é que você manja muito de pessoas. Sabe como deixá-las mais felizes consigo mesmas.

— Mas, Dallas... — Ela enxugou o rosto com as mãos. — Eu não sei nada sobre bebês.

— Oh... Ahn... Mas você está ouvindo todos aqueles discos, certo? E comentou que ia assistir a algumas aulas sobre o assunto, não foi? Não rolou algo assim?

Essa não é a minha praia, pensou Eve, desesperada. *Definitivamente isso está fora da minha órbita e do meu alcance. Por que diabos será que eu mandei Peabody para a Jamaica?*

— Essas aulas não adiantam nada. — Exausta da crise de choro, Mavis se jogou novamente sobre o sofá e repousou a cabeça sobre as almofadas da ponta. — Eles só ensinam a alimentar os bebês, trocar fraldas e pegá-los com cuidado para que não desmontem. Lances assim. Ensinam como *fazer* coisas. Não ensinam como *conhecer* o bebê nem como *senti-lo*. Não conseguem ensinar como ser mãe, Dallas, e eu não sei nada sobre isso.

— Talvez a coisa surja em você de forma espontânea. Sabe como é... o bebê sai daí de dentro, a coisa acontece e você descobre tudo sozinha.

— Estou apavorada de estragar tudo. De não ser capaz de fazer as coisas do jeito certo. Leonardo está feliz e empolgado. Ele quer tanto tudo isso!

— Mavis, mas se você não quer...

Dilema Mortal 249

— Mas eu quero! Quero esse bebê mais do que qualquer coisa no mundo e fora dele. É isso que me apavora tanto, Dallas. Não sei se vou aguentar se eu estragar tudo. Se eu tiver esse bebê e não me sentir como uma mãe deve se sentir... Ou não souber do que ele precisa... Das suas necessidades verdadeiras, nada de comida nem de fraldas. Como é que eu vou saber amar uma criança se ninguém me amou quando eu era pequena?

— Eu amo você, Mavis.

Os olhos de Mavis se encheram de lágrimas, novamente.

— Eu sei que você me ama. Leonardo também. Mas não é a mesma coisa. Isso é... — Ela pôs a mão sobre a barriga. — Espera-se que seja diferente. E eu sei que é, só não entendo *como*. Acho que eu tive uma crise de pânico — afirmou, depois de um longo suspiro. — Eu não conseguiria conversar sobre essas coisas com Leonardo. Precisava muito de você.

Ela estendeu o braço e pegou a mão de Eve.

— Tem coisas que uma mulher só pode contar para a melhor amiga. Já me sinto melhor. Provavelmente são só os hormônios que estão me fazendo me sentir esquisita.

— Você foi a primeira amiga de verdade que eu tive — disse Eve lentamente. — Você enfiou na cabeça que precisava ficar ao meu lado, e eu não consegui mais que você desgrudasse. Antes de eu perceber, já éramos grandes amigas. E já servimos de apoio uma para a outra em vários momentos difíceis.

— Sim. — Mavis fungou, e o primeiro sorriso molhado surgiu em seus lábios. — Foi mesmo!

— E, por você ter sido a minha primeira amiga de verdade, é claro que eu abriria o jogo se considerasse você burra. E também lhe diria se suspeitasse que você seria uma mãe de merda. E lhe contaria tudo caso achasse um erro você ter esse bebê.

— Contaria mesmo? Sério? — Mavis apertou a mão de Eve com muita força e olhou com firmeza para ela. — Você jura por Deus?

— Juro por Deus.

— Nossa, isso me faz me sentir bem melhor. De verdade.

— Ela soltou um suspiro longo e entrecortado. — Puxa, como estou melhor! Será que eu posso ficar com você mais um pouquinho? Acho que vou ligar para Leonardo e pedir para ele... Ó Deus! Ó meu Deus!

Eve deu um pulo do sofá ao ver que os olhos de Mavis, ainda cheios de lágrimas, se arregalaram e ela se sentou ereta, apertando a mão contra a barriga.

— Que foi, Mavis? Você está enjoada ou algo assim?

— Ele se mexeu. Eu senti se mexer.

— O que foi que se mexeu?

— O bebê. — Ela olhou para Eve e seu rosto se iluminou, como se alguém tivesse acendido uma lâmpada por baixo da sua pele. — Meu bebê se mexeu! Senti como se fossem... asinhas me fazendo cócegas por dentro.

Eve se sentiu empalidecer e uma fisgada lhe atingiu os ossos.

— Ele devia fazer essas coisas?

— Há-há — concordou Mavis. — Meu bebê se mexeu, Dallas. Aqui, dentro de mim. Ele é de verdade!

— Talvez ele queira dizer a você que não é preciso se preocupar tanto.

— É. — Mavis enxugou as novas lágrimas e sorriu lindamente em meio a elas. — Vamos ficar bem. Vai ser mais que demais! Fico feliz por você estar aqui na hora em que aconteceu. Na hora em que eu senti pela primeira vez. Fiquei superfeliz de estarmos só você, eu e o bebê nesse momento. Não vou estragar nada, vai dar tudo certo.

— Claro que sim.

— E eu vou saber direitinho o que fazer e como agir.

— Mavis... — Eve se sentou ao lado dela mais uma vez. — Para mim, parece que você já sabe.

Capítulo Doze

Roarke voltou para casa e, ao entrar, viu Eve sentada nos degraus que iam para o segundo andar, com a cabeça entre as mãos. Um sinal de alarme soou em sua barriga e ele correu para acudi-la.

— Há algo errado? O que aconteceu?

Eve soltou um suspiro imenso, que pareceu ficar engasgado no fim.

— Mavis.

— Por Deus! É o bebê?

— Sim, o problema é com o bebê. Pelo menos eu acho, mas o que eu sei dessas coisas? Ela não estava usando nem tintura labial. O que eu poderia fazer para ajudá-la?

— Acho melhor começar tudo de novo. Primeiro eu: está tudo bem com Mavis e o bebê?

— Deve estar. Ele mexeu.

— Mexeu onde? — Ele percebeu o que disse e lançou os olhos para o teto. — Você me deixa desarvorado. Mavis sentiu o bebê se mexer, foi isso? Não é uma coisa boa?

— Ela achou que sim, então deve ser mesmo.

Eve se recostou no degrau de cima e olhou para Roarke. Ele continuava segurando a mão dela e analisava o seu rosto, à espera.

Tudo estava normal, a não ser que alguém sentisse, como ela sentia naquele instante, uma mudança sutil no ritmo de ambos. As coisas não estavam tão bem entre eles agora e talvez nunca mais voltassem a ficar. Mesmo assim, os dois pareciam dispostos a fingir que tudo estava ótimo.

Mas fingir que não havia um dilema pendente na relação era algo estranho e aterrorizante.

No entanto, se era isso o que lhe restava, Eve estava disposta a esconder esse dilema do mesmo jeito que Roarke.

— Ela estava pra baixo, chorando muito, quando eu cheguei em casa — continuou Eve. — Achava que ia estragar tudo com o bebê porque sua vida foi estragada quando ela era criança ou algo assim. Tinha medo de não saber o que fazer ou como se sentir quando ele nascesse. Chorou pra caramba.

— Ouvi dizer que essas crises de choro são normais em mulheres grávidas. Ela deve estar apavorada. Realmente deve ser apavorante se você pensar no processo todo.

— Bem, de uma coisa eu tenho certeza: não quero pensar no assunto.

Ele largou a mão dela e se afastou um pouco para o lado. Eve percebeu que Roarke se sentia do mesmo jeito que ela com relação a isso.

Chamou a si mesma de covarde, mentalmente, mas logo tirou o pensamento da cabeça.

— Continuando a novela: ela se acalmou depois. Então, o bebê se mexeu e ela ficou toda empolgada e feliz novamente. Estava quase dando cambalhotas de alegria quando saiu daqui para contar a novidade a Leonardo.

— Mas então... por que você está aí, sentada na escada, parecendo arrasada?

— Porque ela vai voltar.

— Mas isso é ótimo! Eu gostaria de vê-la.

— Trina virá com ela... — A voz de Eve ficou quase uma oitava mais aguda, e ela agarrou a camisa de Roarke — ... e seus instrumentos de tortura.

— Entendo.

— Não, não entende. Elas não o deixam acuado; não voam em cima de você com instrumentos pontiagudos e estranhos; não passam gosmas desconhecidas por toda a sua cara e pelo seu corpo. Não sei o que elas vão fazer comigo, mas, seja o que for, não quero.

— A coisa não é tão terrível quanto você faz parecer, e o seu trabalho seria uma boa desculpa para adiar essa tortura por algum tempo.

— Eu não consegui contrariar Mavis. — Eve colocou a cabeça novamente entre as mãos. — Ela me apareceu com o rosto pelado, sem pintura nenhuma. Quantas vezes você já viu Mavis sem maquiagem?

— Nunca. — Ele tocou os cabelos dela e os acariciou de leve.

— Exato. Seus olhos estavam inchados, vermelhos e brilhantes. E a barriga cresceu visivelmente. Tem um calombo apontado para fora. O que eu poderia fazer?

— Exatamente o que fez. — Ele chegou mais perto e beijou-lhe o alto da cabeça. — Você é uma boa amiga.

— Preferia ser uma megera. É muito mais fácil e mais satisfatório, emocionalmente, ser uma megera.

— E você também é boa nisso. Muito bem... essa é uma boa oportunidade para usar novamente aquela churrasqueira nova.

— Não acredito que você me vê caída no chão e ainda me chuta — reclamou ela.

— Está falando da churrasqueira? Eu aprendi a manejá-la, ando treinando de vez em quando. Teremos hambúrgueres, que são os mais simples de fazer.

Eve podia contar a ele que já comera hambúrguer no almoço, mas isso seria valorizar demais a gororoba que ela engolira no Esquilo Azul.

— Eu só queria trabalhar — reclamou Eve, mas só para manter a tradição. Talvez fizesse bem a eles dois ter pessoas em casa por algumas horas, fazendo barulho e trazendo mais energia ao ambiente.

Mantendo a ilusão de que tudo estava normal e no lugar certo.

— Eu queria tanto ter uma noite normalzinha, investigando assassinatos traiçoeiros e desvendando tramas diabólicas armadas pela OSP e por tecnoterroristas. Isso é pedir demais?

— Claro que não, mas a vida é assim mesmo. Você quer que eu lhe conte como Feeney e eu nos saímos no Queens?

— Merda. *Merda!* — Ela ergueu as mãos fechadas para cima e quase atingiu o queixo de Roarke com o punho. — Viu só? Essa história me deixou tão abalada que eu nem me lembro do que está rolando no meu próprio caso. Onde está Feeney?

— Ele ficou na casa do Queens para supervisionar a remoção de algumas esculturas. Elas serão confiscadas. Você acertou na mosca ao desconfiar que havia grampos instalados nelas.

Veja só o jeito como você me olha, pensou Roarke. *Tentando ver o que vai na minha cabeça, querendo ler o que está lá dentro, para que não precisemos conversar sobre o problema novamente.*

Como vamos resolver esse dilema?, perguntou-se ele.

— Encontramos seis esculturas, três do lado de dentro e três do lado de fora, que estavam grampeadas. — Ele sorriu. O sorriso não lhe alcançou os olhos, mas foi um sorriso. — Uma tecnologia muito sexy, pelo que eu pude ver. Vai ser divertido desmontar um

Dilema Mortal

desses dispositivos e levá-lo para análise, depois que conseguirmos arrancá-lo do metal.

— Câmeras ou microfones?

— Ambos. Pelos estudos preliminares que fizemos, os dados eram enviados via satélite. Não há dúvida de que eles estavam nos vendo e nos ouvindo, e já sabem que os dispositivos foram encontrados.

— Ótimo. — Ela se levantou. — Se Bissel estava espionando a própria esposa para a OSP, eles também já sabem que estamos avançando. Tive um encontro inesperado com um diretor assistente da OSP, hoje.

— Teve? — perguntou ele, com um tom tão calmo e suave que provocou calafrios na espinha dela.

— Tive. E, se Blair Bissel virou a casaca e estava trabalhando para o outro lado, embora eu não veja muita diferença entre os lados, a OSP vai agir. Mas eu sei como lidar com eles — garantiu e deixou sua pretensão bem clara, repetindo o objetivo: — *Eu* vou lidar com eles.

— Sem dúvida. Não pretendo ensinar você a lidar com ninguém — acrescentou ele, com a voz calma. — Você pode dizer o mesmo?

— Não é a mesma coisa. Nesse caso... — Ela parou de falar e se sentiu escorregando em um abismo. — Vamos deixar as coisas no pé em que estão para nos concentrarmos no aqui e agora.

— É melhor. E o que é o aqui e agora?

— A investigação. Vamos subir para atualizar as informações que nós dois conseguimos.

— Tudo bem. — Ele tocou o rosto dela. Em seguida se inclinou e roçou os lábios sobre os dela. — Vamos fazer o que é o mais normal para nós: subir para conversar sobre assassinatos e, depois, curtir uma boa refeição em companhia de amigos. O programa está bom para você?

— Sim, está ótimo. — Ela fez um esforço e o beijou de volta. Em seguida se pôs de pé e flexionou os músculos dos ombros. — A sequência está boa. Uma reunião a dois e um belo hambúrguer. Isso vai me ajudar a afastar da cabeça a imagem de Trina e sua bolsa de truques e badulaques.

Como queria vê-la sorrir e precisava que ela sorrisse, ele acariciou os ombros dela enquanto subiam as escadas e perguntou:

— Qual será o sabor do creme que Trina vai esfregar por todo o seu corpo?

— Quer fazer o favor de calar essa boca?

— Isso... — disse McNab, respirando fundo o ar tropical — ... é que é vida!

— Não estamos aqui para curtir a vida. Estamos investigando um crime. Não haverá mordomias até alcançarmos as metas investigativas desta viagem.

Ele olhou para Peabody de lado e avaliou seus olhos por trás dos óculos escuros em tom magenta.

— Você até parece Dallas falando. Acho isso estranhamente excitante.

Ela lhe deu uma cotovelada, mas sem muita força.

— Vamos até o bar temático Waves para conversar com Diesel Moore e saber do paradeiro de Carter Bissel. Depois vamos à casa de Bissel para falar com seus vizinhos ou conhecidos.

— Agora você está com um jeito marrento e mandão. — Ele deu um tapa amigável no traseiro dela, que usava calças finas e leves de verão. — Isso também me excita.

— Seu posto é mais alto que o meu, mas eu trabalho na Divisão de Homicídios. — Puxa, como ela *curtia* dizer isso. — Portanto, sou eu quem vai chefiar essa caçada. E determino que, em primeiro lugar, vamos fazer nossa obrigação para, para depois... curtirmos a vida.

— Positivo. De qualquer modo, precisamos arranjar um meio de transporte.

Ele observou uma fileira de lambretas acorrentadas do lado de fora de uma cabana ao lado do hotel. As pequenas motos coloridas e brilhantes pareciam uma parada de circo e eram irresistíveis para os turistas.

Peabody sorriu e exclamou:

— Positivo!

O bar temático Waves era uma espelunca instalada no térreo de um prédio feito de tábuas de madeira. Ficava em uma das ruas menos convidativas da cidade de Kingston. Eles se perderam pelo bairro duas vezes ou fingiram se perder, sentindo o ventinho da ilha batendo em suas bochechas pálidas de cidade grande enquanto circulavam pelas ruas estreitas. Depois de acalorados debates, decidiram quem iria dirigir a lambreta: ele pilotaria na ida e ela na volta. Peabody achou tão divertido ir na garupa, com os braços em torno da barriga de McNab, quanto assumir o guidom.

À medida que seguiram pela parte mais pobre e menos hospitaleira da cidade, Peabody ficou feliz de estar na garupa e com a arma presa a um coldre debaixo do casaquinho de verão.

Viu três transações ilegais em um raio de dois quarteirões e avistou dois drogados mal-encarados encostados à grade de uma varanda. Quando uma caminhonete 4x4 passou ao lado deles e o motorista cravou os olhos escuros e perigosos nela, Peabody quase lamentou não estar de farda.

Em vez disso, ela o encarou de volta e, de forma deliberada e acintosa, colocou a mão na arma.

— Péssimas vibrações — disse ela ao ouvido de McNab quando eles saltaram da pequena moto em uma rua lateral.

— É verdade. As punições por tráfico de drogas aqui são tão duras quanto o pinto de um adolescente. Só que nesse bairro ninguém parece ligar muito para isso.

Havia sex shops e boates. Acompanhantes licenciadas de rua vendiam o mesmo produto, mas nenhuma delas parecia particularmente sedutora. Peabody ouviu a música que saía pelas poucas portas que se abriam, mas o charme exótico das canções locais se perdia em meio aos apelos repetitivos das prostitutas e dos homens na rua.

Alguns turistas incautos talvez se aventurassem por ali de vez em quando, analisou Peabody. Mas, a não ser que estivessem em busca de sexo, drogas ilegais ou uma punhalada nas costas, certamente iriam embora rapidinho.

Eles estacionaram a lambreta diante do bar temático. Enquanto McNab colocava em ação a corrente que a locadora fornecera para prender a moto em um poste, Peabody olhou em volta.

— Vou tentar fazer uma coisa — avisou ela —, mas você vai ter de me dar apoio.

Ela escolheu dois jovens, um negro e um branco, que viu sentados em uma pequena varanda ao lado, fumando sabe Deus o que num cachimbo preto que passavam de um para o outro. Enchendo o peito de ar, ela exibiu seu melhor ar de tira implacável e se aproximou deles, ignorando os silvos de alerta que McNab fez atrás dela.

— Estão vendo aquela lambreta?

O negro mostrou um sorriso de deboche e deu uma longa tragada no cachimbo.

— Temos olhos, dona.

— Pois é, estou vendo que cada um de vocês tem um bom par de olhos. — Ela trocou o peso de uma perna para a outra e

Dilema Mortal

usou o cotovelo para afastar um pouco a abertura do casaco, a fim de deixar visíveis o distintivo e a arma. — Se quiserem que seus olhos continuem grudados em seus crânios, é melhor mantê-los em cima daquela lambreta. Se eu voltar e ela não estiver onde a deixei, e em perfeito estado, meu auxiliar e eu vamos caçar vocês sem trégua. Enquanto ele estiver enfiando esse cachimbo no seu rabo — continuou ela com voz calma, exibindo os dentes para o rapaz branco —, eu vou arrancar os olhos do seu amigo babaca das órbitas usando apenas os polegares.

O jovem branco cerrou os dentes e reagiu:

— Ei, vá se foder, dona!

O estômago dela deu uma cambalhota de adrenalina, mas ela manteve a expressão enfezada e os dentes à mostra.

— Ora, ora... — disse ela. — Se vocês continuarem a falar comigo desse jeito, não vão ganhar o grande prêmio que eu tenho para vocês no fim da partida. Se a lambreta estiver intacta quando eu sair, prometo não arrastar o traseiro de vocês até a delegacia mais próxima por posse e uso de drogas, e ainda lhes darei dez fichas de crédito brilhando de novas.

— Cinco agora, cinco depois.

Ela olhou para o negro e recusou:

— Nenhuma agora e nenhuma depois, a não ser que eu fique feliz com a missão que lhes dei. Ei, McNab, conte a esses manés o que acontece quando eu não fico feliz.

— Não posso falar nesse assunto. Isso me dá pesadelos.

— Prestem um favor a si mesmos — sugeriu Peabody. — Façam por merecer as dez fichas de crédito.

Ela se virou e seguiu sem vacilar na direção do bar.

— Estou com suor escorrendo pelo meio das minhas costas — disse para McNab com o canto da boca.

— Pois nem parece. Você me deixou apavorado.

— Dallas certamente curtiria mais com a cara deles, mas acho que não fui mal para quem está começando.

— Você arrasou, gata. — Assim que McNab escancarou a porta do bar para eles entrarem, ambos sentiram no rosto um golpe de ar gelado que recendia a fumo, álcool e gente fedorenta que não tinha contato com água e sabonete fazia muito tempo.

O sol ainda não havia se posto e o lugar estava devagar, quase parando. Mesmo assim, havia grupos de clientes, se é que mereciam esse nome, curvados sobre mesas ou aboletados nos bancos altos ao longo do balcão. Sobre uma plataforma estreita, uma banda se apresentava em 3D, executando um reggae de péssima qualidade, e o holograma não funcionava direito. A imagem do baterista estava falhada, e o som parecia meio segundo atrasado, fazendo com que o cantor movesse os lábios fora de sincronia com o som que vinha das caixas, o que fez McNab recordar os vídeos amadores pessimamente dublados que sua prima Sheila curtia tanto.

Seus tênis com amortecimento a ar fizeram barulhos estranhos, como se pisassem em gel, quando ele atravessou o salão de piso gosmento.

Moore cuidava do bar. Parecia um pouco mais magro e muito mais acabado fisicamente do que na foto da identidade que eles haviam analisado. Usava os cabelos em estilo rastafári, uma espécie de explosão de rabos de cavalo com tranças ou algo assim, que McNab admirou. Os cabelos combinavam com suas feições, que pareciam ter sido entalhadas em mogno, e também com o queixo em forma de diamante.

Usava um colar feito de ossos de aves e sua pele brilhava de suor, apesar do ar gelado do lugar.

Seus olhos pretos com ar zangado observaram Peabody e McNab com atenção, e ele percebeu na mesma hora que eram da polícia. Entregou uma bebida marrom, com aspecto de lama aguada, para as mãos ávidas de um cliente e usou o pano de prato sobre o balcão para enxugar o peito brilhante coberto apenas por uma camiseta azul.

Saiu de trás do balcão, apertou os lábios tatuados, formando um bico, e disse:

— Já paguei a grana deste mês. Portanto, se vocês vieram até aqui para me cobrar outro depósito, vão se foder!

Peabody abriu a boca para protestar, mas McNab pisou no pé dela para mantê-la calada.

— Não somos tiras daqui. Sabemos que as autoridades da área mantêm um fundo de subsistência, mas não estamos nesse bolo. Pelo contrário, ficaríamos felizes em fazer uma contribuição para o *seu* fundo pessoal de subsistência se o senhor nos fornecer informações que valham o prêmio.

Peabody nunca tinha ouvido McNab falar naquele tom frio e levemente entediado.

— Quando um tira me oferece grana, geralmente arruma um jeito de me arrancar a pele depois.

McNab tirou uma nota de vinte dólares do bolso e a colocou sobre o bar, sem tirar os olhos de Moore.

— Estou lhe entregando a grana de boa-fé.

O dinheiro desapareceu como num passe de mágica.

— Pelo que você está me pagando?

— Informações — repetiu McNab. — Carter Bissel.

— Babaca, filho da mãe! — Nesse momento, alguém socou o balcão na outra ponta, exigindo ser atendido. — Cale a boca, imbecil! — berrou Moore para o cliente. — Se vocês encontrarem o canalha do Carter, quero dar umas porradas nele. Ele me deve dois mil paus, sem falar na aporrinhação que é cuidar deste lugar sozinho, desde que ele resolveu sair de férias.

— Há quanto tempo o senhor cuida sozinho deste bar? — quis saber Peabody.

— Há muito tempo. Escutem, nós tínhamos outros negócios antes. Podemos chamar de envios. Resolvemos abrir este pequeno estabelecimento e cada um pagava metade do aluguel da loja. Carter tem uma boa intuição para negócios, apesar do cérebro de babaca. Íamos bem. De vez em quando ele chegava meio torto. O cara gosta de rum e de zoner, e não dá para consumir nada disso aqui dentro. Por isso é que ele tirava uns dois dias de folga de vez em quando e sumia. Eu não tenho nada com isso, não sou a mãe dele. Quando isso acontecia, eu tirava dois dias de folga quando ele voltava. A coisa funcionava numa boa.

— Mas não dessa vez — incentivou Peabody.

— Pois é, dessa vez ele sumiu de vez. — Moore pegou uma garrafa debaixo do balcão, serviu algo marrom e espesso em um copo baixo e entornou tudo pela garganta em um único gole. — Levou dois mil dólares das nossas reservas operacionais e só deixou dinheiro suficiente para manter o bar por um mês.

— Sem aviso?

— Um merda, é o que ele é. Vive falando de um grande esquema. Diz que vai se dar bem, vai viver em grande estilo e talvez consiga um lugar com classe para o nosso negócio. Carter vive falando essas bobagens. Está sempre prestes a arrebentar em um ou outro lance, mas não consegue nada porque é um trambiqueiro barato. Quando enche a cara de rum, desabafa as mágoas e fala do irmão, que ficou com toda a sorte da família.

— Alguma vez você viu esse irmão? — perguntou Peabody.

— Nunca. Achava que era tudo invenção, até o dia em que vi um álbum de recortes que Carter tem em casa, cheio de reportagens e resenhas sobre a obra do irmão dele, um escultor famoso.

— Quer dizer que ele tem um álbum de recortes com matérias sobre o irmão?

— Sim, um álbum grandão cheio de reportagens e outras merdas. Não sei por que Carter faz isso, já que odeia o filho da mãe do irmão só pelo fato de ele existir.

Dilema Mortal

— Alguma vez Carter falou sobre ir a Nova York para se encontrar com ele?

— Conversa fiada. Carter falava em ir a um monte de lugares para se encontrar com uma porrada de gente famosa. Tudo papo!

— Alguma vez ele mencionou uma mulher chamada Felicity Kade?

— Humm... Louraça estilosa. — Moore lambeu os beiços. — Tremenda gata. Baixou aqui umas duas vezes.

— Sem querer ofender — disse Peabody com certa simpatia —, este não é o tipo de lugar que uma mulher desse tipo frequentaria.

— Nunca se sabe o que passa pela cabeça de uma gostosa daquele tipo. É por isso que eu fico longe delas. Essa loura veio aqui uma noite e jogou um charme para Carter. Nem precisou esperar muito para ele chegar nela. Mas o babaca não conseguiu nenhum deita e rola com ela, não. Normalmente ele se gaba das mulheres que come, se acha o gostosão do pedaço. Só que dessa vez ele não abriu o bico e escondeu o jogo. — Moore deu de ombros. — Por mim, tudo bem. Quando eu quero um pouco de ação, encontro por aí.

— Ela passou muito tempo com Carter?

— Sei lá, como é que eu vou saber? Ela pintou aqui umas duas vezes e eles saíram juntos. Às vezes ele se dava uns dois dias de folga. Se vocês acham que ele faturou a gostosa, estão por fora. Duvido que ela topasse ficar com ele para mais que uma transa rápida.

— Ele tinha outros negócios ou outras mulheres, algo desse tipo que pudesse tê-lo levado embora daqui?

— Ele se enturmava com a galera da área. Levava algumas mulheres para casa, quando conseguia, mas não ficava com elas por muito tempo. Se tinha algum negócio paralelo, me deixou de fora. De um jeito ou de outro eu saberia, porque esta ilha é pequena.

— Ilha pequena — concordou Peabody, depois de terminar o papo com Moore. — Sem muitos esconderijos.

— Sem muitos lugares por onde cair fora também. Só dá para sair pelo ar ou pelo mar.

Peabody saiu para a rua e viu, com satisfação, que a lambreta estava no lugar, aparentemente intacta.

— Dê a grana aos caras — disse a McNab.

— Por que sou eu que tenho de pagar a eles?

— Porque eu fiz a abordagem.

McNab resmungou, mas entregou uma nota de dez antes de desacorrentar a lambreta do poste.

— Você lidou com o lance de arrancar informações do dono do bar numa boa. — Ela queria beliscar a bunda dele, para mostrar sua admiração, mas decidiu que isso não seria muito profissional e teria de esperar. Simplesmente subiu na lambreta. — Fico feliz por cairmos fora desse bairro antes de anoitecer.

— Nós dois nos saímos muito bem, She-Body. — Pelo visto, ele não estava tão preocupado quanto ela em preservar sua imagem, pois lhe beliscou a bunda assim que subiu na garupa. — Vamos nessa!

Carter Bissel morava em uma casa que parecia um barraco de dois quartos, pouco maior que uma tenda e erguido num terreno arenoso cheio de conchas esmagadas. Tinha um apelo longínquo pela proximidade da praia, mas esse mesmo fator tornava a casa um alvo fácil para as tempestades tropicais.

Peabody reparou em alguns remendos no reboco frágil e viu a rede de dormir muito surrada onde certamente Carter se balançava nas horas livres em vez de se ocupar com tarefas de manutenção doméstica.

Alguns tufos de grama nasciam aqui e ali por entre as conchas pulverizadas do piso em volta. Uma lambreta antiga e tomada pela ferrugem estava encostada no tronco seco de uma palmeira.

Dilema Mortal 265

— Isso aqui está muito longe do Queens — comentou McNab, chutando uma garrafa quebrada. — Carter ganhava do irmão no quesito "vista espetacular". Em compensação, em todo o resto ele ficava muito atrás na escala de rivalidades familiares.

— Vendo isso, dá para entender que ele pode simplesmente ter se mandado para longe daqui. — Peabody pegou a chave que conseguira com a polícia local. — Tudo à nossa volta mostra o perdedor que ele era.

— Mas nada explica o que Felicity Kade queria com ele.

— Andei pensando no assunto. Talvez eles planejassem usá-lo em alguma operação. Esse não parece o tipo de lugar onde a OSP ou uma célula de tecnoterroristas montaria uma base de operações, e talvez seja exatamente isso que os atraiu.

Ela destrancou a porta e a abriu, entre rangidos e estalos. Dentro, o ar estava abafado e quente. Viu um inseto imenso se arrastando por entre as sombras e precisou se segurar para não dar um grito. Peabody não era fã de nada que deslizasse ou se movimentasse com patas compridas.

Tentou ligar as luzes, mas elas não acenderam. Ela e McNab pegaram suas lanternas.

— Tenho uma ideia melhor — disse ele. — Espere um minuto.

Ela tentou não se encolher de medo quando ele a deixou sozinha ali. Dava quase para ouvir as aranhas se movimentando pela sala. Ela percorreu o ambiente com a lanterna.

Havia um sofá. Uma das almofadas havia explodido e vomitara o enchimento cor de cogumelo a partir de um rasgão imenso. Não havia tapetes nem quadros, apenas um abajur sem cúpula sobre um caixote que servia de mesa. O telão de entretenimento, porém, era novo em folha, de última geração, e, ela notou depois de uma rápida olhada, fora fixado no chão por rebites.

Ele não devia confiar muito nos outros, decidiu. Além de ser relaxado e perdedor.

A cozinha ocupava uma das paredes da sala. Não passava de um balcão cheio de embalagens vazias de comida para viagem, um liquidificador, um AutoChef barato e uma miniunidade de refrigeração imunda. Ela abriu a pequena geladeira e encontrou restos de uma bebida alcoólica caseira, um frasco com conteúdo fosco que um dia fora um vidro de picles e uma lima do tamanho de uma bola de golfe. De repente, ouviu McNab ligar a lambreta.

A luz do farol brilhou com força.

— Boa ideia — decidiu. — Esquisito, mas funciona. — Abriu o único armário da cozinha e viu três copos, dois pratos e um saco aberto de salgadinhos de soja.

— Sabe de uma coisa? — comentou ela. — A vida financeira dele não era grande coisa, mas havia dinheiro suficiente para ele morar melhor. — Ela se virou e viu McNab revistando a parte de baixo do sofá. — Aposto que ele não declarava toda a grana que tinha.

— Mas provavelmente não conseguia economizar nada. Era um gastador. Torrava a grana com mulheres e drogas ilegais. — Ele exibiu um saquinho com pó branco que pescara no estofamento do sofá.

— Como é que a polícia deixou isso escapar?

— Não devem ter se dado ao trabalho de procurar. Minha pergunta é: por que ele deixaria isso aqui para trás?

— Porque saiu às pressas e planejava voltar... ou não foi embora de livre e espontânea vontade. — Ela olhou para o quarto. — Traga a lambreta até aqui.

A cama estava desfeita, mas os lençóis, notou Peabody, eram de excelente qualidade. Combinavam com o centro de entretenimento mais do que com o resto da casa. O closet, apertado, tinha só três camisas, duas calças e um par de sandálias de gel muito usadas. Na cômoda havia quatro cuecas, uma dúzia de camisetas e cinco shorts.

Havia também um *tele-link* desligado. O computador no chão, num dos cantos, parecia ter enfrentado várias guerras. Ela deixou McNab lidando com a máquina e foi investigar o banheiro minúsculo.

— Ele não deixou escova de dentes, mas tem um tubo de pasta pela metade — gritou ela lá de dentro. — Nenhum pente nem escova, mas temos um frasco de xampu. E mais um jogo de lençóis... Uau, lençóis muito cheirosos por sinal, guardados num cesto, junto de uma toalha mofada.

Ela saiu do banheiro e afirmou:

— Parece que ele fez uma mala com coisas básicas, mas teve companhia antes disso. Companhia feminina especial, a ponto de merecer lençóis novos e perfumados.

— O que está fazendo? — perguntou McNab com ar distraído.

— Recolhendo os lençóis para testes. Ele os colocou, mas não fez a cama. E isso mostra que eles devem ter sido usados. Se houve sexo, nós podemos encontrar algum DNA.

Ele resmungou alguma coisa e continuou a trabalhar no computador.

— Vou lhe contar o que não encontramos aqui, além da escova de dentes e do pente. Não há nenhum álbum de recortes com fotos do irmão dele. Isso é interessante.

— Tem mais uma coisa. — McNab circulou pelo quarto segurando a lambreta a fim de iluminar todos os cantos, até que virou o farol na direção do próprio rosto. — É muito interessante esse computador estar destruído. Parece ter sido infectado com o mesmo vírus que destruiu as máquinas em Nova York.

* * *

Em Nova York, Eve andava de um lado para o outro, trancada no escritório de Roarke com o *tele-link* dele em modo de privacidade na mão enquanto ouvia o relatório de Peabody. Ainda seria possível alguém interceptar a ligação, mesmo com todos os cuidados, bloqueios e camadas de segurança, mas isso exigiria muito tempo e esforço.

— Vou mexer alguns pauzinhos aqui para forçar a barra com a polícia daí — disse ela a Peabody. — Vou conseguir liberação e transporte para qualquer item que vocês queiram confiscar para esta investigação. Talvez isso leve algumas horas, mas espero liberar tudo para vocês voltarem amanhã de manhã. Aguente aí que eu já lhe dou retorno.

Ela desligou e caminhou por mais algum tempo pelo aposento, calculando a melhor maneira de colocar as engrenagens da burocracia para funcionar.

— Eu tenho uma sugestão — disse Roarke. — Poderia mandar um jatinho pegá-los, o que os livrará das autorizações e papeladas da polícia local.

Eve franziu o cenho, mas analisou a oferta.

— Não — decidiu, por fim. — Não quero me esquivar da polícia de lá. Vai levar mais tempo para fazer as coisas do meu jeito, mas vamos manter o jogo limpo. Quando a coisa estourar, o que certamente vai acontecer, quero que o nosso lado fique bem na fita. Vou brincar de diplomacia com o chefe da polícia local. Se isso não funcionar, eu o jogo para Whitney, mas acho que não vai haver problemas. Eles devem estar pouco ligando para um computador destruído e alguns lençóis.

— Então vou deixar você e voltar para dar atenção às visitas. Um belo hambúrguer servirá como uma espécie de preparação para as provações que você tem pela frente.

— Nem me lembre disso! Não gostei do jeito como Trina me olhou quando chegou.

Ele desarmou o modo silencioso dos sistemas e a deixou sozinha. Assim que ela se recuperou do trauma de pensar em Trina, sentou-se à estação de trabalho dele. Ela bem que poderia passar a noite toda ali, refletiu. Trancada em um lugar gostoso e seguro, longe de produtos de beleza e loções para o corpo e para os cabelos. Com acesso liberado a comida, bebida e comunicações. Seria muito mais... relaxante ela se entocar ali dentro e trabalhar em paz pelo resto da noite.

Contudo, pensou em Mavis, que tinha chegado fazia vinte minutos, acompanhada por Leonardo, que sorria de orelha a orelha.

Em momentos como aquele, decidiu Eve, a opção de ficar sozinha era uma lembrança maravilhosa e distante.

Ligou o *tele-link* e se preparou para mexer seus pauzinhos.

Capítulo Treze

Eve considerou força de caráter o fato de trabalhar em uma sala destrancada, mesmo tendo um monte de visitas na casa. Depois de algum tempo, ela se preparou para o que viria, desceu as escadas e seguiu através de vários cômodos até o pátio dos fundos.

Tentou avaliar a cena que se desenrolava ali.

Ela conseguia avaliar bem melhor cenas de crimes, porque normalmente sempre havia um corpo sem vida nas proximidades. Quando a morte não fazia parte do cenário, ela encontrava dificuldades para analisar o que via.

Percebeu a presença de um pássaro gorjeando algo repetitivo baseado apenas em duas notas alegres e insistentes. Borboletas com asas laranja forte e pretas se aglomeravam maciçamente, como um exército colorido, em torno dos brotos espiralados de um arbusto roxo que se espalhava no canto oeste do pátio revestido de pedras.

O mais novo brinquedo de Roarke, uma monstruosidade metálica sobre rodas que fumegava placidamente, tinha no leme o próprio comandante, que manejava uma espátula comprida. O cheiro era de carne; carne de verdade, obtida de vacas reais. Várias pessoas mastigavam alegremente grossos pedaços dessa carne moída, temperada, devidamente grelhada e acomodada entre generosos pedaços de pão macio.

Todos se sentavam junto de mesas ou estavam em pé, batendo papo, como se estivessem em uma festa.

O chefe dos legistas da cidade bebia cerveja direto de uma garrafa e se dedicava ao que parecia ser uma interessante conversa com Mavis. A dra. Mira — que diabos *ela* estaria fazendo ali? — estava sentada diante de uma mesa lotada de comida e lindas velas, e parecia confabular algo com Leonardo e a aterrorizante Trina.

O capitão da DDE, em pé, mastigava um hambúrguer que segurava com uma das mãos enquanto balançava a outra, dando a Roarke alguns conselhos sobre os mistérios e a magia de preparar comida ao ar livre.

Todos pareciam alegres, bem-alimentados e, na cabeça de Eve, completamente deslocados do seu mundo. Afinal, ela não acabara de sair de uma sala lacrada, onde passara uma boa quantidade de tempo enfrentando burocracia e o campo minado da diplomacia internacional, sem falar nas necessárias bajulações? Não estava em meio a uma complicada investigação de homicídio que envolvia organizações ocultas e segredos de Estado?

Agora eram hambúrgueres, cerveja e um belo crepúsculo em meio a pássaros e borboletas.

Sua vida, decidiu Eve, era realmente muito estranha.

Leonardo foi o primeiro a avistá-la. Com o típico sorriso largo que dividia ao meio seu imenso rosto cor de caramelo, ele circulava vestindo o que pareceu a Eve a sua roupa especial para churrascos ao ar livre: calças largas brancas cintilantes e uma camisa amarelo-canário que não passava de duas tiras largas que se cruzavam sobre seu peito musculoso, formando um X impressionante.

Ele se abaixou e seus cabelos cacheados acariciaram o rosto de Eve segundos antes dos seus lábios.

— Mavis me contou que estava muito chateada e veio procurar você hoje à tarde. Queria agradecer por você ajudá-la num momento difícil e fazê-la se sentir normal e estável novamente.

— Ela só precisava desabafar.

— Eu sei. — Ele envolveu o corpo de Eve com seus braços imensos, apertando-a com força de encontro ao peito duro como pedra. Quando voltou a falar, sua voz estava rouca e instável. — O bebê se mexeu.

— É. — Eve não sabia qual era a reação certa para isso e se limitou a dar palmadinhas de alegria em algum ponto dos quilômetros quadrados de pele exposta nas costas de Leonardo. — Mavis me disse que agora tudo vai ficar bem.

— Tudo está perfeito. — Ele suspirou longamente. — Absolutamente perfeito. — Ele se afastou de Eve e seus olhos brilharam de emoção. — Tenho bons amigos, a mulher que eu amo carrega o nosso bebê no ventre. A vida é um bem precioso. Agora eu percebo isso mais que antes. Sei que a dra. Mira precisa conversar com você, mas eu queria alguns segundos para lhe dizer isso, Dallas.

Levando Eve para um canto, ele só faltou carregá-la no colo até a mesa onde a dra. Mira se sentava.

— Agora, vê se não começa! — ralhou ele, olhando para Trina e balançando o dedo. — Dallas precisa conversar com a dra. Mira, e você deve lhe dar alguns momentos de relax.

— Não tenho pressa. — Trina sorriu. Era um sorriso imenso, magenta, que lançou calafrios na espinha de Eve. — Tenho planos para ela. Muitos planos. — Ela pegou o prato e se afastou, caminhando devagar com sandálias com salto plataforma de quinze centímetros de altura.

— Oh, minha nossa!

Com um olhar que era um misto de solidariedade e divertimento, Mira deu uma batidinha na cadeira ao lado dela.

Dilema Mortal

— Sente-se, Eve. Que fim de tarde glorioso! Tirei uma hora desse lindo fim de dia para dar uma passadinha aqui. Era para ser uma visita rápida, profissional, mas de repente eu me vi com um cálice de vinho delicioso na mão e um magnífico hambúrguer.

— Roarke conseguiu preparar isso direito? — Eve olhou para o marido. — Naquela coisa?

— Conseguiu, sim. Não quero espalhar boatos, mas Roarke andou conversando com o meu querido Dennis sobre como usar a churrasqueira. — Mira deu mais uma mordida. — E parece ter entendido tudo direitinho.

— Roarke não se deixa abalar por nada. A senhora disse que era uma visita profissional? — quis saber Eve.

— Sim. Certamente eu poderia ter esperado até amanhã, mas achei que você gostaria de ser uma das primeiras a saber que Reva Ewing foi aprovada no teste de nível três.

— Obrigada pela notícia. Como ela está passando?

— Está um pouco abalada e exausta. A mãe dela a levou direto para casa. Ela está em boas mãos.

— Sim, Caro é uma dessas pessoas que sempre sabem o que estão fazendo.

— Ela teme pela filha, Eve. Por mais eficiente e estável que ela pareça na superfície, no fundo ela está desesperadamente preocupada. Eu ou Roarke poderíamos conversar com ela. Estou certa de que ele fará isso. O fato, porém, é que você é a autoridade aqui. Além de ser a pessoa cujos pensamentos e opiniões sobre o caso ela respeitaria mais.

— A senhora veio me contar do resultado do teste ou sugerir que eu deva conversar com Caro?

— As duas coisas. — Mira deu uma palmadinha carinhosa na mão de Eve. — Além disso, dei uma olhada no exame de sangue que ela fez logo que foi levada sob custódia.

— Não havia nada — disse Eve. — Nenhuma substância química especial, legal ou não. No exame físico não foi encontrado trauma algum que indicasse que ela tenha sido colocada a nocaute fisicamente.

— Não. — Mira tomou um gole de vinho. — Mas nós duas sabemos que existem anestésicos que podem ser absorvidos depressa pelo organismo e se dissipar em duas ou três horas sem deixar traços perceptíveis.

— O tipo de coisa que a OSP teria em sua despensa.

— Suponho que sim. Quando eu coloquei Reva em estado de subconsciência, durante o exame, eu a induzi a reviver os passos e estágios do que aconteceu naquela noite. Ela citou um movimento no seu lado esquerdo, no instante em que estava de frente para a cama, no local do crime. Ela não se lembra disso claramente, só sob hipnose. Percebeu um movimento — continuou Mira —, depois uma fragrância. Um odor forte e acre, e um gosto semelhante na boca logo em seguida.

— Provavelmente jogaram algo nela por meio de spray. — Eve olhou para os jardins, mas já não via as agitadas borboletas agora nem ouvia o passarinho insistente. Via apenas o quarto à meia-luz, os corpos enroscados sobre os lençóis empapados de sangue.

— Ele deve ter esperado que ela subisse, pegou-a desprevenida e a atingiu com o spray. Aprontou o resto do cenário enquanto ela estava apagada.

— Se foi assim, trata-se de alguém com pensamento organizado, frio e calculista. No entanto, muito do que foi feito tinha um tom melodramático. Além da violência, que demonstra uma capacidade imensa de brutalidade, vemos etapas adicionais, complicações desnecessárias para o resultado que, imaginamos, ele ou eles esperavam.

— Porque ele estava se divertindo com tudo aquilo.

— Sim, isso mesmo. — Satisfeita por ter acertado, Mira comeu mais um pedaço do hambúrguer. — Realmente estava. Usou de vários recursos estranhos e floreios, quando a simplicidade teria

Dilema Mortal

servido melhor aos seus propósitos. Isso indica que ele se empolgou com o papel que desempenhava. Curtiu tudo e talvez desejasse prolongar o momento.

— Acrescentou toques a um plano simples e sólido, e isso acabou por desequilibrar o resultado final. Como é o nome que se dá a isso mesmo? Improvisação provocada por empolgação.

— Muito bem-descrito. Temos pensamento organizado, mas também impulsividade. Duvido muito que ele tenha agido sozinho. Também duvido que a pessoa que arquitetou o plano seja a mesma que o executou. Agora eu vou passar a bola para Morris, para você resolver os problemas de trabalho e curtir um pouco da noite entre amigos.

— Fica difícil curtir qualquer coisa sabendo que Trina *tem planos* para mais tarde. — Mas Eve se levantou e foi até onde Morris estava e perguntou: — Você tem algo novo para mim?

— Dallas! — gritou Mavis. — Você sabia que Morris toca sax?

— Toca o quê?

— Saxofone — disse Morris. — Sax tenor. É um instrumento musical, tenente.

— Eu sei o que é um saxofone — resmungou ela.

— Ele tocava em uma banda no tempo de faculdade — continuou Mavis. — Até hoje eles se encontram para apresentações esporádicas. O nome da banda é Os Cadáveres.

— Claro que é.

— Vamos nos encontrar para uma *jam session* uma hora dessas? — perguntou Mavis a Morris.

— É só marcar a data e o local.

— Vamos agitar, porque isso é *mag* demais para adiar — disse ela, afastando-se nos braços de Leonardo.

— Ali vai uma jovem muito feliz. — Morris sorriu.

— Você não diria isso se a tivesse visto há duas horas.

— Gestantes tendem a passar por altos e baixos emocionais. Têm todo o direito a isso. Não quer uma cerveja, Dallas?

— Quero, sim, por que não? — Ela pegou uma garrafa no cooler. — O que tem para mim?

— Nada tão maravilhoso quanto este suculento acepipe bovino. Chloe McCoy. Não encontrei evidências de atividade sexual recente. Mas... me parece que ela esperava alguém, pois usava proteção especial. Um produto de venda liberada da marca Freedom. Cobre a região vaginal com uma camada de espermicida e lubrificante; é anticoncepcional e também protege contra doenças sexualmente transmissíveis.

— Sim, eu conheço o produto. Deve ser usado até vinte e quatro horas antes do agito. Quando foi que ela o aplicou?

— Quer meu melhor palpite? Uma hora, no máximo duas antes da hora da morte. E também ingeriu cinquenta miligramas de Sober-Up mais ou menos ao mesmo tempo.

— Ora, mas isso é muito interessante.

Para mostrar sua convergência de ideias, ele brindou com sua garrafa de cerveja contra a dela.

— Isso tudo aconteceu uma hora antes de ela ingerir os comprimidos que a mataram. E, se eles foram comprados no mercado negro, foi por alguém com bala na agulha, porque eles custam uma nota preta. Não existem genéricos, clones, nem similares feitos em casa. Agora o toque final: os comprimidos foram dissolvidos no vinho antes da ingestão.

— Quer dizer que ela se protegeu contra gravidez e doenças sexualmente transmissíveis, tomou um produto para acabar com a ressaca, limpou o apartamento todo, vestiu uma lingerie sexy, se penteou com cuidado e colocou maquiagem. Depois disso tudo, dissolveu dois comprimidos fatais no vinho e se matou. — Eve tomou um longo gole de cerveja. — E você me disse que não tinha nada mais maravilhoso que esse hambúrguer?

Dilema Mortal 277

— Você diz isso porque ainda não provou o hambúrguer.

— Vou chegar lá. Qual é o laudo do legista-chefe do IML da cidade de Nova York, afinal?

— Homicídio encenado para parecer suicídio. Essa garota não tomou os comprimidos de livre e espontânea vontade.

— Não, não tomou. — Isso tornava Chloe McCoy uma de suas vítimas, refletiu Eve. — Comprimidos potencialmente fatais exigem uma receita médica específica, Morris, isso mesmo depois de muita terapia e diversos testes. Se ela não os conseguiu desse jeito, e é claro que não conseguiu, e se eles não vieram do mercado negro... Você diria que o fornecedor de medicamentos desse tipo e com essa potência poderia ser uma organização secreta do próprio governo?

— Eu não descartaria essa hipótese.

— Pois é, nem eu. — Ela refletiu por alguns minutos. — Tem mais uma coisa que eu queria que você confirmasse.

Quando Eve acabou de conversar com Morris, foi até a churrasqueira.

— Tenho novidades quentes — contou a Feeney, mas ele colocou um prato na mão dela e disse:

— Espere um minutinho e curta isso. Sempre existe tempo para carne de verdade.

O cheiro do hambúrguer fez a saliva inundar a boca de Eve.

— Temos muitas novidades quentes, Feeney. O IML vai dar laudo de homicídio para Chloe McCoy, e eu já agitei uns contatos na Jamaica para que Peabody e McNab possam trazer evidências para cá. Mira disse que...

— Vá em frente. — Roarke pegou o hambúrguer do prato dela e o colocou na boca de Eve. — Prove um pedacinho. Você está morrendo de vontade.

— Isso não é hora para um piquenique em família.

— Pense nesta noite como uma mistura de evento familiar e encontro com amigos — retrucou Roarke.

— Você precisa comer, Dallas — disse Feeney. — Isso é carne de primeira, não dá para dispensar.

— Tudo bem, *tudo bem* — disse ela, experimentando um pedaço. — Mira disse que... Puxa, isso está gostoso mesmo! Não vejo motivo para não me sentar e comer um pouco enquanto conto as novidades para você, Feeney.

— Deixe-me colocar a churrasqueira no automático e você poderá contar as novidades para mim também — sugeriu Roarke.

Ela foi até uma mesa, se sentou e segurou o hambúrguer com as duas mãos. No momento em que deu mais uma mordida, Roarke colocou alguns vegetais grelhados no seu prato.

— Para equilibrar os nutrientes — explicou ele.

— Por mim, tudo bem. — Se Roarke preferia agir como se tudo estivesse às mil maravilhas entre eles, ela embarcaria na história. Já havia coisas demais em sua cabeça para ela se preocupar com as esquisitices do casamento. — Muito bem, vou contar como eu acho que a coisa rolou, mas preciso que a DDE investigue os *tele-links* de Chloe McCoy para confirmar tudo. Quem a matou ligou para ela antes. Ela estava feliz e empolgada, a ponto de tomar Sober-Up para apagar os efeitos do vinho que ela bebera demais em companhia da vizinha. Depois, aplicou um creme anticonceptivo, limpou o apartamento todo, foi se maquiar e se arrumar.

— Pelo visto esperava uma visita especial. Não me parece uma garota se aprontando para cometer suicídio. — Feeney balançou a cabeça. — Mas ela andava de rala e rola com Blair Bissel, que já estava morto. Será que havia outro cara correndo por fora?

— É possível. Mais possível ainda é que a pessoa que ligou para ela a tenha feito acreditar em uma das seguintes opções: havia novidades sobre Bissel, tudo tinha sido um engano, uma farsa, talvez uma operação. A pessoa que ligou garantiu que Bissel estava

Dilema Mortal

vivo e prometeu levá-lo para o apartamento dela, onde ele ficaria escondido até o perigo passar. Ou então ele a fez pensar que era o próprio Bissel.

— Isso seria mais complicado.

— Não para o irmão dele. Eles se parecem fisicamente e dá para acentuar as semelhanças. O cara teve inveja do irmão a vida toda e encontrou uma oportunidade de se vingar dos traumas da juventude.

Feeney olhou para a cerveja que pegara e colocara sobre a mesa.

— Essa é uma boa hipótese — concordou ele. — Muito boa. Mas ele teve de entrar em contato com ela e precisou de tempo para se preparar. Vamos pesquisar bem fundo nos *tele-links* e podemos colocar o computador dela na roda também. Se ele se comunicou com ela por e-mail, vai ser um sufoco encontrar isso.

— Esse abacaxi é seu. O meu é investigar Carter Bissel. Ele sabia o que o irmão mais velho andava aprontando. Sabia que ele tinha um caso com a mulher que o treinou. Blair trabalha com Kade e dorme com ela. Kade, por sua vez, sabia sobre Chloe McCoy e também sabia o que Bissel escondeu dentro do medalhão que deu a ela. Certamente existe um motivo para o medalhão ter sido retirado da cena do crime. McCoy era apenas uma ponta solta e precisou ser eliminada.

— A teoria é boa, mas por que não ir até lá, simplesmente, e matá-la? — questionou Feeney. — Por que toda a encenação?

— O mesmo caso de Reva Ewing. Um monte de sinos, apitos, distrações, pistas falsas. Ele gosta de improvisar, diverte-se com isso. Talvez a necessidade de se acobertar o fez agir assim; talvez goste de drama. Quem sabe as duas coisas.

— Faz sentido. — Feeney acenou para Roarke. — Fiz um bom trabalho com essa garota, não acha?

— Fez, sim, ela é tira até a medula.

— Vamos focar na investigação — reclamou Eve e deu mais uma mordida saudável e satisfatória no hambúrguer. — Nos dois casos temos o mesmo *modus operandi* sob a superfície. Matar e armar um circo para fazer tudo parecer uma coisa que não é. Colocar a culpa em outra pessoa. Reva Ewing no primeiro caso, a própria Chloe McCoy no segundo.

— Tudo se encaixa — concordou Roarke. — Mas, quando o assassino chegou ao seu apartamento, Chloe McCoy não questionaria a ausência de Blair?

— Carter entra e diz que é preciso tomar cuidado. Os irmãos precisam da ajuda dela. Quanto mais teatral a história, mais fácil ela embarcar. Tudo o que ele precisa fazer é convencê-la a escrever um bilhete de suicídio. Ou quem sabe ela o escreveu de antemão, só pelo toque dramático. Ele coloca os comprimidos no vinho. Depois que ela bebe, ele a ajeita na cama e cai fora dali.

"Ou", continuou Eve, experimentando um pimentão grelhado sem perceber, "pode ser que a OSP tenha encenado tudo isso. Simplesmente entrou e a eliminou. Mas isso não explica o anticoncepcional nem o Sober-Up. Quem a matou não sabia que ela os usara. Não é tão esperto quanto ele mesmo imagina."

Roarke se lembrou da jovem na galeria, agarrada às pernas de Eve e chorando sem parar. Sim, tudo encaixava, embora a história fosse triste.

— Você vai focar no irmão de Blair? — perguntou ele.

— Sim, estou analisando o perfil dele. Carter está desaparecido há quase um mês. Teve muito tempo para se submeter a uma cirurgia plástica para ficar com a cara do irmão. — Ela comeu o último pedaço do hambúrguer e tomou mais um gole de cerveja. — Mas existe outra possibilidade, um pouco improvável, mas interessante.

— Blair Bissel a matou — sugeriu Roarke.

Dilema Mortal

— Você pensa rápido para um cara que passa as horas vagas preparando hambúrgueres.

— E a fumaça da churrasqueira enevoou a cabeça de vocês dois — disse Feeney. — Bissel está congelado numa gaveta do necrotério.

— Aparentemente, sim. Provavelmente está mesmo — concordou Eve. — Mas vamos pensar como um espião por um momento. Afinal, Reva comentou que filmes de espionagem eram um dos hobbies dele, e agora sabemos que essa era sua verdadeira profissão. E se Bissel jogasse dos dois lados? Quem sabe era um agente duplo, com ou sem o apoio da OSP? Quem sabe eles descobriram que Kade trabalhava para o outro ou Blair está simplesmente revoltado por ela transar com seu irmão? Ele arma uma cilada, elimina os dois e põe a culpa na esposa, porque é mais cômodo e ela já não lhe interessa. Depois mata McCoy e recolhe o que ela guardava para ele no medalhão.

— E você acha que alguém competente como Morris não ia perceber que o corpo que recebeu não era o mesmo da foto na carteira de identidade? Mesmo com cirurgia plástica, existem os registros da arcada dentária, temos as impressões digitais, temos o exame de DNA. Todos eles confirmaram que o morto era Blair Bissel.

— Eu sei, provavelmente ele está congelado mesmo. O assassino está lá fora, e Carter Bissel encabeça minha lista de suspeitos. Pedi a Morris para verificar se o morto se submeteu a alguma cirurgia plástica de face recentemente. Tem mais uma coisa: se isso aconteceu, podemos ter outra pista. Preciso que você procure no Centro de Pesquisa Internacional de Atividades Criminais, Feeney. Descubra algum cirurgião plástico falecido recentemente. Aposto que Carter Bissel mudou de cara para se passar por Caim ou fingir que era Abel. Um dos irmãos Bissel está vivo. Precisamos descobrir qual deles.

* * *

Eve se obrigou a ignorar o que estavam fazendo com seu corpo. Se não agisse assim, começaria a gritar como uma garota histérica. Seus cabelos estavam grudados na cabeça por uma gosma espessa e cor-de-rosa. Segundo Trina, era um produto novo, que dava brilho, volume e clareava as pontas de forma natural.

Nada disso interessava a Eve.

Seu rosto e seu pescoço estavam besuntados por um troço verde, e os poros tinham sido vedados por um produto em spray. Antes disso, sua pele havia sido revestida de um creme amarelo-claro, esfregada, examinada e criticada. E não só a pele do rosto e do pescoço foi trabalhada, pensou Eve, estremecendo por dentro. Cada centímetro quadrado do seu corpo havia recebido algum tipo de tratamento. Do pescoço para baixo ela fora pintada de amarelo, depois selada pelo mesmo spray estranho; em seguida, seu pobre corpo tinha sido envolvido em uma manta aquecida.

Pelo menos ela estava com o corpo coberto agora. Isso era uma pequena bênção.

Aproveitando que Trina dava atenção a Mavis, que parecia maravilhada com tudo aquilo, Eve desligou os óculos de realidade virtual que a consultora de beleza programara e colocara nela. Não aturava mais os tranquilos sons da natureza nem as coloridas formas deslizantes do programa para relaxamento.

Mesmo nua sobre uma mesa acolchoada e coberta de gosma dos pés à cabeça, Eve continuava sendo tira e queria um tempo para pensar como uma verdadeira policial.

De volta às vítimas. A questão mais importante era voltar às vítimas.

Bissel, Kade, McCoy, sendo Bissel o principal foco. Quem ou o que sairia ganhando com suas mortes?

A OSP. Durante os primeiros anos das Guerras Urbanas, o governo tinha criado a Organização para Segurança da Pátria como

Dilema Mortal

forma de proteger o país, policiar as ruas e recolher informações secretas sobre as facções radicais antigoverno.

Tinha dado certo. Tinha sido necessário. Ao longo dos anos que se seguiram, algumas pessoas começaram a dizer que a OSP se transformara em algo mais parecido com um grupo terrorista legalizado do que uma agência para proteção e informações.

Eve concordava com isso.

Portanto, os assassinatos poderiam ter sido uma operação de limpeza. Se Bissel e Kade tinham passado para o outro lado e McCoy sabia demais, os três poderiam ter sido mortos para proteger algum programa de segurança global. O Código Vermelho era o elemento óbvio. Os computadores haviam sido infectados e destruídos. Quais os dados que precisavam ser eliminados? Ou o uso do vírus foi simplesmente uma manobra visando desviar a atenção para os tecnoterroristas?

O grupo Juízo Final. Assassinatos, extermínios em pequena e grande escala, destruição e eliminação de vidas por meio de sabotagem tecnológica eram a sua razão de existir. Kade e Bissel talvez trabalhassem para os dois lados ou tinham a missão de se infiltrar no grupo terrorista. Quem sabe haviam sido eliminados pelos terroristas e McCoy entrou como efeito colateral?

Se foi isso, por que o grupo não assumiu a autoria dos crimes? Usar a mídia para fazer demonstrações de força e divulgar mensagens distorcidas era a atitude básica de qualquer grupo terrorista. Já havia tempo suficiente para uma declaração desse tipo ter sido enviada aos meios de comunicação.

Por outro lado, por que envolver Reva Ewing? Se, para ambas as organizações, ainda que por motivos diferentes, seria melhor manter os assassinatos ocultos, para que tanto tempo e trabalho com o intuito de incriminar alguém de fora?

No caso da OSP, o interesse seria atrasar, atrapalhar ou anular o trabalho de Ewing no programa para exterminar o vírus do Juízo

Final, e usar os dados que Bissel tivesse conseguido com seus dispositivos secretos para criar um vírus fatal antes da Securecomp. No caso do grupo terrorista, o objetivo seria reformular o vírus para benefício deles ou conseguir evitar sua eliminação.

Tudo isso era possível, e Eve não fecharia nenhuma dessas portas. Pelo contrário, rodaria um programa de probabilidades e forçaria a barra nessa direção.

De qualquer modo, em ambos os cenários, ainda havia Carter Bissel circulando no ar como uma incômoda partícula de poeira. Kade o recrutara com ou sem a sanção da OSP? Com ou sem o conhecimento de Blair Bissel?

E onde, diabos, ele estava?

Eve tentou trazer a imagem dele à mente, mas não conseguiu. Tudo parecia enevoado e se dissolvia em meio às cores que invadiam lentamente a sua cabeça.

Ela parou de ouvir Mavis e Trina matraqueando uma com a outra e sentiu apenas um sopro suave, como uma batida de coração dentro de um útero.

Mesmo percebendo que o programa de realidade virtual havia sido reativado, ela se deixou levar e relaxou por completo.

No laboratório para computadores montado no escritório de Roarke, Feeney se recostou na cadeira e apertou os olhos doloridos com a base das mãos.

— Você devia tirar alguns minutos de folga para dar um descanso aos olhos antes que eles explodam — sugeriu Roarke.

— É, eu sei. — Feeney soprou o ar com força pelas bochechas. — Já não enfrento esse trabalho de *geek* com a mesma vitalidade de antes. — Ele olhou para o computador diante do balcão, completamente desmontado e dissecado. — Fiquei malacostumado por jogar esse trabalho braçal para meus jovens assistentes.

Ele deu uma olhada na mesa de Roarke e sentiu certo alívio ao notar que o progresso do consultor civil, na máquina que examinava, era tão lento quanto o dele.

— Você tem uma estimativa de quanto tempo vamos levar para reativar essas máquinas destruídas e colocá-las nos trinques, só nós dois trabalhando nisso? — perguntou Feeney.

— Calculo que conseguiremos isso na próxima década, com muita sorte, ou só no quarto milênio, se a sorte não nos visitar. Esse troço está carbonizado. — Roarke jogou a cadeira para trás e olhou com cara feia para as entranhas calcinadas do computador sobre a mesa. — Podemos escolher entre substituir peças, repará-las, reconfigurar a máquina ou bater nela com uma marreta. Só sei que vamos conseguir recuperar esses dados. Estou revoltado e decidido a fazer disso o objetivo da minha vida, mas Deus sabe que conseguiríamos isso de um jeito mais fácil e muito mais depressa se pudéssemos contar com mãos e cérebros extras. McNab é bom. Tem mãos ágeis e é um *geek* de carteirinha. Poderá cair dentro e nos ajudar por muitas horas, mas ainda vai ser pouco.

Eles se sentaram, desolados, por um instante. De repente, olharam um para o outro ao mesmo tempo.

— Você fala com ela — disse Roarke.

— Ah, não. Eu não sou casado com ela.

— E eu não sou tira.

— Mas o equipamento para a pesquisa é seu.

— É uma investigação do Departamento de Polícia da Cidade de Nova York.

— Até parece que isso impediria você de agir. Tudo bem, tudo bem. — Feeney abanou a mão antes de Roarke ter a chance de retrucar. — Vamos resolver isso como homens.

— Quer disputar numa queda de braço?

Feeney deu uma gargalhada abafada e enfiou a mão no bolso.

— Vamos usar uma moeda. Cara ou coroa?

Eve ouviu um som que parecia vir de instrumentos de sopro. Por um instante se viu completamente nua, atravessando uma campina florida onde criaturas aladas tocavam flautas de bambu. Pássaros cantavam, o sol brilhava e o céu parecia uma tigela imensa pintada de azul-claro.

Acordou num pulo e exclamou, com nojo:

— Gak!

— Uau, Dallas, você apagou de verdade!

Piscando muito, Eve focou os olhos na figura esparramada na mesa ao lado dela. Parecia Mavis. A voz também era de Mavis, mas era difícil fazer uma identificação positiva porque a pessoa tinha sido coberta por uma gosma cor-de-rosa do pescoço aos pés. Seu rosto estava sob uma camada de creme azulão e os cabelos tinham sido empastados por substâncias verdes, vermelhas e roxas.

Sentiu vontade de dizer "Gak!" novamente, mas isso seria redundante.

— Você não babou nem nada — tranquilizou-a Mavis —, caso esteja preocupada de pagar mico.

— Mas emitiu alguns gemidos de cunho sexual. — A voz de Trina veio de algum ponto junto dos pés de Eve, e ela se sentiu petrificada de pavor.

— O que está fazendo aí?

— Meu trabalho. Já retirei todos os produtos do seu corpo. Você estava apagada nessa hora. Aproveitei para lhe esfregar o revitalizador dermatológico no corpo todo. Seu marido vai gostar. Só falta cuidar do cabelo e do rosto, assim que acabar de fazer seus pés.

— Como assim, *fazer* meus pés? — Com muito cuidado, Eve se ergueu da mesa, se apoiou nos cotovelos e olhou para baixo.

— Santo Cristo dos dedos! Você pintou minhas unhas dos pés!

Dilema Mortal 287

— Trata-se de uma pedicure de luxo. Não é um ritual satânico.

— Mas meus dedos estão *cor-de-rosa*!

— Pois é, resolvi usar uma cor discreta em você: Coral Ensolarado. Combina com seu tom de pele. Seus pés estavam uma vergonha! — acrescentou Trina, enquanto espalhava um spray para secagem rápida de esmalte. — Ainda bem que você estava com os óculos de realidade virtual e permaneceu completamente fora do ar enquanto eu trabalhava neles.

— Por que *ela* não ficou apagada? — quis saber Eve, apontando para Mavis.

— É que eu aproveito mais os tratamentos quando sei o que está acontecendo — explicou Mavis. — Adoro ser besuntada, esfregada, massageada e pintada. Acho o máximo do máximo. Você odeia, né?

— Mavis, você sabe o quanto eu odeio, por que me obriga a *fazer* essas coisas?

— Porque é divertido. — Mavis exibiu um sorriso em tom forte de azul.

Eve ergueu a mão para passá-la no rosto e soltou uma exclamação de choque ao ver as unhas das mãos.

— Você pintou minhas unhas! As pessoas vão vê-las!

— Francês Neutro. — Trina chegou perto de Eve e passou o dedo sobre uma das pálpebras dela. — Vou fazer suas sobrancelhas também. Você vai ficar fantástica, Dallas.

— Você sabia que eu sou uma tira? Sabia que se eu tiver de algemar um suspeito e ele perceber que eu estou de unhas pintadas com esse tal de esmalte francês neutro ele vai quebrar o pescoço de tanto rir? Depois eu vou ter de enfrentar a Corregedoria, num processo de investigação da morte de um suspeito que estava sob meus cuidados.

— Eu sei que você é tira. — Trina exibiu um sorriso lindo. Seu canino esquerdo estava decorado com uma esmeralda minúscula.

— Foi por isso que eu lhe fiz uma tatuagem temática grátis no seio.

— Seio? Tatuagem? — Eve se sentou à mesa como se tivesse sido lançada por uma catapulta. — *Tatuagem?*

— É temporária. Sai com facilidade em poucos dias.

Eve se sentiu aterrorizada demais para verificar. A fim de dissipar seu medo, agarrou um tufo dos cabelos muito pretos e brilhantes de Trina e a obrigou a baixar a cabeça para fitá-la direto nos olhos. Se fosse necessário, ela bateria com a cabeça da esteticista com força contra a mesa, até deixá-la inconsciente. Ignorando solenemente os gritos e esforços de Trina, que tentava desesperadamente se libertar, e não dando atenção aos gritos divertidos de Mavis para que a paz se restabelecesse no recinto, Eve baixou a cabeça lentamente e olhou para o seio.

Na curva superior do seio esquerdo estava pintada uma réplica do seu distintivo com detalhes, apesar do tamanho reduzido, pouco maior que a unha do seu polegar. Com o espanto, Eve soltou um pouco a cabeça que segurava pelos cabelos para ler melhor o próprio nome na tatuagem, e Trina aproveitou para escapar e esbravejou:

— Minha nossa, você é maluca, mulher? Eu disse que era temporária!

— Você me deu alguma substância alucinógena enquanto eu estava apagada com os óculos de realidade virtual?

— O quê? — Obviamente indignada, Trina balançou os cabelos recém-atacados, cruzou os braços com força e olhou para Mavis. — O que há de errado com ela? Não, eu não lhe dei nada. Sou uma consultora de estilo e cuidados com o corpo, uma consultora formada, uma profissional. Não ofereço substâncias ilegais no meu cardápio. Como é que você chega, me faz uma pergunta dessas e...

Dilema Mortal 289

— Eu fiz uma pergunta dessas porque vi o que você tatuou em uma parte íntima do meu corpo. Confesso que gostei, mas queria me certificar de que não estou num estado de atordoamento químico.

Trina fungou, mas um lampejo de humor e diversão surgiu em seus olhos.

— Se você gostou tanto assim, podemos torná-la permanente.

— Não. — Em uma reação de defesa, Eve cobriu o seio com uma das mãos. — Não, não, não... Não!

— Já entendi, fica só a temporária, então. Mavis precisa "cozinhar" mais um pouco, mas vou terminar de atender você. — Trina apertou um botão ao lado da mesa acolchoada e uma seção se ergueu como se fosse o espaldar de uma cadeira.

— Por que você está com tantas cores nessa gosma do cabelo?

— Estou fazendo luzes coloridas — explicou Mavis. — Vou ficar com alguns cachos vermelhos, pontas eriçadas roxas e...

— Não tem nada disso no meu cabelo, tem? — perguntou Eve com uma fisgada de apreensão na garganta.

— Relaxe. — Para descontar o que tinha sofrido, Trina agarrou os cabelos de Eve e puxou sua cabeça para trás, garantindo: — As mechas cor-de-rosa sairão em poucos dias.

— Brincadeirinha dela! — acudiu Mavis ao ver que Eve ficou pálida como papel. — É brincadeira, sério.

Quando a sessão acabou, Eve sentiu o corpo mole como um macarrão cozido. No instante em que se viu sozinha, correu para o banheiro mais próximo, trancou a porta e se preparou para analisar a própria imagem no espelho.

Seus joelhos fraquejaram de alívio ao ver que não havia mechas cor-de-rosa nem de outra cor em seus cabelos. Suas sobrancelhas também não exibiam o carnaval de cores que ela viu em Mavis quando Trina acabou de prepará-la. Eve só queria se parecer consigo mesma, o que havia de errado nisso? Ao ver que era exatamente o que seu reflexo mostrava, o ponto de tensão entre suas omoplatas se dissolveu.

Tudo bem, talvez sua aparência estivesse um pouco melhor do que o normal, decidiu. Trina havia feito algo diferente em suas sobrancelhas quando conseguiu colocar as mãos nelas. O arco estava mais definido e emoldurava bem os seus olhos. E sua pele tinha um brilho interessante.

Ela balançou a cabeça, feliz por ver os cabelos se colocarem no lugar quase sem esforço.

Então seus olhos se arregalaram de choque. Ela *era* vaidosa, afinal, ou estava muito perto disso. Aquilo precisava ter um fim. De forma deliberada, ela se virou de costas para o espelho. Precisava despir o robe idiota que usava e vestir roupas normais. Assim que fizesse isso, iria para o laboratório de informática na sala de Roarke.

Trabalhar, garantiu a si mesma, era a única coisa pela qual valia a pena se sentir vaidosa.

Capítulo Quatorze

Ela mal entrara no quarto e viu Roarke saindo do elevador.

— Preciso só trocar de roupa e já vou para o laboratório.

— E eu preciso de um minuto para conversar com você. Subi quando soube que Trina e Mavis tinham ido embora.

— Sobre o que você quer falar? — Ela começou a remexer na cômoda em busca de uma camiseta velha e confortável. Isso lhe dava algo para fazer com as mãos enquanto rezava para que o assunto de Roarke não tivesse nada a ver com a antiga operação especial em Dallas. — Você e Feeney tiraram alguns minutos para descanso?

— Mais ou menos. O trabalho é desgastante e exigente. Lento e tedioso. Feeney vai tirar uma horinha de folga para restaurar as forças. Esse trabalho arrasa com a vista.

— Ele fez bem em parar um pouco. — Eve não poderia reclamar daquela folga, pois passara boa parte da noite deitada numa mesa estofada, com o corpo coberto de gosma. — Não vou poder ajudar muito na área dos nerds em computação, mas tenho algumas probabilidades para pesquisar e teorias que quero aprofundar. Minha mente está clara e descansada. Odeio isso.

— Você odeia estar com a mente clara e descansada?

— Não. — Os ombros dela relaxaram um pouco mais. Ela analisou todas as sutilezas de tom na voz dele e tudo lhe pareceu normal. Por enquanto. — O que eu odeio é reconhecer que as coisas que Trina faz no meu corpo funcionam para fazer o cérebro descansar. Eu me sinto revigorada e energizada — disse, pegando uma camiseta de mangas curtas velhíssima que ela havia escondido sob uma pilha de blusas de seda e caxemira. — Estou aqui pensando em... O que você está olhando?

— Você, minha querida Eve. Você me parece...

— Não comece! — Eve balançou a camiseta diante dos olhos dele e recuou dois passos. Mas isso era falso. No fundo, ela se sentia tremendamente aliviada por ver que ele ainda conseguia olhar para ela daquele jeito. E sentiu também, ao ver isso acontecer, o próprio sangue acelerando e o corpo se retesando. — Nem pense em começar!

— Você cuidou dos pés.

Por instinto, ela curvou os dedos dos pés, muito embaraçada.

— Trina aprontou isso comigo quando me viu apagada e relaxada sob o efeito dos óculos de realidade virtual. O pior é que não quis me explicar como tirar esse esmalte das unhas.

— Eu gostei. Ficou sexy.

— O que tem de sexy em unhas cor-de-rosa? Como é que um troço desses poderia ser sexy? Pare, esqueça, eu esqueci que estava falando com você. Se eu pintasse meus *dentes* de cor-de-rosa, você acharia sexy.

— Sou um tolo apaixonado — murmurou ele, chegando junto dela e passando o polegar sobre sua bochecha, de leve. — Sua pele está macia.

— Pare com isso! — Ela deu um tapa na mão dele, afastando-a.

— E está com um cheiro... exótico — disse, depois de se aproximar mais e dar uma cheirada em seu pescoço. — Algo tropical.

Um pomar de limoeiros na primavera, com um toque de... jasmim, eu acho. Jasmim noturno.

— Roarke, pode parar!

— Tarde demais. — Ele riu e a agarrou pelos quadris. — Um homem precisa de momentos especiais para lhe restaurar as forças, sabia? Você não quer ser o meu momento restaurador?

Ela já era isso para ele. Mesmo assim, ela o empurrou, mas sem muita força, quando seus lábios atacaram os dela.

— Eu já tive meu momento restaurador.

— Pois ele será prorrogado. Você está com um sabor delicioso. — Os lábios dele passearam de leve ao longo do maxilar dela e suas mãos ágeis já haviam desfeito o laço do robe para penetrar no espaço que se abriu. — Vamos ver... — ele puxou com os dentes, de leve, o lábio inferior dela — ... o que mais Trina aprontou.

Ele fez o robe deslizar suavemente pelos ombros dela e mordiscou, de leve, sua pele nua.

O pequeno ponto de desejo que surgira na barriga de Eve começou a se expandir. Ela deixou a cabeça tombar de lado, lentamente, para proporcionar melhor acesso a ele.

— Você tem vinte minutos, no máximo trinta, para controlar seus impulsos.

— Trinta talvez seja tempo suficiente para... — Ele perdeu a voz quando seus olhos baixaram e se viu diante do seio dela.

— Ora, ora! — Sua voz se transformou num ronronar, e ele passou o polegar de leve sobre a réplica do distintivo. — O que temos aqui?

— Uma das ideias malucas de Trina. É temporária, e eu confesso que curti o enfeite depois do choque inicial.

Ele ficou calado, formando círculos em torno da imagem com o polegar.

— Roarke?

— Estou espantado por uma coisa ridiculamente simples como essa me excitar tanto. Que estranho!

— Você está brincando, não está?

Ele ergueu a cabeça, fitou-a fixamente, e o azul forte dos seus olhos pareceu atravessá-la.

— O.k. — Eve sentiu como se seus nervos estivessem dançando sobre a sua pele e acima dela. — Já vi que você não está brincando.

— Tenente. — Ele a agarrou mais forte pelos quadris e a ergueu do chão subitamente, até sentir as pernas dela envolverem sua cintura. — É melhor se preparar.

Não havia preparo para aquele tipo de assalto aos sentidos, um brutal ataque ao sistema. Como a cama estava muito longe, ele simplesmente fez os dois escorregarem lentamente sobre o sofá e a tomou ali mesmo, com os lábios e as mãos.

Ela o envolveu com força. Pareceu-lhe que, se ela não segurasse bem nele, com muita firmeza, poderia ser jogada para fora do próprio corpo. As sensações se acumularam em torno dela, descontroladas, em meio a sangue, músculos e nervos, até que ela começou a estremecer e teve o primeiro orgasmo, entre espasmos urgentes e incontroláveis.

Completamente tonta, ela lutou por ar até que encontrou com a boca, finalmente, os lábios famintos dele. Em parte por luxúria e em parte por alívio desesperado por eles estarem juntos naquele instante, pelo menos ali, ela puxou a camisa que ele ainda vestia Ele não era o único que queria sentir sabores e texturas de carne A pele dele ardia de calor, como se ele queimasse de dentro para fora por ela.

Ele era o seu milagre.

— Deixe-me tirar sua roupa. — Ela lutou com o cinto dele. — Deixe!

Dilema Mortal

Eles rolaram para fora do sofá e bateram no chão com um baque surdo.

O riso ofegante dela pareceu fazer a pele dele tremular. Deus, como ele precisava ouvir aquele riso.

Ele precisava muito se agarrar nela com força, e foi o que fez.

O cheiro dela, suas formas e seus sabores queimaram o corpo dele, diminuindo ainda mais o seu controle. Ele queria lambê-la toda, como se ela fosse um creme; queria devorá-la como um banquete depois da fome; queria se enterrar nela até o mundo acabar.

Se era possível amar demais, desejar demais e precisar demais, ele já ultrapassara todas as fronteiras com ela. Não havia retorno. Ela estremeceu debaixo dele e se moveu devagar. Sua mão o agarrou e se fechou em torno dele, tomando por inteiro aquela massa dura e encaminhando-a até o foco de calor úmido no centro do seu corpo.

O prazer o inundou por dentro, deixando-o ensopado, mergulhado nela, em uma saturação louca de mente e corpo, enquanto os quadris dela se lançavam para cima e ele se compelia com vigor para baixo.

Ele viu os olhos dela, da cor do âmbar, se tornarem opacos de excitação e viu os lábios dela tremendo muito um instante antes de sua cabeça tombar para trás em arco e um gemido rouco lhe escapar pela garganta.

Desvanecido, ele apertou os lábios sobre o símbolo do que ela era e sentiu-lhe o coração ribombar por baixo de sua boca. Aquela era a sua tira, a sua Eve, o seu milagre.

Ele se doou por inteiro e, entre espasmos, se rendeu a ela.

O pulso de Eve estava quase de volta ao normal quando eles rolaram e trocaram de posição. De repente ela se viu esparramada sobre o peito dele em vez de estar grudada no chão, debaixo do seu peso. Daquele ângulo favorável, ela cruzou os braços sobre os músculos dele e pousou o próprio queixo sobre as mãos, para analisar melhor o rosto que viu debaixo dela.

Ele certamente parecia relaxado agora, pensou, todo solto e satisfeito, prestes a tirar um cochilo a qualquer momento.

— Unhas cor-de-rosa e tatuagem no seio. Qual é o problema com os homens? — quis saber ela.

Os lábios dele se abriram, embora seus olhos continuassem fechados.

— Nós, os homens, somos fáceis de manejar. Por qualquer coisa nos colocamos à mercê das mulheres e de suas seduções misteriosas.

— Você também se coloca à mercê dos seus hormônios.

— É verdade. — Ele suspirou, feliz. — Graças a Deus.

— Quer dizer que você curte tudo isso, de verdade? Cremes, loções, pinturas e todo o resto?

— Eve, minha querida Eve... — Ele abriu os olhos e acariciou os cabelos dela. — O que eu mais curto é você. Isso não é óbvio?

— Mas você se excita com esses troços de beleza.

— Com troços ou sem troços — ele se ergueu ligeiramente até conseguir roçar os lábios nos dela —, você é minha curtição pessoal e especial.

— Mas o que é tão especial? — Os lábios dela se abriram.

— Tudo em você.

— Boa lábia a sua — murmurou ela e o acariciou com o nariz. — Você tem um papo infalível. Se quer saber, não pretendo manter a tatuagem, mesmo que isso transforme você em meu escravo sexual. Ela vai ficar só por uns dias e pronto!

— O corpo é seu, as escolhas também. Não posso dizer que gostaria que a tatuagem ficasse aí para sempre. É que a surpresa de vê-la acendeu um fogo em mim. Algo inesperado e desconcertante, para ser franco.

Dilema Mortal

— Talvez eu decida surpreender você de vez em quando.

— Você sempre faz isso.

Eve gostou de ouvir isso, deu um tapinha carinhoso na bochecha dele e rolou de lado, decretando:

— O tempo de folga acabou.

— Eu já sabia.

— Coloque uma roupa, civil, e faça seu relatório.

— Acho que ainda não usei meus trinta minutos inteiros. Tem gente por aqui que estava com muita pressa.

Ela pegou as calças dele e as jogou em sua direção.

— Cubra essa bunda linda, meu chapa. Você disse que precisava conversar comigo antes de se deslumbrar com minhas unhas cor-de-rosa. Qual é o assunto?

— Antes de falar, devo expressar minha esperança de que você fique o maior tempo possível descalça nos próximos dias. Agora, vamos em frente — disse ele, gargalhando ao ver o olhar duro que ela lançou. — Feeney e eu precisamos de mais técnicos no laboratório. Só dois trabalhando não dá. A recuperação dos dados poderá levar, no mínimo, várias semanas.

— McNab volta amanhã.

— Seremos três, só que um de nós estará sempre pesquisando outra coisa. Se deseja respostas, Eve, você deve nos fornecer ferramentas para obtê-las.

— Por que Feeney, o chefe da DDE, não veio pessoalmente me requisitar isso?

— Porque eu perdi a porcaria do cara e coroa, o que não teria acontecido se eu tivesse tido a chance de trocar a moeda dele por uma das minhas. Segundo palavras dele mesmo: "Não vou deixar o mesmo cão me morder duas vezes." O que me parece ser seu jeito curioso de dizer que ele sabe que foi enganado por mim antes.

— Ele não é idiota.

— Não, não é. Nenhum de nós dois é novato em eletrônica também, e não somos preguiçosos. Por mais que doa admitirmos, precisamos de ajuda. Andei pensando em alguém para...

— Se o seu plano é chamar Jamie Lingstrom, pode esquecer. Não posso colocar uma criança numa situação instável como essa.*

— Não pensei nele. Jamie está em aulas, e eu faço questão de que ele continue lá. Quero Reva. Ela já está a par da situação — continuou, antes de Eve ter chance de falar. — É uma das melhores profissionais dessa área, seu nível de confiabilidade é máximo e ela já sabe de tudo o que está rolando.

— Porque é um dos elementos ligados ao caso. É perigoso trazer para a investigação um dos principais envolvidos nela. Não quero mais uma civil envolvida.

— Ela não precisa aprender nada do zero, e isso vai nos poupar tempo. Tem um interesse pessoal na elucidação de tudo, e isso vai fazer com que ela trabalhe mais que todo mundo. Ela não é suspeita, Eve, é só mais uma vítima. — Ele parou, e seu tom de voz era frio ao continuar. — Será que uma vítima não tem o direito de lutar por si mesma, tanto quanto o de ter alguém lutando por ela, caso haja oportunidade?

— Talvez. — Eles estavam indo na direção que Eve temia: o abismo com recortes irregulares. Eve queria recuar desse ponto. Mais que isso: queria fingir que ele não existia. Mas a distância entre ela e Roarke estava aumentando, apesar de ela estar ali com o corpo ainda impregnado do calor dele.

— Você consultou Feeney a respeito disso?

— Claro. Ele analisou a questão com os mesmos melindres que você. Quando eu lhe mostrei as qualificações dela, porém, ele se mostrou ansioso para colocá-la na equipe.

---

* Ver *Cerimônia Mortal* e *Pureza Mortal*. (N. T.)

Dilema Mortal

— Você o seduziu.

Isso o fez sorrir de leve.

— Essa imagem é ligeiramente desconfortável para mim. Prefiro dizer que eu o convenci a trazer Reva e Tokimoto.

— Outro dos seus empregados? Mais um civil?

— Sim, e existem vários motivos para a escolha. Em primeiro lugar, civis com o nível de segurança desses dois representam menos perigo de algum dado vazar para a mídia. Não se irrite — disse ele, com a voz suave, quando ela exibiu os dentes. — A chance de algo vazar a partir deles é menor que a de outros. Reva por motivos óbvios, e Tokimoto porque ele está apaixonado por ela.

— Ora, que bomba essa notícia!

— Ela não sabe — continuou Roarke, sem hesitar. — Pode ser que ele nunca se declare, estou apenas analisando os fatos. Em virtude dos sentimentos de Tokimoto por Reva, e seu interesse natural por esse tipo de trabalho, ele se dedicará mais do que a maioria dos outros profissionais. O amor faz isso pelas pessoas.

Ao ver que ela permaneceu calada, ele se virou e abriu um painel, atrás do qual havia um frigobar. Pegou uma garrafa de água, abriu-a e bebeu alguns goles.

A água molhou sua garganta, mas não refrescou a raiva que começava a lhe esquentar o peito.

— Além do mais, Eve, se você requisitar tiras para esse trabalho, vai ter de enfrentar papelada, burocracia, restrições orçamentárias, terá de analisar o perfil de cada um para esse tipo de operação e tudo o mais. Meu orçamento é maior que o da Polícia de Nova York.

— Seu orçamento é maior que o da Groenlândia.

— Talvez, mas a questão é que eu confesso um interesse velado em resolver esse problema e proteger meu contrato de Código Vermelho. Tenho muito a perder se não encontrarmos respostas depressa. Por causa disso, pelo que foi feito a uma amiga minha e por conhecer o perigo da situação que enfrentamos, recomendo que convoquemos as melhores pessoas para o trabalho.

— Também não precisa ficar revoltado com isso.

— Mas estou revoltado com toda essa lama desde o início. Não me sinto à vontade quando pessoas de quem gosto são arrastadas para o olho do furacão, e é muito frustrante ficar engatinhando em meio ao caos em que aqueles computadores estão, tentando recuperar os dados destruídos e perder meu tempo nisso em vez de encontrar o responsável pelo que aconteceu em Dallas.

Uma bola de gelo se formou na barriga de Eve. O elefante branco e brilhante no meio da sala, que ela fingia ignorar, bramia agora como uma trombeta.

— É isso que está por trás de todo o seu empenho, não é?

— E como! Por trás, por baixo, por cima, em torno e através do problema.

— Quero que você deixe isso de lado. — Sua voz permaneceu calma, embora sua barriga se apertasse. — Quero que você esqueça isso, antes de cruzar uma linha que eu não poderei ignorar.

— Tenho minhas próprias linhas, tenente.

— Certo, isso mesmo: tenente. — Ela pegou o distintivo sobre a cômoda e o colocou sobre a mesa, com um estalo. — Tenente Eve Dallas, do Departamento de Polícia da Cidade de Nova York. Você não pode falar de assassinato com uma tira, nem esperar que ela ignore seus planos ou finja que isso não tem importância.

— Estou falando com a minha esposa! — Ele bateu na mesa com a garrafa, usando tanta força que a água respingou e molhou a superfície brilhante do móvel. — Uma mulher de quem eu jurei cuidar. Não serei cuidadoso, nem conseguirei me olhar no espelho, se eu recuar e não fizer nada. Se cruzar os braços enquanto os responsáveis pelo que lhe aconteceu na infância sigam suas vidas como se *aquilo* não tivesse importância.

Dilema Mortal

— A vida deles não me interessa. A morte deles, pelas suas mãos, sim.

— Maldição, Eve! — Ele se virou de costas para ela e vestiu a camisa. — Não me peça para ser o que eu não sou. Nunca exigi isso de você.

— Não. — Ela se acalmou um pouco. — Não, você nunca me pediu nem exigiu isso, eu sei. Nunca — repetiu, baixinho, reconhecendo essa verdade incontestável. — Não posso argumentar contra isso. Não posso pensar no assunto nem lutar contra um ponto em que nunca chegaremos sequer perto de concordar. Mas é melhor você pensar bem no assunto. E, enquanto estiver pensando, lembre-se de que eu não sou uma criança como Marlena. E não sou sua mãe.*

Ele se virou lentamente, e seu rosto estava frio e duro.

— Nunca confundi quem você é ou quem você não é.

— Não preciso do seu tipo de justiça porque sobrevivi ao que me aconteceu e construí minha própria vida.

— Mas chora à noite e estremece em meio a pesadelos.

Ela estava quase trêmula, mas decidiu que não ia chorar. Lágrimas não serviriam de nada para nenhum dos dois.

— O que você pensa em fazer não vai mudar isso. Traga quem Feeney aceitar. Tenho de trabalhar agora.

— Espere! — Ele foi até a cômoda e abriu uma das gavetas. Estava tão zangado quanto ela e se perguntou como eles conseguiam passar da intimidade total à raiva em tão pouco tempo. Pegou uma pequena foto emoldurada que guardara ali dentro, foi até onde Eve estava e lhe entregou o porta-retratos.

Ela viu uma jovem belíssima com cabelos ruivos e olhos verdes. Tinha marcas roxas no rosto e uma tala em um dos dedos da mão que usava para segurar um menino.

---

* Ver *Eternidade Mortal*, *Vingança Mortal* e *Retrato Mortal*. (N. T.)

O lindo menino com olhos celtas de um azul profundo pressionava a bochecha contra a mulher. Que era a mãe dele.

Roarke e sua mãe.

— Não pude fazer nada por ela. Se eu soubesse... mas não sabia, então não tem jeito. Ela morreu antes de eu ter idade bastante para gravar seu rosto na memória. Nem isso eu pude oferecer a ela.

— Sei o quanto isso magoa você.

— Não se trata disso. Eles sabiam sobre o meu pai. A OSP, a Interpol, todas as organizações de inteligência global. Já sabiam sobre Patrick Roarke muito antes de ele viajar a Dallas para se encontrar com Richard Troy, seu pai. Mas ela, a mulher que me deu à luz, a mulher que ele assassinou e mandou jogar no rio, não foi sequer mencionada nas pastas das agências. Ela não representava nada para eles, do mesmo modo que uma criança pequena e indefesa em Dallas também não significava nada.

Eve sofreu por ele, por si mesma e por uma mulher que ela nunca conhecera.

— Você não conseguiu salvá-la, e eu lamento profundamente. Você também não conseguiu me salvar, mas eu não lamento isso. Sou boa em salvar a mim mesma, Roarke. Não vou mais discutir com você sobre esse assunto, porque isso não vai consertar nada. Nós dois temos muito trabalho pela frente.

Ela colocou a foto sobre a cômoda.

— Você deve esquecer tudo isso. Ela era linda.

Assim que Eve saiu do quarto, Roarke guardou a foto de volta na gaveta. Para ele, ainda era doloroso demais olhar para aquela foto.

Eles mantiveram distância um do outro, trabalhando em escritórios separados até altas horas. Dormiram, pela primeira vez, com um espaço imenso de cama entre eles e nem tentaram se tocar.

Dilema Mortal

De manhã, procuraram seguir em frente, apesar do abismo que se abrira entre eles. Evitaram, com todo o cuidado, invadir o território um do outro e tomaram todas as precauções para que seus campos de trabalho não se cruzassem.

Eve sabia que Reva Ewing e Tokimoto estavam na casa, mas deixou-os por conta de Feeney e se entrincheirou em sua sala de trabalho, esperando a volta de Peabody e McNab.

Ela conseguiria manter o foco no trabalho que tinha diante de si por longos períodos. Rodaria programas de probabilidades e analisaria dados para criar outros cenários. Estudaria com atenção o quadro que montara, com fotos e dados dos assassinatos. Reconstituiria os crimes, os motivos, os métodos, a partir de cada fiapo de evidência que tivesse, e começaria a montar uma imagem.

No entanto, bastava ela colocar uma das evidências de lado e um quadro diferente se formava.

E, quando sua concentração falhava, mesmo que apenas por um instante, outro quadro aparecia: ela e Roarke em lados opostos de um abismo sem fundo.

Ela odiava quando sua vida pessoal interferia no trabalho. Odiava ainda mais quando não conseguia evitar que seus problemas rastejassem para dentro dos seus pensamentos num momento em que precisava mantê-los focados no trabalho.

Afinal, por que ela estava tão chateada, na verdade?, perguntou a si mesma enquanto voltava à cozinha do escritório para pegar mais café. Por Roarke querer caçar e eliminar algum agente da OSP que ela nem conhecia? Ela estava brigada com ele e, apesar de eles não estarem berrando um com o outro e batendo portas pela casa, não significava que não continuavam brigados.

Essa parte do jogo do casamento ela já havia entendido bem.

No fundo, eles brigavam porque a raiva dele era a de um tigre aprisionado, furioso pelo que haviam feito à sua mulher quando ela ainda era criança. Por cima disso, afiando ainda mais as garras e dentes do tigre aprisionado, estava a raiva do que acontecera à sua mãe.

Brutalidade, violência, negligência. Mas Deus era testemunha de que ambos haviam resistido e sobrevivido a tudo aquilo. Por que não poderiam continuar desse jeito?

Abriu a porta da cozinha que dava para um pequeno terraço e ficou um pouco ali, tomando ar.

Como foi que ela sobrevivera? Com trabalho. Na verdade, algumas vezes ela permitia que o trabalho a arrastasse à exaustão ou ao sofrimento, mas precisava do que ele lhe oferecia, através do processo e dos resultados. Ficar não só sobre as vítimas, examinando-as, mas também ao lado delas, trabalhando até alcançar o equilíbrio que o sistema lhe permitisse ter. E até odiando o sistema de vez em quando, nos instantes em que esse equilíbrio não alcançava os padrões que ela mesma determinara para si mesma.

Mas dava para respeitar uma coisa mesmo a odiando.

E os pesadelos? Não seriam eles um mecanismo de compensação ou uma válvula de escape para o medo, a dor e até a humilhação? A dra. Mira provavelmente lhe apresentaria um caminhão de termos sofisticados e blá-blá-blás psiquiátricos sobre o assunto. Basicamente, porém, eles eram apenas gatilhos para os eventos que sua mente aguentava recordar. E alguns que ela não tinha certeza de suportar. Mas aguentava firme.

Deus era testemunha de que ela aguentava tudo melhor com Roarke ao seu lado, para arrancá-la das garras dos sonhos maus e abraçá-la com força, fazendo-a lembrar de quem ela era agora.

Mas não lidaria com o que fora feito contra ela, no passado, combatendo brutalidade com mais brutalidade. Como poderia usar seu distintivo se não acreditasse, com toda a sinceridade, no coração e na alma da lei?

E Roarke não era assim.

Passou uma das mãos pelos cabelos enquanto olhava para os exuberantes jardins de fim do verão: as árvores muito verdes, o brilho e o resplendor do mundo que ele construíra do seu jeito. Eve sabia desde o dia em que o conhecera, desde que se apaixonara por ele, desde que se casara com ele, que ele não tinha nem jamais desenvolveria as mesmas crenças dela, muito arraigadas, a respeito da justiça.

Eles dois eram, em vários pontos básicos, opostos um ao outro.

Duas almas perdidas, foi o que ele disse uma vez. E eram exatamente isso. Por mais que tivessem tantas coisas em comum, nunca concordariam nesse ponto.

Talvez fosse essa oposição, esse agarra-empurra constante, o que tornava tão intenso o que havia entre eles. Eram esses elementos que davam tanto poder ao amor forte e aterrorizante que compartilhavam.

Eve conseguia alcançar o coração dele, tão aberto para ela, tão miraculosamente exposto. Alcançava o pesar dele e lhe proporcionava uma espécie de conforto de que nem ela se imaginava capaz. Mas não poderia, nunca conseguiria alcançar o seu nível de fúria. Um nódulo duro e firme na alma, que Roarke conseguia disfarçar de forma habilidosa, com elegância e estilo.

Talvez não fosse bom ela chegar lá. Se pudesse alcançar esse ponto, pegar o nódulo e dissolvê-lo, ele não seria o homem que ela amava.

Mas Deus, bom Deus, o que ela faria se ele matasse um homem por causa dela? Como conseguiria sobreviver a isso?

De que forma eles conseguiriam superar algo dessa magnitude?

Como poderia ela caçar assassinos sabendo que morava com um? Por ter medo da resposta, não a buscou com muito empenho. Em vez disso, voltou para dentro de casa e tornou a encher a caneca de café.

Caminhou de volta ao escritório, pôs-se diante do quadro e forçou a mente a se focar de volta no trabalho. Sua resposta foi um ausente e irritado "Que foi?" quando alguém bateu na porta.

— Olá, tenente. Desculpe vir incomodá-la.

— Oh. Caro. — Ela perdeu o ritmo ao ver a assistente pessoal de Roarke vestindo um lindo terninho preto na porta de sua sala. — Tudo bem, eu não sabia que você estava aqui em casa.

— Vim com Reva. Estou a caminho do escritório central para trabalhar. Precisava saber alguns detalhes finais de Roarke sobre um projeto. Bem, isso não importa. — Ergueu as mãos em um raro movimento de confusão, mas tornou a deixá-las cair. — Queria lhe dizer algo antes de sair, se você tiver um momento.

— Claro, tudo bem. Aceita um café ou outra coisa para beber?

— Não, nada, obrigada. Eu... gostaria de fechar a porta.

— Vá em frente. — Ela viu que o olhar de Caro se fixou no quadro, nas fotos das cenas dos crimes, nas imagens de sangue e violência explícita nos corpos. Agindo com tato, Eve foi para trás da sua mesa e apontou para uma poltrona, onde Caro ficaria fora da linha de visão das fotos. — Sente-se.

— Suponho que você vê esse tipo de coisa o tempo todo. — Caro se obrigou a olhar demoradamente para as fotos, antes de ordenar às próprias pernas que se mexessem. Por fim, se sentou na cadeira. — Você já se acostumou a isso?

— Sim. E não. Você ainda me parece muito abalada, Caro. Talvez não devesse voltar a trabalhar tão cedo.

— Preciso do trabalho. — Caro ergueu os ombros. — Você entende isso.

— Sim, entendo bem demais.

— O mesmo acontece com Reva. Sei que voltar ao que ela sabe fazer de melhor vai ajudar seu estado de espírito. Ela não está em seu normal. Nem eu. Não dormimos bem, mas fingimos que sim, pelo bem uma da outra. Mas não foi por nada disso que eu vim procurá-la, tenente. Rodear o assunto sem chegar ao ponto não é do meu feitio.

— Creio que não. Você sempre me pareceu hipereficiente. Tem de ser, para lidar com as coisas de Roarke. Mas, se algo dessa grandeza não a deixasse abalada, eu acharia que você é uma androide.

— Você usa as palavras certas — assentiu Caro. — Sabe o que dizer às vítimas e aos sobreviventes, às testemunhas e aos suspeitos. Foi ríspida e até dura com Reva. Ela responde melhor a esse tom quando está sob estresse. Você é muito intuitiva, tenente. Tem de ser... para lidar com Roarke.

— Pode crer. — Eve tentou não se lembrar das palavras que haviam trocado na noite anterior. — O que você precisa de mim, Caro?

— Desculpe. Sei que estou tomando o seu tempo. Queria lhe agradecer por tudo o que fez e está fazendo. Percebo que você analisa variações do que está naquele quadro todos os dias. Sei que você lida com vítimas e sobreviventes, ouve depoimentos, dirige interrogatórios e trabalha para encontrar as respostas. Esse é o seu trabalho. Mas esse caso é muito pessoal para mim. Queria lhe dizer isso e lhe agradecer pessoalmente por tudo.

— Você será sempre bem-vinda quando quiser falar comigo de forma pessoal. Gosto de você, Caro. Gosto da sua filha. Mesmo que não gostasse, estaria trabalhando do mesmo modo.

— Sim, eu sei. Mas isso não muda a minha gratidão. Quando o pai de Reva nos abandonou, eu fiquei devastada. Meu coração estava partido, e minhas energias no zero. Eu era pouco mais velha do que você é hoje — acrescentou —, e tudo me pareceu o fim do mundo. Pensei: "Céus, o que vou fazer? Como vou superar isso? Como ajudar minha filhinha a ultrapassar essa fase?"

Ela parou de falar e balançou a cabeça.

— É claro que nada disso lhe interessa, tenente.

— Não diga isso. — Eve fez um gesto para que Caro permanecesse sentada quando ela fez menção de se levantar. — Termine a história. Estou interessada.

Caro tornou a se recostar e suspirou.

— Então eu conto, já que isso nunca sai da minha cabeça. Eu tinha, na época, poucas qualificações profissionais. Tinha alguma experiência como secretária, mas estava enferrujada, pois optei por ser mãe profissional. Havia muitas contas a pagar. Embora meu ex-marido tivesse feito a maior parte delas, era mais esperto que eu e também mais sovina.

— Você teve de ser muito esperta, então.

— Obrigada. Só que na época eu não era tão experiente quanto agora. E os advogados dele eram melhores — acrescentou, com um leve sorriso. — Entrei num buraco financeira, emocional e até fisicamente. E me permiti ficar doente por causa do estresse e do pesar. Para piorar, eu estava muito, muito assustada. Só que isso não foi nada... Não passou de um sobressalto que tira a pessoa do centro, comparado a isso. Reva poderia estar morta.

Caro pressionou a mão sobre os lábios, lutando visivelmente para manter o controle.

— Ninguém me disse isso, mas a verdade está aí. A possibilidade do que poderia ter acontecido. Quem armou essa cilada poderia tê-la matado em vez de usá-la para esconder as pistas.

— Mas ela não morreu. Não se deixe assombrar pelo que poderia ter acontecido.

— Você não tem filhos — disse Caro, com um sorriso forte, mas seus olhos brilhavam com lágrimas que ela lutava para não deixar escorrer. — O que poderia ter acontecido aos filhos é o grande fantasma dos pais. Ela poderia ter sido assassinada ou poderia ter ido para a cadeia e estar à espera do julgamento se você não fosse tão boa no que faz, tenente. Se você e Roarke não estivessem tão dispostos a ajudar. Devo muito a ele. Agora eu devo muito mais a ele e a você.

— Você acha que ele quer pagamento por apoiar você e Reva?

— Não, ele nunca espera isso. — Ela abriu a bolsa, pegou um lenço e enxugou o rosto com elegância. Todos os seus movimentos eram belos e contidos. — Quando alguém quer lhe retribuir, isso o irrita. A você também, eu aposto. Vocês combinam muito bem um com o outro.

Eve sentiu a garganta apertada e só conseguiu encolher os ombros.

— Uma vez eu me perguntei se o relacionamento de vocês daria certo. Foi no primeiro dia em que você veio ao escritório, com ar cruel, implacável. E frio. Pelo menos foi assim que eu a vi. Depois eu reparei em como ele tinha ficado após sua saída. Estava desconcertado, fascinado e frustrado. Isso é muito raro em Roarke.

— Você também reparou nisso? Somos duas, então.

— Foi um belo aprendizado acompanhar a forma como vocês foram descobrindo um ao outro. — Ela guardou o lenço e fechou a linda bolsa preta. — Roarke é parte importante da minha vida. É muito bom vê-lo feliz.

Eve não sabia como reagir a isso, então fez a pergunta que sempre tivera vontade de fazer.

— Como foi que você virou assistente pessoal dele?

— Comecei como secretária, em nível básico. Desempenhava funções burocráticas em uma agência de publicidade aqui em Nova York. Minhas habilidades não estavam tão enferrujadas quanto eu pensava, afinal, e consegui juntar dinheiro para alguns cursos de atualização, a fim de me adaptar ao mercado de trabalho. Durante muito tempo, fiz serviços de entregas em escritórios de advocacia. Depois trabalhei, em sistema de rodízio, em vários departamentos, tapando buracos quando alguém faltava.

— Acabou aprendendo um pouco de tudo.

— Sim. Isso me satisfazia, e eu via essa experiência como treinamento. O trabalho era bom e o salário, satisfatório. Num determinado momento, creio que há doze anos, Roarke comprou a empresa onde eu trabalhava, e a companhia, juntamente com várias outras, se mudou para um prédio no centro de Manhattan.

Sua voz ficou mais firme quando ela relembrou o passado, distanciando-se dos problemas do presente.

— Logo depois eu fui promovida a ajudante de assistente em um dos projetos no setor de desenvolvimento da empresa. Um ano e pouco depois disso, fui convocada a participar de uma reunião, só para fazer anotações, pegar café e parecer apresentável, já que o próprio Roarke estaria presente. A filial de Nova York era composta de jovens. Havia muita energia, a maior parte vinda do próprio Roarke.

— Ele tem energia de sobra — concordou Eve.

— Certamente. Durante a reunião, um dos executivos me repreendeu rudemente quando eu não fiz algo que ele pediu com a velocidade que esperava, e eu lhe respondi à altura: disse que suas maneiras eram tão medonhas quanto seu terno, ou algo assim.

— Quer dizer que Reva herdou o gênio forte de você.

Caro deu uma gargalhada curta.

— Acho que sim. Roarke ignorou a pequena altercação, ou pelo menos foi o que me pareceu, e prosseguiu com a reunião. Logo depois, me pediu para apresentar o holograma do prédio que estava sendo projetado e, em seguida, solicitou os dados completos sobre outro assunto qualquer. A partir de então ele me pediu diversas coisas, e eu passei o resto da reunião executando serviços que não eram função específica de ninguém. Meus anos de rodízio em atividades diversas acabaram valendo a pena. No entanto, mesmo depois que a discussão com o executivo que me ofendera foi esquecida, eu continuava morrendo de medo de ser demitida.

Dilema Mortal

A reunião se estendeu por mais duas horas, que para mim pareceram anos. Quando ela acabou, tudo o que eu queria era encontrar um canto para me esconder e desmaiar. Mas ele me chamou. "Seu nome é Caro, é isso mesmo?", perguntou ele, com a voz maravilhosa que tem. "Recolha todos os arquivos e me acompanhe até a minha sala, por favor."

"Nesse instante eu *soube* que ia ser demitida e fiquei com os pensamentos a mil por hora, imaginando como faria para arrumar outro emprego, manter Reva na universidade e pagar as prestações do apartamento que havia comprado três anos antes. Roarke me levou no seu elevador privativo e eu tremia por dentro, mas estava decidida a disfarçar o terror, para que ele não notasse. Tinha sido humilhada demais pelo meu ex-marido, o bastante para o resto da vida, e não permitiria que um jovem empresário visse o quanto eu estava apavorada."

— Mas ele percebeu tudo — comentou Eve, imaginando a cena.

— Claro. Ele sempre percebe. Naquela época, porém, eu tinha orgulho do meu autocontrole, pois imaginava que isso era tudo o que me restara. Ele me perguntou o que eu achava de... — Ela franziu o cenho, tentando lembrar. — Eu esqueci o nome dele. Era o funcionário dele que tinha chamado minha atenção na reunião. Resolvi responder de forma franca, já que eu ia para o olho da rua mesmo. Perguntei se ele queria saber minha opinião pessoal ou profissional sobre o executivo, e ele sorriu.

Ela parou de falar por um momento, virou a cabeça de lado e disse:

— Tenente, espero que você não se ofenda se eu abrir um parêntese para comentar algo aqui.

— Vá em frente. Não me ofendo com facilidade.

— Eu tinha idade bastante para ser a mãe dele, mas, quando ele olhou para mim e sorriu, senti uma fisgada na barriga e o poder da sexualidade dele, mesmo em uma situação que não era, de modo algum, sexual. Fiquei surpresa por conseguir formar um pensamento coerente depois de ser exposta à sua sensualidade.

— Eu entendo isso perfeitamente.

— Aposto que sim. Como eu dizia, quando ele sorriu e disse que estava interessado tanto na minha opinião pessoal quanto na profissional em relação àquele executivo, eu me senti muito envergonhada, atônita, e reagi de forma inadequada: simplesmente lhe disse que achava o sujeito muito competente, pensando no lado profissional, mas, como pessoa, um completo babaca.

"Só sei que logo em seguida eu me vi na sala dele", continuou ela. "Ele me ofereceu café e me pediu para esperar um momento. Foi à sua mesa e começou a trabalhar, e eu fiquei ali sentada, absolutamente confusa. Não sabia, na hora, que ele estava analisando minha ficha, as avaliações que eu obtivera no emprego, meus níveis de confiabilidade e segurança."

— E também, provavelmente, o que você tomara no café da manhã.

— Não me surpreenderia — concordou Caro. — Em seguida ele disse, de forma simpática, que precisava de uma assistente administrativa pessoal que tivesse iniciativa, pensasse com a própria cabeça e tivesse boa capacidade para julgamento de situações e pessoas, e, especialmente, não tentasse enrolá-lo quando ele precisasse saber a verdade. Essa funcionária teria de ser eficiente, incansável, leal, aceitaria ordens apenas dele, mesmo que, eventualmente, ele solicitasse algo pouco comum. Continuou descrevendo as funções da assistente que procurava, mas a essa altura, para ser franca, eu já não ouvia nada com clareza. Citou um salário tão alto que, graças a Deus, eu estava sentada quando ouvi. Então me perguntou se eu estava interessada no cargo.

— Claro que estava.

Dilema Mortal   313

— Eu disse, com uma calma heroica: "Sim, senhor, estou interessada em me inscrever na seleção para o cargo." Coloquei-me à disposição dele para me submeter às entrevistas e aos testes que fossem necessários. Ele me disse que a entrevista acabara de acontecer, eu já tinha passado nos testes e poderia começar de imediato.

— Ele já andava de olho em você.

— Pelo visto, sim. Graças a isso, consegui acabar de criar minha filha com conforto e segurança. E descobri a mim mesma. Portanto, devo muito a ele. Você conseguiu me acalmar — disse Caro, com um suspiro —, só por me fazer reviver tudo isso. Você me fez lembrar que devemos enfrentar uma crise fazendo o que é necessário. Então vou deixá-la preparando o que precisa ser feito em seguida. — Ela se levantou. — Obrigada, tenente, por me dar um pouco do seu tempo.

— Descobri que Reva herdou a força e a determinação de você. É isso que vai fazê-la atravessar esse inferno e chegar viva do outro lado.

— Conto com isso. — Caro foi até a porta e então se virou. —Tem mais um detalhe, tenente. Uma coisa simples, mas eu acho que vai lhe agradar saber. Muitos homens atarefados pedem para suas assistentes ou administradoras que elas escolham os presentes que vão dar à esposa. Pedem para lembrar o dia do aniversário dela ou quando o casal completa anos de casados, tudo isso para evitar brigas e mágoas. Roarke nunca fez isso. Qualquer presente que ele lhe der, tenente, saiba que vem dele e é escolhido por ele. Talvez isso não seja um detalhe tão pequeno, afinal.

Capítulo Quinze

Peabody entrou apressadamente, calçando sapatos de salto alto verde-limão que não faziam o "clomp-clomp" típico dos sapatos de tira, aos quais Eve tanto se habituara. Ela percebeu que eles pareciam... *molas*. Era mais uma coisa para ela se acostumar. Peabody também exibia um sorriso imenso e uma fileira de contas coloridas presas ao cabelo, do alto da cabeça até o queixo.

— Oi, Dallas. Olha, deixe-me lhe contar, a Jamaica é tudo de bom!

— Você está com contas penduradas no cabelo.

— Eu sei, fiz uma trança jamaicana. — Ela deu um puxão de leve. — Agora posso fazer essas coisas, já que não uso mais farda.

— Mas quem colocaria contas...? Deixa pra lá. Onde estão os computadores?

— O detetive McNab e eu transportamos as unidades pessoalmente pela alfândega e pela vistoria de segurança, e as acompanhamos diretamente até o laboratório montado aqui na sua casa, para análise e estudo do material. Os computadores não saíram de debaixo dos nossos olhos. McNab já se juntou à equipe da DDE. Eu o deixei lá para vir fazer meu relatório. Senhora.

— Também não precisa ficar invocada só porque eu zoei suas continhas.

— Acho que não vou lhe dar o presente que eu trouxe.

— Por que você me traria um presente?

— Para comemorar minha primeira missão fora da cidade como detetive. — Ela remexeu na bolsa. — Só que você não merece.

Eve olhou para a pequena palmeira de plástico com um homem pelado encostado no tronco. Ele segurava uma tigelinha de vidro cheia de um líquido cintilante verde. Alguma bebida alcoólica, sem dúvida, concluiu Eve, pelo sorriso idiota na cara do sujeito.

— Você tem razão. Eu não mereço isso.

— Sei que é meio *kitsch*. — Magoada, Peabody colocou o objeto sobre a mesa de Eve. — Mas é engraçado. É isso aí.

— Tudo bem. Vou atualizar você e o resto da equipe daqui a pouco. Vamos ter uma reunião rápida com a participação de civis e depois... espere um instante — pediu, quando seu *tele-link* tocou. — Aqui é Dallas falando.

— Temos problemas.

Pelo tom da voz de Morris e sua expressão sombria, Eve percebeu que o problema era sério.

— Você está no necrotério?

— Isso mesmo, estou no necrotério — confirmou ele. — Mas Bissel não está.

— Você perdeu o corpo?

— Corpos não se perdem! — reagiu ele, embora tivesse passado os últimos trinta e cinco minutos fazendo buscas e varreduras computadorizadas e pessoais. — Nossos hóspedes raramente se levantam da gaveta para tomar um cafezinho com biscoitos na esquina. Isso significa que alguém veio até aqui, se serviu por conta própria e levou o que queria.

— Certo. — Ele parecia mais insultado do que zangado. Eve resolveu mudar isso. — Isole o local.

— O quê?

— Isole o necrotério, Morris. Ninguém entra, ninguém sai, nem vivo nem morto, até eu chegar aí. Vou levar pelo menos uma hora.

— Uma hora para...

— Lacre a sala onde o corpo estava congelado. Recolha os discos de segurança das últimas vinte e quatro horas, copie todos os registros do trabalho que você fez em Bissel e mande-os para mim. Quero conversar com todas as pessoas que estiveram a trabalho ou a negócios na mansão dos mortos desde a última vez em que você pessoalmente viu o corpo. Kade ainda está aí?

— Sim, Kade continua conosco. Qual é, Dallas?

— Vou para aí assim que puder. — Ela desligou na cara dele. — Reúna a equipe — disse a Peabody. Praguejou em voz alta quando o *tele-link* tornou a tocar. — Agite logo! — ordenou, fazendo Peabody sair voando da sala. — Dallas falando!

— Bom-dia, tenente. — O rosto de Whitney encheu a tela, e ele não parecia nem um pouco mais animado que Morris. — Apresente-se à torre da Secretaria de Segurança para uma reunião com o secretário e Quinn Sparrow, diretor assistente da OSP. Às nove em ponto.

— Isso vai ter de esperar.

Ele piscou uma vez e sua voz se tornou fria como gelo.

— O que disse, tenente?

— Senhor, vou me reunir com a equipe investigativa. Tentarei ser o mais rápida que puder, mas preciso falar com eles. Depois, minha presença é exigida no necrotério. Acabei de falar com Morris, o chefe dos legistas. O corpo de Blair Bissel desapareceu.

— Foi colocado em uma gaveta errada ou foi levado?

— Suponho que tenha sido levado, senhor. Já ordenei que tranquem tudo, isolem o local e tentem recuperar todas as informações. A detetive Peabody vai comigo se encontrar com Morris daqui a uma hora. Faremos uma avaliação do que aconteceu. Creio que isso seja mais importante do que a reunião na torre. A OSP e Sparrow terão de me esperar, se realmente quiserem me tirar para dançar.

— Quero todos os detalhes desse desdobramento o mais depressa possível, Dallas. A reunião será remarcada para as onze da manhã. Esteja lá, tenente.

Ela não se deu ao trabalho de responder e desligou o *tele-link* na cara do comandante, como já havia feito com Morris. Depois, fez uma careta para o aparelho e desabafou.

— Merda!

Em seguida se ergueu da cadeira e virou o quadro com as fotos dos crimes para a parede.

Viu Tokimoto pela primeira vez quando ele entrou em sua sala ao lado de Reva, e lembrou a si mesma que devia confiar nas pessoas escolhidas por Feeney e Roarke, mesmo que não fizesse a menor ideia sobre quem, diabo, elas eram ou de onde tinham surgido. Reva lhe pareceu revigorada o bastante para aguentar o rojão, embora estivesse com o rosto mais magro. Decidiu também que Roarke errara completamente no palpite sobre Tokimoto amar Reva, pois ele nem a tocou e muito menos olhou para ela enquanto todos tomavam seus lugares.

— O capitão Feeney vai lhes explicar o básico sobre o trabalho que faremos na área de eletrônica — começou ela. — Não vou me estender no assunto, exceto para dizer que preciso de dados, todos os dados, e preciso deles com muita rapidez. Recuperá-los é a nossa prioridade. O Código Vermelho é secundário, por enquanto.

— Tenente — chamou Tokimoto, com a voz controlada e o rosto interessante sem expressão. — Devo lembrar que, por sua própria natureza, um Código Vermelho não pode ser secundário. A fim de recuperarmos os dados, temos de descobrir como eles foram corrompidos. Aprender como ocorreu a invasão nos levará à prevenção. É tudo uma coisa só, como a senhora certamente percebe.

— Não, não percebo nada disso, não sou da DDE. Vocês foram chamados aqui para auxiliar numa investigação de homicídio. Como os computadores foram corrompidos, havia muitos dados que eram do interesse de alguém, e essa pessoa matou pelo menos três por causa deles. Quando eu descobrir que dados são esses, saberei o porquê do interesse gerado. Portanto, recuperar esses dados é minha prioridade. Entendido?

— Sim, claro.

— Ótimo. Os computadores que os detetives McNab e Peabody trouxeram da residência de Carter Bissel na Jamaica já estão nesta casa. Carter Bissel está desaparecido. Supomos que ele é ou foi parte de tudo isso. A extensão do seu envolvimento ainda não foi determinada.

— Blair raramente mencionava o irmão e, quando o fazia, sempre se referia a ele como um perdedor. Não sei se isso ajuda em alguma coisa — disse Reva, olhando para Eve —, mas sempre dava a entender que Carter era motivo de vergonha para ele, mais que qualquer outra coisa.

— Até onde você sabe, quando foi a última vez que eles falaram um com o outro?

— Há cerca de um ano Carter ligou para Blair e pediu dinheiro. Eu entrei no escritório no momento exato em que ele fazia uma transferência eletrônica. Ele comentou que estava jogando dinheiro pela janela para ajudar alguém que não passava de um peso em suas costas. Ficou muito chateado e não quis conversar mais nada sobre o assunto, e eu deixei passar em branco. Recordando tudo agora, vejo que deixei muita coisa passar em branco.

— Foi esse o termo que ele usou? Um peso em suas costas?

— Sim. Ele estava chateado, até mesmo revoltado. Lembro que me mostrei surpresa por ele estar dando tanto dinheiro para Carter, e comentei algo nesse sentido. Ele desligou o computador e gritou comigo. Disse que o dinheiro era dele, que o assunto era dele e saiu batendo a porta. Como isso era verdade, não vi motivo para brigar com meu marido por causa de um panaca que eu nunca conheci, e deixei a coisa por isso mesmo.

— Interessante. Roarke, encontre um tempinho para pesquisar todas as contas, secretas ou não, que Blair Bissel possa ter. Gostaria muito de saber com que frequência ele alimentava esse "peso nas costas". — Parou de falar e olhou em torno. — Devo avisar aos membros civis dessa equipe que todas as informações recebidas ou transmitidas no decorrer da investigação não deverão ser discutidas com ninguém de fora. Nem amigos, nem vizinhos, nem amantes, nem repórteres, nem mesmo animais de estimação. Devo reiterar isso e acrescentar que qualquer informação que saia daqui será considerada caso de obstrução da justiça. Se houver um vazamento, ele será identificado, a pessoa será processada e passará algum tempo atrás das grades. Não tenho tempo para ser boazinha. — Lendo a mente de Roarke, completou: — Eles podem ser funcionários seus, mas agora também são meus.

— Não creio que alguém aqui nesta sala tenha dúvidas com relação a isso... tenente — reagiu ele.

— Se alguém se sentir ofendido com o que eu disse, saiba que é assim que a banda toca — afirmou Eve, com naturalidade.

— Chloe McCoy não está nem um pouco preocupada com pessoas sensibilizadas ou magoadas. Mais uma informação: Blair Bissel, trabalhando em conjunto com a OSP, inseriu dispositivos de espionagem em suas obras de arte. Sabemos que tais obras estão instaladas em vários locais da casa em que ele e Reva Ewing moravam, e devo assumir que o propósito desses grampos era recolher informações sobre projetos dela para a Securecomp.

Eve observou a reação de Reva enquanto falava. O queixo dela estremeceu, mas logo recuperou a firmeza.

— Vamos precisar dos registros da venda de cada uma das suas obras. Vamos rastrear a localização das outras esculturas. Elas deverão ser escaneadas. Quando isso acontecer, vai respingar lama para todo lado. Você vai ficar molhada, Reva, por sua associação com ele.

— Consigo lidar com isso.

— Reva é a maior vítima dessa trama, por estar intimamente ligada aos eventos. Não pode ser acusada pelas ações de um homem que a usou e traiu — reagiu Tokimoto.

Reva ofereceu um sorriso suave ao colega revoltado e disse:

— Claro que posso. É assim que as coisas são.

— E a rebordosa pode vir mais cedo do que esperamos — continuou Eve. — O corpo de Blair Bissel desapareceu.

Ela observou as reações com muita atenção. O rosto de Reva não mostrou expressão alguma, como se ela tivesse ouvido uma frase dita em uma língua que não conhecia. Ao lado dela, Tokimoto estremeceu visivelmente. Estendeu o braço por instinto e pegou a mão de Reva, em um gesto de solidariedade.

Nesse instante, Eve percebeu que Roarke tinha razão mais uma vez. Ela não deveria apostar contra a banca.

— Não entendo o que isso quer dizer — falou Reva devagar, como se medisse as palavras. — Acho que não entendi o significado dessa frase, tenente.

— Eu acabei de falar com o chefe dos legistas. Ele me informou que o corpo de Bissel não está mais no necrotério. Supomos que tenha sido removido de lá.

Dilema Mortal 321

— Mas... por que alguém removeria...? — A mão de Reva se ergueu e massageou de leve sua garganta, como se ela tentasse arrancar palavras presas ali. — Não entendo o propósito disso.

— Meu trabalho é descobrir esse propósito, Reva. Você pode informar onde estava ontem à noite?

— A senhora é cruel — disse Tokimoto, num sussurro.

— Apenas meticulosa. E então, Reva?

— Sim, sim, eu... Humm. Jantamos em casa, minha mãe e eu. Assistimos a um pouco de TV por ideia dela. Vimos alguns seriados cômicos, comemos pipoca e tomamos vinho. Eu bebi mais do que devia. — Ela suspirou. — Ficamos juntas até uma da manhã, mais ou menos. Acabei dormindo no sofá e acordei às quatro. Minha mãe tinha colocado um cobertor sobre mim. Eu me virei para o outro lado e voltei a dormir. Foi a melhor noite de sono que tive em muitos dias.

— Muito bem. Preciso que os civis da equipe voltem ao laboratório. — Olhou diretamente para Roarke. — Quero uma atualização sobre o progresso do trabalho às duas da tarde.

— Sim, claro que quer. — Ele foi até Reva e lhe ofereceu a mão para ajudá-la a se levantar. — Você gostaria de pegar um pouco de ar lá fora? Não deseja ficar sozinha por alguns minutos?

— Não. Obrigada, estou bem. Vamos nos dedicar ao trabalho. Vamos focar nisso, por favor.

Eve esperou até Roarke fechar a porta, depois de lhe lançar um olhar de frieza.

— Brrr! — McNab fingiu tremer de frio. — O ambiente está gelado.

— Feche a matraca, seu idiota — disse Peabody, baixinho.

— Desculpe, tenente. As quinhentas contas que McNab colocou nos cabelos devem ter lhe interrompido a circulação no cérebro.

— Ei, qual é? — reclamou ele.

— Continuando... — voltou Eve. — Rodei inúmeras probabilidades, mas nenhuma delas foi satisfatória ou particularmente elucidativa. É claro que tudo tem a ver com a forma como alimentamos o sistema com dados, mas a verdade nua e crua é que nós ainda não sabemos com o que estamos lidando. Operações secretas, um agente perigoso, violência familiar. O que temos de concreto são três assassinatos, um cadáver desaparecido e uma ligação com a Jamaica.

"Chloe McCoy foi morta pelo que ela sabia ou tinha em seu poder. O laudo da autópsia confirma que ela usou um contraceptivo naquela noite. Esperava pelo amante. O único amante de quem temos conhecimento, até agora, é Blair Bissel."

— Que morreu e está desaparecido — completou Feeney.

— Há poucas dúvidas de que ela *acreditava* que Blair Bissel estava chegando ao seu apartamento. Era uma jovem ingênua, teatral e crédula. Manipulada da forma correta, seria capaz de acreditar que o amante ressurgiu dos mortos e apareceria em sua casa para uma nova cena: contar a ela toda a verdade, buscar ajuda ou cavalgar em sua companhia na direção do pôr do sol. O assassino precisava apenas entrar no seu apartamento, mantê-la calma e convencê-la a beber o vinho envenenado. Talvez tenha sido um amigo de Blair, um colega, o irmão. O papo pode ter acontecido na linha do "Ele me pediu para vir até aqui e lhe explicar tudo, mas vai aparecer assim que for seguro".

— Ela o teria recebido, numa boa — concordou Peabody. — Adoraria a empolgação de tudo isso.

— E certamente teria aberto a porta para receber Blair Bissel em pessoa.

— Ressurgido dos mortos. — McNab deu uma risada de deboche.

— Ele não precisaria ressuscitar se não tivesse morrido de verdade e tudo não passasse de encenação.

Dilema Mortal

— Mas o corpo foi identificado, Dallas — argumentou Peabody. — Impressões digitais, DNA, o pacote completo.

— Ele era da OSP, não podemos descartar a possibilidade de falsificação dos dados de identificação. Mas Chloe McCoy me deixa confusa. Se havia algo em seu poder ou ela sabia de alguma coisa, por que não cuidar dela antes da cena principal? E qual o motivo? Por que morrer levando a amante consigo, colocando a culpa na esposa? Não há nada em sua ficha que indique problemas dele com a OSP. Aparentemente, tudo estava em ordem. Bissel tinha um trabalho secreto e sexy, uma esposa amorosa que lhe repassava informações sem saber, algumas amantes correndo por fora como distração, uma carreira de sucesso e segurança financeira. Se a vida estava tão boa, por que morrer?

Ela se sentou na quina da mesa.

— Podemos nos voltar para o irmão. Ciúme, mágoa. Sabemos que Kade foi vê-lo na Jamaica e temos indícios de que o tomou como amante. Será que isso era do conhecimento da OSP? Será que ela trabalhava por conta própria ou em dupla, com Blair? Por quê? Talvez tenha sido uma cilada que deu errado. Quem sabe um caso de Caim e Abel? Carter apostou alto, eliminou o irmão, lamentou matar a mulher também, mas armou para Reva levar a culpa do ato. Uma casa no Queens é um excelente investimento. Se Reva fosse julgada e condenada pelos assassinatos, não herdaria nada. Tudo ficaria para o irmão do morto.

— Pode ser que ele estivesse chantageando Blair — sugeriu Peabody. — Esse era o peso em suas costas.

— Pois é, Roarke vai nos ajudar a descobrir isso. Carter sabia algo comprometedor de Blair: sua ligação com a OSP, os casos extraconjugais ou algo além disso, e ordenhava a grana do irmão com regularidade. Blair se encheu e decidiu se livrar do peso, mas matar três pessoas no processo é forçar um pouco a barra. Seria mais fácil fazer uma viagem discreta à Jamaica, eliminar o irmão e voltar para a sua vidinha. Algumas dessas respostas estão nos computadores destruídos, Feeney, e eu preciso delas.

— Já lhe consegui uma. Um famoso cirurgião plástico e escultor de rostos sueco foi morto em um aparente roubo à sua clínica, há duas semanas. Os dados dos seus pacientes não foram encontrados e seu computador estava danificado.

— Danificado?

— É o que está no relatório. Jorgannsen, era esse o seu nome, teve a garganta cortada. Seu suprimento de drogas foi roubado e seu computador, atacado. Suponho que tenha sido contaminado por um vírus fatal, mas não há jeito de confirmar isso sem uma análise da máquina.

— Se você for simpático com o seu colega da polícia sueca, talvez eles nos enviem o computador pifado.

— Vou tentar agitar isso.

— Agite depressa. — Eve se levantou. — Fui convocada para uma reunião na torre da Secretaria de Segurança, a pedido da porcaria da OSP. Vou tentar tirar o traseiro de vocês todos da reta, porque quando a bomba estourar não vai ser nada bonito. Se a merda bater no ventilador do jeito que eu imagino, os espiões vão ficar atolados em bosta até os joelhos, mas pode sobrar pra gente. Durante a investigação, todos vocês ficarão acampados aqui na minha casa.

— Ó Deus! — McNab riu com cara de idiota. — Como vamos aguentar essa provação?

— Vocês vão trabalhar vinte e quatro horas por dia, sete dias por semana — acrescentou Eve, e viu o sorriso dele virar uma careta. — Em turnos. Vamos colocar o bloco na rua. Peabody!

— Já sei, vou com a senhora.

— Devemos nos comunicar apenas por meios seguros — alertou ela ao sair da sala e quase esbarrar em Roarke, que chegava.

— Tenente, gostaria de alguns minutos do seu tempo.

Dilema Mortal

325

— Fale enquanto anda, não tenho um minuto a perder.

Eu vou, ahn... — *Me enfiar em algum canto*, pensou Peabody e passou direto por eles.

— Se você tem alguma queixa sobre o jeito como eu trato o seu pessoal, é melhor esperar para reclamar depois. Estou com pressa.

— Para discutir sua sensibilidade e destreza para lidar com as pessoas seria preciso mais que alguns minutos. Sei que você não considera Reva suspeita e estava apenas, do seu jeito especial, estabelecendo o álibi dela.

— E daí?

— Não aceito trabalhar no escuro, Eve. Se você deseja a minha ajuda, não pode me designar para tarefas importantes num momento e me cortar no instante seguinte. Espero que confie em mim para me contar os detalhes da investigação.

— Você já sabe de tudo o que precisa saber. Quando for necessário saber mais, eu lhe contarei mais.

Ele a pegou pelo braço e a girou na sua direção.

— Esse é o seu jeito de me agredir porque eu me recusei a compartilhar o mesmo elevado nível moral onde você se coloca?

— Quando eu agredir você, meu chapa, você vai sentir na pele. Uma coisa não tem nada a ver com a outra.

— Conversa fiada!

— Ah, *danem-se* você e o seu jeito fodão de ser! — Ela se desvencilhou dele e perdeu o controle a ponto de empurrá-lo com força.

Viu os olhos dele se acenderem de raiva, mas ele não a empurrou de volta e nem mesmo a tocou. Ela se ressentiu pelo fato de ele conseguir manter seu lado violento sob controle, ao contrário dela, e se odiou por isso.

— Esse é o meu trabalho, droga! Não tenho tempo e não posso me dar ao luxo de pensar em mais nada no momento. Se não lhe agrada a forma como estou conduzindo esta investigação e esta equipe, salte do bonde. Caia fora! Você não faz ideia do que eu estou enfrentando.

— Só queria expressar o que penso. Tenho preocupações, numerosas e razoáveis, sobre ver minha esposa bater de frente com a OSP. Não se trata de um simples assassinato, nem mesmo de crime organizado. Não estamos lidando com um grupo de terroristas fora da realidade. Trata-se de uma das mais poderosas organizações do mundo. Se eles estão envolvidos nisso, como devem estar, de um jeito ou de outro, é lógico que não terão escrúpulos em derrubar uma tira da cidade de Nova York que se mete no caminho deles. E vão tentar atingir essa tira de forma pessoal ou profissional. A minha tira.

— Pois aprenda a lidar com o problema. Isso faz parte do pacote que você aceitou ao se casar comigo. Se quer manter meu traseiro a salvo desse rolo, consiga-me as informações. É isso que você pode fazer. Isso é *tudo* que você pode fazer.

— É parte do pacote que eu aceitei ao me casar com você — concordou ele, num tom perigosamente suave. — Mas também é bom se lembrar do pacote que *você* aceitou ao se casar comigo. O pacote completo, Eve. Você tem de aprender a conviver com esse pacote ou abrir mão dele.

Ela ficou ali em pé, chocada até o fundo da alma, ao vê-lo se virar e se afastar dela a passos largos. Sua pele ficou gelada e seu estômago se contraiu e deu cambalhotas quando ela desceu as escadas correndo. Alguma coisa deve ter transparecido em seu rosto, pois Peabody a seguiu quando ela entrou no carro e perguntou:

— Dallas? Você está bem?

Ela balançou a cabeça para os lados. Não sabia se conseguiria expressar alguma coisa. Sua garganta ardia. Acelerando o carro com determinação, passou pelas lindas árvores e arbustos que começavam a se vestir com tons do outono na alameda da propriedade que levava aos portões.

— Os homens são uns cabeças-duras — disse Peabody. — Quanto mais tenho contato com eles, mais percebo o quanto a cabeça deles parece pedra. Talvez um homem como Roarke tenha a cabeça ainda mais dura que a maioria dos outros.

— Ele está revoltado, apenas isso. Revoltado de verdade. — Ela precisou apertar a boca do estômago para se acalmar. — Mas eu também estou, que droga! Muito revoltada, porque ele consegue me pegar de guarda baixa. É muito bom em descobrir meus pontos fracos. Filho da mãe. — Sua respiração ficou ofegante e ela sugou o ar com força. — Ele sabe direitinho onde me atingir.

— Quanto mais alguém ama você, mais conhece seus pontos fracos.

— Puxa, então ele deve me amar loucamente. Não posso lidar com isso agora. Ele sabe disso.

— Não existe nenhum bom momento para uma crise conjugal — lembrou Peabody.

— Você está do lado de quem, afinal?

— Bem, já que estou no banco do carona e já vi a força do seu soco, é claro que estou do seu lado. Pode apostar.

— Preciso tirar isso da cabeça. — Mas ela receava que o enjoo que sentia acabaria por estragar todo o seu dia. Mesmo assim, ligou o *tele-link* do painel e deu o passo seguinte.

— Nadine Furst falando — disse a voz que atendeu.

— Não posso me encontrar com você na hora do almoço, Nadine. Vamos ter de remarcar, mas prometo que vamos nos ver em breve.

— Tudo bem. — Nadine nem balançou os cílios compridos e bem-cuidados. — Vou olhar na minha agenda e combinamos depois.

— Mal posso esperar. — Eve desligou.

— Que diabo foi isso? — quis saber Peabody.

— Espiões não são os únicos que podem trabalhar por baixo dos panos. Acabei de avisar Nadine para divulgar a notícia de que Blair Bissel era espião da OSP, com alguns detalhes escolhidos por nós para serem confirmados e repercutidos posteriormente. Vamos ver quem vai ficar com a bunda mais vermelha no fim do dia.

— Já vi que Roarke não vai ser o único homem revoltado da cidade.

— Obrigada, Peabody. — Eve conseguiu exibir um sorriso leve. — Essas palavras fazem com que eu me sinta muito melhor.

Morris tinha feito exatamente o que Eve mandou. Como ela e Peabody esperaram por mais de dez minutos para serem admitidas no necrotério, Eve percebeu que o chefe dos legistas devia estar indignado de verdade. Por fim, ele foi recebê-las pessoalmente e as levou através de um corredor branco, que mais parecia um túnel gelado, até as salas de autópsia e observação.

— A que horas você chegou para trabalhar hoje de manhã? — perguntou Eve para as costas rígidas de Morris, que seguia na frente.

— Sete da matina. Bem cedo, porque ia atender ao pedido de uma tira. Pelo menos era essa a minha intenção. Cheguei antes do horário para fazer testes específicos em Blair Bissel e determinar se ele passou recentemente por algum procedimento de plástica ou escultura facial. Peguei café, revisei minhas anotações prévias sobre o caso e desci às sete e quinze mais ou menos.

Ele usou sua senha e o comando de voz para abrir as portas fortemente protegidas de uma das áreas de depósito e observação.

— Essa porta estava trancada?

— Estava.

Dilema Mortal

— Vou mandar os peritos de cena de crime virem investigar — disse Peabody.

— A gaveta de Bissel está vazia — continuou Morris ao se aproximar da parede de gavetas de metal revestidas de aço inox. Ao abrir uma delas, ouviu-se um chiado forte, acompanhado de uma densa nuvem de vapor. — A princípio eu fiquei irritado, supondo que ele tivesse sido trocado de lugar ou registrado na gaveta errada. Verifiquei a última entrada e vi que o local estava correto. Liguei para minha assistente, Marlie Drew, que trabalhou no turno da noite. Ela ainda estava trabalhando, pois seu turno só terminaria às oito da manhã. Ela me garantiu que ninguém entrou nesta seção durante a noite para trazer ou levar nada.

— Preciso falar com ela.

— Marlie está em sua sala, esperando. Fizemos uma pesquisa completa. Os dados dele continuam aqui, mas o corpo, não.

— Quantos corpos estão aqui no necrotério, nesse instante?

— Vinte e seis. Quatro deram entrada ontem à noite. Grave acidente de carro com entrada das vítimas aqui às duas e vinte.

— Você já verificou em todas as áreas de estocagem?

— Dallas, hoje não é o meu primeiro dia no emprego, sabia? — reagiu ele, com ar de insultado. — Quando eu afirmo que um corpo não está aqui, é porque ele não está.

— Tudo bem, tudo bem. Quer dizer que só havia vinte e dois corpos antes dos quatro que chegaram às duas e vinte da madrugada.

— Na verdade, havia vinte e três. Dois foram designados para descarte, à custa do Estado. Moradores de rua que ninguém veio reclamar.

— Descarte?

Uma nova camada de irritação se somou ao ar de insulto e tornou a voz de Morris mais seca e fria.

— Você conhece a porcaria dos procedimentos. Corpos não reclamados de indigentes são cremados depois de quarenta e oito horas. Fazemos isso no turno da noite, quando eles são enviados para o crematório municipal.

— Quem acompanha os corpos?

— Um motorista e um auxiliar. — Como ele percebeu aonde ela estava chegando, cerrou os dentes e disse: — Eles não levariam o corpo de Blair Bissel por engano, se é isso que você está imaginando. Isso aqui não é um circo, Dallas. Desenvolvemos um trabalho sério e sensível no trato com os mortos.

— Sei disso perfeitamente, Morris. — A irritação de Eve começava a aparecer. Ela chegou perto dele e seus rostos quase se tocaram. — Mas, já que Bissel não está aqui, devemos refazer tudo passo a passo.

— Certo. Há uma sala de espera. Os corpos designados para descarte são retirados do freezer e o registro é feito pela legista de plantão. Esses dados devem ser checados duas vezes, para evitar erros. A equipe de transferência os leva para a sala de espera, onde eles passam por mais uma série de procedimentos. Não se trata de alguém ter levado Bissel, por engano, para descarte, deixando um dos mendigos para trás. Estou com um cadáver a menos, a contagem não bate.

— Não estou achando que possa ter sido um erro de vocês, Morris. Entre em contato com o crematório antes de qualquer coisa. Veja quantos foram cremados na noite passada. Quero os nomes dos funcionários que transportaram os corpos. Eles ainda estão aqui?

— O turno mudou. — Parecendo mais preocupado do que irritado agora, Morris saiu e tornou a trancar a porta. — Eles devem ter saído às seis. — Seguiu a passos largos na direção da sua sala e verificou a escala de funcionários enquanto usava o *tele-link*.

Dilema Mortal

— Powell e Sibresky. Conheço ambos. Fazem gozação com tudo, mas são profissionais eficientes. São cuidadosos. Aqui fala o chefe Morris, do IML — disse ele, voltando-se para o *tele-link*.

— Preciso confirmar a entrega de dois corpos para descarte aí no crematório na madrugada de hoje.

— Um momento, por favor, dr. Morris. Vou transferi-lo para o setor de recepção.

— Alguém mais além de mim acha esses nomes bizarros? — perguntou Peabody, quase para si mesma. — Descarte, recepção... Eeeca!

— Calada, Peabody. Faça uma pesquisa rápida nesses dois nomes, Powell e Sibresky, e quero fotos.

— Eu posso lhe dar as fotos deles, Dallas — reclamou Morris.

— Meus funcionários não saem por aí mandando cadáveres para o churrascão sem método, nem perdem corpos pelo caminho. O sistema é perfeito e preciso, justamente para impossibilitar a... Sim, Morris falando! — atendeu, quando alguém da recepção do crematório surgiu na tela. — Despachamos para vocês um João e uma Maria hoje cedo, para descarte. As ordens são NYC-JD500251 e 252. Poderia confirmá-las, por favor?

— Claro, dr. Morris. Deixe-me abrir os registros. Confirmo essas entregas, senhor, e o descarte foi realizado. Precisa de confirmação dos números?

— Não, obrigado, liguei só para saber.

— Precisa de confirmação do terceiro corpo?

Eve não precisou olhar para a barriga de Morris para sentir que ela despencou no pé. Ele se sentou lentamente na cadeira diante do *tele-link*.

— Terceiro corpo? — perguntou ele, com um fio de voz.

— NYC-JD500253. Todos três foram liberados e enviados por Clemment, supervisor da recepção, exatamente à uma hora e seis minutos da manhã.

— O descarte foi efetuado?

— Positivo, doutor. A cremação se encerrou exatamente às três e trinta e oito da manhã. Há algo mais em que eu possa ajudá-lo?

— Não, não. Obrigado. — Ele desligou. — Não sei como isso pode ter acontecido. Não faz nenhum sentido. A ordem está bem aqui, perfeitamente clara. — Ele bateu com o dedo na tela. — Foram dois corpos, e não três. Não há ordem de descarte, nenhum terceiro corpo foi enviado para a sala de espera.

— Preciso falar com Powell e Sibresky.

— Vou com você. Preciso chegar ao fundo desse mistério, Dallas — explicou ele, antes de Eve ter tempo de se opor. — Esta é a minha casa. Os convidados podem estar mortos, mas continuam sendo meus.

— Tudo bem. Chame os peritos que trabalham em cenas de crime, Peabody. E mande Feeney nos conseguir um técnico bom da DDE para analisar o computador de Morris. Quero saber se algum dos dados foi alterado nas últimas vinte e quatro horas.

Eve tirou Sibresky da cama, e ele se mostrou absolutamente revoltado com a intrusão. Embora tenha reclamado um pouco menos ao ver Morris, continuou coçando o traseiro e resmungando.

— Que diabo! Eu e minha mulher trabalhamos no turno da madrugada. Precisamos dormir de dia, tão sabendo? Vocês, que trabalham de dia, acham que o mundo todo acompanha seus horários.

— Sinto de coração atrapalhar seu descanso, Sibresky — começou Eve —, e sinto ainda mais você não ter usado um antisséptico bucal antes de atender a porta.

— Ei, qual é?!

— Infelizmente estou conduzindo uma daquelas investigações chatinhas que rolam durante o dia. Você fez uma entrega no crematório municipal no início da madrugada de hoje?

Dilema Mortal

— Fiz, sim, e daí? Essa é a porra do meu trabalho, dona. Ei, Morris, que porra é essa?

— Sib, isso é muito importante. Por acaso você...

— Morris — interrompeu Eve, de um jeito mais gentil do que ela teria usado com qualquer outra pessoa. — Quantos corpos você levou para o crematório?

— Do necrotério tivemos só uma remessa. Fazemos uma viagem só quando a carga é de até cinco corpos. Quando passa de cinco, a ordem é fazer duas viagens. Fazemos várias no inverno, quando os moradores de rua morrem como moscas, de hipotermia e outras merdas desse tipo. Quando o tempo está firme e mais quente, como agora, o trabalho é tranquilo.

— Quantos corpos havia nessa viagem ao necrotério?

— Deixe-me ver... — Ele beliscou o lábio inferior em uma expressão que Eve interpretou como de concentração. — Três! Isso mesmo, três. Dois homens e uma mulher. Escutem, a gente seguiu a rotina direitinho. Confirmamos os registros, a papelada de liberação, a ordem de saída do necrotério, a ordem de entrada no crematório, não deixamos passar nada. Não tenho culpa se alguém apareceu para procurar um corpo depois das quarenta e oito horas determinadas pela lei.

— Quem autorizou a saída para você e Powell?

— Sal, eu acho. Sally Riser, dr. Morris. É ela quem geralmente faz a liberação dos corpos da sala de espera. Já estava tudo pronto quando eu comecei meu turno, mas não fiz o serviço com Powell, não.

— Não fez o serviço com Powell?

— Powell ligou avisando que estava doente e mandaria um carinha novo em seu lugar. Um sujeito estranho, meio exibido, com jeito de "deixa que eu resolvo" — disse Sibresky, com um sorriso largo. — Já estava com a papelada toda na mão quando eu comecei o turno. Caguei e andei para o jeito dele. Minha função é servir de chofer para cadáveres.

— Qual era o nome desse funcionário novo? — quis saber Eve.

— Ah, qual é? Tenho de me lembrar de todos os detalhes às dez horas da madrugada, no meio do meu sono? Angelo, acho que era esse o nome dele. Na verdade, estou pouco me lixando para o mané, ele estava só substituindo Powell. Quis agitar a papelada toda pessoalmente para mostrar serviço. Por mim, tudo bem. Como eu disse, tinha um jeito de "deixa comigo".

— Aposto que tinha — murmurou Eve. — Peabody!

Na mesma hora, Peabody pegou fotos de Blair e de Carter Bissel na pasta do caso.

— Sr. Sibresky, algum desses homens é o funcionário que o senhor conheceu como Angelo?

— Não. O exibido tinha um bigode imenso, ridículo, sobrancelhas grossas, cabelos compridos presos na nuca e descendo até a bunda, como um desses cantores modernos, meio efeminado. Também tinha uma cicatriz imensa na cara. — Ele apontou para a bochecha esquerda. — Um corte feio. Ia do canto do olho até quase a boca. Além disso, seus dentes eram acavalados. Pode crer, o cara era feio de doer.

— Sibresky, vou estragar seu dia — avisou Eve. — Você precisa se vestir e vir comigo até a Central. Quero que dê uma olhada em algumas fotos e trabalhe com um artista que faz retratos falados.

— Ah, *qual é*, dona?!

— Meu nome é tenente Dona. Vá vestir suas calças.

Capítulo Dezesseis

Eve não ficou surpresa ao se ver diante do corpo sem vida de Joseph Powell, mas se sentiu irada. Teve de segurar a fúria e mantê-la sob controle a fim de não atrapalhar sua capacidade de julgamento.

Ele morava sozinho, e essa foi uma das fraquezas das quais o assassino tinha se aproveitado. Era esquelético, apenas pele, ossos, um tufo de cabelos no alto e o resto cortado à escovinha das orelhas para baixo. Na parte de cima, os cabelos receberam gel e formavam uma coroa de quinze centímetros de altura, tingidos de um tom forte de azul.

Pelo jeito do seu quarto ele apreciava música e salgadinhos de soja sabor queijo. Ainda usava os headphones e um saco de salgadinhos jazia na cama, ao seu lado.

Não havia tela de privacidade na única janela do quarto, mas as cortinas, no mesmo tom de azul do seu cabelo, haviam sido fechadas. Elas bloqueavam a luz do sol com eficiência, tornando o ambiente sombrio, mas deixavam entrar todos os barulhos do tráfego, tanto o de rua quanto o aéreo. Os sons ribombavam contra os vidros da janela como uma tempestade que chegava.

Ele consumira um pouco de zoner para acompanhar os salgadinhos. Dava para ver os restos do papel e das cinzas no fundo de um prato no formato de uma mulher nua, de curvas fartas, que estava sobre a mesa ao lado da cama.

Outra facilidade para o assassino. Ele estava apagadão por ação da droga, com a música lhe estourando os tímpanos, e pesava menos de sessenta quilos. Dificilmente sentiu a rajada da pistola a laser encostada em sua carótida.

Uma pequena bênção.

Na parede diante da cama, pregado com tachinhas e em posição de destaque, havia um pôster em tamanho natural de Mavis Freestone, explodindo em uma foto tirada com seu corpo em pleno ar, os braços estendidos e um sorriso largo e feliz. Vestia pouco mais que o sorriso e muita purpurina em locais estrategicamente escolhidos.

MAVIS!

TOTALMENTE MAIS QUE DEMAIS!

A visão da sua amiga ali, espetada na parede bege decadente e sorrindo abertamente para o homem morto, fez Eve se sentir incrivelmente triste e enjoada.

Como Morris estava ali, porém, ela sabia que precisava se controlar. Recuou um passo e o deixou realizar o exame inicial.

— Uma rajada — disse ele. — Contato direto com a pele. Marcas de queimadura do contato com a arma estão bem-definidas. Ausência de outro trauma visível. Não há sinais de luta nem de feridas defensivas. Seu sistema neurológico foi imediatamente comprometido. Morte instantânea.

— Preciso de uma identificação positiva do corpo, Morris. Se você quiser, eu posso...

Dilema Mortal

Ele se virou de repente e bradou:

— Conheço os procedimentos! Sei cada detalhe de cada porra que precisa ser feita aqui e não preciso de... — Ele ergueu as duas mãos. Sua respiração ficou ofegante e, por fim, se acalmou. — Nossa, Dallas, essa minha grosseria foi injustificada. Desculpe.

— Tudo bem. Sei o quanto isso deve ser duro para você.

— Muito perto de casa. Dessa vez o golpe foi perto demais, *dentro* de casa, praticamente. Alguém veio a este aposento e matou esse garoto de forma descuidada, como se esmagasse uma mosca. Fez isso sem conhecê-lo, sem alimentar nenhum sentimento por ele. Fez isso unicamente para remover uma pequena barreira que o impedia de entrar no necrotério. Significou tanto para ele quanto calçar os sapatos de manhã para não dar nenhuma topada com o dedão.

"A vítima foi identificada positivamente como Joseph Powell. Vou levar só mais um minuto para me recompor, Dallas, para poder ser de alguma utilidade para ele e para você."

Ela esperou até ele sair do quarto.

— Peabody, preciso que você caia dentro. Faça o registro da cena do crime, chame os peritos e dê início às entrevistas de porta em porta. Eu preciso ir à torre da Secretaria de Segurança.

— Eu preciso estar lá também — argumentou Peabody.

— Eles ordenaram que eu fosse, não você.

— Mas eu sou sua parceira. — O maxilar de Peabody se apertou de tensão. — Se o seu traseiro está na reta, o meu também está.

— Agradeço o sentimento, apesar da imagem estranha que você usou, mas preciso que minha parceira cuide de tudo por aqui. Ele precisa de você — disse, olhando para Powell. — Você deve dar início ao processo por ele e precisa ajudar Morris. Se eles pretendem colocar o meu traseiro na reta, Peabody, vou precisar de você para fazer a investigação andar e para manter a equipe unida. Não estou protegendo você. Estou *contando* com você.

— Tudo bem, pode deixar que eu resolvo tudo. — Ela chegou mais perto e ficou ao lado de Eve, sobre o corpo sem vida de Joseph Powell. — Prometo cuidar bem dele.

Eve concordou com a cabeça, agradecida, e perguntou:

— Você consegue ver como tudo aconteceu aqui? Conte-me.

— Ele entrou pelo portão do prédio com facilidade. Sabe como lidar com dispositivos de segurança, e na verdade não havia muitas barreiras para ultrapassar. Nem câmera, nem porteiro. Escolheu Powell em vez de Sibresky porque Powell morava sozinho e era mais dinâmico, provavelmente era quem lidava com a maior parte da papelada. Era uma visita de negócios e ele foi direto ao assunto. Powell estava na cama, apagado pelo efeito do zoner ou do sono, provavelmente um pouco de cada. Ele simplesmente se inclinou, apertou a pistola em sua garganta e zap! Ahn...

Ela deu uma rápida olhada na sala.

— Não encontramos nenhum crachá nem identificação do morto — continuou ela. — Certamente o assassino os levou e adulterou para uso pessoal. Vamos confirmar isso. Logo depois ele foi embora. Ainda vamos determinar a hora exata da morte, mas ela provavelmente ocorreu no meio da tarde de ontem.

— Comece por aí — concordou Eve. — Vou para casa mais tarde, assim que puder. Morris talvez queira notificar pessoalmente o parente mais próximo da vítima. Se ele não quiser fazer isso...

— Pode deixar que eu cuido disso. Não se preocupe com nada por aqui, Dallas.

Eve se preparou para sair do quarto e parou diante do pôster de Mavis.

— Peabody, nunca comente com Mavis que havia um pôster dela aqui — disse, simplesmente, e deixou o quarto.

* * *

Dentro do laboratório, Reva trabalhava lado a lado com Tokimoto. Eles mal se falavam e, quando isso acontecia, eram monossílabos ou palavras em jargão de técnico de computação, que só alguém da área compreenderia. Na maior parte do tempo, porém, não havia troca de palavras. Um pensava em algo, o outro se antecipava e atendia.

Reva, contudo, jamais poderia adivinhar o quanto ele gostaria de conversar com ela, quantas vezes a parte do seu cérebro que não estava focada no trabalho elaborava as palavras e frases que queria dizer a ela.

Ela estava em apuros, lembrou Tokimoto a si mesmo. Acabara de enviuvar e ficara viúva de um homem que, soube depois, simplesmente a usava. Estava vulnerável e emocionalmente frágil. Seria... mórbido e repulsivo ele pensar em se aproximar dela de forma pessoal em um momento como esse. Não seria?

Quando ela se recostou na cadeira e emitiu um leve gemido de exaustão, as palavras simplesmente pularam da boca de Tokimoto.

— Você está exigindo demais de si mesma. Precisa fazer uma pausa. Vinte minutos. Uma caminhada ao ar livre, talvez.

— Estamos perto do resultado. Eu sinto isso.

— Então vinte minutos farão pouca diferença. Seus olhos estão terrivelmente vermelhos.

— Obrigada pelo grande elogio. — Ela conseguiu exibir um sorriso leve.

— Você tem olhos lindos, mas está abusando deles.

— Sei, sei, sei. — Ela os fechou e deu um longo suspiro. — Você nem sabe a cor dos meus olhos, simplesmente reparou que estão vermelhos.

— Seus olhos são cinza como fumaça. Ou como o fog em uma noite sem lua.

— De onde veio essa descrição poética? — perguntou ela, abrindo apenas um dos olhos para olhar para ele.

— Sei lá. — Parecendo aturdido, resolveu ir em frente. — Talvez meu cérebro esteja tão vermelho de cansaço quanto seus olhos. Acho que devíamos dar uma volta.

— Por que não? — Ela o analisou de cima a baixo no instante em que se levantou. — Claro. Por que não?

Do outro lado da sala, Roarke os acompanhou com os olhos enquanto saíam e murmurou:

— Já não era sem tempo!

— Conseguiu alguma coisa aí? — quis saber Feeney, quase esbarrando nele.

— Não. Desculpe. Estava pensando em outra coisa.

— Você está meio desligado hoje, não está, garoto?

— Estou quase numa boa. — Ele pegou a caneca de café, notou que ela estava vazia e lutou contra a vontade de atirá-la contra a parede.

— Por que não me deixa enchê-la de café para você? — Feeney pegou a caneca da mão de Roarke com muita agilidade. — Eu estava mesmo indo pegar mais café para mim.

— Obrigado.

Ao terminar de encher as canecas, Feeney voltou, virou sua cadeira na direção de Roarke e garantiu:

— Ela vai lidar com o problema sozinha. Você sabe disso.

— Sim, quem saberia disso melhor que eu? — Roarke pegou uma ferramenta mais fina que uma broca de dentista e arranhou com delicadeza um ponto coberto de corrosão. Depois, vendo que Feeney simplesmente continuava sentado ao seu lado, bebericando o café, colocou a ferramenta de lado.

— Peguei pesado com Eve antes de ela sair daqui — confessou Roarke. — Ela mereceu. Por Deus, como mereceu! Mas me arrependo por ter escolhido o momento errado.

Dilema Mortal

— Em briga de marido e mulher não se mete a colher. Quem não respeita essa regra sai do rolo como se tivesse sido atacado por uma matilha de cães selvagens. Mas posso lhe dizer o seguinte: quando minha mulher está num daqueles dias bravos, com vontade de cozinhar meus miolos para o café da manhã, eu geralmente me salvo levando-lhe flores. Compro um ramalhete num desses vendedores de rua e entrego a ela com um ar de empolgação. — Ele se sentou e tomou mais café. — Só que flores não funcionariam com Dallas.

— Nem em um milhão de anos — confirmou Roarke. — Nem uma remessa completa de diamantes recém-extraídos das Minas Azuis de Taurus I funcionaria com ela, a menos que você usasse a sacola com as pedras para bater naquela cabeça dura. Cristo Jesus! Essa mulher é uma fonte de frustração para mim. Começo, meio e fim.

Feeney não disse nada e cantarolou, pensativo, por cinco segundos.

— Escute, sei que queria que eu concordasse com você e dissesse algo como: "Puxa, tem razão, Dallas é uma tremenda cabeçadura!", mas, se eu fizesse isso, você ia querer me dar umas porradas. Então eu vou ficar aqui quietinho, bebendo meu café.

— É... grande ajuda.

— Você é um cara esperto. Sabe o que deve ser feito.

— E o que seria?

Ele deu uma palmadinha no ombro de Roarke.

— Você deve rastejar e ser humilde — sugeriu e empurrou a cadeira o mais longe possível de Roarke para não apanhar.

A coisa ainda não tinha acabado. Não, por Deus, estava longe de acabar, mas ele estava sentado na cadeira do piloto agora.

Andou pelas salas e vagou por todos os cômodos do lugar, os aposentos que lhe davam tanto orgulho. Salas que ele celebrava por ter decorado sozinho. Ninguém sabia da existência delas.

Bem, pelo menos ninguém que estivesse vivo.

Aquele era o local perfeito para ele trabalhar nas estratégias e planejar seus movimentos. Congratulou-se novamente por mais um trabalho realizado com perfeição.

O esquisito magrelo de cabelo azul tinha sido facílimo de eliminar. Fácil demais até. Tomou uma dose mínima de zeus para manter suas energias no pico e a mente alerta, pois ele tinha negócios pessoais a tratar em seguida.

Estava se protegendo perfeitamente, passo a passo, camada a camada. Autopreservação era o mais importante de tudo. A adrenalina rápida de matar alguém e ser mais esperto do que aqueles que poderiam *eliminá-lo* do mapa era um belo benefício secundário, mas não era o ponto principal.

O ponto principal era cobrir seus rastros, proteger sua retaguarda. Isso ele fizera, e de forma linda, analisando sem modéstia. Os tiras estavam completamente enrolados agora, sem ter um corpo para usar na investigação.

O próximo passo seria levantar mais fundos para a missão. O pior é que ele ainda não tinha conseguido um meio de colocar as mãos no dinheiro que lhe era devido.

Parou para observar seu reflexo no espelho. Precisaria trocar de rosto, e isso era doloroso. Ele gostava do rosto que o olhava de volta. Mesmo assim, alguns sacrifícios precisavam ser feitos em prol do todo.

Depois que terminasse aquele trabalho e amarrasse algumas pontas soltas, procuraria um cirurgião plástico que não fizesse muitas perguntas. Tinha grana suficiente para pagar a ele, certamente. Depois disso, arrumaria um jeito de ajeitar o resto, todo o resto. Quando conseguisse pensar direito, *sem* todas aquelas complicações que lhe apareciam pela frente.

As etapas um e dois estavam cumpridas. A terceira etapa era a vingança, e ele sabia exatamente como cobrar essa conta.

Não se permitiria ser usado, traído e feito de bobo.

Tudo o que precisava fazer era tomar a frente dos negócios.

Eve apagou tudo da mente e se focou no momento presente. Manteve o olhar no objetivo que tinha diante de si e caminhava a passos largos pelo saguão que ia dar no escritório do secretário Tibble. Teve de diminuir o passo ao ver seu caminho ser cortado por Don Webster.

— Saia do caminho. Tenho assuntos a tratar aqui.

— Eu também. Vou para o mesmo lugar, tratar dos mesmos assuntos.

Eve sentiu um aperto no coração. Webster era da Corregedoria, cuidava da disciplina interna dos policiais.

— Ninguém me informou que a Corregedoria estava envolvida nesse caso. Isso é uma séria violação das normas, Baxter. Eu tenho direito a um representante legal.

— Você não precisa de um.

— Não me diga o que eu não preciso — rosnou ela. — Se alguém atiçou o esquadrão de ratos para correr atrás de mim, eu quero um advogado.

— O esquadrão de ratos está do seu lado. — Ele a pegou pelo braço, mas tornou a soltá-la, quando viu seus olhos se estreitando de ódio. — Não vou atacar você, Dallas, pelo amor de Deus! Quero um minuto, um minutinho do seu tempo. — Ele apontou para um canto na esquina do corredor.

— Seja breve, porque eu estou com pressa.

— Em primeiro lugar, deixe-me garantir que isso não é pessoal. Ou melhor, que não é íntimo. Não quero Roarke tentando transformar meu cérebro em purê, como ele fez da outra vez.*

— Nem eu preciso que ele faça isso.

— Combinado, então. Estou aqui para ajudar você.

— Ajudar? Em quê?

— A dar umas porradas num espiãozinho da OSP.

Ela e Webster tinham um passado, lembrou Eve a si mesma, enquanto analisava o rosto dele. Essa história incluiu uma única noite dos dois entre os lençóis, vários anos antes. Por alguma razão que Eve nunca compreendeu de todo, essa noite ficou marcada na memória de Webster. Ele parecia ter uma quedinha por ela, mas Eve tinha certeza de que Roarke tirara essas ideias da cabeça do rival de uma vez por todas, sem que ela precisasse fazer isso.

A essa altura, e de um jeito meio estranho, eles haviam se tornado amigos. Webster era um bom tira. Na avaliação de Eve, seu talento estava sendo desperdiçado na Corregedoria da Polícia, mas isso não mudava o fato de que ele era um bom tira. Além de ser íntegro e honesto.

— Por que você faria isso?

— Por uma razão simples, tenente: a Corregedoria não gosta quando organizações de fora tentam esculhambar a vida de um dos nossos.

— Claro que não, vocês gostam de fazer isso sem ajuda externa.

— Ora, Dallas, me dê uma chance, pode ser? Quando somos informados de que a OSP está armando para um dos nossos tiras, nossa obrigação é dar uma olhada nesse tira. Quando ele sai do rolo completamente limpo, como é o seu caso, nos ressentimos pela perda do tempo e dos recursos empregados. Sempre que alguém

---

* Ver *Julgamento Mortal*. (N. T.)

Dilema Mortal

de fora tenta transformar uma boa tira num alvo, a Corregedoria deve servir de escudo. Você pode me visualizar como o seu cavaleiro protetor, numa armadura prateada e brilhante.

— Não enche, Baxter. — Ela lhe deu as costas.

— Não dispense um escudo, Dallas. A Corregedoria foi convocada para participar dessa reunião. Só quero que saiba que você entrará num lugar onde eu vou protegê-la.

— O.k., tudo bem. — Não era fácil, mas ela manteve a raiva e o ressentimento sob controle. Provavelmente precisaria de toda a ajuda disponível. — Obrigada.

Ela manteve a cabeça erguida ao se aproximar da sala do secretário Tibble.

— Sou a tenente Eve Dallas — apresentou-se ela ao assistente de farda, postado na entrada. — Vim em cumprimento a uma ordem que recebi.

— Sou o tenente Webster, da Corregedoria, e também fui convocado.

— Um momento, por favor.

Não levou muito tempo. Eve entrou na sala de Tibble dois passos antes de Webster.

O secretário Tibble estava à janela, com as mãos cruzadas nas costas, observando a cidade abaixo. Era um bom tira, na opinião de Eve. Esperto, forte e firme. Isso tudo ajudara a colocá-lo na torre, mas era a sua destreza política que o mantinha ali.

Ele falou sem se virar, e sua voz vinha carregada de autoridade.

— Você está atrasada, tenente Dallas.

— Sim, senhor, desculpe. Foi inevitável.

— Você já conhece o agente Sparrow, certo?

Ela olhou sem expressão para Sparrow, que já estava sentado, e disse apenas:

— Já nos encontramos.

— Sente-se. Você também, tenente Webster. Saibam todos que Webster está aqui como representante da Corregedoria. O comandante Whitney veio a pedido meu. — Ele se virou, passeou o olhar de falcão por toda a sala e só então se dirigiu à sua mesa.

— Tenente Dallas, parece que a Organização para Segurança da Pátria tem algumas preocupações quanto à natureza da investigação que a senhora conduz no momento, bem como a direção que está tomando e as técnicas utilizadas. Eles solicitaram, por meu intermédio, que a senhora interrompa imediatamente as atividades da sua equipe investigativa, entregue todas as anotações, dados e evidências colhidas para o diretor assistente Sparrow e passe a tutela do caso para a OSP.

— Não posso cumprir essa determinação, secretário Tibble.

— Trata-se de um caso de segurança global — reagiu Sparrow.

— Trata-se de um caso de assassinato — interrompeu Eve. — Quatro civis foram assassinados na cidade de Nova York.

— Quatro? — perguntou Tibble.

— Exato, senhor. Meu atraso foi provocado pela descoberta de uma quarta vítima. Seu nome é Joseph Powell, um funcionário público municipal encarregado do transporte de descarte de cadáveres no necrotério. Minha parceira e o dr. Morris, chefe dos legistas, estão na cena do crime.

— Qual a conexão da morte dele com o caso?

— O dr. Morris entrou em contato comigo hoje de manhã para me informar que o corpo identificado como de Blair Bissel fora removido do necrotério.

— Você perdeu um corpo? — urrou Sparrow, pulando da cadeira. — Perdeu um elemento-chave para a investigação e continua aí, sentada placidamente, se recusando a nos entregar a investigação?

— O corpo não foi perdido — disse Eve no mesmo tom de indignação. — Foi roubado. Secretamente. Esse tipo de atividade

Dilema Mortal

obscura costuma acontecer sob a tutela da sua organização, não é verdade, sr. diretor assistente Sparrow?

— Se a senhora está acusando a OSP de roubar um corpo que...

— Não fiz acusação nenhuma, simplesmente comentei sobre a natureza secreta e obscura do seu trabalho, Sparrow. — Ela enfiou a mão no bolso e pegou um rastreador minúsculo. — Esse é o tipo de aparelhinho que vocês usam, certo? — Ela o ergueu para todos verem, girando-o entre o polegar e o indicador. — Engraçado... Eu achei isso na minha viatura, uma viatura da polícia, devo lembrar a todos, depois que a deixei estacionada na porta do necrotério. Será que a OSP também considera um caso de segurança global rastrear e espionar os movimentos de uma oficial da polícia de Nova York quando ela está cumprindo com seu dever?

— Esse é um caso que envolve situações melindrosas e confidenciais, tenente, muito além da sua...

— Rastrear, por meio de um dispositivo eletrônico, uma oficial da polícia que não foi acusada nem é suspeita de nenhum crime ou infração — intercedeu Webster — é um ato que viola os códigos federais e estaduais de proteção à privacidade, bem como as regras do departamento. Se a tenente Dallas é suspeita de algum crime ou infração que exija, na avaliação da OSP, tal tipo de vigilância, a Corregedoria gostaria de examinar os papéis, a ordem, a acusação e as evidências que levaram à instalação desse grampo.

— Não tenho conhecimento de nenhum dispositivo desse tipo usado pela minha agência.

— Isso é o que vocês chamam de negação plausível, Sparrow — perguntou Eve —, ou é apenas uma mentira gorda e descarada?

— Tenente — disse Tibble, com voz calma e autoritária.

— Sim, senhor. Peço desculpas.

— Secretário, comandante, tenentes... — Sparrow fez uma pausa longa e olhou para cada um dos rostos na sala. — A OSP tem, por norma, colaborar com as autoridades locais de combate ao crime sempre que essa cooperação seja possível, mas certos assuntos de segurança global são prioritários. Queremos que a tenente Dallas remova da investigação todos os dados relacionados com esse caso e os entregue a mim, na qualidade de representante da agência.

— Não posso cumprir essa determinação — repetiu Eve.

— Secretário Tibble — continuou Sparrow. — Eu já lhe entreguei a carta de requerimento com os dados do caso e a autorização assinada pelo diretor-geral.

— Sim, e eu já li. Do mesmo modo que li os relatórios e a pasta montada pela tenente Dallas. Dos dois, acho o trabalho dela muito mais convincente.

— Senhor, caso esse requerimento seja negado, poderei obter um mandado federal para confiscar os relatórios e arquivos desse caso, e obterei também uma ordem para que a investigação seja encerrada.

— Esqueça as ameaças sem fundamento, sr. diretor assistente — disse Tibble, cruzando as mãos e se inclinando para a frente. — Se vocês da OSP pudessem fazer isso, já o teriam feito em vez de armar esse circo e nos fazer perder tempo. Sua agência está afundada na lama até a cintura. Dois dos seus agentes mortos estavam explorando uma civil inocente sem o seu conhecimento nem concordância, visando recolher informações sigilosas de uma empresa privada.

— A Securecomp está na lista de empresas que devem ser monitoradas pelo governo, secretário Tibble.

— Eu não quero saber o que mais está nessa sua lista de monitoramento. Independentemente desse fato ou das razões supostamente legítimas que sua organização possa ter para manter uma lista desse tipo, Reva Ewing foi usada, de forma ilegal e imperdoável; teve a reputação manchada e a vida virada de cabeça para baixo. Ela não pertencia ao seu pessoal. Chloe McCoy está morta; ela também não era funcionária de vocês. Joseph Powell está morto; ele não era espião.

— Senhor...

Tibble simplesmente ergueu um dedo e continuou:

— Pela minha conta, o jogo está três a dois para o lado da polícia. Não vou obrigar minha tenente a abrir mão de uma investigação em pleno andamento.

— No decorrer da investigação, a sua tenente recebeu ou acessou ilegalmente dados secretos da OSP. Podemos acusá-la disso.

— Estão livres para fazerem isso se desejarem. — Tibble simplesmente espalmou as mãos. — Será necessário acusar também o comandante Whitney e a mim pela mesma infração, já que nós dois recebemos e aceitamos os dados obtidos pela tenente.

Sparrow continuou sentado, mas Eve notou que seus punhos se cerraram com força. Do jeito que as coisas estavam correndo para o lado dele, ela não podia culpá-lo por sentir vontade de socar algo ou alguém.

— Queremos saber quem é a fonte dela — exigiu Sparrow.

— Não sou obrigada a entregar minha fonte.

— Você não é obrigada — Sparrow parecia cuspir as palavras —, mas vai ser acusada, poderá ser presa e, muito provavelmente, perderá seu distintivo.

Quanto mais raiva e frustração ela percebia nele, mais calma Eve ficava.

— Não creio que vocês queiram me acusar, porque, se o fizerem, sua equipe e sua organização sairão muito mal na foto. Imagine se a mídia colocar os dentes numa história suculenta dessas. Imagine que a imprensa descubra que, através de jogos sujos, a OSP autorizou o escultor Blair Bissel a brincar de espião.

E se os repórteres começarem a especular que ele foi eliminado? Que tanto ele quanto sua parceira de missão foram brutalmente assassinados pela organização para a qual trabalhavam e que, então, vocês armaram uma cilada para a esposa inocente e explorada de Bissel? Puxa, eles vão fazer picadinho de vocês e de sua organização.

— Bissel e Kade não são um caso de eliminação sancionada pela OSP.

— Então vocês deveriam estar torcendo para que eu prove que sua agência não foi responsável por tudo isso.

— Você hackeou arquivos do governo — desabafou ele.

— Prove! — reagiu ela.

Ele pensou em retorquir, mas sua expressão se transformou numa careta quando seu *tele-link* tocou. Ele se levantou e disse apenas:

— Desculpem interromper, mas esse é um sinal de prioridade máxima. Preciso atender essa ligação em particular.

— Atrás daquela porta — indicou Tibble, com um gesto — há um pequeno escritório que você pode usar.

Quando Sparrow saiu da sala e fechou a porta, Tibble tamborilou na beira da mesa com os dedos.

— Eles podem acusar você, Dallas.

— Sim, eu sei, senhor. Podem, sim, mas não acredito que pretendam fazer isso.

Ele assentiu e assumiu um ar pensativo.

— Não gosto de vê-los usar cidadãos comuns em suas manobras. Não gosto de vê-los instalando grampos para espionar meus oficiais, desviando-se de padrões de privacidade, de decência e da lei para fazerem isso. Essas organizações têm propósitos específicos, que exigem certa liberdade de atuação, mas existem limites. Esses limites foram cruzados no caso de Reva Ewing. Ela é uma cidadã nova-iorquina, uma cidadã dos Estados Unidos. Como tal, tem todo o direito de esperar que o governo a trate de forma justa.

Como tal, também tinha o direito de exigir todos os esforços da polícia. Estou lhe oferecendo apoio incondicional nesse caso, Dallas, mas aviso: encerre o caso o mais depressa possível, porque eles vão mandar figuras com mais peso político do que Sparrow, a fim de derrubar você.

— Entendido. Obrigada, senhor secretário, pelo seu apoio.

Sparrow tornou a entrar na sala como um furacão, e seu rosto mal conseguia esconder a fúria.

— Você vazou tudo para a mídia — acusou, olhando para Eve.

Nadine havia trabalhado rápido, pensou Eve, mantendo o rosto sem expressão. Resolveu usar o mesmo recurso de negação plausível.

— Não sei do que você está falando, Sparrow.

— Você divulgou para a mídia a ligação entre Blair Bissel e a OSP. E contou de Felicity Kade também. Você envolveu a OSP num deplorável circo de mídia para esconder seus atos.

Devagar, muito lentamente, Eve se levantou.

— Escute aqui: eu não divulguei nada para a mídia com o intuito de me esconder. Sei me proteger muito bem. Se pretende fazer acusações desse tipo, Sparrow, é melhor ter provas de tudo para usar em sua defesa.

— Eles certamente não tiraram essa ideia do ar. — Ele girou o corpo na direção de Tibble. — Diante desse desdobramento, senhor secretário, é mais vital do que nunca que essa oficial seja removida da investigação. E seus arquivos deverão ser repassados para a OSP.

— O fato de a atenção da mídia ter se voltado para a OSP não altera em nada a forma nem as circunstâncias da posição da minha tenente.

— A tenente Dallas tem um histórico de ressentimentos pessoais contra a minha agência e está usando essa investigação para se vingar por um fato que ocorreu há mais de vinte anos na cidade de...

— Espere! — O estômago de Eve estremeceu. — Não diga mais uma palavra! Senhor — ela se virou para Tibble —, o diretor assistente Sparrow está trazendo para a reunião um assunto de cunho pessoal meu. Uma questão que não tem relação alguma com esta investigação, nem com a minha conduta como oficial. Gostaria de discutir esse assunto com ele e resolver tudo. Peço respeitosamente, senhor, que me seja oferecida essa oportunidade. Em particular. Quanto ao comandante Whitney...

Não perca o controle, ordenou a si mesma. *Por Deus, não perca o controle.*

— O comandante Whitney está a par do assunto em foco — continuou Eve. — Não faço objeções a que ele fique presente.

Tibble não disse nada por um momento. Por fim, levantou-se e disse:

— Tenente Webster, vamos sair da sala.

— Claro, senhor.

Eve usou os segundos que se passaram até a sala esvaziar para se recompor. Mesmo assim, foi difícil.

— Seu filho da mãe — disse ela, falando muito baixo. — Você é um verdadeiro filho da mãe por jogar isso na minha cara. Usou o que foi feito comigo no passado, por meu pai e por sua preciosa agência, para conseguir que as coisas saíssem do seu jeito.

— Peço desculpas. — Sparrow parecia quase tão abalado quanto ela. — Eu lhe peço desculpas, sinceramente, tenente, por permitir que minha raiva tenha atrapalhado meu julgamento. A lembrança daquele incidente certamente não deveria ter sido levantada aqui, não está relacionada com este caso.

— Ah, mas está, sim. Pode apostar seu rabo como está. Você leu os arquivos?

— Sim, li.

Dilema Mortal

— E digeriu tudo numa boa?

— Na verdade, tenente Dallas, não consegui digerir. Acredito no trabalho que realizamos e sei que sacrifícios precisam ser feitos eventualmente. Sei que as escolhas parecem ser frias e muitas vezes o são. Entretanto, não encontrei nenhuma explicação racional, nenhum propósito nem desculpa para a falta de intervenção direta da agência para protegê-la. Deixar uma menor entregue à própria sorte numa situação como aquela foi desumano. A senhora deveria ter sido removida e protegida, e a decisão para deixar a situação como estava foi irrefletida.

— A OSP tinha conhecimento da sua situação no Texas quando você era criança, tenente? — quis saber Whitney.

— Sim, senhor. Eles vigiavam meu pai devido à ligação dele com Max Ricker. Colocaram escutas no nosso quarto e sabiam o que meu pai fazia comigo, escutavam tudo. Escutavam com atenção enquanto ele me estuprava e eu implorava. Eles me ouviram implorar.

— Sente-se, Dallas.

— Não posso. — Ela simplesmente balançou a cabeça para os lados. — Não posso, senhor.

— Você sabe o que eu vou fazer com essa informação, sr. diretor assistente Sparrow?

— Comandante... — disse Eve.

— Não diga nada, tenente. — Whitney se levantou e pareceu crescer em altura e dignidade ao lado de Sparrow. — Você ou os seus superiores sabem ou imaginam o que eu posso fazer, e certamente farei, com essa informação, caso você continue a assediar minha oficial ou caso tente, de algum modo, atrapalhar os seus trabalhos ou manchar a sua reputação? Saiba que isso não vai apenas vazar para a mídia... Isso vai *inundar* todos os meios de comunicação. Vocês serão varridos do mapa por uma onda de clamor público que vai parecer um tsunami. Sua agência levará várias gerações para recuperar sua imagem, sem falar nas implicações legais e nas relações com o público depois desse pesadelo. Avise isso à pessoa ou às pessoas que trazem você na coleira, Sparrow, e não se esqueça de lhes dizer que essa ameaça partiu de mim. Depois, se eles quiserem me enfrentar, podem vir que eu estarei preparado.

— Comandante Whitney...

— É melhor sair de fininho agora, Sparrow — alertou Whitney.

— Saia o mais rápido que puder, antes que você acabe levando um soco na cara por algo que aconteceu no tempo em que você ainda usava babador.

Sparrow voltou à sua cadeira, pegou sua pasta e disse ao sair:

— Vou repassar esse recado aos meus superiores, senhor.

— Você precisa se recompor, Dallas.

— Sim, senhor. — Mas a pressão no seu peito era insuportável. Em sinal de defesa, ela se deixou desabar sobre uma cadeira e colocou a cabeça entre os joelhos. — Desculpe, senhor. Não consigo respirar.

Ela esperou até o peso diminuir. Por fim, o ar conseguiu passar lentamente pela sua traqueia até chegar aos pulmões.

— Aguente firme, tenente, ou eu vou chamar os paramédicos para atendê-la.

Ela se colocou ereta na cadeira na mesma hora. Ele assentiu com a cabeça e disse:

— Imaginei que essa ameaça a ajudaria a se recuperar. Quer um pouco d'água?

Eve tomaria um oceano inteiro de água doce, se tivesse chance, mas recusou.

— Não, senhor, obrigada. Sei que o secretário Tibble talvez precise ser colocado a par de tudo o que...

— Se Tibble precisar ser informado de um incidente que aconteceu em outro estado há mais de duas décadas, ele será devidamente notificado. Na minha opinião, entretanto, isso é um assunto estritamente pessoal. E pode ter certeza de que continuará assim. Você jogou a bola no campo da mídia, Dallas. A OSP estará com as mãos cheias tentando se esquivar dos ataques enquanto nada nesse mar de lama. Certamente não desejarão um segundo redemoinho. Você já tinha calculado isso, certo?

— Já, senhor.

— Então é melhor voltar ao trabalho e encerrar esse caso. E, se tiver de fritar alguns espiões ao longo do caminho, isso será um bônus. — Ele exibiu os dentes num sorriso aberto. — Um bônus que eu vou curtir muito.

Capítulo Dezessete

Eve saltou do elevador na garagem da Central e colocou a mão na arma, por instinto, no momento exato em que Quinn Sparrow estava saindo de trás de uma coluna.

— Vejo que você realmente gosta de se arriscar, Sparrow.

— Você nem imagina o quanto, tenente. Eu não deveria estar conversando com você sem autorização específica para isso. A verdade, porém, é que, cá entre nós, temos uma batata quente gigantesca nas mãos. Como você não vai recuar, precisamos encontrar um nível intermediário, em que cada um ceda um pouco.

— Eu tenho quatro corpos. Isto é, *tinha* quatro. — Ela afastou a mão da arma e seguiu com firmeza na direção do seu carro. — Não cedo nem faço acordos, Sparrow.

— Dois desses quatro corpos são nossos. Você pode não ter muita consideração nem respeito pela nossa organização, nem por mim ou pelas nossas diretrizes, Dallas, mas saiba que é muito difícil quando perdemos agentes.

— Vamos deixar uma coisa bem clara de uma vez por todas: o que eu acho ou deixo de achar a respeito da sua organização é irrelevante para o caso, mas não sou ingênua a ponto de achar que o trabalho de vocês não tem utilidade. Operações secretas ajudaram a acabar com as Guerras Urbanas, impediram muitos ataques terroristas em solo norte-americano e também em outros pontos do planeta. Talvez eu questione alguns dos seus métodos, mas isso não vem ao caso.

— Então, o que vem ao caso?

— Sei que você está grampeado, Sparrow.

— Você é paranoica, Dallas?

— Nem imagina o quanto, sr. diretor assistente.

— Não estou grampeado! — reagiu ele. — Eu nem deveria estar aqui conversando com você.

— A escolha é sua. O lance é o seguinte: quatro pessoas estão mortas e sua organização faz parte dessa trama.

— A OSP não mataria dois de seus próprios agentes para depois jogar a culpa numa civil.

— Ah, não? — Ela ergueu uma sobrancelha e pegou um pequeno scanner no bolso. — Eles simplesmente se recostaram na poltrona e ficaram assistindo enquanto uma menina era agredida, estuprada e torturada, depois limparam tudo quando ela tirou uma vida, de forma desesperada, para salvar a sua; quando ela se viu traumatizada e com o braço fraturado. E depois a deixaram sozinha, perambulando pelas ruas.

— Não sei o que aconteceu. — Ele afastou os olhos dela. — Não sei o porquê disso. Você leu a pasta, então sabe que alguns dados foram apagados. Acobertados. Não estou negando isso nem o julgamento equivocado dos...

— *Julgamento equivocado?*

— Não há nada que eu possa dizer que justifique aquilo. Não há nada que possa equilibrar novamente a balança da justiça depois do que aconteceu. Não tenho desculpas e não vou tentar oferecê-las. Mas devo dizer, como você fez comigo, que isso não vem ao caso nessa investigação.

— Um a zero para você. — Ela se afastou dele para programar o scanner e examinou o carro todo em busca de dispositivos, microfones ou grampos. — Estou revoltada, Sparrow, muito cansada também, e é muito difícil, difícil de verdade, aceitar que pessoas estranhas conheçam assuntos íntimos meus. É por causa disso tudo que eu não tenho motivos para confiar em você nem nas pessoas para quem você trabalha.

— Estou tentando lhe dar um motivo para confiar, tentando achar um ponto comum a partir do qual possamos nos ajudar, mas, antes disso, preciso perguntar uma coisa: onde, diabos, você arrumou um aparelho desses?

Ela achou inesperadamente divertido ouvir isso e se divertiu ainda mais ao reparar no olhar de fascínio e inveja dele.

— Tenho minhas ligações secretas.

— Eu nunca vi um scanner tão minúsculo quanto esse nem tão compacto. Ele é multitarefa? Desculpe. — Ele riu sem querer. — Sou louco por *gadgets* e aparelhos eletrônicos. Isso foi uma das coisas que acabaram me atraindo para trabalhar nessa área. Escute, se você está convencida de que o carro não tem nenhum grampo, talvez possa me dar uma carona. Eu lhe darei alguns dados que talvez a convençam a chegarmos a um denominador comum.

— Abra a pasta.

— Tudo bem. — Ele colocou a pasta sobre o capô da viatura e digitou uma senha no fecho. Quando a pasta se abriu, Eve piscou, surpresa.

— Minha nossa, Sparrow, você tem uma loja de eletrônicos aí dentro!

Ela viu uma pistola de atordoar, uma pequena granada, um complexo *tele-link* portátil, um recarregador multiuso e o menor sistema de dados com que já deparou na vida. Havia também alguns grampos minúsculos, semelhantes ao que ela encontrara no carro naquele mesmo dia, antes da reunião.

Ela pegou um desses dispositivos, ergueu-o até perto do nariz dele e olhou fixamente para Sparrow.

Ele lhe exibiu um sorriso vencedor e disse:

— Eu não neguei que o rastreador que você removeu da sua viatura era da OSP, simplesmente disse que não sabia de nenhuma ordem para instalar o tal rastreador no seu carro.

— Espertinho. — Ela jogou o rastreador de volta na pasta e observou enquanto Sparrow o acomodava com cuidado novamente em seu lugar.

Ocorreu a ela que, sob circunstâncias diferentes, Sparrow e Roarke poderiam criar fraternais laços de amizade.

— Gosto muito de *gadgets* — repetiu ele. — Não fui eu que coloquei o grampo no seu carro. Isso não quer dizer que eu ou alguém da organização hesitaria em fazer isso caso recebesse tal ordem, mas reafirmo que não instalei esse rastreador hoje. Nada aqui está ativado. — Ele apontou para a pasta. — Seu scanner certamente confirmará isso.

Quando o scanner não mostrou realmente nada, ela olhou para ele da cabeça aos pés.

— Quem me garante que não tem algum dispositivo em você?

— Tenho um monte deles em mim — ele abriu os braços para ela passar o scanner —, mas todos estão desativados. E saiba que, oficialmente, nós não estamos tendo essa conversa. É claro que tudo se tornará oficial se o resultado do nosso papo for satisfatório para todos. Se não for, as coisas ficam no pé em que estavam quando saímos do gabinete do secretário Tibble.

Eve balançou a cabeça para os lados e ofereceu:

— Entre no carro. Estou indo para o centro. Se eu não gostar do que ouvir, vou largar você no lugar mais inconveniente que eu encontrar, e olha que conheço os lugares mais desagradáveis que existem nesta cidade.

Ele entrou no banco do carona.

—- Você realmente acabou com a nossa alegria ao vazar aquilo para a mídia.

Eve exibiu sua versão pessoal de um sorriso vencedor e disse:

— Não me lembro de ter reconhecido que tomei parte em algum vazamento de informações para a imprensa. — Ela prendeu o scanner no banco onde ele estava e o deixou ativado. — Isso vai ficar ativado para o caso de você querer ligar algum dos seus aparelhinhos — explicou ao vê-lo fazer cara de estranheza.

— Com esse nível de ceticismo e paranoia, você devia estar trabalhando para nós, Dallas.

— Vou me lembrar disso. Desembuche agora.

— Bissel e Kade não foram um caso de eliminação interna da OSP. Acreditamos, embora ainda não tenhamos certeza das informações, que o grupo Juízo Final descobriu a farsa de Bissel e eliminou o casal.

— Por quê? — Ela deu ré para sair da vaga. — Se eles sabiam a respeito de Blair Bissel, também sabiam que era casado com Reva Ewing, que, por sua vez, trabalhava no projeto Código Vermelho. Para eles, faria mais sentido vigiá-lo ou capturá-lo e lhe arrancar informações sob tortura.

— Ele era agente duplo. Nós trabalhamos durante mais de um ano para infiltrá-lo como agente operacional do grupo Juízo Final. Examine o perfil dele e você encontrará o quê? Um oportunista, um homem que traía a esposa e também a amante; um sujeito que gostava de vida boa e desperdiçava dinheiro como se fosse água. Era exatamente assim que nós queríamos que ele parecesse, o que não foi difícil, porque ele era realmente o que aparentava. Foi por isso que nós o usamos para repassar dados cuidadosamente escolhidos para o pessoal do Juízo Final. E ele aceitou uma grana alta do lado deles, é claro. Eles nunca acreditariam se achassem que ele ajudava terroristas por idealismo, por filosofia ou pela fama.

— Quer dizer que vocês fizeram com que ele se aproximasse de Reva Ewing a fim de espionar a Securecomp e depois o colocaram dentro do Juízo Final para acabar com o grupo terrorista? Vocês são um espanto, sabia?

— Tudo estava dando certo. O vírus que eles estavam criando ou, quem sabe, chegaram a criar — corrigiu — poderia minar governos e abrir portas perigosas para ataques terroristas. Se nossos bancos de dados e aparatos de vigilância ficarem comprometidos, não seremos capazes de rastrear ninguém, não saberemos quando nem onde eles poderão atacar. Isso sem falar nas crises internas: bancos, órgãos militares, transportes. Precisamos detê-los e temos de buscar informações continuamente para manter nossas defesas atualizadas.

— E também para roubar a tecnologia deles e criar a sua versão pessoal desse vírus do Juízo Final.

— Não posso confirmar essa suposição.

— Nem precisa. Onde é que Carter Bissel entra nessa história?

— Ele é um sujeito descontrolado. Alimenta grandes mágoas do irmão. Gastou um tempão e se deu ao trabalho de investigar tudo sobre os casos extraconjugais de Blair. E usou o que descobriu para chantageá-lo. Na verdade, isso foi bom para nós. Serviu para solidificar a farsa de Blair, dando a ele mais um motivo para precisar de dinheiro num prazo curto. Não sabemos onde ele está nem se está vivo ou morto. Talvez os terroristas o tenham eliminado, talvez o tenham recrutado. Pode ser que ele tenha fugido ou esteja caído bêbado em algum canto.

— Isso não me cheira bem, Sparrow. Nem um pouco. — Eve parou na saída da garagem. — Eliminar Bissel e Kade daquele jeito foi uma lambança. E os terroristas do Juízo Final não assumiram o ataque. Eles adoram levar a fama por coisas desse tipo.

— Eu sei, mas o fato é que também não gostam de ser enganados. E Bissel os enganou por muitos meses. Conseguimos informações muito importantes sobre o vírus por meio de Bissel. Temos tantas dicas e pistas que talvez consigamos desenvolver um escudo perfeito para o vírus antes da... — Ele parou de falar.

— Antes da Securecomp? Minha nossa! Vocês, espiões, são realmente figuras perigosas.

— Escute. — Ele se remexeu no banco, sentindo-se desconfortável. — Pessoalmente, eu não dou a mínima para quem criou ou vai criar o escudo, contanto que nós coloquemos as mãos nele e o usemos para os objetivos certos. Mas existe muita gente que não gosta da ideia de ver um homem como Roarke, cheio de ligações questionáveis, colocando as mãos em algo tão sensível e importante.

— Então vocês resolveram sabotar a Securecomp também, agiram como abelhinhas trabalhadoras para derrotar Roarke, exibir o escudo como um troféu com as cores da bandeira americana e conseguir um belo aumento para o orçamento da OSP.

— E na Polícia de Nova York tudo é florido e cor-de-rosa por acaso, Dallas? Vocês têm um sistema perfeito aqui?

— Não, mas eu não esculhambo a vida de ninguém só para ganhar os louros pela vitória. — Ela entrou com facilidade no fluxo do trânsito. — Estou pensando seriamente em largar você na frente de um simpático café que eu conheço e que é ponto de encontro para viciados em zeus.

— Ah, qual é, Dallas? A gente cede um pouco, vocês cedem outro pouco. Precisamos dar uma olhada nos computadores que vocês pegaram e esconderam debaixo de sete chaves. Aqueles que confiscaram nas cenas dos vários crimes. Queríamos ter acesso, pelo menos, a uma varredura ou a um relatório de análises.

O grupo Juízo Final tem o vírus. Nem mesmo Roarke pode reunir os cérebros necessários para inventar um escudo para ele em pouco tempo. Sem isso, podemos estar diante de uma crise mundial de proporções bíblicas.

Quando ele acabou de dizer essas palavras, foi como se a ira de Deus caísse sobre a Terra. Eve sentiu um calor súbito e intenso, e viu uma ofuscante explosão de luz. Os vidros à sua volta se estilhaçaram e um pó fino cobriu o seu rosto.

Por instinto, ela deu um golpe de direção e girou o volante todo para a esquerda ao mesmo tempo que pisava no freio, mas os pneus do carro já não estavam em contato com o asfalto. Percebeu vagamente, nesse instante, que eles estavam em pleno ar.

Berrou um alerta para Sparrow se segurar firme e, em meio a uma névoa densa, viu o mundo virar de cabeça para baixo. O veículo bateu em algum lugar e, com o impacto, o cinto de segurança arrebentou. Ela tombou de um lado para o outro e se chocou com força contra o air bag, que se ativou com um estalo explosivo. A última coisa que ela sentiu foi o gosto do próprio sangue na boca.

Não ficou desmaiada por muito tempo. O cheiro de queimado e o volume dos gritos à sua volta eram indicações de que ela perdera a consciência apenas por um ou dois minutos. O tempo não foi longo o bastante para seu cérebro processar por completo a dor que sentiu. Sua viatura — ou o que restava dela — estava capotada, com as rodas para o ar, como uma tartaruga virada no chão, apoiada apenas no casco.

Eve cuspiu sangue. Conseguiu se mexer o suficiente para alcançar Sparrow e verificar se seu sangue ainda pulsava. Encontrou um pulso fraco e viu a própria mão se encher com o sangue que escorria sem parar pelo rosto dele.

Ouviu sirenes ao longe, passos apressados e gritos de comando que deviam estar sendo emitidos por algum *policial.* De forma indistinta, pensou: *Se você pretende realizar um voo corajoso e inesperado sem sair do carro, é bom fazer isso a menos de um quarteirão da Central de Polícia.*

— Estou de serviço! — gritou e tentou se movimentar de costas para tentar escapar dali através da janela do motorista, que estava completamente destruída. — Sou a tenente Dallas. Há um civil preso nas ferragens e ele está sangrando muito.

— Calma, tenente. Os paramédicos estão chegando. É melhor a senhora não se mexer até...

— Me ajuda a sair daqui, cacete! — Ela tentou alcançar o asfalto com as pontas das botas, em busca de tração. Esticou o corpo alguns centímetros, até que mãos fortes a seguraram pelas pernas, pelos quadris e a tiraram da massa de metal retorcido.

— Qual é a gravidade dos seus ferimentos?

Ela conseguiu focar os olhos em um rosto, reconheceu o detetive Baxter e respondeu:

— Como eu ainda consigo enxergar a sua cara, pode-se dizer que minha dor é grande, Baxter. Acho que levei apenas uma surra do carro, mas o passageiro no banco do carona está muito mal.

— Eles estão chegando para socorrê-lo.

Eve fez cara de estranheza ao sentir as mãos de Baxter apalpando-a de cima a baixo para verificar se havia fraturas.

— É melhor não ficar excitado por me apalpar, ouviu?

— Sei que isso é só um dos presentes que a vida nos oferece de vez em quando. Você está cheia de arranhões, Dallas, e vai ganhar um monte de marcas roxas nesse seu corpaço.

— Meu ombro está ardendo.

— Vou levar um soco se eu der uma olhada?

— Dessa vez, não.

Dilema Mortal

Ela deixou a cabeça tombar para trás e fechou os olhos enquanto ele desabotoava sua blusa destruída.

— Você está com marcas de queimaduras. Provavelmente elas foram feitas pela fricção da pele no cinto de segurança — informou ele.

— Quero ficar em pé.

— Espere só um instantinho, até os paramédicos darem uma boa olhada em você.

— Me ajude a ficar em pé, Baxter! — reclamou ela. — Quero ser a primeira a ver os estragos.

Ele a ajudou a se levantar. Quando Eve percebeu que sua visão não ficou turva, comprovou que tivera muita sorte.

O mesmo não podia ser dito de seu companheiro de explosão. A porta do carona sofreu a maior parte do impacto quando o carro atingiu um maxiônibus em uma de suas capotagens. Trueheart ajudava 'outro policial a afastar os metais que aprisionavam o corpo de Sparrow.

— Ele ficou preso entre a porta e o painel! — gritou Trueheart.

— Parece que uma das pernas está quebrada e talvez um braço também. Mas está respirando.

Eve recuou quando os paramédicos chegaram correndo. Um deles se espremeu pela janela da porta do motorista, o mesmo lugar por onde ela saíra. O vidro tinha se pulverizado, e a fumaça em torno do carro ainda não se dissipara.

— Parece que...

— Parece que o carro foi atingido por um míssil de curto alcance — completou Baxter. — Você estaria carbonizada se ele tivesse acertado a viatura em cheio em vez de passar raspando pela frente do veículo. Eu vinha dirigindo pela rua, em direção à Central, vi o clarão e ouvi o estrondo. Foi uma explosão imensa, e o seu veículo passou voando por cima do meu, literalmente. Subiu, desceu, capotou três vezes e rodou de ponta-cabeça, feito um pião. Antes disso, bateu em dois veículos particulares, destruiu uma carrocinha de lanches, subiu no meio-fio, desceu novamente e bateu de lado num maxiônibus como se fosse um torpedo.

— Há vítimas civis?

— Não sei.

Ela viu alguns feridos e ouviu choros e gritos. Salsichas de soja, latas de refrigerante e bastões de doces coloridos estavam espalhados pela rua e pela calçada, exibidos numa espécie de bufê macabro.

— O cinto de segurança aguentou até o último segundo. — Com ar distraído, ela passou a mão sobre um filete de sangue que lhe escorria pela testa. — Só Deus sabe como... Acho que o teto reforçado com aço impediu que fôssemos esmagados como uma caixa de leite. O dano pior foi no lado do carona. O impacto foi muito maior ali.

Baxter viu quando os paramédicos prenderam o homem inconsciente sobre uma maca própria para imobilização.

— É amigo seu?

— Não.

— Foi você ou ele que deixou alguém puto o bastante para atacar o carro com um míssil?

— Boa pergunta.

— Precisa deixar que os paramédicos deem uma boa olhada em você.

— Tudo bem. — A dor foi chegando lentamente, suplantando a adrenalina e o choque. — Odeio isso. Odeio de verdade. Sabe o que é pior, Baxter? Os caras da manutenção vão me encher o saco por causa disso. Depois de me zoarem por uma semana, vão me entregar um carro novo que certamente será uma bosta motorizada só para me sacanear.

Ela foi mancando até o meio-fio e se sentou ali, em meio à confusão e ao barulho. Depois exibiu uma cara enfezada para a paramédica que vinha na sua direção com uma maleta de primeiros socorros.

— Se você está sonhando em me atacar com uma seringa de pressão — avisou Eve —, vou colocar você a nocaute.

— Se quiser sofrer dor, sofra. — A profissional deu de ombros e continuou o seu trabalho. — Antes, porém, vou lhe fazer um exame rápido, tenente.

Eve levou mais de duas horas para voltar para casa e ainda teve de aceitar uma carona de Baxter, já que lhe informaram que ela não devia mais dirigir naquele dia. Como ela não tinha mais carro para dirigir mesmo, não foi difícil cumprir a ordem.

— Acho que minha obrigação é convidá-lo para entrar e tomar um drinque ou uma merda dessas — disse Eve quando eles chegaram à porta de casa.

— Isso mesmo, mas vamos deixar para outra vez, Dallas. Tenho um encontro. É uma gata quentíssima e eu já estou atrasado.

— Obrigada pela carona.

— Essa é sua melhor resposta? Você está pior do que eu pensei. Tome um analgésico, Dallas — sugeriu ele quando a viu arrastando o corpo dolorido para fora do carro. — Apague por algumas horas.

— Estou numa boa. Vá pegar a sua vadia da semana.

— Agora, sim! — Ele riu com vontade e saiu rapidamente.

Eve mancou até a porta e entrou, mas não conseguiu escapar de Summerset.

Ele a olhou com ar severo, torceu o nariz e disse:

— Vejo que a senhora conseguiu destruir vários artigos de vestuário ao mesmo tempo dessa vez.

— Isso mesmo. Pensei em atear fogo às vestes, sem tirá-las, só para curtir uma emoção diferente.

— Suponho que seu carro ficou igualmente avariado, já que a senhora apareceu sem ele.

— Perda total. Virou lixo. Se bem que ele sempre foi um lixo mesmo. — Eve seguiu em direção às escadas, mas o mordomo se pôs no caminho e pegou o gato, que tentava subir pelas pernas dela.

— Pelo amor de Deus, tenente, suba pelo elevador. Aliás, é melhor tomar algum medicamento para a dor por livre e espontânea vontade, antes de sofrer a humilhação de ser obrigada a fazer isso.

— Vou pela escada para manter os músculos flexíveis, senão vou acabar com o corpo duro e seco que nem você. — Ela sabia que isso era teimosia, sabia que era burrice, mas mesmo assim subiu pela escada. O pior foi sentir que, se ele não estivesse esperando por ela na porta, de tocaia, ela teria escolhido a porcaria do elevador logo de cara.

Ao chegar ao quarto, ela estava pingando de suor. Com ar cansado, simplesmente despiu as roupas arruinadas, jogou o comunicador e a arma sobre a cama e seguiu gemendo baixinho até o chuveiro.

— Jatos com força média — ordenou ao sistema. — Trinta e oito graus.

O borrifo suave de água quente atingiu sua pele e atuou como um bálsamo. Ela pôs as mãos sobre os azulejos, baixou a cabeça e deixou o líquido escorrer lentamente pelo seu corpo.

Quem eles queriam atacar?, especulou. Ela ou Sparrow? Sua aposta foi de que a vítima era ela mesma. Sparrow e os civis atingidos na linha do fogo eram apenas danos colaterais, na linguagem deles. Mas por que tentar eliminá-la? E por que eles não tinham conseguido fazer um serviço decente?

Negligência, negligência pura, pensou. Eles estavam sendo incompetentes desde o início.

— Desligar jatos — grunhiu e, sentindo mais firmeza no corpo, saiu do boxe.

Sabia que seu coração não devia pular daquele jeito ao ver Roarke. Summerset, o grande linguarudo fofoqueiro, devia ter ido correndo contar a Roarke o que havia acontecido.

— Os paramédicos me liberaram — apressou-se ela em dizer. — Fui atingida em cheio.

— Isso dá para perceber. É melhor não usar o tubo secador de corpo. O ar quente não vai lhe fazer bem. Tome. — Ele pegou uma toalha, foi até onde ela estava e a envolveu delicadamente com o tecido felpudo. — Vai ser necessário que eu enfie um analgésico pela sua goela abaixo?

— Não.

— Já é um bom começo. — Ele passou os dedos, de leve, sobre os arranhões no rosto dela. — Podemos estar zangados um com o outro, Eve, mas você devia ter me avisado. Eu não precisava ter sido informado de que você se envolveu em um acidente sério por meio da porcaria do noticiário.

— Eles nunca divulgam nomes nesses casos. — Ela pensou em dizer mais coisas, mas desistiu.

— Nem precisaram divulgar.

— Eu nem me lembrei de avisar você, Roarke. Desculpe, não pensei nisso, de verdade. Não se trata de eu estar... Sei lá como eu estou em relação a você. Não pensei nas notícias que sairiam ou que você saberia do que aconteceu antes de eu voltar para casa e lhe contar pessoalmente.

— Tudo bem. Você precisa se deitar e descansar.

— Vou tomar um analgésico, mas não quero apagar. O diretor assistente Sparrow, da OSP, está muito mal. Ele estava comigo na viatura. Sua espinha foi afetada, e ele sofreu um trauma severo no crânio. O lado do carona ficou... merda, merda! Não sei como ele escapou com vida. Fomos atingidos por um míssil de curto alcance.

— Você disse um *míssil*?

— Disse. Provavelmente foi um desses modernos, que podem ser carregados por um único homem. Foi lançado manualmente. O lançador devia estar no telhado do prédio em frente à Central. Ficou de tocaia. Pode ser que o alvo fosse Sparrow, mas o mais provável é que tenha sido eu. Para esculhambar com a investigação? Para esculhambar com você? Talvez as duas opções. — Ela balançou a cabeça para os lados. — Talvez para colocar a OSP numa saia justa, culpando-os pela morte de uma tira que se recusou a passar a investigação para eles. Ou talvez para lançar suspeitas sobre os terroristas. Mas não acredito nisso.

Ele entregou a ela um comprimido azul e um copo-d'água.

— Quero sua palavra de que você vai engolir esse comprimido, senão eu vou verificar debaixo da sua língua.

— Não estou a fim de jogos sensuais, deixe minha língua em paz. Prometo engolir o comprimido.

Um pouco de calor voltou aos olhos dele quando se sentou ao lado dela.

— Por que você não acredita que foi a OSP nem os terroristas?

— Não é exatamente discreto lançar um míssil sobre um carro da polícia em meio ao tráfego de Nova York e em plena luz do dia. Se a OSP quisesse me eliminar, certamente descobriria um jeito mais sutil, sem perder um dos diretores assistentes no processo.

— Muito bem, eu concordo.

— O que é isso agora, uma prova oral?

— Os paramédicos podem ter liberado você, mas seu aspecto é o de quem foi atropelado por um caminhão. Pelo menos eu fico aliviado por ver que você não perdeu a clareza de raciocínio. E quanto aos terroristas do grupo Juízo Final, por que acha que não foram eles? Sutileza não faz o estilo dos terroristas.

Dilema Mortal

— Em primeiro lugar, técnicos não mandam um homem sair por aí lançando mísseis. Por isso são técnicos. E, se mudassem o padrão de atuação, não teriam a mira tão ruim. Isso foi um tremendo erro de mira. Se o tiro pegasse alguns centímetros mais à frente ou atingisse a lateral do carro, eu não estaria aqui. Se eles enviassem alguém para eliminar um tira ou um agente secreto, não escolheriam um cara tão incompetente. Além do mais, aproveitariam a chance para fazer um estrago maior. Se conseguiram colocar um homem num local privilegiado, por que não usar um brinquedo maior e arrasar com parte da Central de Polícia também? Um ataque à Central lhes daria o tipo de destaque e manchetes que eles adoram. Destruir um carro gera uma única notícia, sem muito impacto na opinião pública. Nenhum destaque. Isso foi um ato de desespero ou de raiva, um ataque desorganizado. Como estou indo no meu raciocínio?

— Seu cérebro parece não ter sido afetado em excesso. — Ele se levantou e caminhou até a janela. — Por que você não me disse que tinha sido chamada à torre?

— Estamos caminhando sobre uma linha estreita aqui — disse ela, depois de um instante. — Não gosto disso, não gosto de me sentir afastada de você. Mas é isso que está rolando.

— Parece que sim.

— Alguém tentou me matar hoje. Você vai caçá-lo por isso?

— Isso é completamente diferente, Eve — disse ele sem se virar. — Eu tive de me ajustar para aceitar o seu trabalho, o que você faz e o que pode lhe acontecer. Eu amo você, e isso me faz aceitar que você é do jeito que é e que tem esse trabalho. Para mim, isso é penoso.

Ele se virou, olhou fixamente para ela com seus olhos incrivelmente azuis e repetiu:

— Muito penoso.

— A escolha foi sua desde o princípio.

— Até parece que eu tive alguma chance a partir do momento em que coloquei os olhos em você. O que você enfrenta todos os dias eu aceito e admiro sua coragem. Mas o que você enfrentou no passado, o que você foi forçada a aceitar sem poder se defender, isso eu não posso aceitar.

— Essa atitude não muda nada.

— Isso é uma questão de perspectiva. Muda alguma coisa colocar um assassino na cadeia depois de a vítima estar morta? Você acredita que sim, e eu também. Debater isso só vai servir para nos entrincheirar ainda mais nos lados opostos do dilema que nos divide. O problema é que temos muito trabalho pela frente.

— Sim, eu sei. — Ela se levantou. Decidiu que se forçaria a aguentar em pé. Precisava se aguentar, mesmo sem conseguir aceitar o que ele dizia.

— Antes de sermos tão rudemente interrompidos — relatou ela —, Sparrow me contou que Bissel era um agente duplo. A OSP o estava usando para conseguir informações do grupo Juízo Final. Em troca, ele lhes repassava informações cuidadosamente escolhidas. Era uma farsa a longo prazo. Eles envolveram Reva Ewing na história por causa do cargo que ela ocupava na Securecomp. Queriam dar uma olhada na tecnologia e nos projetos da empresa. Nos últimos meses, estavam especialmente interessados em qualquer coisa ligada ao Código Vermelho. Queriam muito chegar ao poderoso escudo antivírus antes de você.

— A ideia de alguma empresa privada dominar esse tipo de tecnologia certamente os irrita. Usar Bissel foi uma jogada lógica. Ele atacava em todas as frentes: usava Reva para conseguir dados da Securecomp e posava de vira-casaca ganancioso para ter acesso ao grupo Juízo Final.

— Carter andava chantageando o irmão por causa dos seus casos extraconjugais, mas isso servia aos objetivos da OSP. Sparrow me assegurou que a OSP não sabe onde Carter Bissel está. Pode ser

Dilema Mortal

que ele esteja falando a verdade, mas eu não embarco nessa de o irmão caçula ser um chantagista comum. Não haveria razão para destruir seus próprios computadores nem sumir ou se esconder. Alguma coisa não bate.

— Quem banca o vira-casaca pode ter passado para o outro lado de verdade.

— É isso aí! — Ela sorriu.

Eve detestava ter de admitir, mas o analgésico ajudou, pois até a calça leve de algodão e a camiseta pareciam pesar uma tonelada sobre seu corpo massacrado. Quando Peabody olhou para ela e fez uma cara horrível, Eve percebeu que provavelmente estava com a aparência pior do que ela mesma imaginava.

— Você não vai poder me socar nesse estado — começou Peabody —, então vou perguntar: você não acha que devia estar no hospital?

— Não deixe que as aparências a enganem. Não, eu não devia estar no hospital e pode crer que ainda tenho forças para lhe dar um soco. O que tem a me contar sobre Powell?

— Uma rajada a laser com força máxima, conforme constatado na cena do crime. Hora da morte: dez e quinze da manhã de ontem. A entrada no apartamento não foi forçada. A equipe de peritos acha que uma chave mestra foi usada. A identidade da vítima, o código para uso do seu carro e o seu crachá não foram encontrados no local. Ele não fez nenhuma chamada do *tele-link* doméstico desde a tarde de anteontem, quando pediu uma pizza. Mas recebeu uma ligação pouco depois das oito da manhã no dia da morte. A pessoa desligou na cara dele assim que Powell atendeu, ainda grogue de sono. Rastreamos a ligação. Ela foi feita de um *tele-link* público em uma estação de metrô a três quarteirões da casa dele. Conclusão: o assassino confirmou que Powell estava em casa, na cama, deu a ele tempo suficiente para voltar a pegar no sono, entrou no apartamento e o matou.

— E o relatório da perícia?

— Temos apenas os dados preliminares. Não foram encontradas digitais além das da vítima nem DNA. Mas temos uma vizinha, a sra. Lance, que chegava em casa, vindo da delicatéssen, e viu um homem sair do prédio por volta das dez e meia. A descrição dele bate com a que Sibresky nos deu do tal Angelo.

— E quanto ao retrato falado? Já conseguimos um?

— Está sendo providenciado. Quando eu passei lá, me informaram que Sibresky não estava muito a fim de cooperar. Diante disso, prometi ao retratista um passe livre para visitar os bastidores do próximo show de Mavis Freestone na cidade se ele nos conseguir algo interessante até o fim da tarde.

— Um bom suborno. Estou orgulhosa da minha parceira.

— Tive uma excelente instrutora.

— Puxe meu saco mais tarde. Você já foi falar com McNab?

— Dei uma passadinha lá só para ver como estavam os progressos da equipe — disse Peabody, com ar cauteloso.

— Sei... e também para dar uma beliscada na bunda magra dele.

— Infelizmente ele estava sentado sobre a citada bunda magra no momento da minha visita e não pude completar essa parte da minha missão.

— Apesar dos meus esforços, a imagem do traseiro de McNab está se formando em minha mente febril, e não podemos permitir isso. Conte-me como andam as coisas por lá.

Peabody sentiu vontade de perguntar a Eve por que ela não ia verificar pessoalmente, mas, como percebeu o clima de tensão entre ela e Roarke, já sabia a resposta.

— Bem, ouvi muito blá-blá-blá cheio de termos técnicos e alguns xingamentos criativos. Gosto do sotaque de Roarke quando

Dilema Mortal 375

ele chama a máquina de "vadia". Tokimoto fica o tempo todo na dele, e Reva parece estar em uma missão religiosa. McNab está no sétimo céu, hackeando sem parar. Mas a melhor pista veio de Feeney. Seus olhos brilhavam, e isso significa que eles estão quase conseguindo.

— Enquanto eles salvam a democracia do mundo, vamos ver se conseguimos desvendar alguns assassinatos.

— Desculpe, tenente — pediu Peabody, quando seu comunicador tocou. — Prometo ajudá-la nessa tarefa assim que atender essa ligação. Detetive Peabody falando! — anunciou ela. — Oi, Lamar, nosso retrato já ficou pronto?

— Você conseguiu meu passe para os bastidores do show? — perguntou ele, do outro lado.

— Minha palavra não falha.

— Então eu tenho um rosto. Como quer recebê-lo?

— Mande pelo fax a laser — ordenou Eve, da sua mesa —, com cópia para o meu computador. Quero o arquivo em papel e em meio eletrônico.

Peabody transmitiu a ordem e foi pegar o fax que chegava.

— Lamar é um bom profissional — comentou. — Provavelmente ganharia mais dinheiro fazendo retratos de pessoas ricas do que tentando descobrir a cara de bandidos. Aqui está! — anunciou, passando a imagem para Eve. — Não é nenhum galã, mas também não é tão medonho quanto Sibresky descreveu. A cicatriz é que estraga o rosto.

— É a coisa que mais atrai o olhar das pessoas, certo? Você só se lembra da cicatriz quando vê um rosto desses. Diante dessa marca gigantesca, as pessoas nem olham muito para o sujeito, porque seria indelicado.

— Sibresky não parece ter tantos escrúpulos.

— Tenho a impressão de que Sibresky não é uma pessoa sensível nem conhece regras de etiqueta. Vamos fazer uma coisa interessante, Peabody.

— Agora mesmo? Já é!

— Podemos começar com você na cozinha. Pode pegar um bule de café acompanhado com... Sei lá, deve ter alguma coisa para comer no AutoChef.

— Você quer comida?

— Não, meu estômago ainda está estranho. Você come.

— Legal! Até agora tudo está superinteressante.

— Vá comer e não volte até eu chamar.

— Tudo bem.

Eve se virou para o computador, esfregou as mãos de contentamento e disse:

— Vamos começar o jogo!

Não demorou muito, porque o processo e as possibilidades já estavam fervilhando no seu cérebro havia algum tempo. Ela usou um programa que manipulava imagens e colocou várias fotos nos telões enquanto trabalhava nos detalhes.

— Pode vir, Peabody, e me traga o café.

— Você devia experimentar esse bolo de amora com maçã — aconselhou ela, chegando com um prato de bolo e uma caneca de café para Eve. — Está *supermag*.

— O que você vê na imagem?

— O retrato falado do suspeito chamado Angelo — disse Peabody, encostando o quadril na quina da mesa enquanto atacava o bolo.

— Muito bem. Computador: dividir a tela mantendo a imagem atual e acrescentar o arquivo CB-1! — ordenou Eve.

Processando... As imagens solicitadas estão no telão.

— E agora, o que você vê?

— Carter Bissel na tela dividida, ao lado de Angelo. — Ela franziu o cenho. Embora percebesse na mesma hora o que Eve propunha, Peabody balançou a cabeça para os lados. — Eu concordo com você: Angelo estava disfarçado, mas não vejo Carter Bissel por trás do disfarce. Não há nenhum dado que nos informe que ele era especialista nisso. Uma peruca e um bigode falso, tudo bem. Talvez ele até conseguisse colar uma cicatriz na pele. Mas o formato do maxilar é diferente. Uma prótese para imitar dentes tortos mudaria o formato da boca, mas não o maxilar. Ele precisaria de mais recursos que esses. Mesmo que ele e Felicity Kade estivessem trabalhando juntos, como é que ele conseguiria se especializar desse jeito em tão pouco tempo?

Ela pegou mais um pedaço de bolo e continuou a analisar e comparar as duas imagens.

— As orelhas de Carter Bissel são maiores que as de Angelo. Esse é um detalhe importante. As orelhas podem entregar uma pessoa. Ele poderia aumentá-las para se disfarçar como Angelo, mas não há como fazer com que as orelhas fiquem menores.

— Você tem um olho bom, Peabody. Mesmo assim, observe e aprenda.

Capítulo Dezoito

Peabody comeu o bolo e acompanhou atentamente enquanto Eve mandava o computador colocar os cabelos da imagem um na imagem dois.

— Dallas, você poderia fazer tudo com um único comando.

— Eu sei disso — reagiu Eve, irritada. — Só que no modo automático não fica tão perfeito. Quem está dirigindo o show, afinal?

— Puxa, estou vendo que só porque você foi atingida por um míssil ficou toda nervosinha.

— Continue com as piadas e o próximo míssil vai entrar pelo seu rabo acima.

— Dallas, você sabe o quanto eu adoro esse seu jeito terno e carinhoso. — Ajeitando-se para conseguir uma posição mais confortável, Peabody lambeu a colher e apontou para a tela. — Tudo bem, você acrescentou o cabelo ruim, mas isso não mudou a estrutura do maxilar nem o tamanho e o formato das orelhas. Além do mais, a testemunha descreveu Angelo como um cara magro, muito mais magro do que Carter Bissel. Uns sete ou oito quilos, pelo menos. Carter estava com excesso de peso, segundo as informações da identidade. A testemunha, por sua vez, garantiu que Angelo era um cara magro e com boa forma física. É a mesma coisa: você pode colocar enchimentos para ficar mais gordo em um disfarce, mas não dá para emagrecer oito quilos da noite para o dia. Se isso fosse possível, eu seria a primeira a me inscrever nesse programa milagroso.

— Se você não quer brincar, pegue seu bolo de frutas e caia fora. Computador! Copiar cicatriz facial da imagem um e colocá-la sobre a imagem dois.

— A invasão do apartamento de Powell e da casa de Bissel foi feita por um especialista — argumentou Peabody, raspando o prato do bolo em busca de farelos negligenciados, enquanto o computador cumpria a ordem. — Isso só pode ter sido feito por alguém com experiência ou treinamento. Todos os outros assassinatos desse caso foram muito frios, mesmo os dois primeiros, que foram encenados para parecer uma explosão de fúria. A própria encenação mostra o quanto eles foram frios.

— Não discordo, mas me dê um motivo para isso, Peabody. Computador, considere os dentes superiores da imagem um como implante. Calcule e copie a dentição falsa na foto dois.

— Isso foi uma trapalhada de uma organização secreta, qualquer uma das duas — afirmou Peabody. — Mas eu andei pensando, Dallas... Também pode ter sido uma espécie de guerra entre gangues rivais. O vírus ficou pronto e os terroristas do Juízo Final querem testá-lo. Eles sabem que um escudo está sendo fabricado. A OSP e seus espiões criam um tumulto para retardar o trabalho dos técnicos rivais, talvez para distraí-los e no fim, quem sabe, acabar com o vírus fatal. O grupo Juízo Final, por sua vez, cria o caos para desarticular os recursos dos oponentes, criam o caos porque é isso que os terroristas gostam de fazer e atrapalham a criação do escudo até fazerem valer a pena todo o dinheiro e o trabalho gastos. Um dos lados mata dois dos seus agentes em atividade, o outro acaba com uma possível ponta solta: Chloe McCoy. Um dos lados mata o irmão espião. O outro rouba o cadáver e faz um ataque exagerado contra a investigadora principal do caso. Espionagem em grande escala — completou Peabody, encolhendo os ombros. — Nada tão glamoroso quanto nos filmes de James Bond, mas bastante intrincado, típico de espiões. Esses caras gostam de complicar tudo.

— Olhe para as imagens, Peabody.

Ela obedeceu e bateu com a colher, de leve, na ponta do dente.

— Percebo apenas uma semelhança leve e distante entre as duas imagens, Dallas. Se você colocar a minha foto nesse telão e mandar o computador trabalhar meus traços, conseguirá que eu fique parecida com Angelo. Mas, por favor, não faça isso, porque eu acabei de comer.

— Continua insistindo na diferença entre os maxilares e no tamanho das orelhas?

— Olha só: se você tentasse convencer alguém num tribunal, eles acabariam com a sua teoria.

— Tem razão. Computador, remova a imagem dois e apresente a imagem três.

Peabody fez cara de estranheza quando a tela dividida exibiu duas imagens de Angelo.

— Não entendi — confessou, depois de algum tempo.

— O que foi que você não entendeu?

— Você está me mostrando duas fotos do mesmo cara.

— Estou? Você tem certeza de que é o mesmo cara? Talvez voar, explodir e capotar com o carro tenha esculhambado com a minha vista.

— Temos Angelo de um lado e Angelo do outro. — Preocupada, Peabody olhou fixamente para Eve. — Olhe, se você não quer se

Dilema Mortal 381

internar num hospital, talvez fosse uma boa chamar Louise para examinar sua cabeça. Ela toparia fazer uma consulta em casa.

— Não quero incomodar a ocupada dra. Dimatto. Vamos ver o que dá para fazer... Ah, já sei! Olhe o que eu queria mostrar: computador, remover todas as modificações da imagem três e apresentar a foto original.

Eve se recostou com um sorriso satisfeito nos lábios ao ver que Peabody deixou a colher cair de espanto.

— É Bissel! — exclamou. — *Blair* Bissel.

— Acertou em cheio, detetive, é ele mesmo. Acho que as notícias sobre sua morte foram muito exageradas.

— Você chegou a pensar nessa teoria, mas nunca pensei que fosse a sério. O DNA e as digitais eram de Blair Bissel. Sua própria esposa reconheceu o corpo.

— Depois de muitos anos de treinamento e serviço para a OSP, mesmo num nível de execução de missões, Blair deve ter conseguido as habilidades necessárias para trocar seus registros com os do irmão. Acrescente o excesso de violência nos assassinatos, a sangueira, o horror, o fato de Reva Ewing estar em estado de choque e a possibilidade de Carter Bissel ter passado por uma cirurgia para acentuar suas semelhanças, já grandes, com o irmão. O peso do morto era maior do que o registrado na ficha de Blair, mas muita gente diminui o peso quando informa seus dados em documentos oficiais. Ninguém liga para uma diferença de cinco ou oito quilos.

— Eu tiro cinco quilos quando informo meu peso, não sei por quê — comentou Peabody. — É uma compulsão.

— Esperávamos ver Blair Bissel, e foi isso que enxergamos. Por que questionaríamos a identidade da vítima?

— Mas por que Carter toparia entrar nessa história? Não houve nenhum sinal de ele ter sido levado para o local do crime à força ou amarrado. E como você convence alguém a se submeter a uma cirurgia e mudar de rosto?

— Pagando uma grana alta. Foi dinheiro, sexo, talvez ambos. Vou foder o meu irmão safado e foder a namorada dele ao mesmo tempo. O amor fraternal não era dos maiores ali.

— Mas há um abismo imenso entre rivalidades fraternais e assassinar de forma fria e deliberada o seu irmão e a amante dele. Se Kade convenceu Carter a participar da trama...

— Isso significa que Blair planejou acabar com ela também desde o início. É exatamente isso que eu acho. Já que você vai simular a própria morte, deve fazê-lo em grande estilo. E de um jeito espalhafatoso, colocando a culpa do ato sangrento na sua esposa verdadeira, logo de cara. Ao mesmo tempo, você se livra do peso nas costas e de uma pessoa que conhecia o plano e poderia acabar com a sua farra. Todo mundo vai dizer que você era um safado, um mentiroso, um canalha, e você nem vai se incomodar, porque já está morto mesmo.

— Preciso pensar nisso tudo — disse Peabody, confusa, afastando-se da mesa para caminhar pela sala. — Por essa teoria, Blair e Felicity recrutaram Carter sem o conhecimento da OSP.

— Talvez tenham seguido as regras no início, mas começaram a colorir o lindo desenho fora das linhas a partir de determinado ponto.

— Como uma solução para a chantagem do irmão?

— Em parte, sim. Existe grana envolvida, há aventura, há riscos. Tudo isso se encaixa nos perfis deles. Mas o objetivo final era algo grande. Continue o raciocínio.

— Droga, deixe-me pensar... Blair era um agente duplo, trabalhava sob a direção da OSP e também como contato com o grupo Juízo Final. Repassava dados escolhidos para os terroristas e se firmou como uma fonte, um traidor, um agente independente. Parte dessa farsa foi o casamento com Reva Ewing, planejado pela OSP.

Dilema Mortal

— Espionagem corporativa é um jogo lucrativo, mas houve uma crescente privatização das informações e pesquisas de dados nas últimas décadas. Diante desse quadro, para dar lucro, a OSP precisa competir com empresas particulares administradas por civis.

— Como a Securecomp, por exemplo.

— Sim, além de dezenas de outras, dentro e fora do planeta, que receberam obras de arte grampeadas esculpidas por Bissel. Pense nisto, Peabody: todo mundo precisa de um plano B. É preciso ter um desmentido plausível sempre à mão. Que plano B você acha que os caras da OSP bolaram para o caso de os grampos nas esculturas de Blair serem descobertos?

Peabody parou diante dos telões, analisou os rostos e afirmou:

— Blair Bissel, o bode expiatório.

— Isso mesmo. Por associação, Reva se dava mal como ele, e a Securecomp ficaria comprometida. Certamente eles diriam que os dois trabalhavam juntos. Afinal, eram marido e mulher.

— Então a OSP estava realmente montando uma cilada, afinal.

— São possibilidades. Blair já trabalhava na OSP tempo bastante para todas essas possibilidades passarem por sua cabeça. E, se ele não pensou nisso, Kade pensou.

— E Blair tomou algumas iniciativas para se proteger. — Peabody balançou a cabeça. — Grandes precauções, por sinal.

— Não só para se proteger. Considere a satisfação de se vingar do irmão chantagista, da Organização para Segurança da Pátria, dos colegas e do governo que o usava e que não hesitaria em descartá-lo se algo desse errado. Acrescente à receita uma pilha gigantesca de dinheiro.

— Dos técnicos? Ele deve ter feito um acordo com eles. Troca de informações não autorizadas. Coisa grande.

— Blair é a ponte entre os pontos A e B e sabe mais sobre os dois lados, a essa altura, do que eles mesmos sabem um do outro.

Porque é ele quem passa as informações. É ele quem tem o controle de tudo. Um projeto ambicioso, sob medida, para alguém com um perfil arrogante. Por que não conseguir mais? Mais controle, mais poder, mais dinheiro e depois cair fora? Do único jeito que existe, que é "morrendo". Sujar a barra e fugir não adianta, porque ele seria caçado implacavelmente. Pelos dois lados.

— Mas ninguém caça um cara morto.

— Muito bem. Junte a isso a OSP tentando esconder a lambança que você deixou para trás, os tiras ocupadíssimos, investigando a principal suspeita que receberam de bandeja e a morte da única pessoa que tinha conhecimento dos seus planos. Resultado: você está numa boa, livre, leve, solto e rico.

— Mas o que saiu errado? Por que Blair não está na praia, em alguma ilha paradisíaca, bebendo ponche e contando seus milhões?

— Porque talvez o pagamento não tenha sido feito. Ele certamente não colocou todos os ovos na cesta dos terroristas, porque eles acabariam quebrados. É um agente treinado e tem um plano B para si mesmo. Aposto que Blair deixou algo com Chloe McCoy. Teve de pegá-lo de volta e ela morreu por isso.

— Enquanto isso, a principal investigadora dos assassinatos não engoliu a esposa suspeita que lhe foi entregue de bandeja. Com os tiras parando para analisar melhor o caso, todo mundo também para e pensa.

— Pois é. As coisas deram errado para ele desde o início. Roarke curte um antigo poeta irlandês chamado Yeats. Num dos seus poemas mais famosos, ele fala das coisas que se desmantelam porque o eixo central não consegue segurá-las. Foi o que aconteceu aqui: o eixo central não se aguentou para Blair Bissel.

— E as coisas estão se desmantelando desde que você entrou na cena do primeiro crime.

— Ele estava desesperado, pau da vida, planejou demais e acabou metendo os pés pelas mãos. Ficou tão preocupado em esconder as pistas que as expôs ainda mais. Precisava continuar morto e precisava receber a grana prometida, mas era difícil conseguir as duas coisas ao mesmo tempo. Matar Powell e destruir o corpo descrito como seu foi burrice. Evitou a identificação verdadeira, mas fez com que os olhos de todos se voltassem justamente para ele, que é o único a quem interessaria destruir a prova.

— Depois ele tentou eliminar você.

— Está pau da vida, como eu disse. E desesperado. Sabe o que ele é na verdade, Peabody, por baixo da capa de escultor famoso, espião e mulherengo? Um desastrado da pior espécie. O tipo de trapalhão que comete erros cada vez maiores e mais escandalosos para esconder as mancadas anteriores. Ele se acha um assassino de sangue-frio, mas não passa de um menino egoísta e mimado brincando de James Bond e tendo ataques de raivinha quando dá tudo errado.

— Pode ser que ele não tenha sangue-frio, mas já matou quatro pessoas, quase acabou com você e colocou o diretor assistente da OSP no hospital.

— Eu não disse que ele não era perigoso. Crianças tendo chiliques e ataques de raiva são perigosíssimas. Elas sempre me apavoram.

— Então, pela sua teoria, temos um assassino treinado pela OSP que está muito irritado e é imaturo.

— Boa descrição.

Peabody soprou com força para cima, e a franja rigorosamente reta dos seus cabelos se ergueu por um instante.

— Isso é apavorante mesmo, Dallas. Como poderemos agarrá-lo?

— Estou trabalhando nisso. — Eve tentou colocar os pés sobre a mesa, mas seus músculos massacrados reagiram com fisgadas que lhe percorreram o corpo todo. — Merda! — reclamou, cheia de dor.

— É melhor tratar essas marcas roxas.

— Meu cérebro está ótimo, sem marcas roxas. Eu ainda consigo pensar. Vamos reunir o restante da equipe, incluindo os civis, para colocar a bola em jogo.

— Você vai conversar sobre isso com Reva?

— Ela foi casada com o cara por dois anos. Pode ter sido um casamento de conveniência para Blair, mas ela deve ter aprendido muitas coisas interessantes sobre ele. Hábitos, fantasias, lugares que frequentava. Se Sparrow sobreviver, recuperar a consciência e compartilhar o que sabe sobre Blair, isso poderá nos ajudar. Só que, por enquanto, Reva Ewing será nossa melhor fonte de informações.

— Você vai contar a Reva que o marido que ela foi acusada de matar não só está vivo, em sua opinião, mas talvez também seja quem lhe armou a cilada?

— Se ela não puder lidar com o trauma, isso não vai nos ajudar em nada, mas pior nós não ficaremos. Vamos descobrir se ela herdou um pouco da coragem e da determinação da mãe.

Feeney chegou resmungando números e comandos para um tablet. Estava com a barba por fazer, e alguns pelos grisalhos e ruivos lhe enfeitavam o queixo. Suas olheiras estavam tão grandes que toda aquela pele empapuçada poderia servir de alimento por uma semana para uma família de três pessoas — mas Eve percebeu um brilho em seus olhos.

— Péssima hora para nos interromper, garota — disse ele a Eve. — Estamos a um passo de conseguir.

— Apareceu uma nova ponta para puxarmos na investigação, e isso poderá nos deixar mais perto da solução. Onde estão os outros?

Dilema Mortal

— Roarke e Tokimoto estão terminando uma série de simulações e não quiseram deixar o teste pela metade depois de tanto trabalho para chegar lá. Conseguimos recuperar quase por completo os arquivos de um dos computadores de Felicity Kade. McNab e Reva estão acabando de reinstalar alguns...

Feeney parou de falar subitamente, quando tirou os olhos do tablet, e só então reparou o estado em que Eve estava.

— Puxa, ouvi dizer que você estava com cara de quem levou uma surra, e não exageraram. Você precisa colocar um pouco de gelo nesse olho.

— Está ficando preto? Droga! — Ela pressionou os dedos com cuidado em um ponto acima da maçã do rosto e sentiu uma fisgada de dor que lhe desceu até os dedos dos pés. — Eu já tomei um analgésico. Isso não é o bastante?

Peabody chegou da cozinha com uma compressa de gelo.

— Se você deixar que eu coloque isso no seu olho, Dallas, a dor vai ser forte por um instante e você vai ficar com cara de idiota, mas o roxo e o inchaço vão diminuir. Se tiver sorte, talvez não fique com cara de lua cheia.

— Então faça, mas não comente nada.

Eve cerrou os dentes enquanto Peabody colocava a compressa. A fisgada acabou com o latejamento que sentia, mas não serviu de muita coisa.

— Ai! — exclamou McNab, franzindo a testa com ar solidário no instante em que entrou no escritório. — Ouvi dizer que o carro deu perda total.

— Não perdemos grande coisa. Onde está Reva?

— Está vindo. Eu bem que precisava de um pit stop. Tudo bem se eu reabastecer a barriga aqui? Meu estômago está roncando.

— Tem bolo de frutas! — gritou Peabody para as costas de McNab, que já seguia para a cozinha. — Maçã com amora.

— Bolo de frutas? — repetiu Feeney.

— Puxa, que bando de esfomeados. Vão em frente. — Eve jogou as mãos para o ar. — Comam, bebam, sejam felizes. Toda investigação de múltiplos homicídios devia ter bolo de frutas para acompanhar.

— Vou pegar algo geladinho — decidiu Peabody. — Você também devia beber alguma coisa para se hidratar, Dallas.

Com isso, Eve se viu sozinha no escritório, perguntando a si mesma como foi que tinha perdido tão depressa as rédeas da situação.

Conflitos matrimoniais, refletiu, eram uma espécie de febre que deixava o organismo fora de sintonia e impedia a pessoa de funcionar direito.

Ela não estava em boa forma, isso era óbvio. O pior é que não sabia como nem quando voltaria ao normal.

— Você também quer comida? — reclamou, no instante em que Reva colocou os pés na sala. — Vá em frente. Está com sede? Pegue uma bebidinha gelada. Mas seja rápida. Isso não é uma loja de conveniência.

— Estou bem, obrigada, Dallas. — Reva inclinou a cabeça. — Mas aposto que você está tão mal quanto aparenta. Roarke e Tokimoto vão chegar daqui a alguns minutinhos. Estão quase conseguindo desvendar tudo.

— Não são os únicos. Não vou esperar por eles. Nem pelo outros! — gritou ela, para ser ouvida na cozinha. — É melhor se sentar para escutar com atenção o que eu tenho a dizer, Reva.

— Porque vai ser um blá-blá-blá comprido ou porque você vai me dar um soco na cara com outras más notícias?

— Estou torcendo para você aguentar o soco.

Reva assentiu com a cabeça e se sentou na cadeira mais próxima.

— Não precisa se segurar. Seja o que for, prefiro ir a nocaute de uma vez a receber vários socos fortes. Estou cansada. A cada hora

Dilema Mortal

que passa eu me sinto mais idiota por não ver o que estava debaixo do meu nariz, dia após dia, durante mais de dois anos.

— O que você via era um homem que se comportava e agia como se a amasse de verdade. Um homem que lhe foi apresentado por uma amiga em quem você confiava.

— Isso mostra o quanto é falha a minha capacidade de julgar as pessoas.

— Eles eram profissionais no que fizeram. Trabalharam duro para conseguir envolvê-la desde o princípio. Você não poderia olhar para Blair e imaginar que ele era um agente secreto.

— Não. — Os lábios de Reva formaram um sorriso. — Mas devia ter percebido que ele era mentiroso e traidor.

— Eles analisaram você, Reva. Estudaram sua rotina com cuidado antes da abordagem. Sabiam de tudo o que havia para saber sobre sua vida desde antes de você conhecê-los. Tinham informações sobre seus assuntos públicos e particulares. Sabiam que você ficou fora de ação por servir de escudo para a presidente dos Estados Unidos, cumprindo o seu dever. Talvez imaginassem que você tinha alguma mágoa pessoal por isso ou que sua experiência com o governo a tornaria mais aberta para trabalhar com eles.

— Não passaram nem perto.

— Quando perceberam isso, resolveram abordá-la pessoalmente. Sabiam quais eram os seus pratos favoritos, de que flores você gostava, seus hobbies, suas finanças, com quem você dormia e com quem mantinha vínculos. Você não passou de uma ferramenta que eles souberam como usar.

— Na noite em que conheci Blair, em uma exposição, ele me perguntou se eu aceitaria tomar um drinque em sua companhia. Um gato como aquele, divertido, gentil... Puxa, por que não? Ficamos muitas horas juntos, batendo papo. Senti como se o conhecesse havia muitos anos. Foi como se eu estivesse à espera dele a vida toda.

Ela baixou os olhos e fitou as mãos, antes de continuar.

— Já estive envolvida antes. Foi um envolvimento amoroso sério, mas eu me machuquei muito e tudo acabou. Mas nada chega perto do que eu senti por Blair. E pensar que tudo era falso. Claro que não era um casamento perfeito. Ele ficava de cara amarrada ou irritado diante de qualquer crítica, mínima que fosse, mas eu sempre achei que isso fazia parte do pacote, entende? Parte de se sentir casada, um tentando entender o outro, trazendo felicidade mútua. Eu queria fazê-lo feliz. Queria muito que o casamento desse certo.

— Nunca é perfeito — balbuciou Eve quase para si mesma. — Quando tudo parece perfeito, algo surge do nada e morde sua bunda.

— Eu que o diga! De qualquer modo, estou cansada. Cansada de me achar burra, de sentir pena de mim mesma. Pode me contar o que eu vim ouvir. Força total, estou preparada.

— Então, vamos lá... Acredito que Blair Bissel planejou e executou os assassinatos na casa de Felicity Kade. Ele matou Kade e Carter, irmão dele, a fim de forjar a própria morte e incriminar você.

— Isso é loucura. — As palavras saíram ofegantes, como se o golpe a tivesse acertado bem na garganta. — Ele está morto, Dallas. Blair morreu, eu *vi* o corpo.

— Você viu o que ele queria que você visse, do mesmo jeito que viu o que ele planejou quando se aproximou de você, dois anos e meio atrás. Só que dessa vez você estava em estado de choque e se sentiu incapacitada quase na mesma hora.

— Mas... os exames confirmaram que era ele.

— Acho que ele trocou os registros de identificação dele com os do irmão durante a preparação do golpe. Armou um cenário completo para que você, a polícia e as organizações clandestinas

Dilema Mortal

que jogava uma contra a outra acreditassem que ele havia morrido. Ninguém persegue os mortos, Reva.

— Isso é uma insanidade. Estou lhe dizendo, você está *maluca*, Dallas! — Reva se levantou no instante em que os outros chegaram da cozinha. — Blair era mentiroso e traidor. Ele me usou. Estou fazendo de tudo para aceitar isso. Preciso conviver com isso. Mas ele não era um assassino, não seria capaz de acabar com a vida de duas pessoas daquele jeito.

— Quem sairia lucrando com a morte dele?

— Você diz financeiramente?

— De algum modo.

— Eu mesma, eu acho. Ele me deixou dinheiro, muito dinheiro. Mas você já sabe de tudo isso.

— Muito dinheiro — repetiu Eve. — Mas você já possuía muito dinheiro por conta própria. Ele deve ter contas secretas em algum lugar, e quando as encontrarmos...

— Elas foram localizadas, listadas e o arquivo já está no seu computador — disse Roarke, que entrava nesse momento. — Tudo conforme você me pediu, tenente.

— Quanto?

— Mais de quatro milhões de dólares espalhados por cinco contas.

— Não é o bastante.

Roarke inclinou a cabeça e concordou.

— Talvez não, mas é tudo o que ele tem. Blair não era moderado nem habilidoso para lidar com investimentos. Todas as contas apresentam saques pequenos e constantes ao longo dos últimos seis anos, desde que foram abertas. Ele gastava muito, especulava o tempo todo e quase sempre perdia o capital investido.

— Isso bate — começou Eve a reavaliar a questão. — Tudo bem, isso bate com o seu perfil. Ele foi motivado pelo dinheiro, estava sempre atrás de grana, queria sempre mais dinheiro. E tramou um grande golpe.

— Quer dizer que você acha que ele matou Felicity e o irmão dele para me incriminar? Você está descrevendo um monstro. Eu não era casada com um monstro.

— Você era casada com uma ilusão.

Reva lançou a cabeça para trás como se tivesse sido atingida por um soco.

— Você está imaginando coisas porque não tem nada firme a que se agarrar. E não quer me deixar sem nada. Pois saiba que eu o *amava* de verdade, sendo ou não uma ilusão. Você entende esse conceito?

— Sim, isso me é familiar.

— E você quer que eu acredite que amei alguém capaz de matar? Um assassino frio e calculista?

Eve teve de fazer todo o esforço possível para seu olhar não se desviar, nem por décimos de segundo, na direção de Roarke, numa tentativa de manter seu coração e sua mente distantes daquela mesma pergunta.

— Aquilo em que você escolhe acreditar é problema seu, Reva. E como lidar com isso também. Se você não consegue enfrentar a direção que a investigação aponta, não me serve de nada.

— Você é quem tem sangue-frio. Você é a calculista dessa história, Dallas. Já fui usada demais por gente demais.

Quando ela saiu porta afora, Tokimoto se afastou discretamente e a seguiu.

— Puxa, ela aguentou bem, não acham? — Eve olhou demoradamente para cada um dos membros da equipe. — Alguém está interessado em dar continuidade à reunião ou vocês preferem fazer uma pausa para analisar o quanto eu preciso aprimorar meu tato e minha sensibilidade?

— É um golpe duro, Dallas — disse Feeney. — Não havia como inventar uma versão cor-de-rosa. Reva vai voltar assim que superar o choque.

— Enquanto isso, trabalhamos sem ela. Bissel tinha contas em vários locais e é provável que tenha um esconderijo estiloso, talvez mais de um. Ele ainda está na cidade, lambendo as feridas, deve ter uma toca por aqui. Vamos encontrá-lo.

— Achei duas propriedades — informou Roarke. — Uma nas ilhas Canárias e a outra em Cingapura. Nenhuma das duas estava muito oculta. Se eu a encontrei com facilidade, outros o farão.

— Então ele vai se manter escondido. Não é completamente burro. Vamos procurar lugares que ele possa ter colocado no nome do seu irmão, de Felicity Kade e de Reva. Ele pode ter arrumado um esconderijo usando o nome deles para despistar, a não ser que... Não, não. Merda! McCoy. Chloe McCoy. Ele devia usá-la mais do que para uma transa eventual. Corram atrás disso. Verifiquem se ele colocou investimentos ou imóveis no nome dela. Ele a matou por alguma razão específica, e meu palpite é que esse cara mata por dinheiro ou por autopreservação.

— Deixe que eu pesquiso isso — ofereceu-se McNab. — Estou revigorado com esse bolo de frutas.

— Corram atrás, todos vocês. Vou visitar Sparrow para ver se está consciente e para tentar desencavar algo dele. Feeney, vou deixar você e Roarke trabalhando com os computadores destruídos. Se Reva tirar o time de campo e Tokimoto ficar ao lado dela dando tapinhas consoladores em sua cabeça, vamos ficar sem mão de obra.

— Basta um cargueiro lotado com café de boa qualidade para nos manter ligados e com força total — disse Feeney.

— É melhor saber em que pé estamos antes de ir para a rua, tenente — disse Roarke. — Estamos recuperando os dados do computador principal de Felicity Kade. Está tudo codificado, mas a coisa está bem adiantada.

— Ótimo. Me avise assim que...

— Ainda não acabei. Cada um dos computadores de Kade teve os dados corrompidos, mas não por um vírus que se espalhou pela rede. Cada um deles foi destruído separadamente.

— O que isso quer dizer? Escute, isso é território da DDE, eu só preciso de um resumo. Quais são os dados concretos?

— Você não valoriza muito o trabalho dos técnicos, Dallas — afirmou Feeney.

— Pelo visto, o mesmo acontece com Blair Bissel — completou Roarke. Como Eve nem tocara no suco gelado que Peabody gentilmente lhe servira, Roarke pegou o copo e tomou um gole.

— O grande perigo de um vírus fatal é sua habilidade teórica de corromper um sistema de redes, seja ele grande, seja pequeno, simples ou complexo, num único ataque que destrói e desliga as estruturas sem chance de recuperação. Não é o que temos aqui. Encontramos uma sombra disso, uma versão primitiva, talvez, nem de perto tão poderosa quanto fomos levados a acreditar a princípio. Foi relativamente fácil religar tudo e recuperar os dados das unidades que examinamos.

— Relativamente. — Feeney esfregou os olhos cansados.

— Foi uma pedreira, mas nada ameaçador para a segurança global da rede de computadores. O que temos aqui é muita fumaça e nenhum fogo.

— Então Blair não tinha o que imaginamos que tivesse e que ele planejava transformar em um bom fundo de aposentadoria. Mas talvez outra pessoa tivesse o vírus pronto ou talvez... — refletiu Eve. — Filho da mãe. Ele não estava tentando me aniquilar.

— Ela passou os dedos de leve sobre o olho roxo. — Ele acertou o alvo. A mira não foi boa, mas ele atingiu quem queria.

Dilema Mortal

Roarke inclinou a cabeça para tentar acompanhar os pensamentos dela e perguntou:

— Sparrow?

— Certamente ajudaria muito ter alguém dentro da OSP, alguém com poder para criar, escolher e fornecer dados internos. Além de lhe garantir proteção. Esse é Quinn Sparrow. O cara que pensa de forma organizada. O cara que planeja. Vejam só Bissel. Ele não é corajoso, não é muito esperto, mal conseguiu subir na hierarquia da OSP. Não passa de um garoto de recados. Mas eis que surge a oportunidade da sua vida, entregue a ele, de bandeja, por um dos chefões. É sua grande chance. Ele aplicou pequenos golpes ao longo da carreira. Fazia espionagem corporativa. Talvez algumas dessas atividades corressem por fora da OSP, uma espécie de sociedade pessoal paralela. Só que Bissel não conseguiu transformar nada em grana alta. É um trapalhão em finanças. Aposto que seu parceiro é melhor nessa área. Muito melhor.

— Mas, então, por que não matar Bissel, simplesmente? — quis saber Peabody.

— Porque é preciso um plano B. É preciso um bode expiatório. Bissel é a fachada. Continua sendo um garoto de recados. Bissel vai entregar o vírus fatal para o grande comprador externo, mas o vírus é fraco, e ele leva um cano. Agora é um cara marcado para morrer, desesperado. Está fugindo, se escondendo e precisa permanecer "morto" a qualquer preço. Nosso amigo da OSP também o quer eliminado, é claro, segundo a linha de segurança global da organização, mas descobre que a investigação da polícia não corre do jeito que esperava.

— Suponho que Sparrow tenha planejado tornar Bissel um homem honesto, desde que estivesse morto — disse Roarke. — De preferência sem alarde.

— Se tivesse feito isso mais cedo, não estaria no hospital. Acho que ele se esqueceu de considerar um elemento vital nessa equação:

quando alguém como Bissel começa a matar, a coisa fica mais fácil a cada ataque.

Ela pegou o comunicador e ordenou:

— Quero que Sparrow fique completamente isolado. Ninguém, nem mesmo os médicos, pode falar com ele antes de mim. Continue recuperando os dados — disse a Feeney.

— Vou atacar o cargueiro que transporta o café — lembrou Feeney e saiu da sala.

— Preciso de um instante, tenente. — Roarke olhou para Peabody. — É particular.

— Fui! — Peabody saiu rapidamente e fechou a porta.

— Roarke, não estou com tempo para discutir problemas pessoais — avisou Eve.

— Sparrow teve acesso aos seus dados e sabe o que aconteceu em Dallas quando você era criança. Se suas deduções estiverem certas, ele vai usar isso contra você. Vai tornar tudo público e até alterar alguns dados para distorcer a verdade.

— Não tenho tempo para me preocupar com isso agora.

— Eu posso sumir com tudo. Se você quiser que esse arquivo seja... removido, eu posso fazê-lo. Você tem direito à sua privacidade, Eve. Tem todo o direito de escolher não ser vista como vítima, nem que isso seja usado para levantar especulações, fofocas e gerar pena, o que você odiaria mais do que qualquer outra coisa.

— Você quer que eu lhe dê autorização para hackear arquivos do governo?

— Não. Quero que me diga se preferia que esses arquivos não existissem. Hipoteticamente.

— O que me deixaria fora da berlinda legalmente. Mas eu seria cúmplice se fizesse esse pedido e *puf*... ele se realizasse. Um tremendo dia, esse de hoje. É até engraçado...

Dilema Mortal

Como a emoção lhe bloqueava a garganta, ela se virou e disse:

— Você e eu nunca estivemos tão afastados um do outro desde o dia em que nos conhecemos. Eu não consigo alcançar você e não permito que você me alcance.

— Você não me vê, Eve. Quando olha para mim, não me vê por inteiro. Talvez eu tenha preferido deixar as coisas desse jeito.

Eve pensou em Reva, em ilusões e em casamentos que não passavam de farsas. Mas nada poderia estar mais distante do que rolava ali. Roarke nunca tinha mentido, nunca fingiu ser alguém que não era. E ela o vira por inteiro, sim, desde o primeiro momento.

— Você está errado, isso é burrice! — Havia mais cansaço nas palavras dela do que raiva, e isso o impressionou. — Não sei como superar esse problema. Não posso conversar com você sobre o assunto, porque vamos andar em círculos. Não posso me abrir com mais ninguém, porque, se eu contar a alguém sobre o dilema que está nos corroendo, essa pessoa também vai se tornar cúmplice. Você acha que eu não enxergo você por inteiro?

Ela se virou e olhou fixamente para ele.

— Estou olhando com atenção e vendo tudo com clareza, Roarke. Sei que você é capaz de matar e achar que isso é justo e certo. Sei disso e continuo aqui. Não sei o que fazer, mas continuo aqui.

— Se eu não fosse capaz disso, não seria quem eu sou, o que sou, nem estaria onde cheguei. E nós não estaríamos juntos se fôssemos lutar contra isso.

— Talvez não, mas estou cansada demais para lutar. Preciso ir. Preciso de verdade. — Ela foi até a porta e a escancarou. Então, fechou os olhos. — Dê um sumiço em tudo. Dane-se o hipotético. Eu assumo a responsabilidade pelo que digo e pelo que faço. Faça tudo sumir.

— Considere isso resolvido.

Quando Eve foi embora, Roarke se sentou à sua mesa em silêncio. Desejou, com toda a força da sua alma, ter o poder de fazer com que o resto dos problemas entre eles desaparecesse com a mesma facilidade.

Reva se colocou no caminho de Eve assim que ela saiu do escritório.

— Não tenho tempo para você agora — disse Eve de forma rude e continuou andando.

— Só vai levar um minuto. Quero lhe pedir desculpas. Pedi para você me contar tudo sem hesitação e não soube aguentar o golpe. Desculpe, Dallas. Estou revoltada comigo mesma por agir daquele jeito.

— Esqueça. Você vai saber lidar com tudo agora?

— Sim, vou aguentar. Do que você precisa?

— Que você pense. Descubra para onde ele poderia ir, quais seriam os próximos passos dele numa crise. O que ele estaria fazendo agora, além de achar um jeito de escapar. Pense com cuidado e me traga possibilidades. Prepare tudo para quando eu voltar.

— Combinado. Ele precisa trabalhar — disse ela no instante em que Eve saía pela porta. — Sua arte não é apenas um disfarce, tenho certeza disso. É a paixão dele, sua válvula de escape, seu ego. Ele está num lugar onde possa trabalhar.

— Ótimo. Siga essa pista, eu não demoro.

— Muito boa a sua sacada. — Tokimoto veio da sala de estar para o saguão, onde Reva estava.

— Tomara que sim. Não estou indo tão bem no resto.

— Você precisa se dar um tempo para o ajuste, para o luto, para a raiva. Espero que consiga se abrir comigo, se precisar de alguém para isso.

Dilema Mortal

— Até agora eu só me lamentei com você. — Ela suspirou.
— Tokimoto, posso lhe fazer uma pergunta?

— Claro.

— Você está dando em cima de mim?

— Isso não seria apropriado, diante das circunstâncias — disse ele, rígido como um poste.

— Porque talvez eu ainda esteja casada ou porque não há interesse de sua parte?

— Seu casamento não é nenhum problema, considerando o que houve. Mas você não está num estado de espírito apropriado para... Um avanço de natureza pessoal, de minha parte, seria inadequado. Suas emoções e sua situação estão num redemoinho.

Reva se pegou sorrindo de leve. E sentiu algo se abrir dentro dela.

— Como você não disse que não estava interessado, devo dizer que não me importaria se você estivesse e resolvesse dar em cima de mim.

Para testar o terreno, ela se pôs na ponta dos pés e tocou os lábios dele com os dela brevemente.

— Não — decidiu ela depois de um instante. — Eu realmente não me importaria. Por que você não pensa no assunto?

Ela sorriu de novo ao se afastar dele e subir as escadas.

Capítulo Dezenove

Quinn Sparrow sobreviveria. Poderia até voltar a andar depois de alguns meses de terapia intensiva e tratamentos especializados. Isso, é claro, se tivesse a mesma força e determinação que Reva Ewing demonstrava para se recuperar de suas feridas.

O estado dele, para Eve, representava um tipo sólido de justiça.

Tinha alguns ossos quebrados, uma fratura na coluna vertebral e uma concussão grave, entre outros ferimentos. E precisaria de uma cirurgia de reconstituição facial.

Mas sobreviveria.

Eve ficou contente ao saber disso.

Ele estava e iria continuar no CTI por mais quarenta e oito horas. Estava sedado, mas o distintivo de Eve e um pouco de intimidação a fizeram ultrapassar as barreiras.

Ela deixou Peabody plantada na porta.

Sparrow devia estar dormindo ou dopado quando Eve entrou. Apostando no dopado, ela fechou o acesso do soro com analgésicos sem um pingo de remorso.

Dilema Mortal 401

Levou poucos minutos para ele retomar a consciência, entre gemidos.

Parecia pior do que antes, com marcas roxas em volta das bandagens e um molde de pele artificial no braço fraturado. Sua perna direita estava envolta em um molde de estabilização parecido com as esculturas de Bissel.

O pescoço imobilizado lhe impedia todos os movimentos da cabeça.

— Você está me ouvindo, Sparrow?

— Dallas? — Com os lábios quase brancos de tão pálidos, ele mexeu os olhos e tentou focá-los no rosto difuso dela. — Que diabos aconteceu?

Ela se aproximou mais, entrando na linha de visão dele, e pôs uma das mãos sobre o seu ombro, num gesto solidário, algo como "Nós sobrevivemos à batalha".

— Você está no hospital, Sparrow. Eles o imobilizaram para seu estado não piorar.

— Eu não me lembro de nada. Como eu estou?

Eve achou que a cena ganharia um toque mais interessante se ela desviasse os olhos por alguns instantes, como se fosse difícil continuar falando.

— A situação está... difícil. Ele nos atingiu em cheio e a coisa foi feia. Você levou a pior. A viatura voou como um foguete e despencou como uma bomba. Para piorar, bateu com violência num maxiônibus, do lado do carona. Você foi atingido seriamente, Sparrow.

Ela sentiu o ombro dele estremecer quando tentou movimentar o corpo.

— Minha nossa, que dor!

— Eu sei. Deve ser duro. Mas nós o pegamos, Sparrow. — Ela apertou a mão dele com firmeza. — Nós pegamos o canalha.

— O quê? Quem?

— Pegamos Blair Bissel. Ele foi acusado e está preso. Ainda estava com o lança-mísseis que usou para acabar conosco. Blair Bissel estava vivinho da silva, Sparrow!

— Isso é loucura — grunhiu ele. — Preciso falar com o médico. Preciso de alguma coisa para acabar com essa dor.

— Escute... — disse Eve, com cautela. — Preste muita atenção, porque eu não sei quanto tempo ainda temos.

— Tempo? — Os dedos dele apertaram os dela com mais força. — Como assim?

— Quero lhe dar a chance de limpar a consciência, Sparrow. Sabe como é... Quero lhe dar a oportunidade para fazer a coisa certa. Você merece isso. Ele jogou a culpa toda em você. Escute o que eu vou dizer com atenção. — Ela também apertou os dedos dele com mais força. — Eu vou lhe dar essa chance, mas você precisa se preparar para o que eu vou contar. Você não vai conseguir escapar com vida.

A pele dele ficou acinzentada.

— Do que você está falando?

Eve chegou mais perto para ele poder enxergar apenas o rosto dela.

— Os médicos fizeram tudo o que foi possível. Trabalharam em você durante muitas horas, mas os danos eram extensos demais.

— Eu estou *morrendo*? — Sua voz, muito trêmula e frágil, ficou rouca. — Não, não! Quero falar com um médico!

— Eles vão voltar em um minuto. Vão lhe aplicar um... Eles vão lhe dar uma injeção de misericórdia, para você ir embora tranquilo.

— Mas eu não posso estar morrendo. — Lágrimas surgiram em seus olhos e lhe escorreram pelo rosto. — Eu não quero morrer!

Eve apertou os lábios com força, como se tentasse suprimir a emoção.

Dilema Mortal

— Eu achei que você ia preferir saber disso por mim. Sabe como é... Ouvir a notícia por uma colega de profissão. Se a mira dele tivesse sido um pouco melhor, nós dois estaríamos condenados. Mas ele acertou na frente do carro, nós voamos e capotamos. Conseguiram salvar sua perna — continuou ela e parou para limpar a garganta. — Eles tinham esperança de que você... Ó Cristo! O impacto foi terrível para seus órgãos, eles foram muito afetados. O filho da mãe matou você, Sparrow, e quase conseguiu me matar também.

— Não dá para ver nada, eu não consigo me mover.

— Você deve ficar quieto, completamente imóvel. Isso lhe garantirá mais tempo de vida. Você esteve apagado por muitas horas, Sparrow, e ele está usando isso em seu próprio benefício. Ele tentou eliminar nós dois. É por isso que eu resolvi lhe dar a chance de sair de cena com a dignidade intacta. Antes, porém, preciso ler seus direitos e deveres. — Ela parou mais uma vez e balançou a cabeça. — Deus, que situação terrível!

Ele começou a tremer enquanto ela recitava seus direitos e deveres legais.

— Você compreendeu todos os seus direitos e deveres com relação a esse processo, diretor assistente Quinn Sparrow?

— De que diabos se trata tudo isso?

— Estou tentando fazer a coisa certa para recuperar um pouco da sua integridade, Sparrow. Um bom advogado vai acabar conseguindo livrar Bissel. Basta usar alguns argumentos padronizados e o prisioneiro vai escapar, a não ser que você me conte como tudo aconteceu, com detalhes. Ele está contando com a sua morte. Você vai morrer e levar a culpa toda. Blair declarou que você matou Carter Bissel e Felicity Kade.

— Mas isso é mentira!

— Eu sei, mas precisamos convencer o promotor. Por Deus, Sparrow, você está morrendo! Conte-me toda a verdade, permita que eu encerre esse caso e o coloque atrás das grades. Ele matou você! — Ela se aproximou do rosto dele e baixou um pouco a voz. — Faça-o pagar por isso.

— Trapalhão idiota! Quem poderia imaginar que ele tinha o poder de esculhambar tudo? Como foi que as coisas acabaram desse jeito?

— Conte-me tudo e eu prometo acabar com ele. Você tem a minha palavra.

— Ele matou Carter Bissel e Felicity Kade.

— Ele quem?

— Blair! Blair Bissel assassinou Carter Bissel e Felicity Kade. Ele cheirou um pouco de zeus para tomar coragem e acabou com a raça deles.

— Por quê? Me explique os motivos de tudo para eu poder acabar com ele agora.

— Ele ia sumir do mapa com uma bolada no bolso. Armou uma cilada para a esposa. A polícia abriria e fecharia o caso. Era só abrir e fechar.

— Foi você quem enviou as fotos de Blair e Kade para Reva?

— Sim, fui eu. Tirei as fotos e mandei para ela quando o resto do circo ficou pronto. Não dá para sentir minhas pernas. Não consigo senti-las!

— Aguente firme, segure as pontas. Pode deixar que eu estou gravando tudo isso, Sparrow. Esse registro tem valor legal. Você vai conseguir acabar com ele. Ele vai pagar caro pelo que fez com você. Por que ele matou Felicity Kade?

— Era preciso acabar com ela para amarrar as pontas soltas. Ela sabia de tudo sobre mim e Blair, conhecia os detalhes do plano. Não podíamos nos arriscar.

— Mas você foi o cérebro por trás de tudo, não foi? Não posso acreditar que aquele imbecil tenha planejado tudo sozinho.

Dilema Mortal

— Sim, fui eu quem armou tudo. Era para ter sido uma moleza. Mais duas semanas e eu estaria numa praia tropical tomando *mai tai* numa boa, mas ele continuou metendo os pés pelas mãos.

— Kade entrou no esquema, não foi? Ela trouxe o irmão de Blair.

— Você sabe de um monte de coisas, hein? — Ele olhou para Eve com os olhos parados.

— Estou ligando os pontinhos. Tenho de ser direta, você merece isso. Uma confissão no leito de morte é... — Ela parou de falar ao notar que o rosto dele empalideceu ainda mais e se desmontou. — Bem, você sabe o peso disso. E vai ser o responsável por colocá-lo atrás das grades. Eu quero lhe dar essa última oportunidade. Cortesia profissional. Foi Felicity Kade quem trouxe Carter Bissel para a jogada?

— Sim, ela o convenceu. — Subitamente, a respiração de Sparrow ficou fraca e ofegante. Eve receou que o canalha morresse ali bem diante dela só pelo poder da sugestão, mas ele foi em frente. — Ela convenceu o idiota de que ele trabalharia para a OSP, assumiria o lugar do irmão. Ele mordeu a isca. Submeteu-se a uma cirurgia para mudar de rosto e de corpo, fez algumas entregas e ainda dormiu com a instrutora. Era um babaca completo.

— Aposto que sim. Quem matou o médico que fez a cirurgia de rosto e de corpo em Carter? Kade?

— Não, nada disso. Ela jamais aceitaria manchar as mãos. Mandou Bissel fazer o trabalho sujo... Carter. Kade sempre conseguia que os homens fizessem o que ela queria.

— Mas você arquitetou tudo, certo? Não foi Kade quem bolou o plano, e certamente também não foi Blair Bissel. Você não é burro a ponto de sair matando gente a torto e a direito, mas sabia como manipular as cordinhas. Bissel achou que tinha o vírus do Juízo Final e imaginou que conseguiria vendê-lo para viver com os lucros pelo resto da vida. Mas ele nunca colocou as mãos no produto.

— Não poderia ter o que não existia. Eu inventei tudo.

— Seu sorriso se transformou numa careta. — Não consigo aguentar tanta dor, Dallas, simplesmente não consigo!

Seu lamento a fez cerrar os dentes de tristeza, mas ela apertou os dedos dele mais uma vez.

— Estamos quase acabando, Sparrow. Quer dizer que não existe vírus nenhum?

— Bem, existe um vírus, mas não é tão bom quanto ele apregoava. Eu o inventei, fiz propaganda sobre ele. Repassei informações e dados distorcidos. O grupo terrorista Juízo Final andava tentando criar o vírus fatal fazia mais de dez anos. Em tese, ele é possível. Na prática, porém, ele se autodestrói ou sofre mutações quando encontra um escudo. Se você infectar um computador com esse vírus, ele vai conseguir corromper os dados e destruir a máquina, mas não conseguirá infectar a rede nem vai funcionar com comandos remotos. Se ele realmente fizesse tudo isso... — seu rosto pálido e abatido brilhou por um instante com o prazer da ideia — ... valeria bilhões.

— Quer dizer que foi tudo um grande golpe contra a OSP, as agências globais de inteligência e o grupo Juízo Final? Você criou informações falsas para confirmar o mito de que o vírus existia e era uma ameaça real. Depois juntou seu agente e o fez se casar com a projetista-chefe da empresa que pegou o contrato do Código Vermelho. Repassou dados para a OSP e vendeu esses mesmos dados a vários clientes interessados. Ganhava dos dois lados em cima de algo que ainda não fora inventado e talvez nunca seja. Mesmo assim, a Securecomp continuava a trabalhar nisso e talvez até criasse o vírus fatal, que acabaria em suas mãos. Puxa vida, Sparrow, você é realmente esperto!

— Eles estavam quase lá. Roarke tem os melhores cérebros do mundo trabalhando para ele na Securecomp. Peguei o que consegui com eles, juntei com o que eu tinha, acrescentei o que consegui arrancar do grupo Juízo Final e ainda ficaria com um bônus milionário no fim. Você sabe quanto eu ganho por ano como diretor assistente da OSP? Uma merreca! Tanto quanto um tira.

— Sabendo o quanto os tiras são malpagos, você imaginou que eles não investigariam a fundo os assassinatos de Bissel e Kade.

— O pacote foi entregue fechado, amarrado e com laço de fita. Mas saiu tudo errado.

— Mas você poderia ter atrasado as coisas e virado o jogo. Ou poderia ter feito pressão para que a polícia local virasse a investigação do avesso. Seu bode expiatório estava pronto, era o próprio Bissel. Foi ele que tentou vender o vírus inútil.

— Pois é, mas eu imaginei que os compradores fossem matá-lo e sumir com o corpo quando descobrissem que o vírus não era o que ele apregoava. Isso levaria algum tempo, mas o colocaria distante de mim. Mesmo assim, ele se desvencilhou de tudo. É bom nesse jogo duplo.

— Mas não podia acessar a grana que ia receber sem dar a maior bandeira, inclusive para você. Mesmo que ficasse desesperado o bastante para tentar, acharíamos suas contas e as bloquearíamos. Foi por isso que ele encenou o suicídio de Chloe McCoy. O que estava com ela que ele tanto queria, afinal?

— Não sei. Não entendi onde ela se encaixava. Blair devia tirar o time de campo e ficar na dele, mas o burro, canalha, entrou em pânico, matou a garota, matou o carinha do necrotério e roubou o corpo. O que ele achou que os tiras iriam fazer? Isso foi como colocar um cartaz num dirigível com a própria foto e as palavras "Olha eu aqui!".

— Há quanto tempo vocês dois faziam essa espionagem corporativa nas horas vagas?

— Que diferença isso faz agora?

Ele fez um biquinho de descontentamento, reparou Eve. Estava frágil e frustrado porque seus grandes planos haviam estourado na sua cara e estava à beira da morte.

— Quanto mais informações você me der, mais fundo eu poderei enterrá-lo — argumentou Eve.

— Isso tudo tem seis ou sete anos. Nesse tempo, eu acumulei um belo fundo de aposentadoria, comprei uma casa em Maui e estava de olho em outra na Toscana. Teria conseguido tudo na maior moleza, viveria como um milionário antes dos quarenta. Bastava cobrir meus rastros.

— Eliminar os parceiros — concordou Eve. — Era muito melhor e mais inteligente deixá-los eliminar uns aos outros. E se transformar numa empresa de um homem só, que é muito mais lucrativa. Imagine, todos aqueles grampos instalados nas esculturas de Bissel espalhadas pelo mundo e até fora do planeta. Todas elas enviando dados secretos só para você. Seu único trabalho seria recolher informações relevantes, investir nos lugares certos, antecipar as tendências. Puxa, você passaria a vida tomando *mai tai* numa praia espetacular sem deixar de encher o bolso. Devo admitir, Sparrow, seu plano era brilhante!

Os olhos chorosos dele brilharam por um instante de orgulho e de prazer.

— Esse é o meu trabalho — gabou-se. — Eu mastigo dados, crio cenários, arquiteto planos sujos para comprometer ou despachar alvos. Um profissional como eu precisa saber como e quando usar as pessoas.

— E você soube como usar Bissel; e os dois irmãos; e Kade; e Reva Ewing.

— Não era para ser assim tão complicado. Bissel eliminaria Kade e sumiria do mapa. Devia ficar oculto durante algumas semanas e depois vender o material. Mas ele foi com sede demais ao

Dilema Mortal

pote. Não deu tempo para a poeira assentar, não me deu chance de ver se tudo funcionara direito nem de tentar esfriar as coisas.

— Esfriar as coisas até você ter certeza de que não precisava mais dele e eliminá-lo, certo?

— Você não descarta as ferramentas que usa até ter certeza de que elas deram tudo o que tinham de dar. Eliminar concorrentes faz parte do jogo, você sabe disso. A morte é necessária. Eu nunca matei ninguém, mas não precisaria matá-lo. Bastava deixar vazar algumas dicas sobre o vírus fajuto, apontar a pessoa certa na direção desejada. Ele seria eliminado rapidinho. Não sou assassino, Dallas, eu só ativei as ferramentas. Blair Bissel cometeu os assassinatos. Todos eles. Eu estava no edifício Flatiron, corrompendo os dados dos computadores do estúdio dele no momento em que ele matou o irmão e Kade.

— Por que você foi lá?

— Precisava retirar qualquer dado que ele pudesse ter guardado sobre a operação e destruir seus computadores para que nem mesmo ele pudesse mais acessá-los. Estava apenas cobrindo meus rastros. Não estava nem perto da casa de Felicity Kade quando tudo aconteceu e tenho álibis sólidos para as horas dos assassinatos de Chloe McCoy e Joseph Powell. Foi Blair Bissel quem cometeu todos esses assassinatos. Sei que eu vou morrer, mas esse filho da mãe não vai conseguir que eu leve para o túmulo a culpa pelos crimes que ele mesmo cometeu.

— Acho que podemos montar um caso sólido de conspiração com intenção de matar e cumplicidade para assassinato antes e depois do crime. Serão múltiplas acusações. Podemos ainda adicionar um monte de extras ao processo, como tentativa de obstrução da justiça, roubo de informações secretas do governo, espionagem e a mãe de tantos crimes: traição. Acho que você pode dar um adeusinho para Maui, Sparrow, e também para os belos montes da Toscana.

— Poxa, Dallas, eu estou morrendo! Tenha respeito, não force a barra.

— Tudo bem. — Ela largou a mão dele e sorriu. — Escute, Sparrow... Tenho uma notícia boa e outra má para lhe dar. A boa, de seu ponto de vista, é que você não está morrendo. Eu exagerei um pouco na descrição do seu estado de saúde.

— O quê? — Ele fez um esforço supremo para se sentar na cama, mas ficou mais pálido que o lençol por causa da dor. — Quer dizer que eu vou ficar bom?

— Vai sobreviver, sim. Talvez nunca mais volte a andar e vai sentir dores inimagináveis com a terapia intensiva e os tratamentos que enfrentará ao longo dos próximos meses. Mas vai sobreviver, sim, numa boa. E a má notícia? Os médicos garantem que você é forte e saudável o bastante para passar suas últimas décadas de vida na prisão.

— Mas você me disse que eu já era, que ia morrer. Você disse...

— Pois é. — Ela enfiou os polegares nos bolsos da frente. — Nós, os tiras, somos uns mentirosos safados. Não sei por que vocês, espiões, acreditam na gente.

— Sua piranha, vaca dos infernos! — Ele fez força para se erguer, ficou muito branco e depois vermelho, enquanto lutava com os aparelhos estabilizadores de pressão e pulsação. — Quero um advogado. Quero um médico!

— Você poderá ter os dois. Desculpe, Sparrow, mas antes eu preciso marcar uma reunião entre os seus superiores e os meus. Eles vão curtir horas inesquecíveis ouvindo essa gravação.

— Se você sair deste quarto com isso... — Ele quase engasgou de dor e de medo. Eve viu as duas sensações em seus olhos. — Se você mostrar essa gravação para alguém, eu divulgo os *seus* registros secretos para a mídia em menos de uma hora. Tudo o que aconteceu em Dallas quando você era criança. Tudo o que está nos arquivos, inclusive a especulação de que você cometeu patricídio.

Dilema Mortal

Sua carreira como tira vai desmoronar quando eu acabar de espalhar todos os seus arquivos pelos meios de comunicação.

— Que arquivos? — Eve colocou a cabeça meio de lado e sorriu.

Ela deixou o sorriso aumentar e tomar conta do seu rosto quando abriu a porta e disse para Peabody:

— Ele está fisgado, amarrado e pronto para o abate.

Elas ouviram Sparrow gritando por um médico enquanto se afastavam sem pressa.

— Preciso que você pegue essa gravação e faça uma cópia, Peabody. Depois, prepare o relatório. Quero que ele seja acusado o mais depressa possível. Procure Whitney e prepare o terreno.

— Quais são as acusações?

— Está tudo na gravação. Ele não vai a lugar algum — acrescentou Eve, quando elas entraram em um elevador superlotado. — Não creio que Bissel vá tentar matá-lo novamente, mas quero um guarda vigiando a porta do quarto vinte e quatro horas por dia.

— Certo. Vamos a algum lugar agora?

— Quero contar tudo o que descobri à dra. Mira para ver se esses novos dados darão a ela alguma pista sobre qual poderá ser o próximo movimento de Bissel. Ele está revoltadíssimo com o fato de Sparrow estar vivo e isolado, e isso poderá torná-lo ainda mais perigoso. Não há mais lugar algum para onde ele possa correr.

— Tem você.

— É. Vir atrás de mim seria um bônus para ele.

— Você tem um senso de otimismo meio distorcido.

— Pois é, sou uma Poliana esquisita. Vá em frente e pegue um carro lá em casa, Peabody. Vou procurar Mira de transporte público.

— Vou poder dirigir um daqueles carros *supermag* do seu marido civil? De novo? — Ela se agitou e deu uma palmadinha de alegria na perna. — Puxa, estou adorando ser detetive!

— Certifique-se da segurança de Sparrow, prepare o relatório, consiga que Whitney force a barra com o promotor para pedir uma prisão preventiva do paciente, depois volte aqui e prenda-o. Vamos ver se você vai gostar desse circo.

Eve pegou o *tele-link* de bolso.

— Tem mais uma coisinha: requisite uma nova viatura para nós usarmos.

— Mas você é a minha oficial superior — lembrou Peabody. — A requisição deve ser feita por você.

— Meu nome está mais sujo que pau de galinheiro no setor de manutenção e requisições. Se eu encaminhar um pedido desses, eles vão me mandar um cocô com motor velho, ainda por cima engatilhado e cheio de marra. Eles guardam os carros problemáticos especialmente para mim.

— Isso é verdade. Sabe de uma coisa? Podíamos dispensar a requisição e continuar usando um dos carrões de Roarke. Afinal, ele tem um monte de veículos parados na garagem.

— Somos tiras. Temos de usar uma viatura para tiras.

— Estraga-prazeres! — resmungou Peabody quando Eve se afastou.

Eve tomou um táxi até a casa de Mira porque seu corpo ainda doía dos pés à cabeça. A ideia de enfrentar o metrô cheio de gente fedendo a suor lhe pareceu uma punição imerecida.

Mira atendeu a campainha pessoalmente e já estava com roupa de ficar em casa: confortáveis calças cor de ferrugem e uma camiseta branca larga.

— Obrigada por arrumar um tempinho para me atender.

— Não há nenhum problema. Mas veja o seu estado! — exclamou Mira, preocupada, tocando o rosto de Eve com carinho e cuidado. — O incidente com você é a principal manchete dos noticiários. Há especulações sobre um ataque terrorista à Central de Polícia.

— A coisa tem ligação com Bissel e é muito mais pessoal. Eu vou lhe explicar.

— Você deve se sentar. Vamos... — Ela se virou e sorriu ao ver o marido, que entrou na sala com uma bandeja de café nas mãos. — Dennis, você se lembrou.

— Sim, eu sei que Eve curte um bom café. — Ele piscou para Eve com os seus olhos sonhadores. Usava calças marrons muito gastas e um suéter largo com um buraco na manga. Cheirava vagamente, reparou Eve, a cerejas.

Suas feições demonstraram inquietação quando ele viu as marcas roxas em Eve.

— Aconteceu algum acidente?

— Não, foi um ataque deliberado. É um prazer revê-lo, sr. Mira.

— Charlie — disse ele olhando para a esposa —, você deve cuidar dessa menina.

— Sim, farei isso. Que tal irmos para o andar de cima? Acho bom fazermos um bom exame em você.

— Obrigada, doutora, mas agora eu estou sem tempo para...

Dennis já subia as escadas na frente, carregando a bandeja.

— Podemos discutir o caso enquanto eu trato de você — propôs Mira, e segurou o braço de Eve com firmeza. — Se não for assim, vou acabar me distraindo com seus ferimentos.

— A coisa parece mais grave do que é — começou Eve.

— É o que os feridos sempre dizem.

Havia muitas cores ali. Aquela era uma das coisas que Eve mais apreciava na casa de Mira. Muitas cores, detalhes e enfeites espalhados. Muitas flores e fotos.

Mira a levou até uma adorável e aconchegante sala de estar decorada em tons suaves de azul e verde leitoso. Na parede sobre o consolo da pequena lareira estava um retrato a óleo de toda a família Mira, os filhos do casal com seus cônjuges e netos. Não era uma pose formal, mas um grupo reunido com naturalidade, como se uma gostosa conversa estivesse acontecendo.

— Lindo quadro — elogiou Eve.

— É lindo mesmo, não é? Minha filha contratou um artista para pintá-lo a partir de uma foto e me deu de presente no último Natal. As crianças já cresceram muito desde então. Muito bem. Eu preciso pegar algumas coisas para começarmos. Dennis, por favor, distraia Eve por alguns instantes.

— Hein? — Ele colocou a bandeja sobre a mesinha e olhou em torno, parecendo não compreender.

— Faça um pouco de companhia a Eve.

— Seu marido não vem? — perguntou ele enquanto servia o café. — Eu o acho um excelente rapaz.

— Não, ele está... Na verdade, essa é uma visita de cunho profissional. Desculpe eu interromper seu descanso.

— Uma garota bonita nunca deve ser considerada interrupção. — Ele apalpou os bolsos e olhou em volta, sem expressão. — Não sei onde eu coloquei o açúcar.

Havia algo especial nele — talvez os tufos desordenados de cabelo grisalho, o suéter largo e furado, o ar perplexo — que sempre fazia brilhar uma centelha de afeto no peito de Eve.

— Não se preocupe, eu não uso açúcar no café.

— Isso é ótimo, então, porque eu não sei mesmo onde deixei o açucareiro. Mas me lembrei de trazer biscoitos. — Ele pegou um deles e ofereceu a ela. — Parece que você está precisando de um biscoitinho, minha jovem.

— Estou mesmo. — Ela olhou para o biscoito e se perguntou se seria aquele gesto simples, a sala, o perfume das flores, o consolo da lareira ou tudo junto que se combinou para fazer seus olhos marejarem de emoção. — Obrigada.

— As feridas raramente são tão profundas quanto parecem.
— Ele lhe deu uma batidinha consoladora no ombro e a garganta
de Eve se apertou. — A não ser que haja algum problema mais
grave. Se for o caso, Charlie vai consertar tudo. Vou tomar o meu
café no pátio — anunciou ele quando Mira voltou. — É melhor
deixar vocês, garotas, tagarelando à vontade.

Eve deu a primeira mordida no biscoito e engoliu com dificul-
dade.

— Eu tenho uma quedinha por ele — confessou Eve quando
se viu a sós com Mira.

— Eu também. Preciso que você tire suas roupas.

— Por quê?

— Dá para perceber pela forma como você está se movendo
que há ferimentos graves e você está com dor no corpo todo.
Vamos cuidar disso.

— Mas eu não vim aqui para...

— Pode relaxar e esquecer o que eu vou fazer com você me
contando tudo sobre Bissel.

Reconhecendo que remar contra a correnteza só atrasaria ainda
mais as coisas, Eve despiu a blusa e depois as calças. A solidária
careta de dor de Mira fez com que Eve se encurvasse um pouco,
como forma de defesa.

— A maior parte dos ferimentos foi feita pelos equipamentos
de proteção. Sabe como é, cintos de segurança e air bags.

— E certamente a situação seria muito pior sem o auxílio deles.
Você recebeu tratamento na mesma hora?

— Recebi. — Eve sentiu o estômago embrulhar de receio
quando Mira abriu sua valise de médica. — Escute, doutora, eles
fizeram tudo o que era possível. Tomei um analgésico, então...

— Quando?

— Quando o quê?

— Quando foi que você tomou algo para a dor?

— Antes de... Não sei exatamente, já faz um tempo. Algumas horas — resmungou ela e se viu diante do olhar suave e apaziguador de Mira. — Não gosto de remédios.

— Tudo bem, vamos ver o que conseguimos fazer sem eles. Vou inclinar a cadeira para trás. Relaxe e feche os olhos. Confie em mim.

— Isso é o que eles sempre dizem.

— Conte-me o que descobriu sobre Bissel.

Até que não era tão ruim, pensou Eve. O que Mira estava fazendo não aumentava a dor, não provocava fisgadas nem ardências. O melhor é que não a fazia se sentir tonta nem idiota.

Eve descreveu passo a passo o progresso do caso e não parou nem quando Mira começou a trabalhar em seu rosto.

— Isso tudo significa que ele está completamente sozinho agora — afirmou a dra. Mira. — Está zangado, deslocado e provavelmente sente muita pena de si mesmo. Uma mistura perigosa para um homem com sua bagagem emocional. Seu ego foi severamente atacado. Ele devia estar se congratulando sem parar a essa altura. Em vez disso, as coisas continuam a dar errado, embora, em sua cabeça, nada seja culpa sua. Ele tem uma opinião muito elevada de si mesmo, então a culpa só pode ser de outra pessoa. Sacrificou sua esposa, seu irmão e suas duas amantes sem remorso. Não tem capacidade para sentir emoções de verdade nem para se ligar a alguém.

— É um sociopata?

— De certo modo, sim. Mas não se trata simplesmente de ele não ter consciência. Ele se vê acima dos comportamentos, das necessidades das ligações e das regras da sociedade em geral. Um artista de um lado, um espião do outro. Deita e rola na emoção dessas duas facetas e se vangloria da própria esperteza. Comporta-se como uma criança mimada e quer sempre mais... Mais dinheiro, mais mulheres, mais adulação. Deve ter adorado o risco de matar. Os estágios de planejamento, a ideia de desempenhar dois papéis opostos por seus próprios meios.

— Foi Sparrow quem fez todo o planejamento.

— Sim, ele foi o pensador organizado, mas Bissel certamente não se via por esse prisma. Ele é que era o agente de campo, quem colocava as mãos na massa, pensava por si mesmo e resolvia tudo. Sem falar nos floreios. Em seu trabalho como agente da OSP, ele era, basicamente, um garoto de recados. Isso lhe deu a oportunidade de mostrar a eles e a todos o seu verdadeiro valor, o quanto ele é mais que isso.

— Mas, se tudo desse certo, ninguém saberia de nada disso.

— Ele saberia. Teria enganado a todos e saberia disso. Eventualmente ele se sentiria, no futuro, compelido a compartilhar esse segredo com alguém. Até então ele tinha Kade, seus colegas da OSP, tinha Sparrow. Podia mostrar seu rosto verdadeiro a esses escolhidos. Sem eles, certamente procuraria outras pessoas que o admirassem. A autossatisfação não o manteria feliz por muito tempo.

Suavemente, Mira acariciou os cabelos de Eve e os colocou para trás a fim de tratar os arranhões nas têmporas.

— O erro de Sparrow foi não considerar o quanto Bissel gostava de se sentir sob os holofotes, da emoção de matar e de se sentir parte fundamental de todo o processo.

— E agora que tudo isso acabou?

— Bissel vai ter de se provar ainda melhor. Ele poderá cair por terra, mas não ficará no chão por muito tempo. No passado, sua arte alimentou a parte do seu ego que precisa de reconhecimento público, elogios e admiração. Essa luz lhe foi tirada também. Ele precisa de um palco, uma plataforma para atuação.

— Se eu tornar público que ele ainda está vivo e é o astro, isso vai lhe oferecer o centro do palco. Ele sentirá necessidade de sair da toca para agradecer os aplausos, a senhora não acha?

— Creio que sim. Mas, com suas tendências violentas e sua rápida descida até elas, será um homem perigoso. Seu padrão para cometer assassinatos se expandiu. O primeiro, apesar de ter sido o mais brutal, foi específico, pessoal, parte de um plano projetado especialmente para ele. A morte de Chloe McCoy foi mais cruel, mais fria, algo que ele orquestrou por conta própria. Joseph Powell foi um passo além. Tratava-se de um estranho. No caso mais recente, embora o alvo certamente fosse o homem que ele imaginou que estragara tudo, feriu várias pessoas que simplesmente passavam pela rua. Elas não significavam nada para ele. Ninguém mais tem importância, a não ser ele mesmo.

Ela fechou a valise.

— Vou erguer a cadeira agora. Você pode se vestir. Coma mais um biscoito.

Eve abriu os olhos e olhou para si mesma. Os cortes e marcas roxas estavam cobertos por uma substância em tom ouro-claro que não parecia, em sua opinião, melhorar muito sua aparência. Mas teve de reconhecer que as dores haviam cedido muito.

— Estou melhor.

— Suponho que sim. Usei substâncias tópicas. Um analgésico de uso oral ajudaria um pouco, mas não quero forçá-la a usar remédios.

— Obrigada. — Ela se levantou e começou a se vestir. — Os técnicos da minha equipe continuam trabalhando para encontrar algum esconderijo, e eu vou continuar vasculhando sua vida financeira. Ele terá dificuldades para acessar qualquer conta. As únicas pessoas que ele poderia atacar, num acesso de ódio, seriam sua esposa e sua sogra, e ambas estão bem-protegidas. Vou deixar vazar o nome dele como suspeito para os meios de comunicação, além de deixar escapar algumas circunstâncias do que aconteceu, o suficiente para ele sentir um pouco de pressão. Vou obrigá-lo a sair da toca.

Dilema Mortal

— A partir daí, a culpa será sua. Primeiro ele vai entrar em pânico, mas depois vai tentar punir você por estragar o resto dos seus planos.

— Ele é burro. — Eve vestiu a blusa. — Chegou tão longe por pura sorte, mas ela vai mudar. Preciso voltar e emitir um comunicado para a mídia pelo porta-voz da polícia. Quero que seja tudo oficial.

— Você poderia se sentar por mais um instante? — Para garantir que Eve atenderia seu pedido, Mira se sentou. — Você não vai me contar o que mais está machucando você?

— Acho que a senhora cuidou dos pontos mais dolorosos.

— Não estou falando de feridas físicas. Conheço seu rosto bem demais, depois de todo esse tempo. Sei quando você se acaba de trabalhar e percebo quando existe algo mais que empurra você além dos limites. Você está exausta e completamente esgotada, Eve. Parece ferida e infeliz.

— Não posso falar disso. Não posso mesmo, doutora — reafirmou Eve antes mesmo de Mira ter chance de falar. — Existe um problema, sim, não adianta eu tentar lhe dizer que não há nada errado. Só que eu não sei se é algo que possa ser consertado.

— Tudo tem conserto, de um jeito ou de outro. Eve, qualquer coisa que você me conte ficará aqui, você sabe que é confidencial. Se eu puder ajudar...

— Não pode. — O desespero tomou conta do seu rosto e lhe tornou a voz mais aguda. — A senhora não pode ajudar, não pode consertar e não adianta me dizer coisas que acha que eu quero ouvir para me tirar o peso do problema nem colocar a porcaria de uma substância de uso tópico sobre ele. Tenho muito trabalho, doutora.

— Espere! — Mira se levantou no mesmo instante em que Eve.

— O que você está insinuando com... eu dizer coisas que *acho* que você quer ouvir?

— Nada. — Eve passou as mãos pelos cabelos. — Nada mesmo. Estou com um péssimo estado de espírito hoje, apenas isso.

— Não creio que seja só isso. Conseguimos construir o que eu considero um relacionamento pessoal importante, Eve. Se existe algo interferindo nisso, eu gostaria de saber.

— Escute, dra. Mira, sua função é trabalhar a mente das pessoas para escavar coisas usando os meios que julgar necessários. Agradeço muito a ajuda que a senhora tem me dado, tanto de forma pessoal quanto nos casos que eu investigo. Vamos deixar as coisas por aí.

— Claro que não! Acha que alguma vez eu fui desonesta com você?

Eve não tinha tempo, muito menos inclinação para dissecar problemas pessoais. Mas notou a expressão severa no rosto de Mira e percebeu que a melhor abordagem seria a mesma que usara para o tratamento das suas feridas: despir-se e colocar as cartas na mesa.

— Acho que a senhora... Tudo bem, sei que deve ser um método terapêutico, certo? Um jeito de criar um ponto de empatia mútua com o qual os pacientes se identifiquem, não é? Uma espécie de ligação.

— Pode ser, claro. E quando foi que eu fiz isso com você?

— A senhora me contou, muito tempo atrás, que tinha sido estuprada pelo seu padrasto.*

— Sim. Eu lhe dei essa informação pessoal porque você não acreditava que eu pudesse compreender o terror que você enfrentou quando era criança. O que você sentia ao lembrar que era estuprada pelo seu pai.

---

* Ver *Glória Mortal*. (N. T.)

Dilema Mortal

— Sim, isso fez com que eu me abrisse, esse é o seu trabalho. Missão cumprida.

Obviamente confusa, Mira ergueu as mãos e exclamou:

— Eve!

— Há algumas semanas a senhora se sentou no pátio da minha casa, bebendo um pouco de vinho e relaxando. Foi um momento breve, mas gostoso. Foi logo depois de eu lhe contar que Mavis estava grávida. E a senhora me contou dos seus pais. Falou de sua mãe, do seu pai, de como eles mantinham um relacionamento longo, de muitos anos, de como a senhora cultivava lembranças familiares maravilhosas.

— Ah, foi isso? — Mira soltou uma risadinha e tornou a se sentar. — Você ficou encucada desde então? E mesmo assim não comentou nada?

— Como eu poderia simplesmente olhar a senhora de frente e chamá-la de mentirosa? E de que serviria isso? Afinal, estava apenas realizando seu trabalho.

— Não era apenas o meu trabalho, e eu não menti. Nenhuma das vezes. Mas certamente percebo o porquê de você acreditar que eu agi assim e como deve ter se sentido. Gostaria que você me ouvisse, por favor.

Eve lutou contra a vontade de olhar as horas em seu relógio e cedeu.

— Tudo bem, doutora.

— Quando eu era criança, o casamento dos meus pais acabou. Não sei o motivo, sei apenas que havia alguns problemas básicos na relação, algo que eles não conseguiram ou não quiseram resolver. Eles se afastaram um do outro e destruíram o tecido do relacionamento. Acabaram se divorciando.

— Mas a senhora disse que...

— Sim, eu sei. Foi uma época difícil para mim. Fiquei revoltada, magoada, confusa. E, como acontece com a maioria das crianças nessa situação, me isolei. Imaginava, é claro, que a culpa de tudo aquilo era minha. Acreditar nisso me provocou mais mágoa deles, dos dois. Minha mãe era, e ainda é, uma mulher muito animada e atraente. Estava bem financeiramente, tinha uma bela carreira profissional. No entanto, se sentia terrivelmente infeliz. Sua forma de lidar com isso era se rodear de pessoas para se manter ocupada. Mães e filhas de vez em quando entram num padrão conhecido de bater de frente uma com a outra, especialmente quando são muito parecidas. Era o nosso caso. Somos parecidas até hoje.

"Durante essa época de hostilidades mútuas e problemas entre nós, ela conheceu um homem." O tom da voz de Mira se modificou sutilmente, assumindo um tom ligeiramente ríspido. "Um homem charmoso, com personalidade forte, muito atencioso e lindo. Ele fez com que minha mãe se sentisse nas nuvens. Ele lhe ofereceu flores, presentes, tempo, atenção. Ela se casou com ele num impulso, pouco mais de quatro meses depois de ter se divorciado do meu pai."

Ela se levantou e foi até o bule de café.

— Eu não devia tomar mais de uma xícara. Fico agitada, vou perturbar Dennis metade da noite. Mas, continuando...

— A senhora não precisa me contar todas essas coisas. Eu entendi o resto. Desculpe.

— Não, deixe-me acabar. Mas vou encurtar a história para o bem de nós duas. — Ela pousou o bule novamente e passou um momento tracejando com os dedos um caminho imaginário sobre as violetas roxas que o enfeitavam.

— Na primeira vez que ele me tocou, fiquei chocada. Indignada. Ele me ameaçou, garantindo que minha mãe jamais acreditaria em mim. Disse que ela me expulsaria de casa. Eu já andava com problemas. Fazia muitas cenas, pode-se dizer. — Ela sorriu e tornou a se sentar. — Não vou entrar em detalhes, mas minha mãe e eu vivíamos nos estranhando o tempo todo, como se diz

Dilema Mortal

popularmente. Ele foi convincente e isso me assustou. Eu era jovem e me senti impotente diante da situação. Você compreende?

— Sim.

— Minha mãe viajava muito. Acho que, conforme eu descobri mais tarde, ela percebeu o erro que cometera ao se casar com ele. Mas já passara por um casamento fracassado e não queria desistir tão depressa. Dedicou-se à carreira por algum tempo, e ele teve muitas oportunidades para me assediar. Ele usava drogas para me manter... quieta. A situação continuou durante muito tempo. Eu não contei nada a ninguém. Na minha cabeça, meu pai me abandonara e minha mãe amava aquele homem mais do que amava a mim. Nenhum deles se importaria se eu estivesse viva ou morta, e foi então que eu tentei me matar.

— É duro — conseguiu balbuciar Eve. — É muito duro se sentir sozinha no mundo.

— Você esteve sozinha e sabe disso. Saiba que é igualmente duro, talvez mais, se sentir sozinha, indefesa e culpada. Felizmente eu fracassei na tentativa de suicídio. Meus pais, ambos, estiveram o tempo todo ao meu lado no hospital, desesperados. Eu acabei contando o que me acontecera e coloquei tudo para fora: minha fúria, meus medos e meus ódios. Tudo saiu num longo desabafo depois de dois anos e meio de estupros e abusos.

— Como eles lidaram com o problema? — perguntou Eve quando Mira caiu num silêncio profundo.

— Da forma mais inesperada: acreditaram em mim. Ele foi preso. Imagine minha surpresa — murmurou ela — ao saber que aquilo poderia ter um fim. Bastou eu contar tudo para eles. Nunca imaginei que falar daquilo em voz alta poderia acabar com o problema.

— Foi por isso que a senhora se tornou psiquiatra? Para impedir o horror na vida de outras pessoas?

— Sim, mas não pensei nisso na época. Continuava zangada, magoada, mas certamente o que aconteceu foi um fator importante. Passei por sessões de terapia individual, em grupo e em família. Em algum momento durante esse período conturbado, meus pais se reencontraram emocionalmente. Remendaram o tecido do relacionamento deles, que ficara esgarçado. Raramente conversamos sobre aquela época. Quando penso nos meus pais, eu me lembro das coisas como elas eram antes de tudo descarrilar e como continuaram a ser depois que os danos foram reparados. Nem me recordo dos anos amargos.

— A senhora os perdoou.

— Sim. Perdoei a mim também. Eles também perdoaram a si mesmos e a mim. Nós nos tornamos mais fortes graças a isso — acrescentou Mira. — Acho que fui atraída por Dennis por ele ser um poço sem fundo de bondade, gentileza e decência. Aprendi a valorizar essas coisas porque conheci o oposto delas.

— Como é possível encontrar o caminho de volta? Como achar essa trilha redentora quando um casamento se dissolve debaixo dos nossos pés e o casal literalmente vira as costas um para o outro? Quando as coisas parecem tão ruins, tão absurdamente sem saída que a gente não consegue falar nos problemas nem pensar no assunto?

Mira estendeu o braço e pôs as mãos sobre as de Eve.

— Você não pode me contar o que está magoando você e Roarke?

— Não, doutora, não posso.

— Então eu devo lhe dizer que a resposta mais simples, e também a mais complexa, é o amor. É ali que você começa e também é ali que, se houver trabalho, vontade e esforço mútuos, você termina.

Capítulo Vinte

Ela não sentiu vontade de voltar para casa. Aquilo, sabia Eve, era fugir do problema da forma mais cruel, mas a verdade é que ela não queria voltar para casa e encontrar um bando de gente. Não queria voltar e dar de frente com Roarke.

A resposta não poderia ser só amor, simples ou complexo. Eve não era capaz de enxergar como as coisas poderiam ser assim tão descomplicadas. Não conseguia superar a força que estrangulava seu casamento. Quanto a amar, se ela amasse aquele homem mais do que já amava, queimaria por completo só com a força do sentimento.

Mas ela não conseguia ver de que modo fugir do problema poderia ser a solução, embora certamente ajudasse naquele momento. Era reconfortante caminhar pela cidade num fim de tarde calmo, por meio de cenários que lhe eram tão familiares quanto os sons e o tráfego irritante, o cheiro dos cachorros-quentes de soja cozidos demais, o ocasional vento que zunia pelas grades do metrô.

Montes de pessoas que ignoravam umas às outras — e a ignoravam também — seguiam com sua vida, cuidando dos seus assuntos e matutando sobre os próprios problemas.

Eve continuou andando e lhe ocorreu que ela quase não fazia mais isso ultimamente. Na verdade, ela nunca fora o tipo de pessoa errante. E certamente não estava interessada em olhar de vitrine em vitrine para analisar o que estava sendo vendido.

Ela poderia ter abordado dois bandidinhos de calçada que circulavam por ali vendendo cópias de relógios de grife, tablets e bolsas em imitação de pele de jiboia — o grande sucesso da temporada —, mas não se sentiu cruel o bastante para se dar tanto trabalho.

Viu duas mulheres pagando setenta dólares cada por uma bolsa de cobra completa, com fechos em forma de presas, e se perguntou que diabos estava errado com as pessoas para fazê-las desejar um troço medonho como aquele.

Mais pelo fato de a máquina estar no caminho do que por fome, colocou algumas fichas de crédito na bandeja de uma carrocinha de rua e pediu um cachorro-quente com salsicha de soja. O fedor da fumaça da carrocinha a acompanhou pela rua, e a primeira mordida a fez lembrar o quanto era nojento e viciante uma salsicha de carne falsa espremida entre dois pedaços mínimos de pão.

Observou um casal de adolescentes circulando por entre os pedestres em um skate aéreo. A garota vinha agarrada na cintura do namorado como se sua vida dependesse disso e guinchava sem parar no ouvido dele. Pela expressão do rapaz, ele não parecia se importar com a gritaria. Provavelmente ter uma garota a reboque agarrada em sua cintura com força e fingindo pavor o fazia se sentir um verdadeiro homem, decidiu Eve.

Ela não fingia nada, e talvez isso a tornasse fraca no quesito "rituais típicos do casamento", refletiu. Por outro lado, ela nunca precisara fingir nada com Roarke.

Um androide mensageiro zuniu em sua bicicleta a jato, arriscando-se a destruir os circuitos numa colisão contra um veículo qualquer, pois tirava um fino entre os carros, passou raspando entre dois táxis da Cooperativa Rápido e buzinou com força na traseira de um terceiro. O taxista respondeu apertando com força sua buzina muito mais potente, o que provocou um buzinaço, como se os veículos em volta fossem cães dispersos resolvendo uivar para a lua ao mesmo tempo.

— Estou trabalhando! — gritou o taxista, colocando a cabeça e metade do corpo para fora da janela. — Estou dirigindo um táxi, e não passeando pela rua, seu babaca!

Mas o boné e as botas vermelhas do androide mensageiro já eram um borrão indistinto por entre os táxis amarelos, e ele continuou sua jornada enlouquecida.

Eve ouviu trechos de conversas animadas à sua volta enquanto andava. Os papos detalhavam escapulidas para negócios, compras e até aventuras sexuais, todas descritas com a mesma paixão.

Um mendigo licenciado estava de cócoras sobre um cobertor sebento e tocava uma melodia triste numa flauta enferrujada. Uma mulher exuberante usando bolsa legítima de pele de cobra e botas combinando saiu de uma loja, seguida por um androide uniformizado que carregava um monte de bolsas coloridas. Com muita habilidade, a mulher rica escorregou para dentro de uma limusine preta.

Eve duvidava muito que a ricaça tivesse ouvido alguma das notas dolentes que continuavam a sair da flauta do mendigo. Ele simplesmente não fazia parte do seu mundo. A maioria das pessoas também não prestava atenção ao esfarrapado, decidiu e jogou duas fichas de crédito na caixinha do pedinte ao passar por ele.

A cidade explodia em cores, sons, muito vigor, mesquinharias e distraídos atos de bondade. A verdade é que, normalmente, *nem Eve* prestava atenção àqueles detalhes. Adorava tudo, mas raramente parava para observar as pessoas.

Se aquilo era alguma metáfora inconsciente para o seu casamento, o melhor era comer o último pedaço do cachorro-quente de soja e voltar ao trabalho.

Eve reparou no trombadinha com jeito ágil no instante exato em que tudo aconteceu. Reparou no homem de terno carregando uma pasta que caminhava com determinação em direção ao meio-fio, onde um táxi o esperava. Viu o menino, de uns doze anos, que esbarrou nele e ouviu a rápida troca de palavras.

"Cuidado, garoto."

"Desculpe, moço."

E viu a mão rápida e leve que beliscou o bolso do executivo e saiu com uma carteira.

Ainda mastigando o resto da salsicha de soja, apressou o passo e pegou o garoto pelo colarinho no instante em que ele se lançava para se misturar à multidão.

— Espere! — gritou Eve para o executivo.

Ele se virou com ar irritado e viu o garoto que tentava se desvencilhar das garras dela.

— Estou com pressa! — disse o homem.

— Vai ser difícil pagar essa corrida de táxi sem sua carteira — disse Eve, com naturalidade.

Por instinto, ele apalpou o bolso e girou o corpo.

— Que desaforo! Me devolva a carteira, seu merdinha! Vou chamar a polícia.

— Não precisa gastar a goela, eu sou tira. E tire as mãos do garoto! — ordenou, quando ele tentou agredir o menino. — Devolva a carteira da vítima, espertinho.

— Não sei do que você está falando. Me larga! Minha mãe está esperando!

— Quem está à sua espera vai ficar sem grana. Devolva a carteira para o dono e vamos todos para casa. Você é bom, garoto

Dilema Mortal

— elogiou ela, analisando o rosto do menino, brilhante e sardento. — Se eu não estivesse aqui, você teria se dado bem.

— Policial, exijo que este delinquente seja detido!

— Ah, dá um tempo, senhor... — Eve pegou a carteira no bolso de dentro da jaqueta do menino, abriu-a com um gesto rápido e leu o nome na identidade. — ... Marcus. — Ela jogou a carteira na direção dele. — Você já conseguiu sua carteira de volta, não houve dano algum.

— O lugar dele é a cadeia!

Eve ainda agarrava o menino com força e sentiu seu corpo retesar. Pensou em Roarke, correndo pelas ruas de Dublin, batendo carteiras e voltando com o resultado dos roubos para o pai que o surrava todo dia, independentemente dos resultados obtidos.

— Tudo bem, sr. Marcus. Vamos todos para a Central, mas aviso que o senhor vai passar mais de duas horas só preenchendo formulários.

— Mas eu não tenho tempo para...

— Então é melhor entrar no carro e seguir em frente com sua vida.

— Não é de espantar que a cidade esteja nas mãos de criminosos, já que a polícia trata com tanto descaso os cidadãos cumpridores das leis.

— É, o motivo deve ser esse mesmo — replicou Eve enquanto ele entrava no táxi e batia a porta com força. — E não precisa me agradecer por isso, sr. Simpatia.

Ela continuou segurando o menino com firmeza e analisou seu rosto jovem e zangado.

— Como você se chama? Não minta para mim, quero saber só o primeiro nome.

— Billy.

Ela sabia que era mentira, mas deixou passar.

— Muito bem, Billy... Como eu disse, você é muito bom, mas não tanto quanto imagina. Se liga, viu, garoto? Da próxima vez, talvez você não seja agarrado por alguém como eu, sentimental, benevolente e com personalidade marcante.

— Quanta merda! — reagiu ele, mas sorriu de leve.

— Você já esteve em algum centro de recuperação juvenil?

— Talvez.

— Se esteve, sabe que aquilo é que é merda. A comida é podre e eles dão lição de moral todo dia, o que é ainda pior. Se você tiver algum problema em casa ou em algum lugar e precisar de ajuda, ligue para esse número. — Ela pegou um cartão no bolso.

— Dufus? Que diabo é isso?

— O nome é *Dochas*. É um abrigo. Muito melhor que um centro de recuperação juvenil — disse Eve quando ele deu um risinho de deboche. — Pode dizer que foi Dallas quem mandou você procurá-los.

— Tô sabendo...

— Guarde isso no bolso. Não jogue no lixo, pelo menos até sumir da minha vista. Isso vai ser um insulto depois de eu ter deixado seu traseiro fora da prisão.

— Se você não tivesse me agarrado, eu estaria com a carteira agora.

O garoto era esperto mesmo. Nossa, pensou Eve, seu ponto fraco eram espertinhos como aquele.

— Nessa você me pegou. — Ela riu. — Cai fora, garoto!

Ele saiu correndo, mas, de repente, girou o corpo, sorriu para ela mais uma vez e gritou:

— Sabe de uma coisa? Até que você não é uma idiota total para uma tira.

Eve percebeu que aquilo era um agradecimento mais gratificante que o do executivo. Sentindo-se um pouco melhor, fez sinal para um táxi.

Dilema Mortal

Quando informou ao taxista o endereço de Reva Ewing, ele se virou para trás e exibiu um olhar de sofrimento.

— A senhora quer que eu a leve até a porcaria do Queens?

— Isso mesmo. Quero que você me leve até a porcaria do Queens.

— Puxa, dona, eu preciso ganhar a vida, estou trabalhando. Por que a senhora não pega um ônibus, o metrô ou o bonde aéreo?

— Porque quero ir de táxi. — Ela pegou o distintivo e o colou no vidro que a separava do taxista. — Eu também estou trabalhando.

— Ai, cacete! Puxa, dona, assim a senhora me derruba de vez, exigindo o desconto para tiras. Vou ter de levá-la até a porcaria do Queens com dez por cento de desconto! Sabe o quanto isso vai atrasar meu dia de trabalho?

— Vou pagar quanto o taxímetro marcar, dispenso o desconto, mas faça esse monte de merda andar, vamos logo! — Ela guardou o distintivo. — E não me chame de "dona".

Eve acabou de estragar a noite do taxista quando o mandou esperar na porta até ela voltar. Em seguida, anotou o nome dele e o número da sua licença para garantir que ele não iria embora. Ele enfiou a cara no volante e se encolheu no banco, muito irritado, quando ela saltou do carro para abrir o lacre eletrônico do portão da casa.

— Quanto tempo vou esperar aqui? — quis saber o taxista.

— Deixe-me ver... — Ela fez cara de pensativa. — Já sei! Até eu voltar.

A DDE tinha removido as imensas esculturas do jardim, o que foi uma melhora. De qualquer modo, Eve imaginou que Reva venderia o lugar. Provavelmente não aceitaria continuar morando na casa que dividira com o homem que a havia usado e traído.

Ela tirou o lacre, destrancou a porta da frente e entrou no saguão.

A sensação foi a de estar numa casa abandonada. Um lugar que deixara de representar um lar.

Ela não sabia exatamente o que a levara até ali, mas vagou pela casa toda, mais ou menos como fizera pelas ruas de Manhattan, só para ver se alguma ideia lhe surgia na cabeça.

Os peritos e a DDE haviam passado um pente-fino no lugar. O cheiro suave e metálico das substâncias usadas na busca por pistas ainda pairava no ar.

Para satisfazer uma curiosidade pessoal, foi olhar o closet de Blair Bissel. Reparou na grande quantidade de roupas, todas caras. Desde que se casara com Roarke, Eve aprendera a identificar materiais caros e roupas feitas a mão.

Ele obviamente curtia aquele espaço em dois níveis, cheio de araras giratórias, gavetas automatizadas, controle computadorizado de roupas e acessórios, bem como sua localização exata.

Puxa vida, nem Roarke gerenciava seu closet por meios eletrônicos. É claro que seu cérebro era um computador, e ele provavelmente sabia a camisa preta específica que queria usar, onde ela estava, o dia e a ocasião exata em que fora usada pela última vez, e também a calça e o paletó que completaram o traje. E os sapatos. Provavelmente lembrava até a cueca que tinha usado em determinado dia.

Soprou com força e olhou com interesse para a tela na parede, em modo de espera.

Bissel não havia destruído o computador do closet. Porque não havia nada de importante ali ou por existir algum arquivo que ele queria preservar?

Curiosa, ativou o sistema, ordenando:

— Listar roupas usadas no último acesso ao sistema.

Processando... A última seleção de roupas foi feita no dia 16 de setembro, às vinte e uma horas e dezesseis minutos, por Blair Bissel. As roupas escolhidas foram as seguintes:

Ela ouviu a lista, combinando mentalmente as roupas informadas com o conteúdo achado na maleta de Bissel e no closet de Kade após os assassinatos. Tudo bateu.

— Muito bem, vamos tentar outra coisa. Informar o último acesso de Blair Bissel a esse computador, para qualquer propósito.

A última vez que Blair Bissel usou este sistema foi no dia 23 de setembro, às seis horas e doze minutos da manhã.

— Em 23 de setembro? Isso foi hoje de manhã! O canalha esteve nesta casa hoje de manhã? O que ele pediu ao sistema?

O propósito do pedido não pode ser informado. Os dados estão bloqueados.

— Ah, é? Vou acabar com sua alegria. — Ela digitou seu código de policial, o número do distintivo e passou vários minutos irritada, tentando neutralizar o bloqueio. Na quarta vez que o computador informou DADOS BLOQUEADOS, ela chutou a parede.

O som fez eco e pareceu distante.

— Que diabo é isso? — Ela se agachou e começou a chutar e pressionar a parede.

Pensou, por um momento, em simplesmente pegar um facão e rasgar o papel de parede. Mas a cabeça fria acabou prevalecendo. Em vez de partir para a ignorância, pegou o comunicador e ligou para Feeney.

— Estou no Queens, dentro do closet de Bissel — informou ela.

— Que diabos você está fazendo aí?

— Escute com atenção, Feeney... Blair Bissel esteve aqui. Hoje de manhã. Achei um computador instalado dentro do closet. Ele usou o sistema hoje de manhã, mas o pestinha não me conta para que e informa *dados bloqueados*. Também encontrei algo atrás da parede. Um esconderijo, talvez. Como eu faço para o computador me deixar entrar no sistema e no esconderijo?

— Você já chutou a máquina?

— Ainda não. — Ela se animou por um instante. — Devo fazer isso?

— Não, vai piorar as coisas. Você consegue abri-la?

— Estou sem ferramentas.

— Me descreva como é o sistema. Talvez eu possa ajudá-la a entrar, passo a passo. Ou então um de nós pode ir até aí para fazer isso. Provavelmente seria mais rápido.

— Você está me insultando; pensa que eu não percebi? É apenas uma lista de roupas no computador de um closet, Feeney, me coloque dentro do sistema.

Ele soprou o ar das bochechas e fez alguns ruídos enquanto Eve apontava o comunicador para a tela a fim de que ele pudesse vê-la.

— Vamos lá, garota. Digite o seguinte código...

Ele recitou alguns números em voz alta, que ela digitou no teclado.

— Que números são esses? — quis saber ela. — Um código genérico para invadir sistemas?

— Continue digitando os números. Depois, estale os dedos e diga, em voz alta: "Abre-te, Sésamo!"

Ela começou a obedecer, mas logo cerrou os dentes e reclamou:

— Feeney!

— Tudo bem, tudo bem, estou brincando... Esses números vieram dos dados que conseguimos extrair aqui. Pode ser que ele tenha usado a mesma senha no computador do closet.

— Computador, o que foi removido por Blair Bissel em seu último acesso ao sistema? — perguntou Eve à máquina.

Processando... O conteúdo está listado na pasta pacote de emergência.

— Pacote de emergência? Que diabo é isso?

Dados não disponíveis.

— Computador, abra o compartimento do qual esse tal pacote de emergência foi removido.

Processando...

O painel se abriu lentamente, revelando um espaço onde havia um cofre.

— Bingo, computador! Mas eu mandei abrir o compartimento.

Comando processado. O compartimento está aberto.

— Você precisa ser específica, Dallas — acudiu Feeney. — Se você quer que o computador abra o cofre, tem de mandá-lo destrancar o cofre. Ele não pode adivinhar o que está na sua cabeça.

— Destrancar a porcaria do cofre!

Processando... Dando início aos procedimentos para abertura do cofre.

Ouviu-se um zumbido baixo e algumas luzes vermelhas piscaram tanto no cofre quanto no painel da parede enquanto os sistemas se comunicavam. Quando elas apagaram, Eve abriu a porta do cofre.

— Vazio — disse ela. — Seja o que for que havia aqui dentro, Bissel carregou com ele.

Eve especulou consigo mesma sobre o que Blair Bissel poderia ter guardado para uma situação de emergência. Dinheiro? Identidades falsas? Senhas ou cartões de acesso a esconderijos? Mas por que ele não tiraria tudo isso dali antes de matar Kade e seu irmão?

O que mais, matutou Eve, faria um homem preparado para fugir se ver motivado a voltar e correr o risco de invadir a própria casa?

Armas seria o mais lógico.

Ele certamente não estocara um lança-torpedos portátil naquele cofre pequeno, mas talvez tivesse guardado armas menores e cartões codificados.

Foi burrice deixar tudo isso para trás logo no início, pensou Eve a caminho de casa, no instante em que o táxi entrava pelos portões da mansão onde ela morava. Afinal, mais cedo ou mais tarde o cofre seria descoberto e o que estava ali seria encontrado.

Por outro lado, aquilo seria uma espécie de mistério, não é? Seu corpo estaria cremado há muito tempo, garantindo a versão inicial de que Blair Bissel estava morto. Mas as pessoas continuariam intrigadas com o cofre e seu conteúdo.

Talvez ele tivesse deixado algo que servisse de pistas para a OSP ou para seus sócios, no futuro. Isso o tornaria alguém importante e comentado, mesmo depois de morto.

Uma espécie de imortalidade diferente para o morto que, na verdade, não havia morrido.

Sim, sim, isso se encaixaria perfeitamente no estilo dele.

Dilema Mortal

— O que eu faço agora? — perguntou o taxista. — Espero novamente?

Eve acordou de seus pensamentos e olhou para a casa imensa com luzes cintilando em algumas das janelas.

— Não, última parada. Você está dispensado.

— A senhora está me dizendo que mora aqui, dona?

Eve olhou o valor no taxímetro. Decidiu deixar o taxista em paz e lhe ofereceu uma gorjeta polpuda.

— Moro, sim, e daí?

— Então a senhora não é tira coisa nenhuma.

— Pois é, isso também me espanta o tempo todo.

Ela entrou rapidamente e subiu direto para o escritório. Queria muito ir logo para a cama. Ainda fazendo o jogo da fuga, passou direto pelo laboratório e foi em frente.

Descobriu que a equipe tinha se mantido muito ocupada durante sua ausência. O relatório completo sobre Quinn Sparrow estava pronto, arquivado e devidamente copiado. Ele tinha sido oficialmente acusado. Uma mensagem de Peabody piscava em sua agenda eletrônica pessoal, contando que já havia começado uma queda de braço entre a OSP e a Polícia de Nova York para ver quem seria responsável pelas acusações.

Eve pouco se lixava para saber quem venceria aquela batalha. Sparrow estava acabado, e era isso que interessava.

Reva lhe deixara uma lista dos hábitos, rotinas e locais favoritos de Bissel para férias curtas. A maioria dos lugares ficava no exterior e se alternava entre points da moda e paraísos exóticos.

Eve iria, na manhã seguinte, entrar em contato com as autoridades dos locais listados por Reva que ficavam fora da cidade e no exterior, em busca de ajuda.

Mas ele não saíra da cidade, tampouco fora para algum paraíso no exterior.

Continuava em Nova York, pelo menos por enquanto, mas talvez não por muito tempo.

Ela leu o relatório de McNab. Ele não tinha encontrado nenhuma propriedade no nome de Chloe McCoy e agora pesquisaria códigos e senhas baseados nesse nome.

Qual o motivo da sua morte? Qual a sua importância e o que provocou seu fim quando ela não foi mais útil a Bissel?

Um medalhão, uma escultura, dados corrompidos num computador doméstico barato?

Resolveu pedir a Feeney que mandasse a equipe focar as buscas no computador de McCoy, mas faria isso só no dia seguinte.

Trabalhou até tarde e trabalhou sozinha, tranquilizando-se com o silêncio de seu escritório doméstico, a rotina e os enigmas do caso, até que o cérebro começou a falhar de cansaço.

Depois de encerrar os trabalhos, usou o elevador. O quarto estava vazio. Pelo visto, Roarke também era bom no jogo da fuga.

O gato entrou calmamente enquanto ela se despia. Grata por sua companhia, ela o pegou no colo e lhe fez um carinho com o nariz enquanto ele ronronava. Ele se enroscou ao lado dela no escuro, piscando os olhos bicolores.

Ela não esperava dormir tão depressa. Estava preparada para enfrentar metade da noite olhando para o escuro.

No entanto, apagou em minutos.

Roarke viu pelo sistema de segurança o momento em que ela passou pelos portões de táxi, voltando para casa. Sabia que ela continuaria trabalhando até mais tarde, bem depois de sua equipe ir para a cama. O fato de ela não ter procurado por ele lhe provocou uma leve dor no coração. Ele vinha enfrentando tantas dores nos últimos tempos que já se esquecera de como era passar um dia inteiro sem elas.

Foi para o quarto e se pôs diante dela, que estava esparramada de bruços na cama, certamente exausta. Ela não acordou. O gato, sim, e olhou para ele com olhos que pareciam brilhar no escuro. Pareceu a Roarke que o olhar do animal era de acusação.

— Achei que você entenderia melhor meus instintos primitivos e ficaria do meu lado — reclamou baixinho.

Mas Galahad simplesmente continuou olhando para o dono fixamente, até que Roarke praguejou algo e foi embora.

Estava tão agitado que não conseguiria pegar no sono e se sentia irrequieto demais para se deitar ao lado dela, pois haveria muito mais do que um gato gordo entre eles.

Saber disso o enfureceu e o aterrorizou ao mesmo tempo, de forma tão intensa que ele se afastou dali e a deixou dormindo. Moveu-se pela casa silenciosamente enquanto os outros dormiam e foi para o quarto secreto, completamente oculto e lacrado, onde ele mantinha um equipamento moderno e sem registro.

Ele oferecera a Eve e a Reva todo o seu tempo. O trabalho e suas empresas estavam sofrendo com sua ausência, e ele decidiu retomar sua vida na manhã seguinte. Mas aquela noite seria toda sua. Naquela noite, Roarke *seria* ele mesmo e levantaria os dados completos sobre as pessoas, todas elas, que haviam tomado parte da operação em Dallas.

Os que sabiam de Eve.

— Aqui fala Roarke — apresentou-se ele à máquina, com a voz fria como gelo. — Inicializar o sistema!

Ela se agitou de leve, no momento mais calmo da noite, antes do amanhecer. O gemido ardeu em sua garganta enquanto ela tentava escapar do pesadelo. E o suor aumentou na base da sua espinha quando ela caiu novamente no sonho terrível.

O quarto era sempre o mesmo. Gelado, sujo e banhado pela luz vermelha piscante e errática do letreiro luminoso do sex club no outro lado da rua. Era uma menina pequena e esquelética. E tinha muita fome. Era como um camundongo que passeava em torno da ratoeira quando o gato violento estava fora.

Seu estômago se contorceu e roncou, em parte por medo e em parte por expectativa, enquanto ela raspava, com uma faca, o mofo na superfície de um queijo. Talvez dessa vez ele não notasse que ela comera um pedaço. Talvez. Ela estava com tanta fome! Sim, talvez ele nem reparasse.

Sua esperança se manteve mesmo quando ele entrou. Richie Troy. Em algum lugar no fundo do seu cérebro o nome dele ecoou sem parar. Ela o conhecia bem agora, até sabia seu nome. Nada, nenhum monstro era tão aterrorizante quanto aquele que você conhecia pelo nome.

Mesmo assim, teve um momento de esperança. Talvez ele estivesse bêbado o bastante para deixá-la em paz. Bêbado o bastante para não se importar se ela lhe desobedecera para pegar comida.

Mas ele veio em sua direção e ela percebeu, pelos seus olhos, que ele não tinha bebido muito naquela noite. Pelo menos não o bastante para ela escapar.

O que está fazendo, garotinha?

Sua voz paralisou suas entranhas.

O primeiro soco a deixou tonta, fraca e sem energia. Como um cão chutado tantas vezes que sabia que o melhor era se abaixar e se deixar submeter aos golpes.

Contudo, ele precisava puni-la. Tinha de lhe dar uma lição. Apesar do medo e de saber o que aconteceria, ela não conseguiu parar de implorar.

Por favor, não... por favor, não... por favor, não...

Mas é claro que ele faria o que bem queria. E fez. Colocou-se por cima dela e a atacou, machucando-a enquanto ela implorava, enquanto chorava baixinho, enquanto tentava se desvencilhar.

Dilema Mortal

O braço dela se quebrou como um graveto, emitindo um estalo tão agudo quanto o seu grito de choque.

A faca que ela havia largado no chão estava, de repente, novamente em sua mão. Ela precisava fazê-lo parar. Precisava *impedi-lo*. A dor se ampliava, crescia de forma horripilante, em seu braço fino e entre as pernas. Ele tinha de parar.

O sangue banhou a mão da menina, quente e úmido, e ela sentiu o cheiro forte do líquido vermelho, como um animal selvagem. Quando o corpo dele estremeceu sobre o dela, ela enfiou a faca dentro dele de novo... e de novo... Mais uma vez, e outra, enquanto ele tentava rastejar para longe dela. De novo, de novo e *mais uma vez* enquanto o sangue espirrava em suas mãos, em seu rosto, em suas roupas, e o som que a garganta dela emitiu não era nem um pouco humano.

Quando ela se arrastou para longe dele, tremendo de frio e muito ofegante, foi se encolher no canto do quarto enquanto ele ficou esparramado no chão, de bruços, afogado no próprio sangue.

Como sempre acontecia em seus pesadelos.

Só que dessa vez ela não estava sozinha com o homem que matara. Não estava sozinha com o morto no quarto pavoroso. Havia outras pessoas, muito mais gente. Homens e mulheres em ternos pretos, sentados em infindáveis fileiras de poltronas. Como a plateia de uma peça. Espectadores com rostos vazios, sem expressão.

Eles assistiam, mudos, enquanto ela chorava. Observavam tudo enquanto ela sangrava com o braço quebrado caído de lado, num ângulo estranho.

Eles assistiram sem dizer uma única palavra. Sem fazer nada. Nem mesmo quando Richie Troy se levantou novamente, como às vezes fazia nos pesadelos. Nem mesmo quando ele se ergueu despejando sangue por todas as feridas que recebera e avançou na direção dela. Ninguém fez nada.

Ela acordou banhada em suor, com um grito lhe rasgando a garganta. Por instinto, rolou para o lado e esticou o braço em busca de Roarke, mas ele não estava lá. Não estava lá para abraçá-la, para niná-la, nem para protegê-la da horrível faca serrilhada que ela sentiu que lhe invadia a alma.

Então, simplesmente curvou o corpo em posição fetal, lutando contra as lágrimas enquanto o gato batia a cabeça contra a dela, como se tentasse ajudá-la.

— Eu estou bem, eu estou bem, numa boa. — Ela pressionou o rosto molhado contra os pelos dele e embalou a si mesma — Deus, ó Deus! Acender luzes a vinte e cinco por cento.

A iluminação suave e amarelada ajudou, e ela permaneceu deitada até seu peito parar de queimar. Então, ainda trêmula, se ergueu e se arrastou até o chuveiro, onde a água escaldante foi como um bálsamo.

Depois se arrastou para o novo dia que precisava enfrentar.

Capítulo Vinte e Um

Era cedo demais para a equipe se levantar, e Eve ficou feliz por isso. Não se sentia com estado de espírito para trabalhar em grupo. Fechou-se no escritório e reviu todo o caso mais uma vez. Ela reviveria mais uma vez as cenas, passo a passo, acompanhada por Bissel.

Resistiu à tentação de verificar o monitor doméstico para saber em que cômodo Roarke estava. Mais importante era saber onde ele *não havia estado*: na cama, ao lado dela. Se ele dormira — e havia noites em que ele precisava de menos sono do que um vampiro —, certamente havia dormido em outro lugar.

Ela não tocaria no assunto, não mencionaria nada, não daria a ele a *satisfação* de perceber que sentira a sua falta. Eles encerrariam a investigação, fechariam o caso e, quando Bissel estivesse preso e acusado, eles poderiam...

Quisera Deus ela soubesse o que aconteceria depois disso.

Programou café na cozinha do seu escritório doméstico. Apenas café, pois só de ela pensar em comida o seu estômago reclamava. Entretanto, teve pena do pedido patético do gato e lhe serviu uma porção dupla de ração.

Então se virou e ali estava ele, encostado na porta, observando-a. Seu rosto perfeito estava com a barba por fazer, uma raridade, e parecia tão sem expressão e distante quanto os dos espectadores em seu sonho.

A comparação fez o sangue dela gelar.

— Você precisa dormir mais — disse ele depois de uma eternidade. — Parece cansada.

— Estou dormindo as horas que consigo.

— Você trabalhou até muito tarde, e ninguém na casa vai acordar por mais uma hora, pelo menos. Tome um tranquilizante, por Deus, Eve, e deite-se um pouco.

— Por que não segue o próprio conselho? Você não me parece nem um pouco em forma, garotão.

Roarke abriu a boca para falar, e ela quase viu o veneno que seria despejado sobre ela. Contudo, qualquer que fosse o comentário ácido que ele pensou em fazer, as palavras não saíram. Ela admirou a sua determinação.

— Fizemos alguns progressos no laboratório. Suponho que você queira se reunir com a equipe para dar notícias e saber das novidades. — Foi até o AutoChef e programou um café para si mesmo.

— É.

— As marcas roxas estão mais brandas — disse ele ao erguer a caneca. — Pelo menos as do rosto. Como está o resto?

— Melhor.

— Você está muito pálida. Se não quer se deitar um pouco, pelo menos se sente e coma alguma coisa.

— Não estou com fome. — Ela reparou no tom petulante e odiou a si mesma. — Não estou mesmo — reafirmou com a voz mais calma. — Café é o bastante.

Ela segurou a caneca com as duas mãos ao sentir os dedos trêmulos. Ele se aproximou dela e a pegou pelo queixo, com carinho.

— Você teve um pesadelo — reparou Roarke.

Ela tentou afastar a cabeça, mas os dedos dele a prenderam com mais força.

— Mas agora já acordei. — Ela colocou a mão no pulso dele e o afastou. — Estou bem.

Ele não disse nada quando ela voltou para o escritório, mas ficou em pé ali, olhando para o café puro em sua caneca. Ela se desvencilhara dele, e isso doía muito. Era uma punhalada no coração.

Roarke percebeu o quanto ela estava exausta e magoada, e sabia o quanto ela se tornava mais suscetível a pesadelos quando ficava nesse estado. O fato, porém, é que ele a deixara sozinha a noite toda, e isso era mais uma punhalada.

Ele não pensara nisso. A fragilidade dela não lhe passara pela cabeça, e ela acordara do pesadelo sozinha e no escuro.

Foi até a pia, despejou o resto do café no ralo e colocou a caneca no fundo, com todo o cuidado.

Ela já estava em sua mesa quando ele entrou. Assim que o viu, ela informou:

— Quero rever o caso e refletir um pouco sobre o material. É mais fácil eu fazer isso sozinha aqui, quieta. Tomei um analgésico ontem e deixei Mira tratar dos meus ferimentos quando passei em sua casa. Não estou abusando nem negligenciando meu estado, mas tenho trabalho pela frente e preciso disso.

— Precisa, sim, eu sei. — Havia um espaço oco em seu coração abalado. — Eu também acordei cedo para recuperar um pouco do meu trabalho, que estava atrasado.

Ela olhou para ele e então afastou o olhar, assentindo com a cabeça.

Roarke viu que ela não ia perguntar onde ele tinha passado a noite nem o que fizera. Não desabafaria sobre o que estava tão claro em seus olhos: que ele a estava magoando.

— Você dedicou muito tempo a esse caso — reconheceu Eve.
— Sei que Reva e Caro estão muito gratas pelo que você está fazendo. Eu também.

— Elas são importantes para mim. Você também é. — Ao acabar de dizer isso, ele pensou, com ironia: *Como estamos sendo educados um com o outro. Verdadeiros diplomatas!* — Sei que você precisa trabalhar tanto quanto eu, mas gostaria que viesse até minha sala por um momento.

— Isso não pode esperar até...?

— É melhor não, para o bem de todos os envolvidos. Por favor.

Ela se levantou da cadeira e se afastou da sua mesa sem levar o café. Um sinal óbvio, percebeu ele, do quanto estava atordoada. Ele seguiu na frente e passou pela porta que ligava a sala dele à dela. Assim que ela entrou, ele trancou a porta e ordenou o bloqueio total do ambiente.

— Para que tudo isso?

— Em virtude das circunstâncias, prefiro total privacidade. Fui ver você no quarto ontem à noite, enquanto dormia. Deviam ser quase duas da manhã. Seu gato estava de guarda ao seu lado, como um cavaleiro de armadura.

— Mas você não se deitou ao meu lado.

— Não... não consegui me acalmar. Estava muito zangado. — Ele olhou para ela fixamente. — Nós estamos zangados um com o outro, não estamos, Eve?

— Acho que sim. — Embora "zangados" não fosse o termo exato, e ele sabia disso tão bem quanto ela. — Não sei o que fazer a respeito.

— Você chegou em casa ontem à noite e nem foi falar comigo.

— Eu não queria falar com você.

Dilema Mortal

— Entendo. — Ele respirou fundo, como um homem que tivesse acabado de receber um soco curto e inesperado. — Pois é... Por acaso, eu também não queria falar com você. Depois de ver que você estava dormindo, fui para a sala secreta trabalhar nas coisas que tinha deixado em suspenso.

A pouca cor que ainda havia no rosto dela desapareceu de vez.

— Sei...

— Sim, eu sei que sabe. — Os olhos dele não desgrudaram dos dela. — Pode achar que eu não percebi, mas é claro que notei. — Ele abriu um compartimento depois de digitar uma senha num painel e pegou um disco comum com dados.

— Aqui estão os nomes, o paradeiro, os dados pessoais, financeiros, médicos e profissionais; as avaliações recebidas, as informações completas sobre o chefe de operações, os supervisores, o diretor da OSP e todas as outras pessoas ligadas à força-tarefa que investigou Richard Troy em Dallas. Não há nada relevante ou banal sobre cada um deles que não esteja documentado neste disco.

O peso no peito dela foi quase insuportável, e a pressão em seu coração foi tão forte que ela ouviu um rugir terrível de puro pânico.

— Nada disso muda o que aconteceu. Nada do que você faça mudará o que aconteceu comigo, Roarke.

— Claro que não. — Ele girou o disco nas mãos. Um raio de luz foi capturado pela superfície espelhada e se refletiu como numa arma. — Todos eles construíram carreiras decentes, algumas até brilhantes. Continuam a trabalhar ou prestam consultoria; jogam golfe e um deles joga squash, quem diria. Eles se alimentam e dormem. Alguns traem a esposa, enquanto outros frequentam a igreja todos os domingos.

Os olhos dele se ergueram para ela, um raio azul. Aquela era mais uma arma dele.

— Você acha, Eve, você acha que algum desses safados oferece um único e rápido pensamento, mesmo que eventual, à criança que sacrificou tantos anos atrás? Acha que eles se perguntam, em algum momento de suas vidas, se aquela menina ainda sofre hoje em dia? Se ainda acorda chorando no escuro?

A cabeça dela pareceu flutuar de repente, subitamente leve, mas seus joelhos fraquejaram.

— Pouco me importa se eles pensam em mim ou não. Isso não muda *nada.*

— Eu poderia fazê-los lembrar de você com clareza. — A voz dele ficou absolutamente fria, mais assustadora que um silvo de cobra. — Isso mudaria algumas coisas, não acha? Eu poderia lembrar a cada um deles, pessoalmente, o que eles fizeram por se abster e lavar as mãos, deixando uma criança à sua própria sorte, tendo de se defender sozinha de um monstro. Eu poderia fazer com que eles se lembrassem de como ouviram, gravaram e se sentaram com suas bundas gordas de funcionários públicos enquanto ele espancava e estuprava aquela menina, e enquanto ela gritava implorando ajuda. Eles merecem pagar por isso, você sabe muito bem. Você sabe disso perfeitamente! — A voz dele se alterou.

— Sim, eles merecem pagar! — As palavras saíram da boca de Eve com muita raiva, quentes como as lágrimas que lhe queimavam os olhos. — Merecem, sim! Era isso que você precisava ouvir? É claro que eles deveriam arder no inferno por toda a eternidade pelo que fizeram. Mas não é função sua nem minha enviá-los para lá. Se você fizer isso, será assassinato. Simples assassinato, Roarke, e o sangue deles nas suas mãos não vai mudar em nada o que aconteceu comigo.

Ele ficou calado durante muito tempo. Parecia uma eternidade.

— Eu consigo conviver com esse peso — disse ele, por fim.

Dilema Mortal

Viu os olhos dela ficarem escuros, sem vida, e completou:

— Eu consigo, mas você não. Por causa disso...

Ele quebrou o disco em mil pedaços. Depois juntou os cacos e jogou tudo na fenda para reciclagem.

Ela acompanhou os movimentos dele com os olhos e, no silêncio que caiu em seguida, percebeu apenas o som da própria respiração ofegante.

— Você... você vai desistir dessa vingança?

Ele olhou para a fenda de reciclagem e soube que a raiva que sentiu jamais se dissolveria por completo. Mas aceitaria isso e também a sensação de impotência que aquilo iria lhe impor pelo resto da vida.

— Se eu me vingasse, seria por mim mesmo, não por você. Não há grandeza nisso. Portanto... Sim, vou desistir dessa vingança.

O estômago dela deu um pulo, mas ela conseguiu fazer que sim com a cabeça.

— Que bom — disse ela. — Isso é ótimo. É o melhor a fazer.

— Parece que sim. Desarmar o sistema de bloqueio do ambiente. — Diante dessa ordem, os escudos da sala se ergueram e a luz da manhã que nascia penetrou pelas janelas. — Vou lhe oferecer mais um pouco do meu tempo daqui a pouco, mas ainda preciso resolver algumas coisas. Feche a porta ao sair, por favor.

— Claro, tudo bem. — Ela fez menção de sair da sala, mas colocou a mão na porta e voltou. — Se acha que eu não sei e não compreendo o quanto lhe custou fazer isso, está errado. — Ela não conseguiu manter a voz firme, por mais que tentasse. — Está muito enganado, Roarke. Eu sei e compreendo. Não existe ninguém no mundo que desejaria e precisaria matar por minha causa. E também ninguém no mundo desistiria dessa vontade porque eu pedi ou porque eu precisava disso.

Ela se virou de frente para ele, e a primeira lágrima lhe escorreu pela face.

— Ninguém no mundo inteiro, a não ser você.

— Não faça isso, Eve. Se você chorar, vai fazer com que eu desmorone.

— Nunca na vida imaginei que alguém pudesse me amar por completo. Por que eu mereceria isso? Como lidaria com isso? Mas você me ama. De todas as coisas que conseguimos ter juntos ou conseguimos ser um para o outro, isso é muito mais. Nunca vou encontrar as palavras certas para descrever a importância do que você acaba de me oferecer, Roarke.

— Assim você me derruba, Eve. Quem mais conseguiria fazer com que eu me sentisse um herói por não fazer nada?

— Você fez tudo! Tudo. Você é tudo! — Mira estava certa, mais uma vez. O amor, essa entidade estranha e aterrorizante, era a resposta certa, afinal. — O que quer que haja, não importa o que aconteceu comigo e como isso poderá me afetar no futuro, quero que você saiba de uma coisa, Roarke. Você precisa saber que o que acabou de fazer aqui e agora me trouxe mais paz do que eu jamais imaginei que fosse encontrar. Precisa saber que eu serei capaz de enfrentar qualquer coisa por saber que você me ama.

— Eve. — Ele se afastou da fenda para reciclagem de lixo, deixou o passado para trás e deu um passo na direção dela, um passo na direção do que importava para ele, de verdade. — Eu não posso fazer outra coisa na vida a não ser amar você.

A visão de Eve ficou embaçada quando ela correu e se deixou envolver pelos braços dele.

— Senti falta de você, Roarke. Senti muita saudade de estar com você.

Roarke apertou o rosto contra o ombro de Eve, sentiu seu cheiro e percebeu que seu mundo estava firme novamente.

— Desculpe.

— Não, não, não. — Ela o apertou por um instante e então se afastou um pouco para emoldurar o rosto dele com suas mãos. — Eu vejo *através* de você. Eu *conheço* você. E amo você.

Dilema Mortal

Ela sentiu a emoção invadir os olhos de Roarke antes de pressionar os lábios contra os dele.

— Foi como se o mundo ficasse fora de compasso — murmurou ele. — Nada mais se encaixava, já que eu não podia tocar você de verdade.

— Toque-me agora.

— Não foi isso que eu quis dizer — disse ele, acariciando os cabelos dela.

— Eu entendi, mas me toque mesmo assim. Preciso me sentir íntima de você novamente. — Ela voltou a atacar os lábios dele com os dela. — Preciso muito de você. Mais que isso: quero lhe mostrar o quanto eu preciso.

— Vamos para a cama, então. — Ele a girou no colo, a caminho do elevador. — A nossa cama.

Quando as portas do elevador se fecharam, ela se apertou com força contra ele, mas sua musculatura sentiu.

— Vamos devagar. — Ele passou as mãos pela lateral do corpo dela e então a envolveu em um abraço carinhoso. — Você está muito machucada.

— Eu não me sinto mais machucada.

— Mesmo assim. Você parece tão delicada. — Ao ver que ela fez uma careta de desagrado, ele riu e pousou um beijo sobre sua testa franzida. — Isso não foi um insulto.

— Pois pareceu. Mesmo assim, vou deixar passar.

— Você está pálida — continuou ele, ao sair do elevador direto no quarto, com ela no colo. — E um pouco fragilizada. Ainda vejo lágrimas presas em seus cílios e olheiras em seus olhos. Você sabe o quanto eu amo seus olhos, não sabe? Esses olhos amendoados e dourados, Eve. Minha querida Eve.

— Eles são castanhos.

— Gosto do jeito como eles me olham. — Ele a pousou sobre a cama. — Ainda há lágrimas neles. — Ele beijou-lhe os olhos molhados até fechá-los. — Eu morro um pouco cada vez que você chora. As lágrimas de uma mulher forte podem fazer picadinho de um homem mais depressa do que uma faca.

Ele a estava tranquilizando, seduzindo-a, não só com palavras, mas com mãos pacientes. Sempre a surpreendia o fato de um homem com tanta energia e vigor, como Roarke, poder ser tão paciente. Violento e frio. Suave e quente. As contradições dele, as coisas que o formavam e se fundiam, de algum modo, com o jeito de ser típico dela.

— Roarke! — Ela se arqueou para trás e o enlaçou com os braços. — Meu Roarke.

Ela também sabia tranquilizar, sabia seduzir. Queria mostrar a ele que, não importa o que o mundo colocasse no caminho deles, não importa o que avultasse do passado ou se escondesse no futuro, eles estariam juntos.

Ela desabotoou a camisa dele e pousou um beijo em seu ombro.

— Você é o amor da minha vida. Não me importo se essa frase parece piegas ou sentimental. Você é o começo de tudo, o fim de tudo. E o melhor de tudo.

Ele pegou as mãos dela, entrelaçou às dele e as levou aos lábios, e o amor que sentia por ela o trespassou. Aquilo lavava a alma, pensou ele; era uma espécie de enxurrada de amor o que existia entre eles. E, apesar dos percalços, o que ficava depois da enxurrada continuava sendo amor em estado puro.

Ele abriu a blusa dela e passou os dedos de leve sobre as marcas roxas.

— Me dói muito ver você marcada desse jeito e saber que você vai voltar a ser ferida um dia. Ao mesmo tempo, isso me provoca orgulho. — Ele passou os lábios de leve sobre os ferimentos e os apertou com força, em um beijo doce, quando passeou sobre o distintivo tatuado em seu seio. — Eu me casei com uma guerreira.

— Eu também me casei com um guerreiro.

Os olhos dele procuraram os dela mais uma vez e se deixaram ficar ali, enquanto suas bocas se procuravam. Eles se acariciaram, confortando-se e excitando-se em meio à paixão. Os dois se moveram em sincronia no silêncio da manhã, e as palavras se transformaram em suspiros.

Quando ela se ergueu acima dele e o tomou por inteiro dentro de si, seus dedos se entrelaçaram mais uma vez e se apertaram. Junto do prazer e da excitação, sobressaía a batida constante do amor.

Ela se enroscou ao lado e em torno dele, entendendo que ambos precisavam daquele momento de intimidade, tanto quanto haviam precisado, um pouco antes, da tranquilidade e da libertação.

O mundo dela tinha sofrido um grande abalo. Só agora, quando tudo estava novamente estável, ela compreendia o quanto o abalo fora violento. Só compreendia agora, que eles estavam reconciliados, o quanto havia se passado exatamente a mesma coisa com ele.

Reconciliados, percebeu ela, porque ele oferecera a ela exatamente o que ela mais precisava. Tinha afogado ou negado o próprio ego por causa dela. E certamente não era simples nem fácil fazer isso. Afinal, o ego de Roarke era... ela resolveu descrevê-lo como *saudável*, já que se sentia tão grata.

Ele cedeu e abriu mão das próprias necessidades não por se colocar no mesmo patamar moral dela, mas porque dava mais valor a Eve e ao casamento deles do que ao seu ego.

— Você poderia ter mentido para mim — comentou ela.

— Não. — Ele percebeu que a luz do amanhecer aumentava de intensidade pela claraboia que havia sobre a cama. — Eu jamais conseguiria mentir para você.

— Não quis dizer você, estou falando em termos gerais.
— Ela se virou de lado e tirou com os dedos os cabelos dele que lhe haviam caído no rosto. Depois, acariciou de leve os pelos que começavam a despontar no queixo e no maxilar dele, com a barba por fazer. — Se você fosse menos homem do que é, teria mentido para mim, teria feito o que bem queria, satisfaria seu ego e seguiria em frente.

— Não se trata de ego...

— Não, não, claro que não — concordou ela, olhando para cima, pois sabia que ele não a veria fazendo isso. — Roarke, o ego sempre tem um peso na vida das pessoas, e não digo isso como insulto. Eu certamente tenho um ego.

— Nem me conte! — murmurou ele.

— Escute, me escute um instantinho só. — Ela ergueu o corpo e se sentou de frente para ele.

— Não podemos simplesmente ficar nessa posição por alguns instantes para eu poder admirar minha esposa completamente nua?

— Acho que você gosta do tipo de elogios e comentários enaltecedores a seu respeito que uma atitude dessas gera.

— Ora, então não me deixe interromper o fluxo de suas ideias.

— Eu amo você de verdade.

— Sim. — Os lábios dele se abriram em um sorriso. — Eu sei.

— Às vezes eu acho que é por causa do seu ego, maior que Júpiter, outras vezes vejo que eu amo você *apesar* disso.

Ele acariciou a coxa dela com a parte de fora dos dedos.

— Estou gostando muito desse papo.

— Ainda me sinto melosa e comovida com tudo isso, mas... — Ela afastou a mão dele com um tapa. — Já estou atrasada no trabalho.

— Sim, estou apreciando o seu distintivo bem agora.

Dilema Mortal

A risada saiu antes de ela segurar, mas agarrou a blusa rapidamente.

— O que eu quero dizer é que você é um homem importante, bem-sucedido na vida. Às vezes espalha isso aos quatro ventos, esfrega na cara das pessoas, mas em outras vezes, não. Depende do objetivo. Não é preciso *reafirmar* que é o máximo porque você já sabe disso, o que é apenas uma parte.

— De que exatamente?

— Essa coisa toda de ego. Os homens têm um tipo de ego diferente do das mulheres. Eu acho. Mavis garante que isso tem a ver com o pênis. Geralmente ela tem razão nesses assuntos.

— Não sei se eu me sinto bem sabendo que você conversa com Mavis sobre o meu pênis.

— Eu sempre digo que você é muito bem-dotado e aguenta transar a noite toda.

— Ah, então tudo bem! — Como o rumo da conversa o fez se sentir ligeiramente exposto, ele vestiu as calças.

— O que eu quero dizer é que você tem um ego poderoso. Precisou disso para chegar aonde chegou, é claro, e vou me sentir novamente piegas por dizer que foi merecido. Você tem confiança inabalável em si mesmo, em quem você é, a ponto de recuar de uma briga porque isso era importante para mim. Mesmo sem concordar comigo. O que você disse no início sobre ser capaz de conviver com as consequências do que poderia fazer, eu sei muito bem que é verdade. Você provavelmente acharia tudo uma coisa justificável. Teria se sentido bem.

— Houve cumplicidade nos atos de negligência deles. Todos são culpados por terem ignorado você. E ainda mais culpados por estarem exercendo uma função de autoridade.

— Não nego isso. — Ela tentou colocar os pensamentos em ordem enquanto se vestia. — Mas você me conhece o bastante para saber que, se agisse contra eles, me atingiria. Atingiria nós dois. E decidiu colocar isso em primeiro lugar, mesmo subjugando o próprio ego. É preciso ter colhões para agir assim.

— Agradeço o sentimento, mas será que dá para você parar de usar metáforas que incluam a minha genitália? Isso está começando a ficar esquisito.

— Você tem coragem bastante para fazer algo que, em algum ponto do coração, enxerga como covardia. — Ela deu dois passos em sua direção quando ele parou de abotoar a camisa e olhou para ela. — Acha que eu não vejo isso? Acha que eu não sei da pequena guerra interna que isso provocou aqui?

Ela bateu com a mão no coração dele e continuou:

— Acha que eu não sei o quanto custou essa sua rendição? Ela tornou você o homem mais corajoso que eu conheço.

— Não havia nada de corajoso em machucar você. E era isso que eu estava fazendo.

— Você me colocou em primeiro lugar. Isso foi muito corajoso e demonstrou força. Você não se esquivou do problema e fingiu ir em frente numa boa para depois, pelas minhas costas, fazer o que queria. Não quis que essa mentira pairasse entre nós dois.

— Não quero que exista nada de ruim entre nós.

— Não, porque você sabe como amar. Sabe como ajeitar as coisas. Como ser um homem de verdade. Como cuidar das pessoas que importam, e até das que não importam. É muito inteligente, capaz das atitudes mais apavorantes e também dos gestos mais gentis. Enxerga o quadro todo, mas não deixa passar os detalhes. Tem muito poder, mais do que a maioria das pessoas jamais conseguiria sonhar, mas não humilha nem pisa nos pequenos por causa disso. Sabe em que isso transforma você?

— Não consigo imaginar.

— No oposto exato de Blair Bissel.

— Ah. Quer dizer que esse festival de elogios foi só o seu jeito de avançar na investigação? Isso certamente esmagou meu ego.

Dilema Mortal

— Não daria para esmagar seu ego nem com um torno hidráulico, mas tudo isso é parte da minha linha de raciocínio. O ego de Bissel é muito frágil porque é feito de fumaça. Ele não é inteligente, nem esperto, nem mesmo talentoso. Sua arte é uma bosta. Uma bosta metida a besta e caríssima ainda por cima. Ele não tem amigos, tem apenas conquistas. Foi atraído para esse rolo por uma mulher que demonstrou interesse pelo seu pinto, e isso, consequentemente, fez inflar o seu ego. Ele deve ter "se achado". Pensou: "Não sou o máximo? Puxa, sou um tremendo espião!"

— E...?

— Ele nunca deveria ter sido recrutado pela OSP. Veja só o seu perfil: instável, imaturo, agitado. Mas esses eram alguns dos motivos que levaram Kade e Sparrow a se interessar por ele. Blair não tem laços de verdade com ninguém. É atraente, sabe ser charmoso, tem contatos com o mundo da arte e está acostumado a viajar.

— Ele também não tem consciência. Isso talvez seja útil em algumas áreas desse trabalho secreto.

— Isso mesmo, desde que eles o controlassem. Só que Sparrow se tornou ganancioso e encomendou mais do que Bissel foi capaz de entregar. Usou Bissel para matar e nunca imaginou que ele fosse capaz de algo mais que simplesmente fugir com o rabo entre as pernas ao perceber que caíra em uma cilada tão grande quanto a de Reva. Se Bissel lhe causasse algum problema extra, Sparrow o manteria na OSP, o entregaria como o patife da história e o marcaria para morrer. Ou poderia fornecer dados sobre ele para o grupo Juízo Final ou para algum outro grupo terrorista a fim de que eles o eliminassem.

— Tem razão, mas acho que ninguém contava com a sua dedicação extrema, Eve. Eles, ou pelo menos Sparrow, deviam ter ideia de que você se envolveria pessoalmente com o caso. Usar Reva significava me usar e usar você também. O fato é que nenhum deles imaginou que você fosse tão longe, não só por mim ou por Reva, mas pelo distintivo que você traz, literalmente, marcado sobre o coração.

— Foi aí que a coisa melou. Sparrow fez o que era de esperar: usou sua posição na organização, tentou cantar de galo no começo, depois tentou apelar para o papo do bom-senso e cooperação, sempre usando a OSP como escudo.

— Se Bissel não o tivesse mandado para o hospital, era bem capaz de Sparrow tentar matar você ou, segundo seu raciocínio, fazer com que alguém a matasse, já que ele não tem estômago para fazer o serviço pessoalmente. Esse devia ser o seu próximo passo.

— Certamente eu estava na sua lista de prioridades, mas só como último recurso. Ele devia ter sido esperto o bastante para considerar o que aconteceria com o ego distorcido de Bissel assim que ele sujasse as mãos de sangue. Afinal, ele havia matado. Já não era mais um simples espião de nível dois. Obteve sucesso em dois extermínios e aposto que curtiu demais a adrenalina.

— Mas a adrenalina não demorou muito tempo.

— Não. Ele ficou num mato sem cachorro e entrou numa fria. Não é essa a expressão que os espiões usam? Entrar numa fria?

Ela olhou com surpresa para os pratos que Roarke serviu na saleta de estar da suíte.

— Nós vamos comer?

— Vamos.

Pensativa, esfregou o estômago e reconheceu:

— Bem que eu estou com fome. — Colocou para dentro dois ovos e várias fatias crocantes de bacon. — Então, vamos lá: ele está sozinho, entrou numa fria. Dos seus supervisores diretos, uma foi morta por suas mãos e o outro o está caçando. Ele foi traído, usado, sacaneado. Os tiras estão avaliando as mortes de um jeito que lhe garantiram que jamais aconteceria. Mais cedo ou mais

Dilema Mortal

tarde, ele vai sofrer pressão por parte da polícia também. Não há ninguém para lhe dizer o que fazer e o que pensar. Ele mata mais duas vezes para se proteger e esconder os rastros. Ambas as mortes são desnecessárias, erros grosseiros, porque só levaram a polícia a desconfiar que ele ainda estava vivo. O que você teria feito nessa situação, Roarke?

— Se eu estivesse no lugar dele? — Ele espalhou geleia na torrada enquanto considerava a pergunta. — Eu me esconderia, sumiria do mapa. Pegaria o dinheiro escondido para emergências e ficaria entocado até bolar um plano para matar Sparrow ou expô-lo como traidor. Esperaria e observaria durante um ano ou dois, quem sabe um pouco mais. Depois tornaria a atacar, de um jeito ou de outro.

— Mas ele não pode fazer isso, não há condições. Ele não conseguiria suprimir o ego durante tanto tempo nem pensar com tanta clareza. Com tanta frieza. Precisa descontar em tudo e em todos que fizeram parte na rasteira que ele levou. Ao mesmo tempo, está apavorado, como um menino abandonado sozinho pela mamãe e o papai. Precisa se sentir seguro. Ele continua em Nova York, em algum lugar onde se sente seguro. E vai atacar.

Eve quase conseguia vê-lo com detalhes.

— Vai ser um ataque maior, mais violento e mais descuidado — continuou ela. — A cada assassinato ele foi se afastando cada vez mais do centro do alvo. Cada um foi mais descuidado que o anterior e com mais riscos de danos colaterais. Ele não se importa mais com quem possa sair ferido a essa altura, desde que se sinta poderoso.

— Você acha que ele vai atacar Reva?

— Mais cedo ou mais tarde. Ela não cooperou com o plano dele. Não está encolhida numa cela, chorando a morte do marido amado enquanto proclama sua inocência. Mas não vamos dar a ele a oportunidade de chegar até onde ela está.

Ela pegou a torrada que Roarke lhe entregara e deu uma mordida.

— Vamos colocá-lo atrás das grades antes disso, sem lhe dar a chance de entrar em contato com seus alvos. Ele vai tentar atacar Sparrow também, o mais rápido possível. Não sou contra usar aquele babaca como isca, mas não gosto da ideia de atrair Bissel para o hospital e arriscar a vida de civis. Precisamos rastreá-lo, achar o buraco onde ele se escondeu com o mínimo de riscos para os civis em volta. Onde você se esconderia se quisesse permanecer em Nova York?

A alma de Roarke se sentiu apaziguada quando ele se viu ali, sentado junto dela, compartilhando uma refeição e trocando ideias sobre o trabalho que a motivava tanto. Aquilo era um conforto tão grande quanto fazer amor. Quando ele sorriu para Eve, ela retribuiu o sorriso com naturalidade.

— Você quer que eu raciocine por mim mesma ou como Bissel?

— Por você mesma.

— Eu escolheria um pequeno apartamento em um bairro de classe média baixa, onde ninguém presta muita atenção aos vizinhos. Melhor ainda seria um lugar fora da cidade e perto de transportes públicos para eu poder me locomover com facilidade.

— Por que não uma casa?

— Porque ficaria caro e implicaria muita papelada. Não quero gastar o dinheiro que me sobrou em um teto nem lidar com advogados ou imobiliárias. Seria um contrato de locação de curto prazo, um apartamento de dois quartos onde eu pudesse me tornar invisível.

— Sim, isso seria esperto e denotaria paciência.

— Se você diz isso, deve achar que ele está no coração da cidade ou em um lugar mais de acordo com seu gosto refinado.

— Sim, isso mesmo. Algum lugar espaçoso, onde ele consiga trabalhar. Um local muito seguro, onde ele possa se trancar a sete chaves, fumegar de raiva, dar chiliques e fazer novas esculturas.

— Você provavelmente sabe que existem milhares de locais nessa cidade com esses requisitos.

— Se você está dizendo isso, deve estar certo, já que é dono da maioria deles. Acho que talvez... — Ela parou com uma garfada de omelete no ar, a caminho da boca. — Minha nossa, será que ele seria tão burro assim? Ou tão esperto?

Ela engoliu o resto da omelete e acabou de tomar o café em dois goles enquanto se levantava.

— Vamos reunir a equipe. Quero confirmar um detalhe.

— É melhor calçar os sapatos antes, querida — sugeriu Roarke. — Você parece pronta para chutar o rabo de alguém e não deve estragar suas lindas unhas pintadas com esmalte cor-de-rosa.

— Engraçadinho! — Ela fez uma cara de horror ao olhar para os pés. Tinha se esquecido das unhas cor-de-rosa. Abrindo uma gaveta com força, pegou o primeiro par de meias que encontrou e, com muita rapidez, cobriu todos os vestígios da pedicure.

— Tenente?

Ela grunhiu enquanto calçava as botas.

— Fico feliz por termos nos tornado novamente uma equipe

Ela esticou o braço e o pegou pela mão.

— Vamos chutar esse rabo juntos.

Capítulo Vinte e Dois

Como os técnicos da equipe eram em número maior que os que não o eram, ela fez a reunião no laboratório. Eve não compreendia a natureza do trabalho nem o propósito das ferramentas meticulosamente arrumadas em balcões e estações de trabalho. Não conseguia decifrar os padrões das tabelas separadas por cor nem o blá-blá-blá que o sistema informava enquanto listas com códigos passavam sem parar pelas telas dos monitores, sem falar no zumbido constante e nos estalos que eram a estranha forma de comunicação entre as máquinas ligadas em rede.

Mas sabia que estava diante de muitas horas de trabalho e de muita capacidade técnica e intelectual.

— Vocês vão conseguir destruir o vírus?

— Vamos sim, pode apostar. Ele já está falhando — comentou Roarke, observando as linhas de códigos e comandos em uma das telas. — É um vírus inteligente, que parece mais esperto do que é.

— Isso o torna muito perigoso.

— Pode-se dizer que sim — concordou ele. — Suas limitações não o impedem de fazer um estrago na maioria dos computadores domésticos. Estamos rastreando o vírus até a máquina de Sparrow, onde ele se originou.

— Tokimoto foi o grande responsável por isso — elogiou Reva.

— Não estou trabalhando sozinho — disse ele, com modéstia.

— Além disso, não conseguiria ter explorado essa possibilidade de origem sem os dados que me foram fornecidos.

— Sparrow contava com isso. Ele criou o vírus e pôs Bissel para trabalhar como agente duplo. Um lado acreditava que o grupo Juízo Final havia criado o vírus fatal, e o outro que a OSP é que tinha feito isso. Ambos achavam que o vírus era muito mais poderoso do que ele o era na realidade e despejaram um monte de dinheiro no projeto. Bissel, por meio de Kade, direcionou a grana, ou a maior parte dela, de volta para Sparrow.

— Um belo golpe — comentou Roarke. — A coisa poderia ter dado certo em um ambiente menor. Sparrow podia ter sido um pouco mais esperto, devia ter mantido a coisa em pequena escala, talvez induzindo algumas empresas a fazerem um leilão pelo material em vez de envolver a OSP e um grupo terrorista.

— É um cara ambicioso. Tão ambicioso que chega a ser ganancioso — acrescentou Eve. — Ele fornecia os dados sobre os progressos da Securecomp na criação do vírus, passo a passo; desse jeito, podia se proteger a qualquer tempo, caso o setor de pesquisa e desenvolvimento da companhia chegasse perto de descobrir algo estranho. Era um bom esquema.

— Mas o raciocínio dele era estreito. — Roarke analisou os códigos que deslizavam pela tela e notou o progresso. — Ele achou que poderia controlar tudo sem sujar as mãos e manteve Bissel em rédeas curtas até ele não ser mais útil.

— Covarde. — Eve se lembrou de como ele havia se lamentado e choramingado no hospital. — Bissel começou a extorsão e queria mais. Kade também queria. Enquanto isso, a Securecomp estava quase conseguindo seu produto altamente lucrativo.

— Foi quando Sparrow deu a Bissel uma missão que resolveria todos os problemas — disse Peabody, balançando a cabeça.

— Uma missão cujo objetivo verdadeiro estava além do seu alcance, e Bissel era muito burro para ver a cilada esperta que Sparrow armava. Desculpe — disse, olhando para Reva.

— Tudo bem, você tem razão.

— Bissel não foi só burro — atalhou Eve —, mas também egocêntrico. Ele vive de fantasia. E tem licença para matar.

— Senhora! — Peabody sorriu. — Já vi que rolou uma pesquisa básica sobre James Bond.

— Faço meu dever de casa, Peabody. Quando isso aconteceu, Bissel se viu atolado até a cintura. Não podia voltar para a OSP. Não podia procurar o outro lado. Esperou demais para fugir, suas contas foram localizadas e bloqueadas. Ele matou para permanecer vivo, mas essa farsa também foi descoberta. Tentou atingir Sparrow e errou. Em vez de estar morto, Sparrow ficou sob custódia e está disposto a entregar todo o ouro que tiver para incriminar Bissel. Ele perdeu seu emprego dos sonhos, além da glória e do charme que conseguiu com sua arte.

— Se é que se pode chamar aquela bosta de arte. — Reva sorriu quando todos olharam para ela. — Ei, por que o espanto? Blair não era o único que sabia fingir naquela casa. Eu nunca gostei das esculturas que ele fazia. — Ela flexionou os ombros e parecia estar se livrando de um peso. — Que delícia poder colocar isso para fora! Minha vida está começando a melhorar em todos os aspectos.

— Não fique tão alegrinha por enquanto — alertou Eve. — Ele precisa tomar uma atitude forte, mas, antes, tem de lamber as feridas e readquirir confiança. Reva, você disse que a arte dele é uma paixão genuína.

— É, sim. Não vejo de que modo seu talento poderia ser falso. Ele trabalhou durante anos, estudou muito, manteve o foco em suas metas. Suava muito, ralava dias a fio quando esculpia uma peça, quase não comia nem dormia quando se deixava envolver pela inspiração. Eu não gostava do resultado do seu trabalho, mas a verdade é que ele colocava o coração e a alma no que fazia. Dedicava toda a sua alma podre e seu coração murcho às peças que produzia. Não liguem para mim, ainda vou destilar minha amargura por algum tempo — explicou. — Pretendo dar quantos golpes baixos nele quanto me for possível. — Ela sorriu novamente. — Estou dizendo tudo isso só para vocês ficarem conhecendo a extensão da minha raiva.

— Acho isso saudável — elogiou Tokimoto. — E humano.

— A arte dele, gostemos dela ou não, é algo que o motiva. Eles podem tirar seu emprego fantasioso, mas ele continua sendo um artista — concordou Eve. — Ele ainda sabe criar. McNab, faça uma pesquisa em contratos de aluguel de imóveis e procure qualquer ligação com Bissel. Foque sobretudo no edifício Flatiron.

— É claro! — murmurou Roarke. — Eu posso ajudar você nisso, Ian — disse a McNab, mas continuou a olhar para Eve. — Ele iria querer ficar perto do trabalho, em um lugar onde se sente poderoso e no controle de tudo. E, se tivesse outro espaço no mesmo prédio, é possível que Chloe McCoy soubesse disso.

— Um cara como ele gostaria de levá-la até lá para fazer sexo, é claro, mas também para lhe mostrar o quanto ele era importante. Veja só, tenho este lugar secreto. Ninguém sabe da existência dele, só você.

— Então as coisas deram errado e ele precisava do espaço — completou Peabody. — Ela teve de morrer só por saber da existência do lugar.

— Tenente. — Roarke bateu na tela onde ele trabalhava com McNab. — LeBiss Consultores. LeBiss é um anagrama de Bissel.

— Sim, ele iria querer uma referência ao próprio nome. Mais uma prova do tamanho do seu ego. — Eve se inclinou sobre o ombro de Roarke. — Qual o endereço?

Ele digitou algo no teclado, e uma planta tridimensional do edifício Flatiron surgiu na tela e girou suavemente. Em seguida, um setor em destaque se ampliou.

— O lugar fica um andar abaixo da galeria. Bissel certamente queria circular entre os dois espaços com o mínimo de risco, caso precisasse acessar o estúdio.

— O ambiente é à prova de som, certo?

— Claro.

— Tem tela de privacidade nas janelas. E monitores. Por meio de um sistema de segurança adicional, ele certamente saberá se alguém tentar chegar lá pelo elevador ou pela porta principal. Ele poderia adulterar o sistema, como Sparrow fez na noite dos primeiros assassinatos, e depois ajeitar tudo antes de alguém chegar.

— Provavelmente trabalha à noite — disse Eve quase para si mesma. — Basicamente à noite, quando o expediente das empresas está encerrado, os escritórios fechados e não há ninguém para perturbá-lo. Os policiais devem ter investigado o local, mas não encontraram nada ligado à investigação. O aluguel está em dia, e ele poderia usar o lugar sem risco de ser descoberto até sua situação financeira se acertar.

— Ele adorava o estúdio. — Reva deu um passo à frente, analisando a planta de perto. — Eu cheguei a sugerir que ele construísse um espaço desses em casa, mas ele nem sequer considerava o assunto. Agora sei que é porque preferia a liberdade de estar longe, com acesso irrestrito às mulheres que levava para a cama. Mas sei também que, no fundo, ele simplesmente amava aquele local. Droga, estou perdendo o foco. Acho que não coloquei esse lugar na lista que você me pediu dos seus hábitos e refúgios, Dallas.

— Por que o faria? O estúdio dele já estava na minha lista.

— Sim, mas esse era um lugar só *dele*, e se eu estivesse com a cabeça no lugar teria ligado os pontinhos. Ele sempre dizia que precisava do estímulo, da energia da cidade, desse lugar especial, tanto quanto precisava da serenidade e da privacidade da nossa casa. Um lugar para ele se revigorar, outro para relaxar.

— Precisamos invadir o local — afirmou Eve.

— Dallas — continuou Reva. — Ele não trabalharia apenas à noite se um projeto novo estivesse em andamento. Não conseguiria se afastar de uma escultura nova. A não ser que eu realmente desconheça tudo a respeito dele, acho que Blair não consideraria um risco grande ficar ali trabalhando. Talvez isso até alimentasse o seu ímpeto criativo.

— Muito bem-lembrado. Precisamos nos certificar de que ele está lá e também ter certeza de que ele está armado e que a operação é perigosa. O prédio está cheio de civis. Temos de tirá-los de lá.

Feeney, que não tinha parado de analisar os dados sobre McCoy durante toda a reunião, finalmente ergueu os olhos, alarmado.

— Você quer evacuar completamente um prédio de vinte e dois andares?

— Isso mesmo. E sem Bissel desconfiar. Portanto, temos de saber ao certo se ele está realmente lá. Não quero começar a tirar as pessoas do seu local de trabalho enquanto ele está curtindo um sanduíche na delicatéssen da esquina. Vamos matutar como poderemos ter certeza de que ele está lá dentro antes de tirar os civis.

Feeney estufou as bochechas e exclamou:

— Ela só pede coisas fáceis! Querem mais detalhes? Consegui alguns dados do computador dele. Parece um diário. Ele descreve noitadas de sexo com uma tal de BB. Conta coisas que fariam uma acompanhante licenciada veterana enrubescer. — Ele mesmo ficou vermelho ao olhar para Reva. — Desculpe.

— Tudo bem. Tudo bem *mesmo* — repetiu ela, como se mordesse as palavras com raiva. — Ele mentiu, me chifrou com um monte de mulheres por aí e tentou me incriminar num assassinato que ele mesmo cometeu. Por que deveria me importar se uma vadia idiota circulava completamente nua por todo o estúdio dele e...

Ela parou e respirou fundo ao perceber que todos haviam ficado calados e só se ouvia o ruído das máquinas.

— Nossa, estou criando uma cena imensa só para provar a todos que não ligo. Deixe-me colocar de outro modo. — Ela se virou para Tokimoto e manteve os olhos grudados nos dele. — O amor pode morrer. Ele pode ser destruído. Não importa o quanto é forte, nenhum amor é invulnerável. O meu acabou. Está morto e enterrado. Só queria uma coisa: a chance de olhar na cara dele e dizer que ele não é nada para mim. Se eu puder fazer pelo menos isso, vou ficar muito feliz.

— Vou garantir que você tenha essa chance — prometeu Eve. — Agora, vamos pensar em como agarrá-lo.

— Um alerta de bomba esvaziaria o prédio em minutos, mas muita gente poderia se ferir — decidiu Peabody. — As pessoas entram em pânico especialmente quando você diz para elas se acalmarem. O pior é que Bissel, mesmo estando em um lugar à prova de som, poderia perceber algum movimento.

— Não se a evacuação acontecer andar por andar. — Eve andava de um lado para o outro, raciocinando. — Mas concordo que um alarme de bomba não daria certo. — Quem sabe uma pane no sistema elétrico? Algo que irrite, mas não provoque pânico?

— Um perigo de vazamento... lixo tóxico ou produtos químicos perigosos. O importante é manter a incerteza sobre o motivo real — sugeriu Roarke. — Uma evacuação andar por andar vai levar muito tempo e envolver muitos policiais.

— Não quero usar mais gente do que o necessário. Preciso apenas de uma equipe unida que pertença ao Controle de Crises, como reserva de pessoal. Se agirmos depressa e sem alarde, poderemos esvaziar o prédio em menos de uma hora. Vamos colocá-lo contra a parede, é isso. Ele não vai ter saída. — Ela parou e analisou a planta do andar mais uma vez. — Existem três saídas no estúdio?

— Isso mesmo. Uma dá no corredor principal, outra no elevador exclusivo, que vai até o saguão, e a terceira é o elevador de carga, que leva até o telhado.

— Não existem passarelas aéreas externas no edifício Flatiron, isso é uma vantagem.

— Além de ser esteticamente mais agradável — completou Roarke.

— Bloquearemos os elevadores. Podemos colocar a equipe do Controle de Crises no telhado. Chegaremos pelo corredor depois que Bissel estiver isolado. Se conseguirmos acuá-lo ali, que é o lugar com menos chance de fuga, ele não terá muito para onde escapar. Vamos planejar as táticas que poderão ser usadas nesse espaço e também no estúdio e no andar de baixo. Bissel deve estar trabalhando lá, mas precisamos saber o lugar exato em que ele vai estar no momento da invasão, sem que ele perceba que estamos chegando.

— Dá para fazer isso — garantiu Roarke.

— Cem por cento de certeza? — Ela baixou a cabeça e olhou para ele, que continuava sentado.

— Humm... — Ele a pegou pela mão e, curtindo sua expressão de pavor, trouxe-a gentilmente até os lábios antes de ela conseguir se desvencilhar. — A tenente não gosta de beijos, beliscões nem mordidelas quando está montando uma operação policial. É por isso que eu não consigo resistir.

— Anda rolando sexo demais por aqui — grunhiu Feeney em sua estação de trabalho.

— Como conseguiremos determinar a posição exata dele no prédio sem que ele perceba a ação? — quis saber Eve num tom que lhe pareceu de admirável paciência.

— Por que não monta suas táticas e deixa os detalhes insignificantes para mim? — perguntou Roarke. — Reva, de quanto tempo você precisa para desligar os sistemas de segurança e adulterar as imagens dos monitores nessa área do prédio?

— Só posso informar isso depois de avaliar as especificações do sistema — respondeu Reva, franzindo o cenho e colocando as mãos nos quadris.

— Você vai tê-las em um minuto. Preciso de alguns equipamentos que estão na Securecomp — disse Roarke, olhando para Tokimoto. — Você se importaria de ir lá pegá-los?

— Claro que não. — Ele sorriu de leve. — Acho que sei o que você tem em mente.

— Vamos deixar essa parte por conta dos *geeks* — sentenciou Eve, preparando-se para sair, mas parando antes de chegar à porta. — Estou me referindo apenas aos *geeks* civis — completou ao ver que Feeney e McNab não tinham saído do lugar.

Eve levou mais de uma hora tentando bolar um plano de abordagem que minimizasse ao máximo os riscos para sua equipe e os civis que estavam no prédio, e ainda mais tempo resolvendo os entraves burocráticos para casos de evacuação de um edifício inteiro.

— Sabemos que ele dispõe de um lança-mísseis de curto alcance. Não sabemos os outros brinquedinhos que ele pode ter no local. Bombas, armas químicas, granadas de luz. Não vai hesitar em usá-las para se proteger ou garantir sua fuga. Ele é ainda mais perigoso por não ter experiência com armamento pesado. Um cara que não sabe usar granadas de luz fará mais estrago do que alguém treinado.

— Podemos esvaziar o prédio e colocar gás no sistema de ventilação para fazê-lo apagar — sugeriu McNab.

— Não temos como saber se existem filtros ou máscaras no local. Ele gosta de brinquedos para agentes secretos. Assim que confirmarmos onde está, focaremos nesse setor. Fecharemos as saídas alternativas e derrubaremos a porta. Entraremos rapidamente e vamos imobilizá-lo. Não há nada em seu dossiê que indique perícia em luta corpo a corpo, a não ser o básico. Isso não quer dizer que ele não é perigoso.

— Bissel vai entrar em pânico — alertou Feeney, puxando o lábio inferior com os dedos, enquanto pensava. — As primeiras vítimas estavam incapacitadas de se defender quando ele as matou. A garota McCoy foi envenenada. Powell foi morto quando já estava apagado. Ele tentou matar Sparrow a distância. Agora o combate é cara a cara. Se não o derrubarmos depressa, ele entrará em pânico e ficará mais perigoso.

— Concordo. É um amador que se julga profissional. Sua vida está desestruturada. Ele está pau da vida e apavorado, não há para onde fugir e ele já não tem muita coisa a perder. Os civis são nossa prioridade máxima, porque ele não vai pensar duas vezes se tiver de matar alguém. Não sabemos que tipos de arma existem lá. Portanto, vamos primeiro remover os civis. Depois o encurralamos e derrubamos. Quero que ele escape sem ferimentos. É uma testemunha-chave contra Sparrow, e eu não quero perdê-lo.

— Você vai lutar contra todos os espiões do país — avisou McNab. — Eles vão querer ficar com ele.

— Exatamente. Mas preciso de Bissel para encerrar uma investigação de conspiração com assassinato. E quero ganhar esse caso. Feeney, preciso de você trabalhando com os outros dois *geeks*... Reva e Tokimoto — explicou. — Por mais que Roarke confie neles, quero que você esteja a par de todas as táticas eletrônicas da operação. Reva é dura na queda e está aguentando firme, mas pode fraquejar na hora H.

— Reva aguentou mais do que a maioria das pessoas aguentaria, mas concordo com você. — Feeney pegou o saquinho de amêndoas açucaradas. — Isso vai ser um tremendo abalo para ela. Mais um. Pode deixar que eu fico à frente de tudo.

— O Controle de Crises vai funcionar como apoio, apenas apoio. Não quero que eles coloquem a mão na massa. Quatro de nós vão entrar, em duplas. McNab e Peabody, quero que vocês vejam um ao outro apenas como policiais. Nada de envolvimento pessoal depois de passar pela porta. Se não conseguirem encarar isso, quero que me digam agora.

— Fica meio difícil pensar em McNab como tira quando ele usa uma camisa cor de caqui. — Peabody ergueu a sobrancelha. — Tirando isso, não há problema nenhum.

— Vamos cumprir a missão numa boa — assegurou McNab. — E só vesti essa camisa porque ela combina com a cueca.

— Ah, agora, sim! — exclamou Eve. — Essa era uma informação fundamental para todos. Agora, vamos tirar a cueca de McNab da mente para podermos entrar em cena.

— Você falou em duas duplas — ressaltou Peabody.

— Roarke vai participar. McNab saberá encarar qualquer equipamento eletrônico que Bissel possa ter no estúdio, mas não foi treinado para lidar com armamento. Pelo menos não do tipo que talvez tenhamos de enfrentar. Roarke conhece armas de guerra e sabe como arrombar uma porta e invadir um ambiente. Alguma objeção a isso?

— Por mim, não. — McNab encolheu os ombros. — Já vi a coleção de armas dele. É além da imaginação.

— Pois é. Vamos coordenar nossa ação e fechar esse caso. Feeney, preciso trocar uma palavrinha com você antes.

Ela esperou até eles estarem sozinhos e recusou quando ele lhe ofereceu o saquinho de amêndoas.

— Feeney, você sabe aqueles... dados sobre os quais conversamos antes, as informações pessoais que chegaram às minhas mãos? Quero lhe assegurar que nada daquilo vai ser problema. Nenhuma ação será tomada.
— O.k.
— Coloquei você numa saia justa ao lhe contar sobre os dados e minhas preocupações. Não devia ter feito isso.
Ele fechou o saquinho de amêndoas e o guardou no bolso, antes de falar.
— Dallas, nós nos conhecemos há muito tempo, muitos anos, tempo demais para você me dizer uma coisa dessas. Por causa disso, e por saber de quem estamos falando, não vou ficar pau da vida com você.
— Obrigada. Minha cabeça andou meio perturbada.
— Você está numa boa agora?
— Estou.
— Então vamos colocar as bombas nos foguetes e derrubar o safado.
— Tenho mais uma coisinha a fazer, mas já alcanço vocês.
— Eve foi para a sua mesa assim que ele saiu e fez uma ligação pelo *tele-link*.
— Aqui é Nadine Furst — atendeu a repórter.
— Sou eu, Nadine. Arrumei um tempinho na agenda para daqui a duas horas, no máximo três. Já que não almoçamos naquele dia, poderemos nos ver hoje. Só você e eu.
— Parece divertido. Onde posso encontrá-la?
— Tenho uns assuntos para resolver antes. Encontre-me no restaurante da Quinta Avenida que fica entre as ruas 22 e 23, por volta das duas da tarde. O almoço é por minha conta.
— Perfeito! Estou louca para rever você.
Eve desligou, satisfeita por Nadine ter entendido, nas entrelinhas, sua oferta de uma entrevista exclusiva. Ela entregaria de

bandeja à repórter mais famosa de Nova York uma história que faria os membros da OSP saírem com o rabo entre as pernas em busca de uma toca onde se esconder.

Ela se juntou aos outros no momento exato em que Roarke demonstrava um equipamento novo a Feeney.

Ela fez cara de estranheza ao olhar para o telão e ver imagens coloridas e difusas se movendo.

— Espero que isso não seja um videogame.

— São sensores, querida. Configurados para detectar ondas de calor emitidas por um corpo. O que você está vendo é Summerset cuidando dos seus afazeres na cozinha do primeiro andar. Basta informar ao sistema as coordenadas do local desejado e a natureza do objeto a ser rastreado. Dá para fazer a leitura mesmo através de objetos sólidos, como paredes, portas, vidro e assim por diante. Até aço. A estrutura do edifício Flatiron é toda feita de aço. O alcance do equipamento depende das influências locais. Outros aparelhos com finalidade semelhante obviamente poderão interferir na leitura. No entanto, uma vez encontrado o alvo, basta confirmar as coordenadas e acompanhar a imagem.

— Que diabo é isso aqui? — Ela bateu na tela, onde uma bola vermelha e laranja se movia em círculos. — Por acaso é...?

— O gato, sim. — Roarke sorriu para ela. — Eu diria que ele tem esperança de ganhar um petisco. Temos áudio, Tokimoto?

— Estamos sintonizando. Mais alguns segundos.

— Depois de confirmarmos as coordenadas — explicou Roarke —, vamos criar uma interface com o sensor de áudio e encontraremos a combinação perfeita de filtros. Poderemos, então, captar o som.

— Dois andares abaixo? Sem ligação direta nem interferência de nenhum satélite?

— Nós estamos utilizando um satélite, sim. Com o equipamento que temos aqui no laboratório, conseguimos enxergar até os bigodes de Galahad. Com o *tele-link* portátil, vamos ter de nos conformar com a imagem do calor corporal. — Roarke ergueu os olhos. — Mas isso deve bastar para os nossos propósitos.

— Claro, vai funcionar. — Ela apertou os lábios quando ouviu o que lhe pareceu um agudíssimo som de violinos vindo do equipamento, que reconheceu como a inconfundível sonoridade dos miados mais persuasivos de Galahad.

— Isso é de arrebentar! — exclamou McNab com um suspiro longo e olhos ávidos de poder.

— E quanto aos monitores e sensores de segurança de Bissel? — quis saber Eve.

— Posso desligá-los remotamente. Podemos adulterar os sinais do equipamento de áudio do prédio para ele não ouvir as ordens de evacuação. Dá para montar todo esse circo lá mesmo, no local, em menos de vinte minutos. Faremos uma varredura e o encontraremos em, no máximo, mais dez minutos.

— Vamos procurar por ele e localizá-lo para só então começarmos a evacuação. Temos de esvaziar o andar abaixo do dele para montar a base de operações. Vamos trabalhar depressa, na surdina, até montarmos tudo. Feeney?

— Estou dentro.

— Peabody, prepare os coletes à prova de balas para as equipes de invasão e fique esperta. Roarke, você vem comigo.

— Sempre, querida — disse ele e a seguiu.

Eve não disse nada até eles chegarem ao seu escritório. Verificou sua pistola, apalpou a arma no tornozelo, abriu uma gaveta da mesa de trabalho e pegou uma arma de atordoar.

— Você vai precisar disso. Quero que entre lá comigo.

Ele girou a arma na mão, sentindo-lhe o peso. Ele tinha pistolas muito mais poderosas e eficientes do que aquela. De qualquer modo, pensou, era a intenção dela que valia.

— Você nem esperou eu pedir.

— Não. Você mereceu. Quero que entre por aquela porta ao meu lado. A verdade é que eu não faço ideia do que ele pode ter lá dentro. Assim que invadirmos, quero que você foque a atenção no armamento. Deixe o resto por minha conta. Deixe-o para mim, Roarke.

— Entendido, tenente.

— Tem mais uma coisa. Já coloquei Nadine em estado de alerta. Depois que tudo acabar, se você quiser dar alguma declaração para a mídia contando como Bissel e Sparrow, da Organização para Segurança da Pátria, prejudicaram uma funcionária sua tentando roubar dados confidenciais da Securecomp e pretendiam sabotar um contrato de Código Vermelho e assim por diante, eu não ficaria nem um pouco chateada.

— Você vai jogá-los aos lobos? — Os lábios dele exibiram um sorriso lento e ele passou o dedo sobre a covinha do queixo dela. — Puxa, tenente, isso me deixa excitado.

— Acho que os meios de comunicação vão se banquetear com o sangue e os ossos deles por algum tempo. Sem falar na merda que vai sujar de vez a imagem da OSP. Existem vários tipos de vingança, Roarke.

— Sim. — Ele guardou a arma no bolso, emoldurou o rosto de Eve com as mãos e pousou um beijo entre suas sobrancelhas. — Assunto encerrado. Se isso satisfaz você, eu me satisfaço também.

— Agora podemos sair para chutar um monte de rabos importantes.

**

A coisa ficou mais difícil e o nível de ansiedade aumentou na equipe porque o comandante Whitney e o secretário Tibble resolveram acompanhar a operação como observadores. Eve tentou ignorá-los enquanto passava as últimas coordenadas para seu pessoal.

— Tanto o protocolo oficial quanto a cortesia exigem que a OSP seja informada da operação caso confirmemos a localização de Blair Bissel — comentou o secretário Tibble.

— No momento eu não estou muito preocupada com protocolos e cortesias, senhor, mas sim com a localização, a imobilização e a captura do suspeito de múltiplos assassinatos. É possível que outros membros da OSP também estejam envolvidos ou tenham conhecimento dos planos e das ações relacionados aos seus três agentes. Repassar informações à organização a essa altura da operação poderá, na verdade, comprometê-la caso Bissel tenha contato com mais alguém de lá.

— Você não acredita nisso nem por um instante, mas seu argumento é bom — concordou Tibble, balançando a cabeça. — Tem solidez, tem lógica, e pode ter certeza de que vou usá-lo quando a merda estourar. Mas, se não conseguirmos pegar Bissel nem amarrar todas as pontas para entregá-lo à promotoria, um pouco dessa merda vai sobrar para você, Dallas.

— Não haverá pontas soltas, senhor. — Ela se voltou para os monitores e calculou o tempo enquanto esperava.

A equipe se instalou em um grupo de salas um andar abaixo da LeBiss Consultores. Os ocupantes do local já haviam sido levados para outro lugar, e Eve precisava apenas da confirmação de Roarke de que a segurança da LeBiss e do andar da cobertura tinham sido desligadas, antes de passarem à fase seguinte.

— A OSP vai tentar assumir o caso, tenente — avisou Tibble. — Eles vão querer levar Bissel e Sparrow para julgamento fechado, montado por uma comissão federal.

— Aposto que sim — garantiu Eve. — Contanto que eles enfrentem as acusações de homicídio e conspiração para assassinato, não me importa quem vai trancar a cela deles.

— Eles vão exigir que tudo ocorra em sigilo. Uma trapalhada dessas armada por agentes da OSP não vai pegar bem junto à opinião pública.

Aquilo estava começando a ficar esquisito, pensou Eve, e perguntou:

— O senhor está me ordenando oficialmente a jogar essa sujeira debaixo do tapete, secretário Tibble?

— Não estou lhe dando essa ordem, tenente, mas é meu dever ressaltar que declarações públicas relacionadas com detalhes do caso seriam politicamente inadequadas.

— Vou tentar me lembrar disso. — Ela olhou para trás ao ver que Roarke tinha chegado.

— Tudo pronto — informou ele. — Seu suspeito está cego e surdo. O elevador do estúdio foi desligado.

— Entendido. — Ela pegou o comunicador. — Aqui é Dallas falando. Quero todas as escadas devidamente bloqueadas e vigiadas. Não se aproximem; repito: não se aproximem da localização do alvo. Podemos começar a evacuação do prédio.

Desligou o comunicador, apontou para o scanner e ordenou a Roarke:

— Descubra onde ele está.

— Eu gostaria de fazer isso — pediu Reva. — Quero ser a responsável por essa etapa.

— Isso quem decide é Feeney.

Como autorização, o capitão da DDE deu um tapinha de camaradagem no ombro de Reva e lutou contra a vontade de mexer no equipamento novo.

— Vá em frente — disse ele.

Ela informou as coordenadas exatas da LeBiss Consultores, configurou a máquina para exibir imagens obtidas por calor corporal e efetuou uma varredura lenta.

— Não há ninguém aqui. — Sua voz falhou um pouco, mas ela pigarreou com força e informou à máquina as coordenadas da cobertura.

Ao ver uma massa de luz vermelha e laranja, olhou para a tela sem expressão.

— Alvo confirmado — disse quando Eve se aproximou.
— Ele está sozinho. As coordenadas informam que ele está dentro do estúdio.

— O que é isso? — quis saber Eve, apontando para uma massa azul muito cintilante.

— Fogo. Chamas. Calor intenso. Ele está trabalhando.

— E está armado — completou Roarke. — Veja aqui neste espaço, pelo ângulo e pela posição do corpo. São pistolas de mão, tenho quase certeza.

— Muito bem. Vamos nos preparar. — Eve vestiu um colete à prova de balas.

— Estou ligando o áudio. Ele está ouvindo música. Trash rock — disse Reva depois de alguns instantes. — Está excitado e energizado. — Ele ouve esse lixo quando está ansioso. Tem muito metal no estúdio. Equipamentos, esculturas incompletas. É difícil dizer se alguns desses objetos são armas.

— Então vamos assumir que sim. Mantenha-o sob observação.
— Eve colocou o headset. — Quero saber onde ele está e o que está fazendo a cada minuto. Também quero ser informada quando o prédio acabar de ser evacuado.

— Pode ir — falou Feeney no comunicador. — Unidade seis, aqui fala a base. A equipe de invasão está se dirigindo para o seu setor. Repito: nossa equipe de invasão está se aproximando daí.

— Eles vão nos informar o quadro — disse Eve no corredor enquanto seguiam na direção da escada. — Mantenham as armas em modo de atordoar. Aqui é Dallas, estamos na entrada. — E abriu a porta que dava para a escadaria interna.

Os dois homens do Controle de Crises estavam a postos.

— Está tudo calmo — informou um deles a Eve.

— Vamos atordoá-lo. Não quero que ele tenha chance de sacar a arma. E não quero ninguém ferido nessa operação. Vamos simplesmente derrubá-lo, algemá-lo e levá-lo para o camburão.

— Eu gostaria de fazer um pouco mais — resmungou McNab.

Um ataque frontal com os quatro na mesma entrada era um risco muito grande, caso ele estivesse armado.

— Você e Peabody, sigam para a entrada da galeria — orientou Eve, olhando para McNab. — Roarke vai desativar a porta divisória por controle remoto ao meu comando. Nós dois vamos entrar pela porta principal do estúdio. Precisamos cercá-lo pelos dois lados. Movam-se só quando eu der o sinal.

Ela foi até a porta revestida de aço e fez sinal para McNab e Peabody, na outra ponta do corredor.

Pelo fone de ouvido, acompanhava todo o progresso da evacuação do edifício, que era lento, mas corria sem problemas. Ela flexionou os ombros.

— Puxa, como eu *odeio* esses coletes. Não dava para eles serem um pouco mais confortáveis?

— Em outras épocas, tenente, você seria a minha cavaleira de armadura brilhante, embora eu prefira a palavra amazona. Aliás, uma armadura daquela época a incomodaria muito mais.

— Eu poderia tentar agarrá-lo e provavelmente conseguiria fazer isso sem evacuar o prédio. Poderia ficar de tocaia. Ele vai ter de dormir em algum momento. Por outro lado...

— Seus instintos mandaram você salvar as pessoas e agarrá-lo sem perigo para ninguém.

Ela tirou o headset da cabeça e fez um gesto para ele dizendo:

— Se você se sentir melhor sendo a pessoa que vai derrubá-lo, Roarke, por mim tudo bem. Consigo me segurar.

— Quer me fazer um agrado, não é? — Ele acariciou a linha do maxilar dela.

— Mais ou menos.

— Pois eu digo o mesmo, não precisa se segurar. Não importa quem vai derrubá-lo.

— Muito bem, então. — Ela recolocou o headset e ficou em posição de alerta minutos depois, quando recebeu o sinal de que o prédio já estava vazio.

— Peabody, vá para a entrada. Roarke, destranque as portas da galeria.

Ele digitou algo no controle remoto e informou:

— Portas destrancadas.

— Vamos entrar; prepare-se. — Ela se colocou em posição junto à porta e assentiu com a cabeça para Roarke. — Vai!

Ela escancarou a porta e entrou por baixo, seguida de Roarke, que foi por cima. Alguns segundos depois, a outra porta se abriu e Peabody entrou no ambiente ao lado de McNab.

Bissel estava em pé ao lado de uma escultura inacabada. Usava um capacete de proteção com visor de vidro e um colete leve à prova de balas. Além disso, tinha duas pistolas colocadas em coldres nos dois lados do corpo. Segurava um maçarico de onde jorrava uma finíssima linha flamejante.

— Polícia! Mãos ao alto, agora!

— Não vai fazer diferença, é tarde demais. — Ele virou o maçarico na direção de Peabody e McNab e recuou ao receber uma rajada de atordoar.

— Não vai adiantar nada! — repetiu ele, largando o maçarico. A chama atingiu a superfície reflexiva do piso. — Eu preparei isso aqui. — Ele apontou para a obra. — Estão me ouvindo bem? — gritou. — Isso é uma bomba! Se vocês chegarem mais perto, eu aperto o botão. Metade do prédio vai pelos ares, e todo mundo que estiver nele vai morrer! Baixem as armas e *escutem* o que eu vou dizer.

— Estamos ouvindo o que você tem a dizer, Blair — concordou Eve, escutando no fone quando alguém chamou o esquadrão antibombas. — Onde está essa bomba?

— Baixem as armas! — ordenou ele.

— Não vamos baixar, não. — Ela olhou com o canto dos olhos e viu quando Roarke avançou um pouco, pegou o maçarico e o desligou. — Se você quer que eu escute, eu escuto. Mas onde está a bomba? Você pode estar tentando me enganar. Se quiser que a gente obedeça, tem de me contar onde a bomba está.

— Nisso aqui. Essa escultura é uma bomba. — Ele bateu com a mão na coluna retorcida feita de metal. O rosto dele brilhava de suor. E também de calor, ela imaginou. E de empolgação. E de medo. — Aqui tem explosivos suficientes para explodir o prédio todo e mandar centenas de pessoas para o inferno.

— Mas você explodiria junto com elas — alertou Eve.

— Escute! — Ele puxou o visor do capacete para cima da cabeça, e Eve viu seus olhos. Zeus, pensou ela. Ele estava drogado. Com o efeito da droga e a ação do colete, ele teria de levar várias rajadas antes de ser derrubado.

— Já disse que estou ouvindo, Blair. O que mais você tem para nos dizer?

— Eu não vou para a cadeia, isso não vai acontecer. Não vou ficar preso numa jaula. Quinn Sparrow foi quem armou essa cilada para me derrubar. Eu não vou para a cadeia! Sou um agente da OSP, trabalhando numa missão. Não respondo à Polícia de Nova York.

— Vamos conversar sobre isso, então. — Eve manteve a voz calma e o tom de quem estava interessada. — Fale-me dessa missão, a não ser que você prefira se explodir.

— Não vamos conversar, você vai apenas ouvir. Quero um transporte. Quero um jetcóptero e um piloto no terraço do prédio. Quero dez milhões de dólares em notas não marcadas. Quando eu estiver em um lugar seguro, informarei a senha para desativar o explosivo. Se vocês não aceitarem...

Ele ergueu a mão direita e mostrou o controle remoto preso a ela por uma fita gomada.

— Se vocês não aceitarem, eu vou usar isso. Eu trabalho para a OSP! — gritou. — Vocês acham que eu hesitaria em usar isso?

— Não duvido disso, agente Bissel, mas preciso verificar se os explosivos realmente existem. A não ser que eu possa confirmar a ameaça e relatar o fato aos meus superiores, eles não vão me ouvir. Preciso verificar a existência do explosivo para que você possa continuar no controle.

— O explosivo está aqui. Basta eu apertar este botão e pronto!

— Você conhece os procedimentos, agente Bissel, as regras e os protocolos. Somos profissionais. Preciso me reportar aos meus superiores. Vamos confirmar a ameaça e então poderemos seguir para negociar e atender suas exigências.

— Os explosivos estão dentro da escultura, sua piranha burra! Eu os coloquei lá dentro. Se você tivesse ficado fora disso, eu poderia ter jogado essa bomba no prédio da OSP por eles terem me sacaneado.

— Vamos analisar essa escultura. Não há razão para alguém sair ferido. Já pegamos Sparrow e isso me basta. Foi ele quem colocou você nessa confusão. Só preciso confirmar a existência dos explosivos antes de irmos em frente com as negociações.

— Pode passar o scanner, então, você vai ver! Depois, quero o jetcóptero. Quero que vocês caiam fora daqui. E quero transporte para fora do país, rumo ao lugar que eu escolher.

— Deixe-me só pegar o scanner e configurá-lo para busca de explosivos — pediu Roarke, erguendo as mãos. — Como você sabe, sou dono de parte deste prédio e não quero que ele sofra danos.

Bissel desviou os olhos do rosto de Eve para o de Roarke e umedeceu os lábios, um pouco tenso.

— Faça um único movimento em falso e todos nós iremos pelos ares!

Roarke pôs a mão no bolso e estendeu o scanner para Bissel, para que ele o examinasse.

— Você parece ter consumido zeus, agente Bissel — disse Eve, tentando atrair a atenção dele. — Isso não é bom, pode enevoar seu pensamento.

— Você acha que eu não sei o que estou fazendo? — Filetes de suor começaram a lhe escorrer pelo rosto e formar uma poça na base da garganta. — Acha que eu não tenho peito para isso?

— Nada disso. Você não poderia fazer o que faz nem ser o que é sem muita coragem. Se Sparrow não tivesse armado essa cilada, certamente você estaria numa boa a essa hora.

— O filho da mãe!

— Ele achou que você fosse um cãozinho ensinado que ele conseguiria manter na coleira. — Ela não olhou para Roarke, mas sentia a presença dele ao lado. — Mas você mostrou a ele que tem fibra. Acho que você queria apenas cair fora depois que a missão fosse encerrada. Queria só pegar o que lhe era devido e sumir, mas as coisas continuaram dando errado. Sabe de uma coisa?... Aposto que Chloe teria acompanhado você, ela não precisava ter sido morta.

— Ela era uma *idiota*! Uma boa transa, mas me irritava demais quando estava fora da cama. Usei o computador dela para guardar as informações e bolar os planos. Sei como planejar as coisas. Entendo de contingências. Mas sabe o que eu descobri pelos grampos que instalei no apartamento dela? A idiota tentou acessar meus arquivos, tentou descobrir minha senha. Provavelmente achou que eu a estava chifrando. Era uma vadia ciumenta e burra.

— E o medalhão que você deu a ela?

Ele pareceu não entender a pergunta, mas logo seus olhos agitados pareceram sorrir.

— O medalhão tinha senhas e códigos. Pensa que eu não sei como cobrir meus rastros? Espalhei dispositivos secretos no apartamento dela e em outros lugares. Eu tinha fundos para emergências, armas, qualquer coisa que eu pudesse precisar. Não dá para colocar todos os ovos no mesmo cesto. Meus tesouros estavam todos espalhados.

— Mas ela sabia sobre este lugar. Sabia de muita coisa, tinha dados incriminadores escondidos no computador e conhecia uma das suas senhas. Puxa, acho que eu estava errada. Você realmente tinha de matá-la.

— Isso mesmo. A coisa poderia ter funcionado. *Deveria* ter dado certo. Eu até consegui que ela escrevesse um bilhete de suicídio de próprio punho. "Uma linha só, minha linda. Uma linha só para mostrar a todos como você se sentiu quando pensou que eu estivesse morto." Ela foi tão burra que realmente escreveu o bilhete.

— Era um bom plano. Matar Powell também foi uma boa, só que faltou um pouco de sorte.

— O dispositivo existe — disse Roarke, com tom frio. — Puxa vida, Bissel, acho que você colocou todos os ovos numa cesta instável, afinal. Se você apertasse esse botão, a explosão seria tão grande que eles não conseguiriam juntar os pedaços.

— Eu disse. Viu só, eu não *disse*? Vamos, me consiga o jetcóptero. Agora mesmo!

— Se você *apertasse* o botão — repetiu Roarke. — Mas não vai fazê-lo, já que eu acabei de desativar o timer. Pode atirar nele, tenente.

— Obrigada. — Ela mirou nas pernas desprotegidas de Bissel. Ele cambaleou, rugiu de raiva, e seus olhos pareciam os de um louco quando ele cerrou os punhos com força, tentando detonar a bomba.

Eve deu outra rajada quando ele tentou pegar as armas nos coldres, e Peabody avançou com a cabeça, atingindo-o na barriga. Os dois rolaram no chão chamuscado.

Cheio de zeus, ele deu uma bofetada em Peabody com as costas da mão, mas ela aguentou firme.

McNab pulou, mergulhando em cima de Bissel para imobilizá-lo e, usando o punho em vez da arma, lhe aplicou três socos em sequência no rosto, rápidos e fortes.

Mesmo com o nariz sangrando, Peabody pegou as algemas. Ajudando McNab a segurá-lo, eles o mantiveram com o rosto no chão e o algemaram com as mãos nas costas.

— É melhor algemar os tornozelos do suspeito também — sugeriu Eve, jogando as próprias algemas na direção deles. — Ele está muito doidão e agitado. Aqui fala a tenente Dallas — disse ela no headset. — O suspeito está imobilizado. Mandem o esquadrão antibombas para remover os explosivos instalados na peça.

Peabody, ainda ofegante, se sentou com força sobre as costas de Bissel, que continuava corcoveando, e aceitou um lenço de bolinhas que McNab lhe ofereceu.

— Limpe o nariz, gata, porque ele está sangrando um pouco — sugeriu McNab. — Isto é... detetive gata — corrigiu, olhando para Eve.

— Está tudo bem, Peabody? — perguntou Eve.

— Tudo ótimo, o nariz não está quebrado. — Ela manteve o lenço colorido junto do rosto. — Nós o pegamos, tenente.

— Sim, nós o pegamos. Providencie para que o prisioneiro seja transportado para a Central. Bom trabalho, detetive gata. Você também, detetive McNab.

— Percebi que você se segurou — disse Roarke quando Eve saiu da frente dos homens do esquadrão antibombas, que já rodeavam a escultura. — Fez isso só para McNab ter a chance de socá-lo algumas vezes, por Peabody.

— Acho que Peabody teria conseguido fazer isso sozinha, mas ele merecia essa chance. Tem um soco forte e firme para um cara magricelo.

Eve olhou o relógio. Parece que ainda haveria tempo para ela se encontrar com Nadine.

Dane-se a sabedoria política.

— Preciso ir para a Central cuidar da papelada, dos relatórios, e também para dar uma dura em Bissel na hora do interrogatório. Isso vai levar algum tempo. É melhor você contar a Reva e a Tokimoto como correu tudo por aqui. Deixe claro que estou muito grata pela assistência e cooperação que eles nos deram. Avise a Reva que vou mexer os pauzinhos para que ela consiga cinco minutos cara a cara, a sós, com Bissel. Aproveite e diga a Caro que ela fez um excelente trabalho quando criou a filha.

— Você mesma devia dizer isso a ela.

— Acho que vou fazer. Nesse meio-tempo... — Ela fez um gesto com o polegar, chamando Roarke para acompanhá-la até a galeria, um ambiente onde havia um relativo sossego. — Você tem se dedicado demais a essa investigação, gastando muito tempo e energia. Mesmo tendo a ver ou não com interesses pessoais seus, quero que você saiba o quanto eu estou grata.

— Obrigado pelo reconhecimento.

— Sei que vai levar algum tempo até você colocar todos os seus assuntos em ordem, resolver um monte de pepinos corporativos do deus dos magnatas e tal...

— Sim, isso levará alguns dias. No máximo em uma semana estarei de volta ao ritmo normal de trabalho. Vou ter de viajar por alguns dias. Alguns desses pepinos precisam ser resolvidos pessoalmente.

— Tudo bem. Mas será que você consegue ajeitar tudo em uma semana?

— Mais ou menos. Por quê?

— Porque, quando estiver tudo novamente nos trilhos, pretendo levar você para longe daqui por um fim de semana prolongado, para podermos curtir um bom relax.

— Sério? — As sobrancelhas dele se ergueram.

— Sim. Você anda muito agitado depois de trabalhar com tantas máquinas e aparelhos. Precisa de um descanso. Vamos ver... Que tal uma semana de folga a partir de sexta-feira? Para onde gostaria de ir?

— Você quer saber para onde eu gostaria de ir? Está me convidando para viajar porque eu preciso de descanso?

Eve olhou pela porta e se certificou de que não havia ninguém prestando atenção neles. Só então emoldurou o rosto dele com as mãos.

— Você precisa descansar, sim. Além disso, preciso dos serviços de um escravo sexual por, pelo menos, dois dias. E, então, para onde você gostaria de ir?

— Já faz tempo que nós não vamos à ilha. — Ele não se importou de alguém estar olhando e baixou um pouco a cabeça para dar um beijo nela. — Pode deixar que eu providencio tudo.

— Não, eu farei isso. Sei como planejar as coisas — garantiu Eve ao ver a cara de estranheza que ele fez. — Eu sei, sim. Puxa vida, se eu sei coordenar uma grande operação policial, deve ser fácil planejar uma pequena viagem. Demonstre um pouco de fé na minha capacidade.

— Em você eu tenho muito mais que um pouco de fé.

— Então a gente se vê depois. Preciso soltar os cachorros e botar pra quebrar.

Ela caminhou para a porta, mas desistiu, voltou até onde ele estava e lhe deu um beijo rápido, mas ardente.

— Mais tarde a gente se encontra, meu civil gato.

Dilema Mortal

Ela ouviu a risada dele quando saiu da galeria. Foi abrindo caminho entre os tiras. Quando se viu sozinha, desceu para a rua e acariciou o distintivo, na imagem tatuada em seu seio, usando para isso o dedo no qual ficava a aliança de casamento.

Impresso no Brasil pelo
Sistema Cameron da Divisão Gráfica da
DISTRIBUIDORA RECORD DE SERVIÇOS DE IMPRENSA S.A.
Rua Argentina 171 – Rio de Janeiro, RJ – 20921-380 – Tel.: 2585-2000